Die Weinstube am Dom

Ralph Keim, geboren 1964 in Mainz, arbeitet seit 1986 als Journalist, u. a. für eine Mainzer Tageszeitung. „Die Weinstube am Dom" ist sein erster Roman. Ralph Keim ist verheiratet und hat einen Sohn.

www.gev.be
E-Mail: buchverlag@grenzecho.be

Redaktion und Satz: Königsdorfer Medienhaus, Frechen
Titelmotiv: Shakespeare, Heinrich IV. / Grützner (1564-1614)
Archiv für Kunst und Geschichte, Berlin
Innenseitenmotiv: Mainz, Dom / Stahlstich um 1840
Archiv für Kunst und Geschichte, Berlin
Titelseitengestaltung: Cito Communication

ISBN 90-5433-181-X
D/2003/3071/14

Printed in Belgium

Ralph Keim

Die Weinstube am Dom

GEV

Dank meiner Familie und Kulturdezernent Peter Krawietz, der sich die Zeit nahm, das Manuskript zu lesen.

Gegenwart

„Beppa, machst du mir zwei Weinschorle, einen Dromersheimer und einen Rabenkopf? Außerdem zwei Spundekäs. Und ich brauch zweimal heiße Fleischwurst – einmal mit Brot, einmal mit Kartoffelsalat!“

Das war wieder einer dieser Nachmittage, an denen die kleine, in einer Seitenstraße der Mainzer Altstadt gelegene Weinstube aus allen Nähten zu platzen drohte. Pünktlich um drei Uhr am Nachmittag hatte Achim Reimann, der Wirt der „Weinstube am Dom“, die Tür aufgeschlossen; eine halbe Stunde später war bereits die Hälfte der Plätze besetzt gewesen. Kein Wunder, denn es war ein trüber Dezembernachmittag, einer von diesen Tagen, an denen es noch früher dunkel zu werden schien. Kurz nach vier Uhr gab es in der „Weinstube am Dom“ so gut wie keinen freien Platz mehr.

In der Ecke, am kleinen Dreiertisch, saß zusammen mit einem Ehepaar mittleren Alters der „Akademiker“ – einer der vielen Stammgäste. So nannten sie in der Weinstube den korrekt wirkenden Mittdreißiger, weil er immer etwas zu lesen dabei hatte. Und wenn er gerade nicht in ein Buch vertieft war, machte er sich Notizen in seinen Terminkalender. Der „Akademiker“ blickte kaum von seinen Büchern und Unterlagen auf, trank meist ein Glas Rotwein, selten auch zwei, bezahlte mit einem spärlichen Trinkgeld und verließ die Weinstube immer nach einer knappen Stunde.

Am Stammtisch nebenan ging es schon um diese Uhrzeit hoch her. Die drei Frauen mittleren Alters, die sich lautstark unterhielten, kamen seit vielen Jahren mindestens dreimal in der Woche in die Weinstube der Reimanns. Manchmal war noch eine vierte Dame dabei, oft waren es auch noch zwei Männer. In welchem Verhältnis die Mitglieder dieser illustren Gruppe zueinander standen, hatte Wirt Reimann bis heute noch nicht herausgefunden. Nur eines wusste er ganz genau: Die Eine, die mit den seltsam blau gefärbten Haaren, konnte sich nie entscheiden, ob sie einen halbtrockenen oder einen trockenen Weißwein wollte.

Meist musste ihr Reimann eine Entscheidungshilfe geben: „Sie mögen es doch nicht ganz so trocken.“ Er tat es gern.

Ihre Freundin (oder war es ihre Schwester?) trank immer einen Hausschoppen, danach ein Piffchen von der süffigen Auslese, die andere stets zwei oder auch drei Glas Bier. Die beiden Herren der Runde bestellten immer sauergespritzte Schorle, im Winter meist zwei, im Sommer auch schon einmal drei. Die Gespräche in dieser Runde drehten sich in der Regel um das aktuelle Fernsehprogramm, höchst selten um die politischen Ereignisse, dafür wieder umso mehr um die Wehwehchen der Verwandten und Bekannten.

In einer anderen Ecke der Weinstube saßen an diesem Nachmittag drei Frauen, alle drei weit über siebzig. Obwohl sie sich offensichtlich gut kannten, sprachen sie kaum ein Wort miteinander. Und hätte Beppa, die Ehefrau des Wirts, nicht manchmal eine launige Bemerkung über das Wetter oder den Ärger mit dem Wirt der Nachbarweinstube gemacht, hätten sie während ihres Dämmerschoppens wohl überhaupt keinen Laut über die Lippen gebracht. Wahrscheinlich gehörten sie zu denen, die jeden Nachmittag mit dem Bus in die Innenstadt fuhren, erst durch die Fußgängerzone und die Kaufhäuser bummelten und dann irgendwo einkehrten.

Die „Weinstube am Dom" war eine typische Gaststätte, wie es sie in Mainz dutzendfach gab. Die Wände waren mit dunklem Holz getäfelt, an der Wand hingen Ansichten von Mainz aus den Jahrzehnten und Jahrhunderten vor dem Zweiten Weltkrieg. Die Fenster waren bleiverglast und zeigten romantische Weinmotive: dralle Winzerinnen, fröhliche Zecher, liebliche Weinberge, trutzige Burgen am Rhein. Wer in eine Weinstube kam, der wollte eben keine moderne Kunst an den Wänden hängen sehen.

Wer in der „Weinstube am Dom" auf die Toilette gehen wollte, musste erst ein kurzes Stück über den Hof laufen. Der Hof war früher einmal sehr viel größer gewesen. In dem Anbau, der irgendwann in der Nachkriegszeit entstanden sein musste, war das Auto der Reimanns geparkt. Mitten im Hof hob sich eine kreisrunde Pflasterung vom Beton ab. Hier war einmal ein tiefer Brunnen angelegt, der – wie der Wirt immer wieder gern erzählte – noch völlig intakt war. In einer Ecke des Hofes stapelten sich die Kisten mit den leeren Flaschen.

In dem mit Efeu dicht bewachsenen Hauptgebäude führte eine steile Treppe in den großen Keller hinunter. Dieser Keller war zweigeteilt. In einem kleineren Raum lagerte der Wein, in dem größeren waren ebenfalls Tische und Stühle aufgestellt. Hier unten feierten, besonders in der Vorweihnachtszeit und in der Fastnachtszeit, meist Gruppen und kleinere Gesellschaften. Der Keller hatte eine prächtige Gewölbedecke, die (auch das ein Zugeständnis an den Geschmack der Gäste) mit künstlichen Reben und Trauben aus Plastik geschmückt war. Der Keller, dies erzählte Achim Reimann ebenfalls stets aufs Neue, war noch original aus den Gründerjahren der Weinstube erhalten und hatte sogar den Zweiten Weltkrieg überstanden, was man von dem Gebäude nicht behaupten konnte. Wie die meisten Häuser in dieser kleinen Gasse unweit des Mainzer Doms hatte auch die Weinstube der Reimanns in den Nachkriegsjahren fast vollständig neu aufgebaut werden müssen.

In der Etage über der Weinstube (das ganze Gebäude gehörte den Reimanns, im Obergeschoss wohnte eine Studentin) lebte der alte Reimann, der Wirt, der die Weinstube nach dem Krieg wieder aufgebaut hatte. Erwin Reimann und sein Vater Toni hatten sich beim Wiederaufbau streng an das ehemalige Erscheinungsbild gehalten. Erwin Reimanns Vater hatte sogar Wert darauf gelegt, neben einigen noch erhalten gebliebenen Steinen und Quadern auch einen Originalholzbalken aus dem Jahr 1631 wieder einbauen zu lassen. So konnte sein Enkel ein halbes Jahrhundert später jedem zeigen, dass die Weinstube mittlerweile mindestens dreihundertsiebzig Jahre alt war.

Erwin Reimann war mittlerweile bereits weit über achtzig Jahre, und sein Gesundheitszustand ließ schon seit einer Weile nicht mehr zu, dass er das Haus für längere Zeit verließ. Vom Fenster seines Schlafzimmers konnte er einen der beiden mächtigen Türme des Mainzer Doms sehen, der der Weinstube ihren Namen gab. Nur zu kleineren Spaziergängen über den Marktplatz oder zum nahe gelegenen Rheinufer reichte die Kraft des alten Mannes noch.

Wie an vielen Nachmittagen hielt sich auch heute wieder Philipp, der zwölfjährige Sohn von Achim und Beppa Reimann, bei seinem Großvater in der Stube auf. Während sich unten in der verrauchten Gaststube die Gäste die Köpfe heiß redeten, beschäftigte sich Philipp seelenruhig mit seinen Hausaufgaben. Seine Mutter wusste: Hier oben war er ungestört, und der Vater hatte Gesellschaft.

Der alte Reimann hatte nicht mehr viele Freunde. Die meisten, die früher fast jeden Tag in die Weinstube gekommen waren, lebten nicht mehr. Die anderen verbrachten ihre letzten Jahre in einem der Altenheime der Stadt. Jetzt schaute der alte Reimann seinem Enkel zu, ganz in Gedanken versunken und doch mit wachen Augen. Nur ab und zu las er ein wenig in der Illustrierten, die ihm seine Schwiegertochter mitgebracht hatte.

Es war schon dunkel draußen, als Philipp sein Schreibzeug und sein Heft zur Seite legte und ans Bett seines Großvaters kam. Der bemerkte sofort, dass sein Enkel etwas auf dem Herzen hatte. Und so war es auch.

„Opa, wie alt ist eigentlich unsere Weinstube?"

Der alte Reimann runzelte die Stirn und richtete sich etwas auf. „Das kommt darauf an", sagte er. „Warum willst du das wissen?"

„Ich habe in der Schule erzählt, dass du in einem ganz alten Haus wohnst, eines aus dem Jahr 1631. Da haben mich alle ausgelacht, weil sie es mir nicht geglaubt haben."

Der alte Reimann lächelte mild. „Du brauchst dir keine Gedanken zu machen, denn du hast völlig Recht. Das Haus haben wir, dein Uropa Toni und ich, zwar nach dem Krieg wieder aufbauen müssen, weil es arg kaputt war. Doch die Weinstube ist mindestens so alt, wie es in dem Holzbalken über der Tür eingeschlagen ist. Dafür gibt es sogar Urkunden. Sie liegen im Stadtarchiv. Dein Vater kann sie dir ja mal zeigen, wenn er Zeit hat." Er senkte geheimnisvoll seine Stimme. „Wenn man es genau nimmt, ist unsere Weinstube noch sehr viel älter."

Jetzt war Philipp neugierig geworden. „Wie alt, Opa, verrat es mir."

„Schon sehr alt. Damals gab es noch Ritter und Könige."

„Ich hab heute Nacht von einem König geträumt, der von ganz vielen Rittern beschützt wurde."

„So so", entgegnete der alte Mann belustigt. „Von Königen und Rittern träumst du also."

„Gibt es eigentlich heute noch Könige und Ritter?"

„Ritter gibt es schon lange nicht mehr, Könige und Königinnen aber wohl, in manchen Ländern zumindest. Früher gab es auch hier in Deutschland Könige und Kaiser. Die kamen sogar nach Mainz, wo sie nicht weit von hier, nämlich drüben im Dom, gekrönt wurden."

Philipps Augen weiteten sich. „Nach Mainz sind Könige und Kaiser gekommen? Wann war das?"

Erwin Reimann machte eine Handbewegung. „Das ist schon viele Jahrhunderte her."

„Gab es damals schon Papas Weinstube?"

Der alte Reimann drehte geheimnisvoll die Hände in der Luft und richtete sich im Bett auf. Ächzend steckte er sich ein Kissen in den Rücken.

„Eine Weinstube hat es schon damals gegeben. Sie stand auch hier, wo wir beide jetzt sitzen. Und wenn du die Geschichte hören willst, musst du genau zuhören und dabei stillhalten. Ich weiß nicht, ob du das schon kannst. Denn es ist eine lange Geschichte."

„Erzähl sie mir, Opa, bitte. Ich will sie doch so gern hören. Dann kann ich sie in der Schule meinen Klassenkameraden weitererzählen."

Reimann gab sich geschlagen und zog seinen Enkel näher an sich heran. „Na schön. Dann hör jetzt gut zu. Vor vielen hundert Jahren regierte ein Kaiser, der hieß mit Namen Friedrich. Und weil er der Zweite war, der diesen Namen trug, wurde er Friedrich der Zweite genannt. Wenn es damals Nachnamen gegeben hätte, so wie wir sie kennen, wäre sein richtiger Name Friedrich Staufer gewesen. Der Kaiser lebte in Italien, in dem Land, das er immer mehr geliebt hatte als die Heimat seiner Ahnen. In Deutschland führte sein Sohn Heinrich als deutscher König die Regierungsgeschäfte. Doch der Sohn zettelte gegen den Vater eine Verschwörung an und schloss mit Städten, die seinem Vater Böses wollten, einen Bund. Im Mai 1235 zog Friedrich mit einer gewaltigen Gefolgschaft über die Alpen, um seinen Sohn zur Vernunft zu bringen ..."

Der Kaiser kommt

1235 bis 1242

„Der Kaiser kommt! Der Kaiser kommt nach Mainz!"

Mit einem polternden Geräusch flog die niedrige Holztür auf. Hannes, der gerade eine schadhafte Stelle an der Steineinfassung der Feuerstelle in seiner Hütte repariert hatte, drehte sich missmutig um. Im Türrahmen stand sein alter Freund Clemens. Dessen von weißen Bartstoppeln gekennzeichnetes Gesicht war ganz rot vor Aufregung, in seinen Augen leuchtete förmlich die Begeisterung.

Hannes brummte übellaunig vor sich hin. Zunächst wusste er überhaupt nicht, was Clemens gemeint haben könnte. War er vielleicht wieder besoffen? Doch selbst für Clemens war es für einen Rausch eigentlich noch viel zu früh. Hannes kannte Clemens schon seit über dreißig Jahren. Für freies Essen und Trinken ging er Hannes und seiner Familie in der Schänke zur Hand. Clemens gehörte nicht zu den Menschen, die sich so leicht aus der Ruhe bringen ließen. Doch jetzt schwitzte er förmlich vor Aufregung.

„Der Kaiser kommt! Der Kaiser kommt nach Mainz", wiederholte der leicht untersetzte Mann hastig und rang nach Luft. Wahrscheinlich war er den ganzen Weg von der Vilzbach bis zur Schänke von Hannes trotz der Hitze gerannt. Der kleine Ausschank lag ganz in der Nähe des Doms, man brauchte nur wenige Augenblicke von der Vilzbach am südlichen Ende der Stadt.

„Friedrich, der Staufer, unser aller Kaiser, er kommt wieder nach Mainz." Trotz seines kurzen Atems brüllte Clemens den Satz förmlich heraus.

Hannes lachte. „Ja, ja, ich hab's ja gehört, auch wenn ich es kaum glauben kann."

Er musterte seinen Freund. Betrunken schien Clemens tatsächlich nicht zu sein. Trotzdem wollte es Hannes kaum glauben. Clemens erzählte viel, wenn der Tag lang war. Und wenn er schon einen gebechert hatte, durfte man höchstens die Hälfte von dem glauben, was er dann von sich gab.

„Kommt Friedrich wirklich nach Mainz, wird er bestimmt hier seinen Schoppen trinken. Ich muss sofort mein bestes Wams anziehen. Und vorher geh ich noch zum Bader", sagte Hannes spöttisch und wandte sich mit einem prüfenden Blick wieder der Feuerstelle zu. Endlich war alles in Ordnung. Heute Abend konnte Anna hier wieder die Suppe kochen, ohne dass ständig glühende Holzkohle herausfiel.

Clemens ließ sich von Hannes' demonstrativem Desinteresse nicht beirren. Er überhörte den Spott seines Freundes und setzte sich auf den großen Holzstumpf in der Ecke des Raumes. Hannes hörte ihn schlucken. Er wusste genau, was jetzt kam. Und tatsächlich verlangte Clemens nach einem Schoppen, einem großen Schoppen. Danach würde er alles von vorn erzählen. Aber erst einmal einen Schoppen.

Hannes lächelte süffisant und griff nach dem größten Lederbecher. Draußen war es bereits sehr warm und er hatte Mitleid mit seinem alten Freund. Doch beim Einschenken achtete er genau darauf, dass Clemens mehr Wasser als Wein bekam. Der Tag war noch jung und Hannes wollte nicht, dass Clemens sich jetzt schon einen Rausch antrank. Er würde ihn später noch in der Weinstube brauchen. Sein Freund bemerkte die List und verzog den Mund. Jetzt sei der gute Wein viel zu dünn, maulte er. Trotzdem nahm er einen kräftigen Schluck und rülpste danach zufrieden.

„Hannes, ich hab's immer gewusst. Irgendwann kommt der Kaiser wieder nach Mainz. Dass ich das noch erleben darf! Jesus Christus sei's gedankt."

Es hätte nicht viel gefehlt und er wäre auf die Knie gefallen. Nur mühsam unterdrückte Hannes jetzt ein lautes Lachen. „Woher willst du eigentlich wissen, dass Friedrich nach Mainz kommt? Und was will er hier? Wieder Hofstaat halten?"

Clemens reckte sich stolz, nahm einen weiteren Schluck und plapperte los, nicht ohne sich vorher noch einmal zu vergewissern, dass sie tatsächlich allein waren. Mit fast verschwörerischem Unterton erzählte er Hannes, wie er für ihn am Morgen wie verabredet dem Ratsherrn im Karthäuser Hof drei Fässer Wein geliefert hatte. Und dabei habe er aufgeschnappt, dass Bischof Siegfried bereits Vorbereitungen für den hohen Besuch treffe. Auch der Ratsherr sei schon ganz aufgeregt. Er hoffe, dass er mit den engsten Vertrauten von Friedrich einiges bereden könne.

Clemens machte eine bedeutsame Handbewegung, nahm wieder einen tiefen Schluck und rülpste ein weiteres Mal lautstark. Es könne also nicht mehr lange dauern, bis der Kaiser komme. Die Spatzen würden es sowieso schon von den Dächern pfeifen.

Hannes zog die Augenbrauen hoch und nickte. Was Clemens von sich gab, konnte er sich nicht aus den Fingern gesogen haben. Wenn Clemens Recht hat, so dachte er sich – und wie er es berichtet hatte, musste es wahr sein –, bedeutete das, dass allerlei Volk aus dem kaiserlichen Tross in der Stadt zu erwarten war. Volk, das Wein trinken wollte. Männer, die nach einer langen Reise wieder einmal richtig satt werden wollten. Und wer viel aß und trank, musste dafür auch bezahlen – und das nicht zu knapp.

Er rieb sich die Hände. Plötzlich hatte die Begeisterung auch ihn gepackt. „Clemens, diese Neuigkeit hör ich gern."

Er hob warnend den Zeigefinger. „Das bedeutet aber auch, dass du nicht bis in die Mittagsstunden wie ein fauler Sack im Stroh liegen kannst. Sobald der Kaiser mit seinem Hofstaat und seinem Gefolge vor den Toren der Stadt gesichtet wird, hast du hier zu sein! Ich kann jede zupackende Hand gebrauchen. Anna, Egbert und Karl werde ich gleich Bescheid sagen. Sie sind bereits in der Früh zum Weinberg aufgebrochen. Ich muss mich beeilen. Sicherlich erwarten sie mich schon. Es gibt eine Menge Arbeit zu erledigen."

Er dachte eine Weile nach. „Clemens, bleib hier, solange ich im Wingert bin! Bis Sonnenuntergang sind wir wieder zurück. Falls Gäste kommen, musst du sie bewirten. Aber lass dich nicht übers Ohr hauen! Hast du verstanden?"

Clemens nickte und grinste dabei schelmisch. „Geh nur. Ich pass hier auf."

Hannes ging zufrieden zur Tür, drehte sich dann noch einmal stirnrunzelnd um. „Wenn du Hunger hast, kannst du Brot mit Käse essen. Ist genug in der Speisekammer da. Kannst dir auch etwas vom gesalzenen Fisch nehmen. Zum Trinken aber nur einen verdünnten Schoppen, Clemens. Hörst du, nur einen Schoppen. Wasser kannst du von mir aus so viel trinken, wie du willst. Du weißt ja, wo der Brunnen ist. Kannst bei der Gelegenheit auch nach dem Vieh schauen. Später muss der Schweinetrog nachgefüllt werden."

Das zustimmende Brummen seines Freundes hörte er schon nicht mehr.

Mit festem Druck verschloss Hannes die Tür seines kleinen Hauses, das nicht weit entfernt vom Fischtor stand, einem der zahlreichen Stadttore. Auch der Rhein war nur ein kurzes Wegstück entfernt, was Hannes zuletzt vor drei Jahren einen abgesoffenen Weinkeller beschert hatte. Das Hochwasser war in jenem Frühjahr anno 1232 so hoch gewesen, dass es zahlreiche Hütten überflutet hatte. Nicht wenige verloren dabei Hab und Gut und mussten seitdem als Bettler und Habenichtse ihr Leben fristen. Bei Hannes war es, Gott sei's gedankt, nur ein kniehoch überschwemmter Keller gewesen. Das hatte zwar einige Mühsal über die Familie gebracht, doch froh konnten sie sein, dass keiner sein Leben verloren hatte. Manch einer war bei dem Versuch, aus dem Keller schnell noch ein Fass mit Salz oder Fett zu retten, jämmerlich ersoffen.

Hannes war kaum aus der Tür herausgetreten, da hüllte ihn der Lärm der Stadt auch schon ein, obwohl seine Weinstube in einer der kleineren und ruhigeren Seitengassen stand. Hier waren die Hütten und Katen so verwinkelt, dass selbst Hannes beim Heimweg manchmal stutzte, weil er beinahe den Weg verloren hätte. Besonders das arme Gesindel zimmerte sich aus einfachen Brettern schnell einen Verschlag, der meist beim nächsten Windstoß wieder zusammenfiel.

In den dunklen Nischen saßen auch heute wieder Bettler und Tagelöhner, die Hannes nur unbeteiligt und stumpf anglotzten. In einer Ecke schlief einer seinen Rausch aus. Hannes erkannte im Vorbeigehen, dass Diebe seine Taschen geplündert hatten – wenn er nicht alles selbst versoffen hatte. Hannes kam das Gesicht des Schlafenden bekannt vor. Er glaubte zu wissen, dass es sich um den Bierbrauer Schweikert handelte, der nur ein paar Augenblicke von Hannes entfernt seine Braustube stehen hatte. Hannes musste schmunzeln. Wenn der Schweikert mit leeren Taschen und einem dumpfen Kopf nach Hause kam, würde ihm sein ständig keifendes Weib mit Sicherheit einen Tritt in den Hintern verpassen.

Kopfschüttelnd ging Hannes weiter durch die schmalen Gassen. Katzen machten Jagd auf Ratten und Mäuse, und in den schattigen Ecken, in denen noch das Wasser des letzten Regens stand, suhlten sich grunzend zwei Schweine. Irgendwo winselte ein Hund.

Mainz war eine der größten Städte des Reiches, vielleicht sogar die größte. Selbst an normalen Tagen wimmelte es in der Stadt von Handwerkern, Bauern, Tagelöhnern und Gesindel. Man musste nur eines der Stadttore aufsuchen, um zu sehen, wer alles in der Stadt Geschäfte machen wollte. Und was war erst an den hohen Feiertagen los? Dann kamen die kirchlichen Würdenträger und ihr Gefolge aus der ganzen Umgebung in die Stadt. Viele von ihnen besaßen prächtige Häuser an den lieblichen Hängen des Rheingaus und suchten die Stadt besonders in den heißen Sommermonaten nur dann auf, wenn es notwendig war.

Hannes konnte sich kaum vorstellen, in einem Haus aus Stein zu leben, das viele Ellen hoch war. Dass es Häuser gab, in denen zwanzig und mehr Menschen leben konnten, war für Hannes unvorstellbar. Am Ende der Augustinerstraße, die geradewegs vom Dom wegführte, stand ein solches. Dieses „Haus zum Stein", wie es auch genannt wurde, überragte alle anderen Gebäude, und nur die Mainzer Kirchen waren mächtiger. Das musste auch so sein. Denn der Mensch durfte sich nicht anmaßen, mächtigere und prächtigere Gebäude als die Gotteshäuser zu bauen. In jenem Haus zum Stein wohnte eine der angesehensten Familie von Mainz, deren Mitglieder wichtige Ämter im Domkapitel und im Rat innehatten. Einmal hatte Hannes staunend an der mächtigen Holztreppe gestanden, über die man in das Haus gelangen konnte. Nach einer Weile hatten ihn die Knechte des Hauses mit lautem Geschrei verscheucht. Normalerweise ließ sich Hannes von niederen Knechten nichts sagen. Doch diese ungehobelten Kerle, allesamt mindestens einen Kopf größer als Hannes, waren aufgetreten, als hätten sie die Pfalz des Kaisers zu bewachen.

Manche sagten, dass in Mainz achttausend Menschen lebten, manche sprachen sogar von zehntausend oder noch mehr. Keiner wusste das ganz genau. Und wen interessierte es auch? Allein der Herrgott wisse, wie viele Schafe auf seiner Weide grasen, hatte der kleinwüchsige Pfaffe aus dem Domstift, der bei Hannes ab und zu einen Wein trank, einmal gesagt. Dem war nichts zu erwidern. Auf den Wegen nach Hechtsheim, Stadecken oder Nierstein begegnete einem manchmal stundenlang kein Mensch. Nur hier in Mainz musste man an manchen Tagen aufpassen, dass sie einem nicht auf die Füße traten.

Die Hütte von Hannes lag nur einen Steinwurf vom Dom entfernt, dem größten Bauwerk der Stadt und neben dem Dom in Aachen das schönste im Reich. Um den Dom herum war die Geschäftigkeit der Handwerker und fahrenden Händler am größten. Hier wurde gefeilscht, gehandelt, gestritten und es wurden Geschäfte gemacht. Der

Lärm ebbte oft erst tief in der Nacht ab. Schon aus diesem Grund liebte Hannes die Stille in seinem Weinberg. Wenn er dort allein arbeitete, musste er oft über die Zukunft seiner Familie nachdenken. Nicht, dass er arm gewesen wäre. Die Weinlieferungen in den Patrizierhof einer reichen Mainzer Adelsfamilie sicherten ihm und seiner Familie ein Leben ohne Not, auch wenn ihn Steuern, Zölle, das allseits ungeliebte Ungeld (einst eigentlich für den Bau der Stadtmauer eingezogen, aber nach Beendigung der Arbeiten beibehalten) und natürlich die Pacht für den Weinberg arg plagten. Wenn nicht gerade Hagel oder ein verregneter Herbst die Ernte verdarben, konnte Hannes halbwegs beruhigt in die Zukunft schauen.

Was ihm jedoch Sorge bereitete, waren seine beiden Söhne. Egbert, mit achtundzwanzig Jahren sein ältester Spross, kränkelte seit seiner Geburt. Es grenzte fast schon an ein Wunder, zumindest war es eine besondere Gnade des Herrn, dass Egbert überhaupt noch lebte. Schon nach einer Stunde leichter Arbeit im Wingert musste er sich ausruhen und seine pfeifenden Lungen beruhigen. An manchen Tagen schaffte er ohne Hilfe noch nicht einmal die Stiege zu seiner Kammer hinauf. Zu allem Überfluss war seine Frau, die ihn stets umsorgt hatte, bereits zwei Jahre nach der Hochzeit kinderlos gestorben. Das hatte Egbert am schlimmsten zugesetzt. Er sprach kaum noch ein Wort und starrte meist trübsinnig in die Gegend. Hannes wusste: Es war ausgeschlossen, dass sein Ältester einmal Wingert und Weinstube übernehmen würde.

Karl dagegen war sechs Jahre jünger als sein Bruder und strotzte förmlich vor Kraft. Doch Hannes wusste, dass sein Interesse nicht dem Weinanbau und auch nicht der Weinstube galt. Ständig träumte er davon, in die Welt hinaus zu ziehen, ganz so wie die Ritter mit ihren Knappen. Hannes fragte sich manchmal, wie es einen Menschen nur danach drängen konnte, in der Welt umherzuvagabundieren, egal ob als Ritter, als Kaufmann oder als Pilger. Jeder wusste doch, dass es in den Hohlwegen außerhalb der geschützten Stadt von Räubern und Mörderpack nur so wimmelte. Wer allein von Mainz am Rhein entlang nach Nackenheim, einem Dorf südlich der Stadt, laufen musste, sollte am besten gleich sein Testament machen. Ein solcher Marsch konnte schnell zu einem lebensgefährlichen Abenteuer werden, besonders nach Einbruch der Dunkelheit. Erst vor wenigen Wochen hatte man auf diesem Weg den Müllers Seppel, einen besonders wohlhabenden Bürger, am helllichten Tag ausgeraubt und kurzerhand abgestochen.

Sein Weib hatte Rotz und Wasser geflennt, weil sie vergessen hatte, ihm den Dolch einzustecken. Hannes zweifelte jedoch, dass ein scharfes Messer allein helfen würde, wenn man gleich von einer ganzen Mörderbande überfallen wurde. Jeden Tag hörte man in der Stadt solche Geschichten, auch davon, dass die Halunken noch nicht einmal Wallfahrer, Priester und Bettelmönche verschonten. Selbst jene, die nur ein paar Kupfermünzen in den Taschen hatten und sich mit Absicht mit den abgetragensten Lumpen kleideten, mussten um ihr Leben fürchten. Und auch Hannes ging nie ohne Messer am Gürtel in den Weinberg. Wenn er einem Menschen begegnete, so grüßte er stets höflich, um gleich seine friedvolle Absicht kundzutun. Trotzdem ließ Karl keinen Tag verstreichen, an dem er beim Abendbrot nicht allen von seinen Sehnsüchten vorschwärmte.

Diese Flausen hat der Clemens in den Kopf gesetzt, dachte Hannes jetzt ärgerlich. Schon als Karl noch ein kleiner Junge war, hatte er ihm diese Geschichten erzählt. Und selbst heute nahm er Karl abends nach getaner Arbeit immer noch zur Seite. So sehr er seinen alten Freund auch mochte, er konnte einfach nicht verstehen, dass ein Mann von fast fünfzig Jahren von Rittern, Kaisern und Königen schwärmte, wie eine Magd am Herdfeuer oder der Spielmann mit der Laute.

Auch Hannes war bereits achtundvierzig Jahre alt und spürte das Alter in den Knochen. Besonders an diesen nasskalten Wintertagen, wenn sich die Sonne tagelang nicht blicken ließ und den ganzen Tag über das Feuer brennen musste. Trotzdem zog es im Haus und der kalte Wind strich über den rohen Fußboden, sodass er kaum noch seine Finger krümmen konnte. Täglich rieb Hannes daher seine Hände mit einer Mixtur aus Gänsefett, Asche und geriebenen Eicheln ein. Die Anwendung hatte ihm ein Waschweib aus der Nachbarschaft empfohlen, doch sie half so gut wie überhaupt nicht. Die Arbeit im Wingert fiel Hannes immer schwerer, besonders in den Wochen der Lese, wenn er von Sonnenaufgang bis Sonnenuntergang den Bottich schleppen musste. Und auch das Wasserlassen wurde immer schmerzvoller. Doch er wollte sich nichts anmerken lassen, auch wenn ihm die sorgenvollen Blicke seiner Anna und der Tochter Irmgard schon lange nicht mehr entgingen.

Irmgard, Hannes' einzige noch lebende Tochter, war zwischen den beiden Söhnen geboren worden. Sie war seit einigen Jahren mit Wieland, dem Schmied aus dem Kirschgarten, verheiratet und hatte drei gesunde Kinder zu versorgen. Mit Sicherheit würde sie nächstes Jahr das vierte bekommen. Wieland, so hatte Irmgard ihrer Mutter einmal anvertraut, war zwar schweigsam, dafür nach Sonnenuntergang um so aktiver, auch wenn er bei diesen Pflichten ebenfalls nicht viele Worte verlor. Irmgard kam nur noch selten in der Weinstube vorbei. Drei weitere Töchter hatte Hannes mit seiner Anna gezeugt, doch alle waren kurz nach der Geburt gestorben. Irgendwann hatte Anna die Kraft, Kinder auszutragen, verloren. Ihre Leidenschaft für einander war längst erloschen. Geblieben war das Wissen, dass sie für einander da waren und sich umsorgten, wenn es dem anderen schlecht ging. Mehr konnte man in dieser Welt nicht verlangen.

Hannes schlug den Weg durch die engen Gassen zum Dom ein. Es war ein sehr warmer Augusttag und es stank nach Exkrementen und Verfaultem. Seit zwei Tagen lag eine schwere Hitze über der Stadt, die sämtliche Arbeiten lähmte. Auch im Weinberg auf der Anhöhe war es nicht kühler. In einer Ecke lag eine tote Katze, auf der eine Dohle hockte, die sich an den Eingeweiden gütlich tat. Oft musste Hannes einen großen Schritt machen, um nicht in eine der vielen tiefen Jauchepfütze zu treten, die noch nicht ganz getrocknet waren. Es würde noch einige Tage dauern, bis das Regenwasser der letzten Gewitter, die über die Stadt wie das Strafgericht Gottes hereingebrochen kamen, getrocknet war.

Zum Dom hin öffnete sich das Gewirr der Gassen zu einem freien Platz. Hier roch es trotz der Hitze wesentlich angenehmer nach Gemüse und Äpfeln, Fisch, Bier und frischen Kräutern. Hier schlug das Herz der Stadt. Bäuerinnen priesen lautstark die Früchte ihrer Felder an, fahrende Händler versprachen Rabatte und Dreingaben oder schrieen sich gegenseitig an, weil sie sich übervorteilt fühlten. Auf einem Stuhl saß ein junger, vornehm gekleideter Mann, dem ein Barbier den Bart scherte. Bestimmt war es ein Ratsherr, der für seine Liebste gut aussehen wollte.

Nur ein paar Meter entfernt bekam eine Frau einen Zahn gezogen. Die Bedauernswerte war aschfahl im Gesicht und stöhnte jämmerlich, während ein grobschlächtiger Mann, wahrscheinlich ein Bader aus der Augustinerstraße, mit seinem ganzen Gewicht regelrecht auf ihr kniete und mit einer Zange das faule Übel aus dem Mund extrahierte.

Hannes blieb stehen und schaute sich das Schauspiel eine Weile an. Auch ihn hatte im Frühjahr des Vorjahres ein fauler Zahn geplagt, der gezogen werden musste. Faule Zähne, das predigte der Bader, zu dem Hannes und seine Familie einmal im Jahr gingen, immer wieder, vergifteten irgendwann den ganzen Körper. Hannes hatte mit der Zunge über seinen faulen Zahn gefühlt, das unangenehme Pochen gespürt und dem Bader eine Kupfermünze in die Hand gedrückt. Zwei Stunden später war er mit einer dicken Backe und Tränen in den Augen nach Hause gekommen. Es hatte fast einen Monat voller weiterer leidvoller Behandlungen gedauert, bis er keine Schmerzen mehr hatte. Gott sei Dank erinnerte jetzt nur noch eine weitere Lücke in der Zahnreihe an diese Pein.

Unvermittelt musste er daran denken, was Clemens ihm erzählt hatte. Wenn der Kaiser tatsächlich in Mainz Hof halten wollte, würde die Stadt aus allen Nähten platzen. Hannes erinnerte sich noch an die Königskrönung des Staufers im Dezember 1212. Fast dreiundzwanzig Jahre waren seitdem vergangen, beinahe ein halbes Menschenalter. Gute Geschäfte hatten er und sein Vater in diesen Tagen gemacht. Die Weinhändler aus dem Gefolge des Staufers und ihre Helfer hatten sich oft stundenlang in der Kate der Familie aufgehalten, Wein gekostet und bestellt und dabei die halbe Speisekammer leer gegessen. Glücklicherweise hatten sie fürstlich gezahlt, was man wahrlich nicht erwarten konnte. Wie oft kam es vor, dass sich gerade die edelsten unter den Menschen einfach das nahmen, wonach ihnen der Sinn stand, seien es Weiber, Wein oder Brot. Und statt den anderen zu entlohnen, verhöhnten sie ihn nur oder gaben ihm noch einen Tritt in den Hintern.

Doch die Staufer hatten Hannes wohlwollend auf die Schulter geklopft, den Wein über die Maßen gelobt und versichert, dass sie, sollten sie jemals wieder nach Mainz kommen, nur bei ihm einkehren würden. Damals kam Hannes die Idee, seine Stube wenigstens ab und zu auch für zahlende Zecher zu öffnen. Als äußeres Zeichen musste einfach nur getrocknete Blumen an die Tür gehängt werden. Der Vater von Hannes war anfangs dagegen gewesen, doch er hatte etliche Mäuler zu stopfen und ebenfalls hohe Pacht und Steuern zu zahlen. Da kam ihm jeder Heller recht. Vor acht Jahren war der Vater mit vierundsechzig Jahren gestorben. Die Lebenskraft hatte ihn immer mehr verlassen, bis er an einem Nachmittag im November eingeschlafen war und nicht wieder aufwachte. An seinem Totenbett hatte Hannes als einzig verbliebener Sohn seinem Vater versprochen, die Familie zusammenzuhalten und die Geschäfte weiter zu führen.

In den wirren Jahren, als sich die Welfen auch nach der Krönung des Staufers Friedrich noch an der Macht wähnten, hatte Hannes einmal gehörigen Ärger mit Anhängern des Welfenkaisers Otto bekommen. Fast hätten drei gedungene Halunken, die sich in die Stadt eingeschlichen hatten, Irmgard, die damals noch keine drei Jahre alt war, verschleppt. Gott sei Dank konnten sie überwältigt und ihre Tat vereitelt werden. Nachdem man ihnen kurzen Prozess gemacht und die Nasen abgeschnitten hatte, waren sie aus der Stadt gejagt worden. Mainz stand fest zu den Staufern. Das hatte Friedrich bestimmt nicht vergessen.

Das Gezänk zweier Frauen lenkte Hannes von seinen Erinnerungen ab. Ganz offensichtlich waren es Huren, die sich schamlos auf übelste Weise gegenseitig beschimpften. Dabei ging es wohl um einen Freier, der amüsiert ein paar Schritte entfernt stand und hinterhältig grinste. Wahrscheinlich wartete er nur darauf, welches von den beiden Weibern ihm das bessere Angebot machte. Die Aussicht auf das fleischliche Vergnügen stand ihm in sein feistes Gesicht geschrieben.

Und das im Schatten des Doms, dachte Hannes kopfschüttelnd. Doch das mächtige Haus Gottes hatte zwielichtige Gestalten noch nie von ihren dubiosen Geschäften abgehalten. Hannes hatte es erst vor einigen Wochen selbst erlebt, als ihm eine fettleibige Hure direkt an der Dompforte ihre Dienste anbot. Und aus manch dunkler Ecke tönte kein Gebet, sondern wollüstiges Stöhnen. Selbst an den Beichtstühlen gingen Geldverleiher ihrem zweifelhaften Tun nach und versprachen hohe Summen zu niedrigen Zinsen.

Ständig lungerten Bettler im Schatten des mächtigen Gebäudes. Sie lebten von den Abfällen der Marktbeschicker und von dem, was ihnen die Pfaffen aus den bischöflichen Küchen überließen. Nicht weit von Hannes entfernt saß ein Einäugiger in zerfetzten Lumpen direkt am Eingang und hielt stumm die hohle, über und über mit roter Kruste bedeckte Hand hoch. Ein beißender Gestank ließ Hannes hastig weitergehen. Bestimmt hatte der Mann seit Jahren keinen Waschtrog mehr gesehen.

Bald hatte Hannes die letzten Hütten und das Stadttor hinter sich gelassen und fast den Kästrich erreicht. Ein großes Feld mit Apfelbäumen lag hinter ihm, und auf der nach Süden gewandten Seite der leichten Anhöhe konnte er bereits die ersten Rebzeilen und mittendrin sein Weib erkennen.

Seine Söhne und Anna winkten ihm zu. „Kommst gerade rechtzeitig zur Vesper, Hannes. Ich hab auf dem Markt frische Wurst und getrockneten Fisch gekauft. Was gibt es Neues in der Stadt?“

Hannes setzte sich auf die niedrige Mauer, die seinen Wingert abgrenzte, und schenkte sich erst einen Becher Wasser ein, bevor er antwortete. Der anstrengende Fußmarsch in der Mittagshitze hatte ihn durstig und hungrig gemacht. Er brach sich ein Stück vom salzigen Fisch ab und schob es sich gierig in den Mund. Erst als er sich gestärkt hatte, berichtete er von den Neuigkeiten, die Clemens ihm zugetragen hatte. „Er ist schon ganz aufgeregt. Du weißt ja, wie er ist.“

Anna wischte sich ihre fettigen Hände an ihrer Schürze ab. Sie war ein recht fülliges Weib mit strohblonden Haaren, und sie sagte immer das geradeheraus, was sie dachte. „Uns kann es nur recht sein. Kommt wenigstens Geld ins Haus. Wir brauchen unbedingt neue Werkzeuge.“

„Und vier neue Fässer.“ Hannes nickte und beobachtete seine beiden Söhne. Egbert stand die Erschöpfung in seinem blassen Gesicht geschrieben. Er saß an die Mauer gelehnt und hielt seinen Kopf gesenkt. Die Augen waren halb geschlossen, sein dünnes Haar klebte schweißnass am Kopf, obwohl er wahrscheinlich nur die Reben zugeschnitten hatte. Trotz der Entfernung konnte Hannes das Pfeifen seiner Lungen hören.

Karl dagegen schwang kraftvoll die Harke und pfiff dabei noch vergnügt vor sich hin. Wegen der Hitze der Augustsonne, die ihm nicht das Geringste auszumachen schien, hatte er seinen braun gebrannten Oberkörper entblößt. Obwohl ihm sämtliche Mägde aus der Nachbarschaft nachliefen, hatte er sich noch immer nicht um eine Ehefrau bemüht. Hannes und Anna wussten, dass Karl lieber das kurze Vergnügen statt einer dauerhaften Bindung suchte. Erst vor wenigen Wochen hatte Anna ihren Jüngsten im Strohlager des Schuppens mit einer Magd aus der Nachbarschaft erwischt. Das lustvolle Gestöhne der beiden war selbst im Haus noch zu hören gewesen. Wenn Karl darauf angesprochen wurde, ob er denn nicht bald eine Familie gründen wolle, lachte er immer nur abfällig und winkte ab. Nur Gott wusste, wie viele Kinder er schon in Mainz gezeugt hatte, von denen er nichts ahnte und auch nichts wissen wollte. Schließlich war es das Problem der Frau, das Bündel auszutragen und später das schreiende Maul zu stillen. Oder sie setzte es gleich an einer Klosterpforte ab. Trotzdem konnte besonders Anna ihrem Sohn nicht gram sein. Auch ihr Jüngster würde irgendwann zur Ruhe kommen. Und sie brauchten ihn. Bei der Lese in zwei Monaten würde Karl wieder die Hauptlast der Arbeit tragen. Spätestens dann würde Hannes feststellen, was er an seinem Karl hatte.

Aber ich werde das Gefühl einfach nicht los, dass ich dich nicht halten kann, mein Sohn, schoss es Hannes ausgerechnet jetzt unvermittelt durch den Kopf.

Gedankenverloren aß er seinen Fisch zu Ende und griff dann ebenfalls zur Harke. Bis zur Lese gab es noch jede Menge Arbeit im Wingert.

Die Sonne war schon längst untergegangen, als Hannes und Anna mit ihren Söhnen zurückkehrten. In einer Ecke der Stube saßen zwei windige Händler, die Hannes nur flüchtig kannte. An ihrem Tisch hockte ein stadtbekannter Geldverleiher, der für seine Wucherzinsen ebenso berüchtigt war wie für seine Methoden, diese bei säumigen Schuldnern einzutreiben.

Einem Schuldner, einem Wagenbauer aus der Heugasse, sollte er einmal sogar zur Warnung ein Ohr abgeschnitten haben. Der Wagenbauer erzählte jedem, dass es ein Sensenschnitt gewesen sei, aus Versehen. Keiner glaubte ihm, denn der Wagenbauer hatte bei jedem Schulden. Anna gefiel diese Kundschaft nicht, aber sie wusste, dass sie auf das Geld nicht verzichten konnten.

Clemens kaute lustlos an einem Stück Brot und grüßte die Familie mit einer Handbewegung. Offensichtlich hatte er tatsächlich nicht mehr als den einen Schoppen getrunken. Zumindest machte er einen nüchternen Eindruck. Hannes und Anna warfen ihren Gästen grüßende Blicke zu, sagten aber nichts.

Anna ging sofort an den Wassertrog im Hinterhof und machte sich etwas sauber. Auf dem Weg zurück vom Weinberg hatte sie auf dem Markt frische Leber und andere Innereien gekauft, die sie nun braten wollte. Die Magd, ein junges Ding aus der Nachbarschaft, hatte bereits das Feuer angemacht. Anna trieb sie zur Eile an. Sie kannte ihre drei Männer. Besonders Karl hatte abends einen Bärenhunger und aß nicht selten für zwei. Für die Gäste würde auch noch etwas übrig bleiben, wenn sie denn wollten.

Kurze Zeit später waren die beiden Händler und der Geldverleiher, die in der Stube von Hannes wohl einen größeren Handel abgeschlossen hatten, endlich gegangen. Hannes nahm den Strauß von der Tür weg und schlug mit Clemens die Tafel auf.

„Wie wird in diesem Jahr der Wein, Hannes?", fragte sein Freund.

„Ich hoffe, es bleibt noch ein paar Wochen so warm", entgegnete Hannes. „Du weißt ja, der letzte Wein war ein wenig sauer geraten. Der Ratsherr hat schon angedroht, den nächsten Jahrgang aus Hochheim kommen zu lassen. Als ob die Sonne dort wärmer scheint."

„Wird schon werden, Hannes. Bestimmt kannst du auch ein paar Fässer an den kaiserlichen Tross verkaufen."

Hannes verkniff sich eine wütende Erwiderung, obwohl auch er so dachte. Doch er hatte gehofft, dass Clemens das Thema Friedrich wenigstens am Abend vergessen würde.

Karl, der gerade in die Stube gekommen war, wurde hellhörig. „Ein kaiserlicher Tross kommt in die Stadt? Wann?", fragte er interessiert.

„Friedrich, der Staufer, kommt bald nach Mainz. Ich hab's beim Ratsherrn gehört."

Hannes entging nicht, dass Karls Augen zu leuchten begannen. „Friedrich, der Stauferkaiser. Was weißt du über ihn, Clemens?", fragte sein Zweitgeborener, obwohl er die Geschichten schon als Kind gehört hatte. Hannes schnaufte, sagte aber nichts.

„Friedrich ist der mächtigste Kaiser, den das Deutsche Reich je kannte", begann dafür Clemens zu erzählen. „Die Krone musste er sich von dem Welfen Otto erkämpfen. Doch das ist ewige Zeiten her. Lange ist Friedrich nicht in Deutschland gewesen. Sein Sohn Heinrich war deutscher König, doch er hat seinen Vater schmählich verraten. Wahrscheinlich muss er für immer in den Kerker. Er kann froh sein, dass sein Vater ihm das Leben gelassen hat."

„Woher weißt du das alles?", fragte Karl verwundert.

Clemens winkte bescheiden ab. „Wenn ich im Haus des Ratsherrn bin, sperre ich meine Ohren immer besonders weit auf. Dort gehen die vornehmsten Herren der Stadt ein und aus, und es wird viel erzählt. Dann mache ich mit der Arbeit langsamer und höre um so angestrengter zu. Vielleicht erfahre ich noch mehr."

„Das hab ich mir fast gedacht", fuhr Hannes jetzt ärgerlich dazwischen. „Bei der Arbeit trödeln und hier den Wein wegsaufen. Dir werd ich's geben, Kerl."

Anna unterbrach den aufkommenden Streit der beiden und klatschte laut in die Hände. Sie hatte es nicht gern, wenn das Essen kalt wurde, und gab den beiden auch jetzt mit einer energischen Handbewegung zu verstehen, dass sie endlich Ruhe geben sollten. Hannes langte in den Topf, der auf dem Tisch stand. Clemens würdigte er keines Blickes mehr, doch der plapperte auch während des Essens noch vergnügt weiter. Anna und Karl hörten interessiert zu, während Egbert nur müde im Essen stocherte. Er hatte kaum zu Ende gegessen, da stand er auch schon auf und schlurfte in seine kleine Kammer. Anna und Hannes hörten noch sein Seufzen und wie er sich ächzend auf sein Strohlager niederließ. Anna blickte Hannes sorgenvoll an, sagte aber nichts.

Eine Stunde später verabschiedete sich auch Clemens. Hannes, der sich inzwischen wieder beruhigt hatte, ging mit ihm nach draußen. Dort hob er mahnend die Hand. „Tu mir einen Gefallen, Clemens", sagte er ernst.

„Was ist los, Hannes? Du warst während des Essens so still. Bist du immer noch wütend auf mich?"

Hannes schüttelte den Kopf.

„Es geht um Karl. Setz dem Bub keine Flausen in den Kopf!"

Clemens schaute ihn fragend an. Es war ihm anzusehen, dass er nicht verstand, was Hannes von ihm wollte.

„Mit deinen Geschichten von Friedrich und seinen ach so edlen Rittern machst du den Bub ganz närrisch. Siehst du das nicht?"

Clemens zuckte mit den Schultern und machte ein ziemlich blödes Gesicht. Er wusste wahrscheinlich immer noch nicht, warum Hannes sich so aufregte.

„Ich will, dass Karl im Wingert und in der Weinstube weitermacht, wenn ich einmal nicht mehr bin. Du aber treibst ihn nur weg. Du weckst etwas in ihm ... Verdammt, ich weiß auch nicht, wie ich es ausdrücken soll."

Clemens sah ihn immer noch stirnrunzelnd und unglücklich an. „Ich weiß wirklich nicht, was du meinst, Hannes."

Der winkte erneut ab. „Schon gut, Clemens. Ich muss gleich in der Früh in den Wingert. Komm also nicht zu spät."

Er wartete ab, bis Clemens um die nächste Ecke verschwunden war, dann ging er zurück ins Haus. Er war froh, als er kurze Zeit später endlich auf seinen Strohsack fiel. Anna hatte alle Fenster im oberen Stock geöffnet, sodass der laue Wind durch die drückend warmen Kammern streichen konnte. Langsam wurde es auf den Gassen etwas ruhiger und bald waren nur noch läufige Katzen und kläffende Hunde zu hören. Hannes fühlte noch, wie eine kühle Brise seine Haut abkühlte, da war er bereits eingenickt und in einen traumlosen Schlaf gefallen.

Wenige Tage später arbeitete Hannes allein im Weinberg. Karl und Clemens waren den ganzen Tag damit beschäftigt, mehrere Fässer Wein ins wenige Kilometer entfernte Kostheim an der Mainmündung zu liefern. Sie mussten das Fährschiff nehmen und würden erst in den frühen Abendstunden zurückkommen. Egbert und Anna waren im Haus geblieben.

Nach einem reinigenden Gewitter in der Nacht hatte der Tag mit klarer und frischer Luft begonnen. Doch jetzt hatte sich die Luft wieder spürbar erwärmt. Hannes arbeitete bereits seit Stunden zwischen den Rebzeilen und spürte, dass sein Leinenkittel schweißnass war. Jetzt gönnte er sich eine kurze Pause und ließ sich an einer Mauer nieder, die ein wenig Schatten spendete. Er war zufrieden mit der Reife der Trauben. Knapp zwei Monate vor der Lese waren sie bereits deutlich größer als im Vorjahr. Sonne am Tag und ab und zu Regen in der Nacht, so konnte es weitergehen. Dieser Jahrgang musste einfach besser werden als die vergangenen Ernten.

Hannes stand auf und schlug im Gebüsch sein Wasser ab. Heilfroh war er, dass es wieder etwas besser klappte. Der sonst so brennende Schmerz verschonte ihn diesmal. Aus dem nahe gelegenen Bach schöpfte er sich etwas von dem kalten Wasser und ließ es sich über Gesicht und Nacken laufen. Das Gefühl der Frische tat ihm gut. Für einige Augenblicke setzte er sich an das weiche Ufer, schloss die Augen und genoss die friedliche Stille. Eine Grille zirpte ganz in seiner Nähe, sonst war außer dem Glucksen des Wassers und dem Zwitschern der Vögel nichts zu hören. Aus dem Bündel, das ihm Anna mit auf den Weg gegeben hatte, kramte er eine getrocknete Wurst und ein Stück Brot hervor und begann gedankenverloren zu essen.

Hannes erinnerte sich plötzlich, wie er als Kind mit seinem Vater, seinem älteren Bruder und den drei Schwestern immer in den Wingert gegangen war. Während alle anderen hart arbeiteten, hatte er die Umgebung erkundet, Frösche gefangen und das Wild beobachtet. Diese Zeit war vielleicht die schönste seines Lebens gewesen. Später musste auch er im Wingert und im Weinkeller seines Vaters arbeiten. Mit einundzwanzig hatte er Anna geheiratet, die einzige Tochter eines

Schneiders. Ein Jahr später war Egbert zur Welt gekommen. Von Hannes' Schwestern lebte nur noch eine, sein Bruder war bereits vor dreißig Jahren gestorben. Gudula war mit einem Müller aus Bodenheim, einem Dorf, gut zwei Stunden von Mainz entfernt, verheiratet. Hannes hatte sie zuletzt beim Tod seines Vaters gesehen.

Seufzend kehrte Hannes in die Gegenwart zurück, stand auf und bog seinen Rücken durch. Während er kaute, stützte er sich auf seine Harke und ließ den Blick schweifen. Vom Kästrich, dem Hügel außerhalb der südwestlichen Stadtgrenze, wo vor über tausend Jahren einmal ein mächtiges Römerkastell gestanden hatte, konnte er einen wunderbaren Blick über die Dächer der Stadt, den Taunus und die Umgebung von Mainz genießen. Die Stadt lag wie ein lang gezogener brauner Flecken eng angeschmiegt am Rhein, und um die Stadt herum lagen die kleinen Dörfer, Weisenau zum Beispiel oder Zahlbach und Bretzenheim, Gonsenheim und Mombach.

Als Hannes nach Osten schaute, stutzte er plötzlich. Jenseits der grünen Weinberge und der in der Sonne kräftig leuchtenden Felder erkannte er knapp unter dem Horizont etwas Seltsames. Eine dunkle, mächtige Schlange schien sich unendlich langsam voran zu bewegen. Die Schlange hatte etwas Majestätisches, und plötzlich durchfuhr es Hannes wie ein Blitz. Augenblicklich schlug sein Herz schneller.

„Der kaiserliche Tross", murmelte er. „Das ist der Tross von Kaiser Friedrich."

Seit Tagen hatte es in der Stadt kein anderes Gesprächsthema gegeben. Längst war es kein Gerücht mehr. Kaiser Friedrich II. wollte tatsächlich in Mainz seinen Hoftag abhalten. Clemens hatte erzählt, dass der Staufer erst vor wenigen Wochen zum dritten Mal geheiratet hatte. Seine junge Frau Isabella, die Schwester des englischen Königs, würde ihn vielleicht begleiten. Hannes konnte nicht umhin, seinen alten Freund langsam zu bewundern. Durch seine Weinlieferungen in das vornehme Patrizierhaus erfuhr er mehr als nur den täglichen Klatsch und Tratsch, der in den Gassen der Stadt verbreitet wurde.

Hannes konnte nicht leugnen, dass auch er sich immer mehr für die Geschichten um Friedrich interessierte. Erst gestern hatte Clemens erzählt, dass Friedrich als armes Kind von Italien nach Deutschland gekommen war, um für die Krone gegen den Welfenkaiser Otto zu kämpfen. Nur ein Empfehlungsschreiben des Papstes und ein paar Silberstücke hatte er damals bei sich gehabt. Mit List und Verstand hatte er die Krone schließlich erobert und war im Jahr 1220 vom Papst in Rom zum Kaiser gekrönt worden.

Mit halb zugekniffenen Augen versuchte Hannes mehr zu erkennen. Nach einer Weile konnte er sogar Reiter von Fußvolk unterscheiden. Und da war noch etwas – ein seltsames Ding, das sich merkwürdig schaukelnd bewegte und turmartig alles andere im Tross überragte. Hannes fragte sich, was das wohl sein konnte. Doch so sehr er sich auch anstrengte, er konnte einfach nicht erkennen, was der Kaiser Seltsames in seinem Zug mitführte.

Sie werden wahrscheinlich auf der Anhöhe zwischen Hechtsheim und Weisenau lagern, dachte Hannes. Spätestens in den Abendstunden würden die ersten Knechte, Mägde und mitreisenden Händler in der Stadt einfallen wie die Heuschrecken. Wenn er davon profitieren wollte, musste er den Strauß als weithin sichtbares Zeichen, dass in diesem Haus Wein ausgeschenkt wurde, an der Tür hängen lassen. Hannes seufzte. Er konnte sich ausmalen, dass erst in den späten Nachtstunden Ruhe im Haus einkehren würde. Und morgen wollte er in aller Frühe nach Mombach laufen, um dort die neuen Fässer zu bestellen.

So sehr sich Hannes später wieder auf seine Arbeit konzentrieren wollte, es gelang ihm nicht. Immer wieder beobachtete er den Tross, der inzwischen anscheinend seinen Lagerplatz erreicht hatte. Der seltsame Turm war sogar zwischen den Bäumen zu erkennen. Es schien, als lebte dieses komische Ding.

Stunden später war Hannes wieder zurück in der Stadt. Fast alle Gesprächsfetzen, die er aufschnappte, drehten sich um Friedrich und sein Gefolge. Es war nicht zu übersehen, dass sich deutlich mehr Händler in der Stadt aufhielten als an normalen Tagen. Sie alle wollten Gewinn schlagen aus dem kaiserlichen Besuch in der Stadt. Bei einem Bauer, der im Kirschgarten Gemüse anbot, blieb Hannes unauffällig stehen. Ein vornehm gekleideter Mann erzählte eifrig, dass Friedrich fremde Tiere mit sich führe. Tiere, so seltsam, dass einem die Worte fehlten, sie zu beschreiben. Sie konnten nur vom anderen Ende der Welt stammen, wo auch die Ausgeburten der Hölle lebten, fuhr der vornehme Herr schaudernd fort.

Der Turm, durchfuhr es Hannes. Hatte der Fremde vielleicht den Turm gemeint? Er schüttelte unwillkürlich den Kopf und ging weiter. Der Ruf, der dem Kaiser nach Mainz voraus geeilt war, hatte die Fantasie einiger Leute und jetzt wohl auch seine eigene in Wallung gebracht.

Nach wenigen Schritten hatte er den Hof seines Schwiegersohnes erreicht. Der stand breitbeinig am Amboss und bearbeitete mit dem Hammer eine rotglühende Zange. Hannes grüßte ihn freundlich. Immer wenn er seinen Schwiegersohn sah, war er froh, dass seine Irmgard einen so ehrlichen Mann wie ihn gefunden hatte. Wieland war stämmig, wortkarg, aber fleißig. Zusammen mit seinem dürren Knecht, der gerade mit dem Blasebalg das Feuer schürte, arbeitete er meist von morgens bis in die Nachtstunden. Er konnte seine große Familie ernähren und war gesund. Das war die Hauptsache.

Wie es seine Art war, begrüßte Wieland auch seinen Schwiegervater nur kurz angebunden und nickt in Richtung der kleinen Hütte, womit er andeutete, dass Irmgard sich gerade um die Kinder kümmerte. Ohne seinen Schwiegervater weiter zu beachten, hämmerte er auf das Eisen. Hannes öffnete die Tür und betrat die kleine Stube. Seine Tochter fütterte gerade ihren Jüngsten. Die beiden Töchter saßen lärmend am Tisch und aßen Grütze. Als sie ihren Großvater sahen, begrüßten sie ihn lautstark. Auch Irmgard löste ihren vor sieben Monaten geborenen Sohn von der Brust und legte ihn in die Wiege.

„Vater", rief sie hoch erfreut. „Schön, dass du uns mal besuchen kommst."

Vater und Tochter umarmten sich kurz. „Setz dich, Vater. Kannst etwas Suppe mit Huhn haben, wenn du Hunger hast."

Hannes schüttelte den Kopf. Er wollte nicht lange bleiben und nur kurz seine Enkelkinder sehen. Was es an Neuigkeiten gebe, im Kirschgarten und in der Augustinerstraße, fragte er.

„Der Wieland hat einige Aufträge bekommen – aus dem kaiserlichen Tross, der vor Mainz lagert", berichtete Irmgard gut gelaunt. „Vorhin kam ein vornehmer Herr vorbei und hat sogar im Voraus bezahlt."

Friedrich, wo man auch hingeht, immer nur Friedrich, dachte Hannes unwirsch. Nun, der Kaiser wird nicht ewig in Mainz bleiben. In ein paar Tagen ist der Spuk vorbei, dann kehrt das normale Leben wieder zurück, beruhigte er sich.

Er zwang sich zu einem Lächeln. „Das ist doch schön", sagte er. „Hoffentlich brauchen die Gefolgsleute des Staufers auch viel Wein. Mein Lager ist noch gut gefüllt."

Vater und Tochter unterhielten sich noch eine Weile, doch Hannes war mit seinen Gedanken woanders. Es zog ihn nach Hause. Er hatte ein unbestimmtes Gefühl, und er glaubte den Grund dafür zu kennen. Als das Läuten der Domglocken ertönte, stand er auf und verabschiedete sich von seiner Tochter und den Enkelkindern.

Als er kurze Zeit später in die Weinstube trat, blieb er wie angewurzelt stehen. In der Stube saßen acht Gäste, so viele wie lange nicht mehr. Sie aßen und tranken und lärmten dabei ausgelassen und fröhlich. Anna, Clemens und die Magd liefen emsig durch den Raum. Auch die fette Reiberin aus der Nachbarschaft schwirrte mit einem hochroten Gesicht durchs Haus.

Für einen Krug Wein und einen Kanten trockenes Brot half sie ab und zu bei Hannes aus. Der Anblick der gestandenen Männer, allesamt waren sie jung, braun gebrannt und mit Muskeln bepackt, hatte sie sichtlich erregt. Doch die acht hatten anderes im Sinn, als eine nicht gerade wohl proportionierte Reiberin zu begrapschen, der zudem noch die meisten Zähne fehlten.

Und mitten im Raum stand, als ging ihn der Trubel nicht das Geringste an, sein Sohn Karl, frisch gewaschen und in Sonntagskleidung.

Hannes verdrehte die Augen und zischte seinem Sohn eine Bemerkung zu. Als dieser nicht reagierte (er hatte seinen Vater überhaupt nicht bemerkt), zog Hannes seinen Jüngsten mit festem Griff zur Seite und sah ihn scharf an.

Was sollte dieser Aufzug?

„Wenn es etwas ruhiger geworden ist, lauf ich mit Clemens gleich nach Weisenau raus", sagte Karl, als sei dies die Erklärung für seine Sonntagskluft. „Wir wollen uns ein bisschen umschauen."

„Ach ja, ein bisschen umschauen. Und dafür ziehst du dich an, als wolltest du um ein Weib buhlen? Wahrscheinlich warst du sogar im Badhaus."

Karl zuckte mit den Schultern und machte ein unbekümmertes Gesicht. „Wer weiß, vielleicht treffen wir ja den Kaiser."

Das Lächeln seines jüngsten Sohnes dämmte den Zorn des Vaters etwas ein. „Na schön, wenn du dich unbedingt vor allen Leuten zum Depp machen willst", meinte er resigniert. „Verschwindet und seht zu, dass ihr beide Land gewinnt!"

Karl gab Clemens ein Zeichen und ging zur Tür. „Ich schlafe heute Nacht bei Clemens. Nach Sonnenaufgang bin ich im Wingert." Er hob grüßend die Hand und verließ mit Clemens das Haus.

Bevor Hannes etwas entgegnen konnte, wurde er abgelenkt. „Wirt, wir brauchen noch vier Krüge Wein", rief einer der Gäste laut. Er hatte ein fremdländisches Aussehen und sprach einen deutschen Dialekt, den Hannes noch nie gehört hatte.

Sein goldbesetztes Wams wies ihn als hochgestellte Persönlichkeit aus. Auch seine sieben Begleiter waren ganz offensichtlich keine armen Knechte. Zwei von ihnen hatten schon glasige Augen und lallten unverständliches Zeug.

Der Fremde legte einige Silberstücke auf den Tisch. „Hier, Wirt, Euer Wein ist ausgezeichnet. Und jetzt sagt uns, wo wir nach dem Essen ein paar willige Weiber finden. Der Ruf der Mainzer Frauen ist bereits bis in die Hagenauer Pfalz geeilt. Jetzt wollen wir sehen, ob das auch stimmt. Mir steht der Sinn nach einer sinnlichen Magd.“ Er und seine Freunde grölten vor Lachen.

Wenigstens verdiene ich an diesem Abend mehr als sonst in einer Woche, dachte Hannes, während er die Krüge brachte.

Anna stand mit der Reiberin und der Magd derweil am Feuer und briet den Gästen Fleisch und Fisch. Glücklicherweise hatte sie zu so später Stunde noch etwas auf dem Markt bekommen. Es wäre ein Zeichen schlechter Gastfreundschaft gewesen, die vornehmen Gäste ihrem Hunger zu überlassen. Die Reiberin ließ nichts unversucht, den Jüngsten aus der Gruppe schöne Augen zu machen. Und als einer der beiden Besoffenen seine Hand in ihren Schoß wandern ließ, gab sie einen glucksenden Laut der Freude von sich.

„Ich brauch heut Nacht was Jüngeres“, grölte der Besoffene und stieß die Reiberin wieder von sich, die sich schmollend trollte. Stattdessen nickte er zur Magd hinüber, die sich aber sofort wegdrehte. Keine zwei Minuten später rutschte er unter den Tisch und blieb liegen. Seine Kameraden schlugen sich brüllend auf die Schenkel.

Wie Hannes befürchtet hatte, kamen sie erst weit nach Mitternacht ins Bett. Er nahm seine Anna liebevoll in die Arme, dann schliefen beide sofort todmüde ein.

Als in der Nachbarschaft der Hahn krähte, blieb Hannes noch eine Weile wie benommen liegen. Vertraute Geräusche ließen ihn nach einer Weile die Augen öffnen. Unten in der Hütte stand Anna bereits wieder am Herd. Obwohl auch sie nur ein paar Stunden geschlafen hatte, pfiff sie vergnügt vor sich hin. Hannes erhob sich aus seinem Bettkasten und urinierte gähnend in den Eimer neben seinem Bett. Schlaftrunken ging er ans Fenster und öffnete die Läden. Frische Luft schlug ihm entgegen. Auf der Straße herrschte um diese Stunde nur mäßiges Treiben. Der Müller schob einen Karren mit Weizensäcken vor sich her. Zwei Mägde schleppten einen riesigen Waschzuber. Wahrscheinlich wollten sie hinunter an den Rhein. Drei Zimmerleute kamen des Wegs und unterhielten sich lautstark. Als keiner mehr zu sehen war, goss Hannes den Inhalt des Eimers aus dem Fenster und stellte ihn wieder ans Bett. Danach ging er die enge Stiege hinunter in die Stube.

„Na, bist du endlich wach?“, grüßte ihn Anna lachend. Sie hatte die Unordnung des Vorabends aufgeräumt. Jetzt blitzte die Stube wieder.

Hannes brummte etwas und setzte sich in die Ecke am Feuer. Anna reichte ihm frische Milch, Graupensuppe und einen geschälten Apfel.

„Schläft Egbert noch?“

„Nein, aber er ist noch völlig erschöpft. Er hat bei dem Lärm die halbe Nacht kein Auge zugetan. Ich habe ihm gerade etwas Grütze gebracht. Er kann heute nicht mit in den Wingert.“

Hannes nickte nachdenklich. „Er kann mit Clemens hier bleiben. Wenn der heute überhaupt erscheint. Karl wird ja hoffentlich nicht verschlafen. Wer weiß, wo die beiden sich gestern Nacht herumgetrieben haben.“

Er aß schweigend, stand auf und schnappte sich das Bündel, das ihm Anna für den Tag zurecht gemacht hatte. „Ich mach mich auf den Weg zum Reibold nach Mombach. Bin zur Mittagsstunde im Wingert.“

Mombach, ein kleines Dorf nördlich von Mainz, lag eine gute Wegstunde entfernt. Dort hatte der Küfer Reibold seine Werkstatt. Reibold und Hannes kannten sich seit vielen Jahren und brauchten keinen großen Handel, um ins Geschäft zu kommen. Natürlich gab es auch in Mainz etliche Küfer, doch die waren alle teurer als der alte Reibold und verlangten zudem eine satte Vorauszahlung. Auch hatte sich Reibold stets als zuverlässig erwiesen. Da nahm Hannes den langen Fußmarsch gern in Kauf.

Als Hannes das Haus verließ, war es immer noch angenehm kühl. Doch der strahlend blaue Himmel ließ einen warmen Tag erwarten. Er nahm den Weg zum Fischtor. Danach musste er sich nur stromabwärts halten. Auf Höhe der Bleiche, wo die Wäscher und Schneider ihre Stuben und Hütten hatten, passierte Hannes das Stadttor. Dort drängten sich auf der anderen Seite bereits ungeduldig die fahrenden Händler und Bauern, die in Mainz ihre Waren verkaufen wollten. Zwei von ihnen stritten sich mit den Torwächtern, die ihnen den Zutritt in die Stadt verweigern wollten. Auch auf dem Rhein herrschte mehr Schiffsverkehr als sonst.

Hinter dem Stadttor brauchte sich Hannes nur nach dem breiten Weg zu orientieren, der parallel zum Rhein flussabwärts führte. Mit mäßigem Schritt lief Hannes an Obst- und Getreidefeldern vorbei. Nur hier und da waren Bauern und ihre Knechte bei der Apfelernte zu sehen. Ein Schäfer passte mit seinen bellenden Hunden auf seine große Herde auf. Wie eine steinerne Figur stand er regungslos inmitten seiner blökenden Schafe.

Die Anwesenheit des Kaisers und seines Gefolges in Mainz hatte einen angenehmen Nebeneffekt: Das lichtscheue Gesindel mied die Stadt und ihre Umgebung. Sämtliche Halunken waren gut beraten, sich unsichtbar zu machen. Wer jetzt aufgegriffen wurde, endete schneller am Galgen als ihm lieb war. Wenn der Kaiser in der Stadt weilte, griff der Rat noch härter durch. Das ersparte Hannes das Geld für das Treidelschiff, das ihn zwar sicherer und schneller, aber auch wesentlich teurer nach Mombach gebracht hätte.

Hannes genoss die Zeit, in der er allein über alles nachdenken konnte. Auch wenn die Geschäfte sehr gut liefen und der neue Jahrgang sich hervorragend entwickelte, so konnte er eine gewisse Unruhe nicht unterdrücken.

Seine beiden Söhne wollten ihm einfach nicht aus dem Kopf gehen. Egbert war krank, und es war nur eine Frage der Zeit, bis er überhaupt nicht mehr aus dem Haus konnte. Nur Gott wusste, wie lange Egbert noch zu leiden haben würde. Hannes war kein Mensch, der seine Gefühle offen zeigte. Doch der Gedanke, seinen Ältesten vielleicht bald zu Grabe tragen zu müssen, ließ die Tränen in ihm hochsteigen.

Und dann Karl ...

Seine ständige Unruhe, dieser innere Drang nach Neuem war förmlich greifbar. Wenn alles, was Hannes und sein Vater in den vergangenen Jahrzehnten geschaffen hatten, nicht verloren gehen sollte, musste Karl das Erbe antreten.

Eine Stunde später hatte Hannes Mombach erreicht. Das Dorf war nur wenige windschiefe Hütten groß, die sich um eine kleine Holzkirche drängten. Auf dem Dorfplatz spielten lärmend einige verschmutzte Kinder, die sofort verstummten, als sie den Fremde sahen. Neugierig musterten sie Hannes. Ein paar Schritte weiter stach ein

Metzger gerade eine quiekende Sau ab. Reibolds Werkstatt lag nicht weit vom Dorfbrunnen entfernt. Als Hannes den Hof des Küfers erreicht hatte, kam ihm Reibold entgegen. Auf seinen Schultern trug er ein paar Bretter.

„Hannes!", rief er erfreut und legte das Holz ab. „Dass du mal wieder nach Mombach kommst."

Hannes hob grüßend beide Hände. „Ja, Reibold, ich brauche vier neue Fässer", kam er gleich zur Sache.

„Kein Problem. Aber erst gehen wir mal rein ins Haus. Wernhild hat gerade frische Gemüsesuppe aufgesetzt. Du bist natürlich herzlich eingeladen. Die Stärkung wird dir gut tun. Und nach dem Essen bereden wir alles in Ruhe."

Der Tag verlief ohne Zwischenfälle. Nach seinem Besuch bei Reibold, der ihm versprochen hatte, die Fässer so schnell wie möglich zu liefern, hatte sich Hannes direkt auf den Weg zum Kästrich gemacht, wo Karl bereits fleißig bei der Arbeit war. Er grüßte seinen Vater betont freundlich, sagte aber nicht, was er am Abend erlebt hatte. Hannes verkniff es sich, danach zu fragen. Die Arbeit im Wingert ging so gut voran, dass Karl und Hannes bereits in den Nachmittagsstunden wieder Zuhause waren. Anna, die sich seit den frühen Morgenstunden um Egbert kümmerte, hatte bereits das Essen vorbereitet.

Später hatte es Karl plötzlich eilig.

„Du willst noch einmal weg?", fragte Anna verwundert.

Karl nickte eifrig. „Ja, ich treff' mich mit dem Clemens." Er hielt inne. „Es ist dir doch recht, Mutter? Wie du siehst, bin ich heute normal angezogen."

Anna verzog die Lippen. „Was soll ich dagegen haben? Ich hoffe nur, du machst keine Dummheiten, Bub. Es sind viele Fremde in der Stadt. Geh ihnen lieber aus dem Weg, besonders den fliegenden Händlern. Die wollen dir nur Schund andrehen."

Jetzt lachte Karl. „Mutter, ich nehm's mit Dreien auf einmal auf, wenn es sein muss."

„Genau darum geht es, mein Junge", murmelte Hannes, der schweigend zugehört hatte.

„Anna", rief er nach einer Weile laut. „Ich muss noch mal zu Wieland, wegen der neuen Werkzeuge. Wird 'ne Weile dauern. Schließ hinter mir zu! Heute nehmen wir mal keine Gäste auf."

Er wartete die Antwort seiner Frau gar nicht erst ab, sondern verließ hastig das Haus. Minuten später sah er Karl endlich. Sein Sohn ging mit schnellen Schritten Richtung Augustinerstraße, und Hannes hatte Mühe, ihm zu folgen. Im Gewirr der kleinen und engen Gassen verlor er seinen Jüngsten immer wieder kurz aus dem Blick.

Hannes wusste auch nicht, was ihn dazu trieb, seinem Sohn nachzuspionieren. Dennoch kehrte er nicht um, sondern folgte Karl, der am südlichen Stadttor von Clemens erwartet wurde. Zusammen liefen beide Richtung Weisenau weiter. Hannes musste jetzt größeren Abstand halten und sich immer wieder hinter Büschen und Bäumen verbergen, damit er nicht bemerkt wurde. Kurz vor dem direkt am Rhein gelegenen kleinen Fischerdorf bogen Karl und Clemens nach Südwesten ab. Hannes wusste längst, wohin die beiden wollten. Auf einer Anhöhe bei Weisenau lagerte der Tross des Staufers. Aber was zum Teufel wollten sie dort?

Tatsächlich kamen nach einer halben Stunde die ersten Zelte in Sicht. Jetzt musste auch Hannes staunen. Auf der weitläufigen Anhöhe zwischen den Dörfern Weisenau und Hechtsheim war kein einfaches Zeltlager aufgeschlagen. Das, was in der Dämmerung vor ihnen lag, war eine kleine Stadt. Hannes war von dem Gewirr der Zelte, der kleinen Hütten, Wagen, Ställe und Pferdekoppeln wie erschlagen. Und in der Zeltstadt von Friedrich wimmelte es nur so von Menschen. Hannes sah Ritter, Knechte, Mägde, Handwerker, Bettler, Mönche, Priester, Kinder. Aus dem Stimmengewirr konnte Hannes kein einziges Wort verstehen. In Friedrichs buntem Gefolge sprach wohl keiner deutsch.

Fast hätte Hannes Clemens und Karl aus den Augen verloren. Die beiden gingen zielstrebig weiter, als würden sie sich in dem riesigen Lager bereits bestens auskennen. Da sich keiner um ihn kümmerte, heftete sich Hannes weiter an ihre Fersen. Karl und Clemens liefen an den Zelten vorbei und erreichten einen kleinen Platz. Jetzt durchfuhr Hannes ein gewaltiger Schreck.

Der Turm, dachte er entsetzt.

Doch es war kein Turm, was da keine zwanzig Schritte vor ihm stand – es war ein Tier. Es war an einen Baum angebunden und knabberte munter an den grünen Blättern. Hannes sah vier lange Beine, einen großen Körper, einen noch längeren Hals und eine pfiffige Schnauze mit aufrecht stehenden Ohren. Dieses seltsame Etwas war so groß, dass es keine Probleme hatte, von den obersten Blätter des Baumes zu fressen.

Der Himmel wusste, woher das Ungetüm stammte. Wahrscheinlich konnte es vier ausgewachsene Männer auf einmal töten. Erst jetzt fiel Hannes auf, dass es trotz seiner immensen Größe einen friedlichen Eindruck machte. Woher dieses fremde Wesen wohl stammen mochte?

Grundgütiger, durchfuhr es Hannes. Sein Herz schlug bis zum Hals. Wo war er denn hier gelandet?

Ein Fauchen ließ Hannes herumfahren. In einem großen Käfig lagen drei riesige Katzen auf dem Boden, zwei von ihnen balgten miteinander. Es mussten Katzen sein, und doch waren sie hundertmal größer als die, die in Mainz durch die Straßen streunten. Eine der Bestien fletschte die Zähne und fauchte so lautstark, dass sich bei Hannes die Nackenhaare aufrichteten. Er hoffte inbrünstig, dass die Gitterstäbe stark genug waren, diese wilden Tiere aufzuhalten. Denn im Gegensatz zu dem turmartigen Vieh waren diese Katzen alles andere als friedfertig. Nur ein mit einem scharfen Schwert oder einem Speer bewaffneter Ritter wäre vielleicht in der Lage gewesen, sie zu bezwingen.

Hannes war wie benommen. Noch nie hatte er einen kaiserlichen Tross gesehen. Bei Friedrichs Krönung vor vielen Jahren in Mainz hatte er nur einen kurzen Blick auf das Gefolge werfen können. Doch das hier war kein normales Gefolge. Das war ein Sammelsurium von fremden Wesen. Selbst die meisten Menschen machten den Eindruck, als stammten sie nicht von dieser Welt. Da waren Dunkelhäutige, die feine Tücher um ihren Kopf geschlungen hatten. Andere hatten eine pechschwarze Haut, und Hannes versuchte sich vorzustellen, wie schmerzhaft es gewesen sein musste, als die Haut eine solch unnatürliche Farbe annahm. Was Hannes angenehm auffiel, war die Schönheit der Frauen. Solch grazile Schönheiten sah man in Mainz so gut wie nie. Geheimnisvoll sahen sie aus. Mit ihren Blicken schienen sie das Paradies auf Erden zu versprechen. Hannes ertappt sich dabei, wie er sich vorstellte, einer solchen Schönheit näher zu kommen.

Doch plötzlich fluchte er. Wo steckten Karl und Clemens? Er hatte sie aus den Augen verloren. Und sie hier wiederzufinden, schien unmöglich. Genauso unmöglich wie den Weg zurück nach Mainz zu finden. Hannes drehte sich noch einmal im Kreis, dann hatte er vollends die Orientierung verloren. Irgendwie musste er wieder herausfinden aus diesem Gewirr. Nach dem Weg zu fragen, konnte er sich allerdings sparen. Keiner würde ihn verstehen. Aufs Geratewohl ging er los. Vorbei an musizierenden Gauklern und jammernden Bettlern lief er verloren zwischen den Zeltreihen umher. Mittlerweile war längst die Sonne untergegangen. Überall flackerten Fackeln oder brannte offenes Feuer. Fremde Gesichter blickten ihm entgegen. Manche grinsten, manche schauten argwöhnisch drein, einige griffen sogar drohend zu ihren Waffen. Hannes' Herz machte einen Sprung. Niemand würde ihm helfen, sollte einer der Fremden sich auf ihn stürzen. Hilflos lief er weiter, aber er traute sich nicht, einen der Menschen anzusprechen.

Irgendwo muss ich aus diesem verdammten Lager doch wieder herauskommen, dachte er verzweifelt und hastete weiter.

Der Riese, der ihm wie ein Blitz aus heiterem Himmel den Weg verstellte, hätte gar keinen Krummsäbel gebraucht. Er hätte Hannes auch mit einem einzigen Faustschlag zum Herrn schicken können. Einen solchen Menschen hatte Hannes noch nie gesehen. Gut drei Kopf größer als Hannes war er und doppelt so breit. Seine riesigen Hände glichen Schaufeln. Das Auffallendste waren seine dunkle Haut, die rabenschwarzen Augen, die blitzweißen Zähne und die bunte Kleidung. Auch um seinen mächtigen Schädel hatte der Hüne bunte Tücher geschlungen. Drohend schwenkte dieses menschliche Ungetüm sein gebogenes Schwert und redete in einer fremden Sprache auf Hannes ein. Der hob beschwichtigend beide Hände und ging langsam rückwärts. Obwohl er kein Wort verstand, wusste Hannes, dass er die verbotene Zone des Lagers erreicht hatte.

Der Riese redete weiter, senkte jetzt aber seine Waffe und grinste sogar. Er schien gemerkt zu haben, dass dieser unscheinbare Mann keine Gefahr darstellte. Hannes blieb stehen und spähte vorsichtig in Richtung des Riesen, der sich inzwischen wieder umgedreht hatte und breitbeinig in der Mitte zwischen den Zeltreihen stand. Am Ende der Reihe glaubte Hannes ein besonders großes und prunkvolles Zelt zu sehen, doch es war zu weit weg, um etwas Genaueres erkennen zu können. Außerdem versperrte ihm der breite Rücken des Hünen die Sicht. Hannes machte wieder zwei vorsichtige Schritte nach vorn und reckte seinen Hals. An dem Prunkzelt war jetzt eine Bewegung zu erkennen. Mehrere Männer erschienen, einer von ihnen trug ein rotes Gewand und war derjenige, der redete. Die anderen hörten ihm zu. Hannes machte nochmals zwei weitere Schritte nach vorne. Wenn der Riese ihn wieder erwischte, würde er ihn hochkant aus dem Lager werfen oder vierteilen. So sehr er sich anstrengte, er konnte nichts mehr erkennen. Die Männer waren inzwischen in dem Prunkzelt verschwunden.

Vielleicht war der Mann mit dem roten Gewand der Stauferkaiser Friedrich, mutmaßte Hannes.

Er schnaufte. Irgendwie musste er aus diesem Lager hinaus und wieder nach Hause kommen. Wenn Anna noch wach war, würde sie sich bestimmt schon Sorgen machen.

Wenn er in Richtung des Prunkzeltes ging, würde er nicht weit kommen. Also drehte sich Hannes um und lief in die entgegengesetzte Richtung. Wieder kümmerte sich keiner um ihn. Hannes sah eine Gruppe Menschen, gekleidet und bewaffnet wie der Riese. Doch diese Männer waren wesentlich kleiner, schlanker und jünger. Wie sie auf dem Boden kauerten, glichen sie aufmerksamen Raubtieren, jederzeit bereit zum Sprung und zum Angriff. Wenige Schritte weiter stritten sich zwei deutsche Ritter. Es war das erste Mal, dass Hannes im Lager etwas verstehen konnte. Es ging um eine Küchenmagd und darum, wer von beiden in dieser Nacht mit ihr das Vergnügen haben sollte, so viel konnte er verstehen. Doch er verkniff sich das Lauschen, denn er wollte keinen Verdacht erregen.

Mönche waren in Gebete versunken, Huren machten im Dunkeln zwischen den Zelten die Beine breit und stöhnten verheißungsvoll. Hannes senkte den Kopf und lief weiter. Er hatte das Gefühl, in eine völlig fremde Welt geraten zu sein. Dieses Leben hier hatte nichts mit dem geregelten Dasein in Mainz zu tun. Hannes konnte sich vorstellen, dass ein Kaiser wie Friedrich die unterschiedlichsten Menschen aus aller Herren Ländern um sich scharte. Aber einen solchen Zirkus hätte er nicht erwartet.

Andere Länder, andere Sitten, dachte Hannes sarkastisch.

Endlich hatte er die letzten Zelte des riesigen Lagers heil hinter sich gebracht. Jetzt musste er sich nur noch orientieren. Er sah sich hastig um. Glücklicherweise war der Himmel sternenklar. Nach einer Weile erkannte er endlich im fahlen Licht des Vollmondes das silberne Band des Rheins und die vagen Umrisse der Stadt. Jetzt atmete er erleichtert auf. In einer knappen Stunde würde er wieder zu Hause sein. Er hoffte, dass Anna schon schlief.

Der nächste Tag war ein Sonntag, an dem sich die Familie immer etwas Ruhe gönnte. Als Hannes an diesem 22. August die Augen aufschlug, lag er allein im Bett. Bei seiner Rückkehr hatte Anna glücklicherweise fest geschlafen und nicht bemerkt, wie abgehetzt ihr Mann nach Hause gekommen war. Am Wassertrog hatte er sich notdürftig gewaschen und abgekühlt. Wie ohnmächtig war Hannes nach seiner Rückkehr aus dem kaiserlichen Lager in seinen Bettkasten gefallen. Den Rest der Nacht hatte er fest und traumlos geschlafen. Jetzt waren die Eindrücke mit einem Schlag wieder da. Hannes schüttelte unwillkürlich den Kopf, als er an den lebenden Turm, die Riesenkatzen und den dunkelhäutigen Hünen dachte. Noch einmal schlug sein Herz fast bis zum Hals. Das war keine Welt für ihn. Sein Zuhause war hier in Mainz.

Hannes rieb sich die Augen, stand auf und öffnete die Fensterläden. Als er hinaus auf die Straße schaute, stutzte er. Die Menschen strömten regelrecht in Richtung des Doms. Hannes sah Männer, Frauen, Kinder und Greise, Vornehme und Bettler, Kirchenleute und Handwerker. Sie alle hatte eine freudige Erregung gepackt. Mit einem Schlag dämmerte es ihm. Der Kaiser wollte zusammen mit Erzbischof Siegfried am Gottesdienst teilnehmen. Und die Mainzer ließen es sich nicht nehmen, Friedrich willkommen zu heißen.

Hannes kletterte die Stiege hinunter. In der Stube saßen Anna, Karl und Egbert bereits am Tisch und grüßten das Familienoberhaupt froh gelaunt. Anna stand auf und reichte ihrem Mann warme Eierpfannkuchen und einen kräftigen Sud aus Wasser, Wein und verschiedenen Gewürzen. Außerdem gab es sonntags immer rahmige Milch mit süßem Honig. Hannes reckte sich und gähnte noch einmal ausgiebig. Danach griff er zu und ließ es sich schmecken.

„Du hast die Nacht geschlafen wie ein Stein, Hannes“, sagte Anna und lächelte liebevoll. „Bist spät vom Wieland zurückgekommen.“

Hannes nickte fahrig. „Die Woche war anstrengend“, sagte er ausweichend und nahm einen kräftigen Schluck. Er schaute zu seinen Söhnen. Karl aß wie gewohnt mit kräftigem Appetit, während sein älterer Bruder lustlos in seiner Portion stocherte. Karl versuchte, ihn aufzuheitern, doch Egbert gab nur knappe Antworten. Immer wieder hustete er und röchelte nach Luft.

Mitleid stieg in Hannes auf. Sein Sohn nahm das Leben kaum noch wahr. Anna drückte ihren Ältesten liebevoll, aber hilflos an sich. Auch in ihren Augen stand die Sorge um ihren Sohn. Die ausgezehrte Hildegard aus der Nachbarschaft, die schon achtzig Jahre alt war und noch immer nicht sterben wollte, hatte den Rat gegeben, ihm jeden Tag einen Sud aus mehreren Kräutern mit viel Honig zu verabreichen.

Doch es schien nicht zu fruchten. Selbst an diesen warmen Augusttagen war Egbert kränklich und schwach.

Wie sollte es erst in den kalten Wintermonaten werden, fragte Hannes sich besorgt. Erst kürzlich hatte Anna gemeint, dass vielleicht der Medicus aus dem Kirschgarten helfen könne. Doch der nahm mindestens ein Silberstück, und so viel Geld hatte die Familie nicht.

Karl dagegen sprühte vor Energie. Wieder verkniff sich Hannes die Frage, was er am Abend vorher getan hatte. Nach dem Frühstück stand Karl sofort auf. „Wie wär's, wenn wir auch zum Dom gehen?"

„Was gibt es am Dom zu sehen?", fragte Anna interessiert.

„Mutter, der Kaiser kommt heute in die Stadt", antwortete Karl begeistert. „Ich will ihn sehen. Kommt ihr mit oder nicht?"

Auch Anna schaute verwundert, als Hannes sofort zustimmte. Nur Egbert winkte ab. Er wollte den Tag im Schatten des ruhigen Hinterhofs verbringen und ein wenig schnitzen.

Kurze Zeit später machten sich Hannes, Karl und Anna ebenfalls auf den Weg zum Dom. Dort hatte sich bereits eine riesige Menge versammelt. Bewaffnete Gardisten hatten vom Fischtor bis zum Dom eine breite Schneise zwischen den Hütten frei gehalten. Zu beiden Seiten drängten sich die Menschen, Männer und Frauen, selbst kleine Kinder, die wahrscheinlich gar nicht wussten, was ein Kaiser war und tat. Sie alle wollten den Kaiser sehen. Hannes, Karl und Anna fanden unweit des Ostchores einen Platz, wo sie sich in die Menge einreihen konnten.

„Wie war dein Abend gestern mit Clemens, mein Junge?", fragte Anna. Hannes spitzte die Ohren. Er war froh, dass seine Frau ihm die Frage abgenommen hatte. Karl hätte sonst vielleicht den Verdacht gehabt, sein Vater wolle ihn aushorchen.

„Oh, wir haben einiges erlebt. Wir waren im Lager des Kaisers", erzählte Karl freimütig. „Das hättest du sehen sollen, Mutter. Tiere gibt es dort, die kannst du dir gar nicht vorstellen. Eines davon hat den seltsamen Namen Giraffe."

„Gefällt dir das Leben im kaiserlichen Tross?", fragte Hannes jetzt doch.

Karl zuckte mit den Schultern. „Scheint ganz interessant zu sein."

„Gehst du noch mal hin?"

„Mal sehen."

„Der Kaiser wird nicht mehr lange in Mainz sein."

„Ja."

Hannes war sich nicht sicher, ob sein Sohn nur so gleichgültig tat. Er wollte noch einmal nachhaken, als ein lautes Rufen ihn ablenkte.

„Hoch! Hoch! Kaiser Friedrich lebe hoch!“, rief die Menge.

Hannes, Karl und Anna reckten die Hälse. Der Kaiser, so verbreitete es sich wie ein Lauffeuer durch die Menge, würde bald durch das Fischtor in die Stadt einziehen. Dort sah Hannes tatsächlich eine Bewegung. Fanfarenbläser kündigten lautstark das Kommen des mächtigsten Mannes des Reiches an. Mindestens zwanzig Priester und Bischöfe bildeten die Spitze des kaiserlichen Zuges, der sich von der Anlegestelle gemächlich auf den Dom zu bewegte. Hinter den Bischöfen kamen ein Dutzend vornehm gekleidete Männer und mit etwas Abstand folgten dann die fremdartigen, katzenhaften Männer mit ihren krummen Schwertern, die Hannes bereits kannte. Ihre bunten Kleider schillerten im hellen Sonnenlicht. In geduckter Haltung schauten sie immer wieder nach rechts und links. Die Mainzer raunten ehrfürchtig, als sie die dunkelhäutigen Fremdlinge sahen. Offensichtlich gehörten sie zur engsten Leibgarde des Kaisers, denn sie bildeten einen lebenden Ring um die beiden einzigen Männer zu Pferd. Einer von ihnen war mit einer prächtigen Rüstung bekleidet, der andere trug ein rotes Gewand und eine Krone auf dem von rötlichen Locken umrahmten Kopf. Das also war Friedrich II., der Sohn Heinrichs VI., Enkel von Friedrich Barbarossa, der vor fünfzig Jahren auf der Maaraue bei Kostheim einen pompösen Hoftag gehalten hatte. Während dieses prächtigen Festes hatte Friedrichs Vater Heinrich als junger Mann die Schwertleite erhalten. Die alten Mainzer erzählten noch heute begeistert von dem Leben, das sich damals in Mainz abgespielt hatte. Und von der prächtigen Holzkirche, die 1184 extra für den Hoftag auf der Maaraue errichtet worden war. Die Kirche würde wahrscheinlich heute noch stehen, wäre sie nicht am letzten Tag des Festes durch einen gewaltigen Sturm zerstört worden.

Ein Dutzend Ritter bildete den Abschluss des Zuges. Und wieder schauten die Mainzer ehrfurchtsvoll. Der Hofstaat des Kaisers war eine beeindruckende Demonstration der Macht Friedrichs II.

„Hoch! Hoch! Kaiser Friedrich lebe hoch!“, riefen jetzt auch Karl und Anna. Viele der Frauen schwenkten kleine Blumensträuße.

„Der andere Mann ist Hermann von Salza, der engste Vertraute von Kaiser Friedrich“, rief Karl begeistert. „Seht ihr seine glänzende Rüstung? Er ist der vornehmste Ritter im Reich.“

Obwohl sich Hannes über das Wissen seines Sohnes wunderte, ahnte er, woher Karl den Namen des imposant wirkenden Mannes kannte, der wesentlich älter als der neben ihm reitende Friedrich war. Der Kaiser nickte leicht nach allen Seiten. Ab und zu wechselte er ein paar Worte mit dem Mann neben ihm auf dem Pferd.

Hannes staunte. Obwohl von eher schmächtiger Statur, ging von Friedrich die Aura der Macht aus. Sein Gesicht war unbeweglich, nur in seinen Augen lag ein lebhafter Glanz und die Weisheit des mächtigsten Kaisers, den das Reich je gekannt hatte. Die Dunkelhäutigen ließen das Volk nicht eine Sekunde aus den Augen. Hannes wusste, dass keiner auch nur eine Nadel zücken konnte, ohne von der Leibgarde sofort überwältigt zu werden.

Noch einmal ging ein Raunen durch die Menge, gemischt mit entsetzten Lauten. Einige Frauen suchten stolpernd das Weite, Kinder kreischten. Hinter den Rittern führten mehrere Männer an dicken Seilen die Riesenkatzen. In Mainz hatte noch keiner solche Tiere gesehen, die irgendwo am anderen Ende der Welt leben mussten. Die Riesenkatzen trotteten gemächlich über den festgestampften Lehmboden und kümmerten sich nicht um die Menschenmenge, die sie mit einer Mischung aus Entsetzen und Faszination anstarrte. Ab und zu fauchte eine von ihnen, und die Menschen sprangen erschrocken zurück.

Doch die Riesenkatzen waren nicht die einzigen fremden Tiere, die Friedrich nach Mainz mitgebracht hatte. Drei Tiere hatten entfernt Ähnlichkeit mit einem Pferd, trugen allerdings ein zotteliges, hellbraunes Fell und einen seltsamen Buckel auf dem Rücken. Und da waren diese komischen kleinen Wesen, die aufrecht gehen konnten wie ein Mensch und sogar Grimassen wie ein Hofnarr schnitten. Dazu gaben sie schnatternde Laute von sich. Die meisten Menschen am Wegrand mussten laut lachen, als sie die lustigen Gesellen mit ihrem grauen Fell sahen.

Inzwischen hatte der bunte Zug den Eingang des Doms erreicht, wo Dutzende von Adlige zusammen mit Erzbischof Siegfried warteten. Die Menge jubelte noch immer, und der Jubel ebbte auch nicht ab, als der Mainzer Bischof zusammen mit Friedrich und seinem Gefolge längst im Dom verschwunden war. Die dunkelhäutigen Leibwächter und die Aufpasser der Tiere blieben draußen vor dem Dom. Auch jetzt zerstreute sich die Menge nicht. Fahrende Händler aus dem riesigen

Gefolge Friedrichs hatten bereits am frühen Morgen auf dem Platz vor dem Domeingang ihre Wagen aufgebaut. Einige boten fremd aussehende Speisen und Gewürze oder geheimnisvolle Tinkturen an. Bei anderen standen geschnitzte Figuren auf den Tischen. Gaukler führten lustige Kunststücke vor, Musikanten spielten muntere Lieder und sangen Verse von den Heldentaten des ruhmreichen Stauferkaisers. Vor dem Dom herrschte eine ausgelassene Stimmung.

Einige wagemutige Mainzer wollten sich den Riesenkatzen nähern, die sich faul in der Sonne räkelten, wurden jedoch augenblicklich von den Dunkelhäutigen verscheucht. Die Tiere mit dem Buckel lagen mit eingeknickten Beinen auf dem Boden und kauten gleichgültig Stroh, während die Tiere mit den menschenähnlichen Gesichtern regelrechte Kunststücke vorführten, für die sie mit leckeren Früchten belohnt wurden. Karl und Anna beobachteten das bunte Treiben mit verzückten Gesichtern.

„Kommt, gehen wir ins Haus zurück. Egbert wird schon auf uns warten", mahnte Hannes zur Eile, nachdem sie sich eine ganze Weile vor dem Dom aufgehalten hatten. Er sah Anna an, dass sie nur zu gern von den fremden Speisen probiert hätte, die die Händler anboten. Doch bestimmt kosteten sie ein Vermögen.

Karl schien seinen Vater gar nicht gehört zu haben. Fasziniert starrte er auf die Leibwächter und die Riesenkatzen.

„Karl, Menschenskind, jetzt trödel nicht rum!", wurde Hannes lauter. „Du wolltest außerdem noch das Fass reparieren. Vergiss das nicht!"

Endlich konnte Hannes seine Familie zum Aufbruch bewegen. Es war Karl anzusehen, dass er alles gegeben hätte, um noch eine Weile am Dom bleiben zu können.

Kurz vor Sonnenuntergang verließ Hannes noch einmal das Haus für einen kurzen Spaziergang. Zwar saßen in der Stube etliche Gäste, die kräftig becherten und lauthals sangen, doch Anna, Karl und Clemens würden das schon allein schaffen. In den Straßen der Stadt war inzwischen etwas mehr Ruhe eingekehrt. Hannes atmete auf. Die Nacht und der Vormittag hatten einen bleibenden Eindruck hinterlassen. Noch einmal ging ihm durch den Kopf, dass diese fremde Welt, die er nun zweimal erlebt hatte, nichts für ihn war. Er würde ein Kreuzzeichen machen, wenn der Kaiser und sein buntes Gefolge die Stadt endlich wieder verlassen hatten.

Hannes schlug den Weg zum Dom ein, wo inzwischen außer Bergen von Abfall nichts mehr vom kaiserlichen Tross zu sehen war. Er öffnete die schwere Pforte und betrat das Innere des hohen Gotteshauses. Kalte Weihrauchschwaden schlugen ihm entgegen. Hannes versuchte sich vorzustellen, wo der Kaiser und der Erzbischof vor Stunden gesessen haben mochten. Jetzt knieten in dem dunklen Gotteshaus vor einem der vielen Beichtstühle nur noch einige ins Gebet versunkene Frauen. Der Dom war zur Zeit eine Baustelle. Langhaus und Querhaus wurden völlig umgebaut, und überall standen und lagen die Werkzeuge der Baumeister und Steinmetze herum. Erst in ein paar Jahren würde der Umbau des Doms vollendet sein.

Hannes suchte sich eine dunkle Ecke und ließ sich vor dem kleinen Altar ebenfalls auf die Knie nieder. Er schaute auf das verzierte Marienbild, vor dem etliche brennende Kerzen und Öllichter standen, die alles in ein unwirkliches Licht tauchten. Die verschiedensten Gedanken schossen Hannes durch den Kopf, und er fragte sich, wann er das letzte Mal gebeichtet hatte. Er und Anna waren keine überaus frommen Menschen. Doch Hannes zog es immer wieder in den Dom. Es war der einzige Ort inmitten der quirligen Stadt, wo er innere Ruhe finden konnte. So auch jetzt. Manchmal brauchte er diese kurze Zeit der Einkehr.

Als er später wieder auf dem Weg zurück zu seinem Haus war, fing es an zu regnen. Es war merklich kühler geworden. Der Sommer geht langsam zu Ende, dachte Hannes und lief schneller.

In der Stadt herrschte weiterhin reges Treiben. Doch für das Volk verstrichen die Tage ereignislos. Gerüchte besagten, dass Friedrich in Mainz wichtige Gesetze erlassen wolle. Von der hohen Politik hinter den bischöflichen Mauern, wohin sich der Kaiser und seine Vertrauten zurückgezogen hatten, bekamen die Mainzer, die sich langsam an den kaiserlichen Besuch in der Stadt gewöhnt hatten, nichts mit. Doch den Abend des vierten Tages, an dem sich der Staufer in Mainz aufhielt, den sollten Hannes und seine Familie für den Rest ihres Lebens nicht mehr vergessen.

Anna hatte gerade die Reste des Abendbrotes in den Trog für die Schweine geworfen, als es energisch an der Tür klopfte. Hannes und Anna schauten sich fragend an, als es ein weiteres Mal klopfte. Als Anna öffnete, traten wie flüchtige Schatten drei Dunkelhäutige aus der

Leibgarde des Kaisers ein. Bevor Hannes auch nur einen Ton sagen konnte, hatten sich die drei flinken Kerle in der Stube und im Hof umgesehen. Einer stieß einen lauten Pfiff aus. Jetzt betraten drei weitere Männer die Stube, und einer von ihnen war (Hannes traute seinen Augen nicht) Kaiser Friedrich.

Hannes hätte das markante Gesicht des Staufers unter Tausenden wiedererkannt. Wie beim Einzug in den Dom trug Friedrich den roten Mantel. Lediglich die Krone hatte er abgelegt. Sein rötlichblondes Haar war ein wenig zerzaust, aber gepflegt.

Auch Anna erkannte den hohen Gast sofort. Sie stammelte etwas Unverständliches, während Hannes nur Mund und Augen aufriss. Karl, der sich ebenfalls in der Stube aufgehalten hatte, ging sofort in die Knie und beugte seinen Kopf.

Friedrich schnippte mit den Fingern. „Sie sollen sich keine Umstände machen", meinte er jovial, wobei nicht zu erkennen war, wen er angesprochen hatte. „Schließlich kommt es nicht alle Tage vor, dass ein leibhaftiger Kaiser sie mit seiner Anwesenheit beehrt. Wir hätten uns vielleicht doch vorher ankündigen sollen. Doch dann hätten wir bestimmt nicht diese Urwüchsigkeit erlebt."

Die beiden Begleiter von Friedrich lachten leise. Nur die drei Dunkelhäutigen verzogen keine Miene. Der mächtigste Mann des Reiches besuchte Hannes, einen einfachen Mainzer Weinbauern. War die Welt nun völlig verrückt geworden?

Friedrich gab Karl ein Zeichen aufzustehen und wandte sich an Hannes. „Wir haben von unseren Leuten gehört, dass es hier im Haus einen vorzüglichen Wein geben soll. Überall im Lager schwärmen sie davon. Das hat uns neugierig gemacht. Lasst uns zusammen trinken. Aber vorher will ich wissen, wer unsere Gastgeber sind."

Anna musste Hannes zweimal in die Seite knuffen, bis dieser endlich reagierte. „Natürlich, Majestät, ich bitte vielmals um Verzeihung. Das sind mein Sohn Karl und mein Weib Anna. Ich bin Hannes, Weinbauer von Beruf, wie es schon mein Vater und mein Großvater waren. Wir haben noch einen zweiten Sohn, er ist jedoch krank und kann Eure Majestät nicht willkommen heißen. Ich hoffe, Eure Majestät verzeiht diesen Umstand."

Beim Namen Karl hatte Friedrich ein Lächeln nicht verbergen können, sagte aber nichts. Unschlüssig hielt Hannes inne, bis Anna ihm ein weiteres Mal in die Seite stieß. „Ja, richtig, Wein", stammelte

Hannes. „Ich werde sofort welchen holen. Natürlich den besten, den wir im Keller haben."

Er verschwand und kam wenige Augenblicke später mit einem vollen Krug wieder zurück. Friedrich und seine beiden Begleiter hatten inzwischen Platz genommen. Nur die drei Leibwächter blieben stehen. Ihre rechte Hand umfasste den Knauf ihrer Krummschwerter. Es war ihnen anzusehen, dass sie sogar hier, in dieser einfachen Weinstube, mit dem Schlimmsten rechneten.

„Wollen Majestät, haben Majestät vielleicht Hunger", stotterte Anna.

Friedrich lächelte. „Wir habe zwar schon mit dem Bischof und den Adligen von Mainz zusammen mit meinem Gefolge gespeist, aber wir möchten doch noch etwas essen. Eine Kleinigkeit nur, etwas, was die einfachen Leute hier im schönen Mainz gern essen."

Einer der Begleiter des Kaisers hüstelte. „Was hat er?", fragte Friedrich belustigt. „Mein ehrenwerter Reichstruchsess glaubt wohl, dass ein kaiserlicher Magen nur frisches Wild und kandierte Früchte verträgt?"

Wieder lachten alle. Anna verschwand in der Küche, während Karl und Hannes mit noch immer aufgerissenen Augen unschlüssig am Tisch standen und wohl beide nicht wussten, was sie unternehmen sollten.

Friedrich machte eine einladende Handbewegung. „Wir wollen unsere Gastgeber näher kennen lernen. Mögen sie sich setzen und uns etwas über sich erzählen."

Hannes war wie betäubt. Nicht im Traum hätte er geglaubt, dass er einmal dem Kaiser aus seinem Leben erzählen würde. Er und Karl setzten sich. Während Hannes schwieg und den Kaiser nur entgeistert anstarrte, berichtete Karl in seiner unbekümmerten Art von der Arbeit im Wingert und der Hoffnung auf eine gute Ernte. Er erzählte von der Familie, seiner Schwester und den Enkelkindern des Hannes.

Inzwischen hatte Anna drei Holzteller angerichtet. Friedrich schaute interessiert, während seine Begleiter leicht ihre Augenbrauen hoben.

„Das ist ein würziger Käse, Majestät", erklärte Anna. „Er ist angerichtet mit Öl, saurem Wein und Kräutern aus unserem Garten. Dazu gibt es frisches Brot. Wie Ihr seht, Majestät, ist die Portion nicht zu groß und nicht zu klein."

Sie lächelte, und Friedrich klatschte begeistert in die Hände. Er hob den Becher mit Wein. „Ich schicke ein dickes Lob voraus. Käse und

Brot duften vorzüglich. Meine Herren, ich glaube, der Vorkoster ist hier nicht notwendig. Aber ich möchte, dass sich meine Gastgeber ebenfalls Wein einschenken."

Der Aufforderung ihres Kaisers folgend, aßen auch die zwei Männer, die Friedrich begleiteten, wenn auch mit gemischten Gefühlen, wie ihren Gesichtern deutlich zu entnehmen war. Wahrscheinlich gehörten sie zum engsten Kreis des Kaisers. Der Mann, den Friedrich als Reichstruchsess angesprochen hatte, aß den Käse mit deutlichem Widerwillen, machte aber eine halbwegs gute Miene. Hannes wusste zwar nicht, was ein Reichstruchsess war, musste aber feststellen, dass er ebenfalls die Ausstrahlung eines Herrschers hatte. Der zweite Begleiter war vielleicht ein Notarius. Er machte einen gebildeten Eindruck und redete nur ab und zu in einer fremden Sprache.

Anna, Hannes und Karl saßen schweigend mit am Tisch und nippten immer dann vom Wein, wenn auch Friedrich trank. Dem Kaiser schien der Käse zu schmecken. Nachdem er seinen Teller leer gegessen hatte, leckte er sich seufzend alle Finger und schloss für ein paar Sekunden die Augen. Wenige Minuten später stand der Staufer auf. Seine Begleiter erhoben sich umgehend. Die Dunkelhäutigen bewegten sich auf die Tür zu.

„Wir möchten uns für die Gastfreundschaft bedanken", sagte Friedrich gut gelaunt und neigte leicht den Kopf. „Den gerechten Lohn dafür wirst du noch erhalten, Hannes."

„Majestät, es war uns eine Ehre. Ich, ich, ich weiß nicht, was ich noch sagen soll", antwortete Hannes.

„Schon gut, Hannes." Friedrich schnippte erneut mit den Fingern und verließ das Haus. Wie vom Donner gerührt standen Hannes, Anna und Karl noch minutenlang ohne ein Wort zu sagen inmitten der Stube.

Sie hatten vereinbart, es keinem zu erzählen – es hätte sowieso keiner geglaubt. Als Clemens am nächsten Tag schon wieder mit seinen Geschichten über Friedrich anfing, mussten Hannes und Anna sofort schmunzeln. Wenn Clemens gewusst hätte, dass am Abend vorher der Kaiser in der Stube von Hannes' Wein getrunken und Handkäse gegessen hatte, wäre er wahrscheinlich übergeschnappt.

Am frühen Abend, als der letzte Gast gerade gegangen war, richteten Clemens und Karl die Tafel. Anna entzündete drei Kerzen, als es kräftig an der Tür klopfte. Herein trat ein vornehm gekleideter Mann, der mit harter Stimme nach dem Weinbauer Hannes verlangte. Hannes, der im Hof gerade am Waschtrog stand, trocknete sich notdürftig ab und kam in die Stube.

„Ich bin Hannes", sagte er und musterte den Fremden mit dem herrischen Äußeren. Er wurde den Eindruck nicht los, dass Karl den hochgewachsenen Mann kannte. Die beiden warfen sich einen kurzen Blick zu.

„Wie viele volle Fässer hast du in deinem Lager, Weinbauer?", fragte der Fremde, ohne sich vorzustellen.

Hannes dachte kurz nach. „Knapp zwanzig dürften es schon sein."

„Ich kaufe dir fünfzehn ab." Er warf ihm einen Beutel zu. „Darin ist Geld für mehr als zwanzig Fässer. Der Reichstruchsess des Kaisers lässt dir ausrichten, die Differenz sei dein gerechter Lohn. Ich weiß zwar beim besten Willen nicht, was das zu bedeuten hat und warum ausgerechnet du den Reichstruchsess kennst, Weinbauer, aber ich verlange, dass du die Fässer bis morgen Mittag zum kaiserlichen Lagerplatz lieferst. Schick am besten deinen Sohn. Der weiß, wo sie abgeliefert werden müssen."

Er wandte sich an Karl. „Wenn du noch willst, kannst du mitkommen. Du kannst dich zum Küchengefolge melden. Wir brechen zu Sonnenaufgang auf."

Sprach's und verschwand ohne ein weiteres Wort. Hannes starrte abwechselnd auf den schweren Geldbeutel und auf Karl. In dem schwarzen Lederbeutel war wahrscheinlich mehr Geld als er in den letzten zwei Jahren verdient hatte. Damit konnte er neues Werkzeug kaufen, die Fässer bezahlen, die er bei Reibold in Mombach in Auftrag gegeben hatte, und sogar noch einen weiteren Wingert pachten. Doch daran dachte Hannes in diesem Moment nicht.

„Was hat der Fremde gemeint?", fragte er heiser, obwohl er die Antwort bereits kannte.

„Weißt du, Vater, das ist so", druckste Karl. „Ich habe, ich bin ..."

Er kam ins Stottern. Anna, die Egbert das Essen gebracht hatte, machte ein fragendes Gesicht.

„Schau nicht so dumm, Weib!", entfuhr es Hannes grob. „Dein Sohn hat uns etwas Wichtiges zu sagen, traut sich aber nicht, dieser Bengel, dieser nichtsnutzige."

Karl straffte sich und nickte. „Ich gehe weg, Vater. Ich werde mit dem kaiserlichen Tross ziehen."

Jetzt war es heraus. Für einige quälende Augenblicke lastete das Schweigen im Raum, bis Anna laut losweinte.

„Hör auf zu flennen!", schrie Hannes jetzt völlig außer sich. „Ich will seine Erklärung hören."

Karl hatte den Arm um Anna gelegt. „Mutter, bitte nicht. Ich muss es tun."

„Warum, Bub, warum willst du nur weg von uns?", stieß Anna verzweifelt hervor. „Haben wir nicht immer gut für dich gesorgt?"

Karl versuchte sie zu beruhigen. „Der kaiserliche Tross. Ich, der Sohn eines Weinbauern, habe die Möglichkeit, im Gefolge des Kaisers mitzuziehen."

„Ja, beim Küchengefolge", sagte Hannes verächtlich. „Darfst Linsen aussortieren, Suppe kochen und die Reste der kaiserlichen Tafel vom Boden aufklauben. Glaubst du ernsthaft, in die kaiserliche Schreibstube aufgenommen zu werden, um zu lernen, wie man Verträge und Erlasse schreibt?"

Anna klammerte sich an ihren Sohn. „Bub, dein Vater hat Recht. Deine Arbeit wartet hier, bei uns. Gute, ehrliche Arbeit. Und denk doch bitte an deinen Bruder. Egbert braucht jemand, wenn wir mal nicht mehr sind."

Für einen Moment wurde Karl unsicher, doch dann schüttelte er die Hand seiner Mutter ab. „Mutter, Vater, versteht ihr denn immer noch nicht? Ich kann mehr leisten. Der Reichstruchsess braucht immer tüchtige Leut'."

„Der Reichstruchsess", wiederholte Hannes ärgerlich und schleuderte Karl den Geldbeutel entgegen. „Damit hat er dich gekauft, wie einen Sklaven."

Er atmete tief durch. „Wenn du willst, dann geh. Ich werde dich nicht aufhalten."

Ohne ein weiteres Wort verließ er die Stube und warf die Tür zu.

Karl hob den Lederbeutel vom Boden auf. „Das ist ehrlich verdientes Geld", sagte er ruhig. „Vater hat es sich verdient, weil sein Wein den Kaiser erfreute. Ich will es aus eigener Kraft schaffen. Ich will mit dem, was ich geleistet habe, andere Menschen erfreuen. Hier in Mainz bin ich immer nur Karl, der zweitälteste Sohn von Hannes, dem Weinbauern. Das reicht mir nicht."

Er drückte seiner Mutter den Beutel in die Hand. „Vater kann manchmal sehr stur sein. Lieber würde er die Silberstücke vergraben. Doch ihr könnt das Geld gut gebrauchen. Jetzt könnt ihr mit Egbert endlich zum Medicus gehen."

Anna umfasste Karls Hand, sagte aber nichts. Sie wusste, dass sie ihren Sohn nicht aufhalten konnte.

Am nächsten Morgen sorgte Karl dafür, dass die fünfzehn Fässer Wein ordnungsgemäß ins Lager geliefert wurden. Die letzte Fuhre wollte er selbst begleiten und gleich im Lager bleiben. Doch vorher verabschiedete er sich von seinem Bruder. Egbert lag in seinem Bettkasten, und Karl ahnte, dass es ein Abschied für immer sein sollte.

„Bist du mir gram?", fragte Karl unsicher.

Egbert schüttelte den Kopf und richtete sich auf. „Nein, ich wollt, ich könnt mit dir ziehen. Aber das würde ich nicht schaffen. Ich fürchte sogar, dass wir uns nicht mehr wiedersehen. Du musst trotzdem gehen."

Ein Hustenanfall warf ihn auf das Strohlager zurück.

„Red keinen Unsinn, Egbert!", versuchte Karl die Situation zu entkrampfen. „Ich bleib ja nicht für ewig weg. Wenn ich wieder zurückkomme, gehen wir runter an den Rhein fischen, und ich erzähle dir alles, was ich in der weiten Welt erlebt habe."

Egbert nickte. „Ich freu mich schon, Karl. Und jetzt hau ab von hier. Einen Kaiser lässt man nicht warten."

Unten in der Stube bereitete Anna gerade eine Suppe. Clemens und Hannes saßen schweigend am Tisch. Als Karl die Stiege herunterkam, ging Anna ihm entgegen. Mutter und Sohn umarmten sich lange schweigend. Alles war gesagt.

Nur Clemens war guter Dinge. „Du schaffst das schon, Bub", sagte er und klopfte ihm auf die Schulter. Hannes übersah für ein paar Sekunden die ausgestreckte Hand seines Sohnes. Stattdessen blickte er in Karls Augen. Der Sohn hielt dem Blick stand.

Jetzt schlug Hannes kurz ein. „Ich hoffe nur, du bereust es nicht. Hier hättest du alles, was du brauchst."

Das war alles, was Hannes sagte. Er ging in den Hinterhof und drehte sich nicht noch einmal um. So sah keiner die Tränen, die Hannes in die Augen gestiegen waren. Karl blickte sich noch einmal um, dann verließ er die Stube. Anna schluchzte, während Clemens betreten einen Weinbecher in den Händen drehte.

Als Karl weg war, kam Hannes zurück und packte seinen Freund mit einem Ruck am Kittel. „Das ist deine Schuld. Du verfluchter Dummkopf, du hast Karl die Flausen in den Kopf gesetzt. Ich hab euch neulich beobachtet, wie ihr zum Lagerplatz des Kaisers gelaufen seid.“

Clemens versuchte, sich aus dem Griff zu befreien. „Den Jungen hat es schon immer in die weite Welt gezogen“, sagte er. „Und das weißt du, Hannes. Karl muss sein Glück versuchen. Er ist gescheit, und er kann was. Du solltest Vertrauen zu ihm haben.“

Hannes hob drohend die Hand, als wollte er Clemens eine Backpfeife geben. „Du besorgst mir heute noch einen Knecht, sonst brauchst du dich gar nicht mehr hier blicken zu lassen“, fuhr er seinen alten Freund an. „Hast du mich verstanden?“

In diesem Jahr verlief die Traubenlese weit weniger fröhlich als sonst. Früher hatte die ganze Familie des Hannes bei der Lese geholfen. Sogar Irmgard hatte es sich nach ihrer Heirat mit dem Schmied Wieland nicht nehmen lassen, jeden Tag vom Kirschgarten auf den Kästrich zu laufen, um ihren Eltern zu helfen. Zusammen hatten sie von Sonnenaufgang bis in den späten Nachmittag hart gearbeitet und dreimal täglich eine fröhliche Vesper zwischen den Rebzeilen gehalten.

Doch diesmal wollten die Wurst und das frische Brot unter freiem Himmel nicht so recht schmecken. Hannes saß meist abseits auf einem Stein und kaute nur lustlos und schweigend vor sich hin. Während der Arbeit gab er nur herrische Anweisungen und geriet mit jedem wegen der geringsten Kleinigkeiten sofort in Streit. Dass dieser Jahrgang der beste seit vielen Jahren werden würde, machte Hannes kaum glücklich. Der Abschied von Karl vor mehr als einem Monat lag wie ein dunkler Schatten über der Familie. Glücklicherweise hatte sich der Knecht, den Clemens einen Tag nach Karls Weggang Hannes' vorgestellt hatte, als sehr tüchtig erwiesen. Notger war sein Name, und er kam aus irgendeinem Dorf im Rheingau. Er war schweigsam und stellte keine großen Ansprüche. Für freie Kost und einen Verschlag im Hinterhof wollte er bleiben, bis ihn Hannes nicht mehr brauchte. Ob Hannes einen Sohn oder einen Knecht mit zu ernähren hatte, war ihm in diesen Wochen völlig gleichgültig. Notger war ein kräftiger Kerl von vielleicht dreißig Jahren (sein genaues Alter wusste er selbst nicht) mit einem dichten Haarschopf. Wie sich schnell herausstellte, war er sich für keine Arbeit zu schade.

Mit Clemens sprach Hannes nur das Nötigste. Noch immer machte er ihn für das Verschwinden von Karl verantwortlich, obwohl Clemens stets beteuerte, dass Karl doch von sich aus gegangen sei.

Die Traubenlese war kaum vorüber, da suchte das Schicksal Hannes ein zweites Mal heim. An einem nasskalten Novemberabend, als der Herbststurm mit aller Macht am Haus zerrte, wurde Egbert von einem so starken Hustenanfall gepeinigt, dass er sogar blau anlief und nur noch Galle spuckte. Zur selben Stunde hatte Anna den Notger zum Schmied Wieland geschickt, um die Tochter ins Haus zu holen. Kurze Zeit später saßen beide Frauen am Bett des Kranken. Stunde für Stunde flößten sie ihm einen heißen Sud aus Kräutern, heilenden Wurzeln und Honig ein. Anna machte ihm zusätzlich kalte Wadenwickel. Doch es half nichts. Am Morgen hatte sich Egberts Zustand so sehr verschlimmert, dass er seine Umgebung kaum noch wahrnahm.

„Der Medicus muss her", entschied Hannes beim gemeinsamen Frühstück, das keinem schmecken wollte. „Notger soll ihn holen. Zwei Silberstücke werden ausreichen, dass er gleich kommt."

Der Knecht machte sich sofort auf den Weg. Von Irmgard hatte er erfahren, dass er ganz in der Nähe des Kirschgartens sein Haus hatte. Durch die Regenfälle der vergangenen Tage waren die Straßen völlig aufgeweicht. So waren Notgers Holzschuhe und Beine bis zu den Knien mit Schlamm bespritzt, als er an die Tür des Medicus klopfte. Dessen Frau wollte ihn schon wegschicken, weil sie ihn für einen Bettler hielt. Erst nach heftigem Drängen des Knechts kam der Medicus an die Tür. Auch er musterte Notger abfällig. Doch die zwei Silberstücke, die der Knecht in seiner Hand blitzen ließ, stimmten ihn schnell um.

„Führe mich zu dem Kranken!", befahl er.

Zwei Stunden später schüttelte er bedauernd den Kopf. Abgehorcht hatte er Egbert am ganzen Körper und auch in seinen Mund geschaut.

„Ich kann nichts für ihn tun", erklärte er Hannes und Anna. „Er wird den Winter wahrscheinlich nicht überleben. Sorgt dafür, dass es im Zimmer warm ist und dass er dreimal täglich seinen Kräutersud trinkt! Ansonsten betet für ihn!"

Der Medicus kassierte die zwei Silberstücke und zog wieder von dannen. Anna schluchzte, Clemens schaute bekümmert drein. Nur Hannes' Gesicht war wie eine Maske. Er hatte es geahnt. Lange vor ihm würde sein Ältester zum Herrn gerufen werden. Und dieser verdammte Medicus, dieser Halsabschneider vor dem Herrn, hatte ihm für seine sinnlosen Ratschläge zwei Silberstücke abgeknöpft. Für einen derart nutzlosen Ratschlag hätte er auch den Bader kommen lassen können.

Wie soll es nun weitergehen, fragte er sich. Sollte er seinen Weinberg etwa an einen Fremden abgeben, wenn Karl nichts mehr von sich hören lassen sollte? Er fand keine Antwort auf die Fragen, die ihn quälten.

Eine Woche später gab es wieder einen Lichtblick. Das Wetter war an diesem Tag für diese Jahreszeit ungewöhnlich mild. Die Sonne schien den ganzen Tag, und Hannes kam aus dem Weinkeller, wo der junge Wein heranreifte, um ein wenig frische Luft zu schnappen. Im Hof saß Egbert auf der roh gehauenen Holzbank. Vor ihm auf dem Boden lag ein Bündel getrockneter Blumen. Hannes beobachtete seinen Sohn, wie er die Blumen zu einem Bund zusammenfasste.

Plötzlich bemerkte Egbert seinen Vater. Er lächelte schwach. „Die möchte ich Mutter schenken. Ich möchte ihr eine kleine Freude machen. Sie hatte so viel Kummer mit mir."

Hannes kämpfte die Tränen nieder. „Sie wird sich freuen", sagte er schluckend.

Egbert fuhr mit seiner Beschäftigung fort, und Hannes wollte wieder in den Keller gehen, als sein Sohn noch einmal den Kopf hob. „Tut mir leid, Vater", sagte er leise. „Ich habe dich enttäuscht, weil ich den Wingert und das Haus nicht weiterführen kann."

Jetzt konnte Hannes die Tränen nicht mehr zurückhalten. Er umarmte seinen Ältesten. „Mach dir keinen Kopp, Egbert. Du bereitest deiner Mutter keinen Kummer, und mir schon gar nicht, du nicht. Du hast mich nicht enttäuscht. Ich bin immer stolz auf dich gewesen."

Egbert blickte ihn an. „Sei nicht böse auf Karl, Vater."

Hannes verzog das Gesicht. „Da verlangst du sehr viel von mir", sagte er tonlos. „Er hat uns verlassen, und ich weiß nicht, ob wir jemals etwas von ihm hören werden."

Egberts Zustand blieb weiterhin schlecht, doch immerhin war es ihm vergönnt, noch das Weihnachtsfest zu feiern. Als die Familie an Heiligabend in den festlich erleuchteten Dom ging, um dort um Mitternacht die Christmette zu feiern, konnte Egbert sogar mitgehen. Diesmal betete und sang sogar Hannes inbrünstig mit. Vielleicht hatte der Herr ja doch ein Einsehen mit seinem Ältesten.

Die Weihnachtstage verliefen ruhig und noch stiller als sonst. In den Straßen und Gassen ruhte fast jegliche Arbeit. Es hatte geschneit, und über der Stadt lag eine fast andächtige Stille. Die Menschen gingen nur dann vor die Tür, wenn es notwendig war. Auch Anna nutzte die Zeit, um im Haus einiges zu erledigen und sich um Egbert zu kümmern. Nachmittags saß sie meist am Herdfeuer und nähte für Hannes ein neues Wams. Notger war in den Rheingau aufgebrochen und hatte versprochen, zu den Heiligen Dreikönigen wieder zurück zu sein.

Es war ein trockenkalter Nachmittag in der zweiten Januarwoche des Jahres 1236, als Egbert für immer die Augen schloss. Die ganze Familie hatte sich zusammen mit Clemens und Notger an seinem Bett versammelt. Die ganze Nacht hatte der älteste Sohn gefiebert und wirres Zeug fantasiert, und erst um die Mittagszeit klarte sein Verstand wieder auf. Anna nahm seine Hand und drückte sie fest.

„Vater, sei Karl nicht böse“, bat Egbert schwach. „Er wollte dir keinen Kummer bereiten.“

Hannes nickte. Die Tränen standen ihm in den Augen.

Egbert wollte noch etwas sagen, doch er seufzte nur und hörte auf zu atmen. Drei Tage musste der Tote aufgebahrt im Holzkasten liegen bleiben, bis die Erde wieder weich genug war, dass sie aufgegraben werden konnte. Hannes hatte seinen Ältesten zu Grabe tragen müssen, und jetzt war keiner mehr aus der Familie da, der seine Arbeit hätte weiterführen können.

Egberts Tod setzte Hannes arg zu. War er im Haus, verkroch er sich meist im Weinkeller. Beim Essen sprach er kaum ein Wort. Notger, der Knecht, erwies sich in diesen Wochen und Monaten als wichtigste Stütze im Haus und im Wingert.

Da der Januar sehr mild zu Ende ging, musste Notger jeden Tag hinaus auf den Kästrich und die Reben zuschneiden, damit sie nicht zu früh austrieben. Zu Hause kümmerte er sich um die Reparaturen, die am Haus und an den Werkzeugen notwendig waren. Obwohl Hannes ihm kaum half, verrichtete er seine Arbeit, ohne zu murren. Nach dem gemeinsamen Abendbrot suchte er meist sofort seinen Verschlag im Hinterhof auf.

Anna machte sich ernsthaft Sorgen um ihren Hannes. Obwohl auch sie trauerte, konnte sie mit dem Tod leichter umgehen. Früh hatte sie ihren Vater verloren, und auch ihre beiden Brüder waren gestorben, als sie fast noch ein Kind war.

„Der Tod gehört zum Leben, Hannes“, sagte sie, als sie abends allein am Herdfeuer saßen. Doch Hannes hatte nur teilnahmslos genickt und weiter geschwiegen. Selbst wenn fröhliche Zecher in der Stube lustige Lieder anstimmten, stand er nur auf und ging zu Bett. So verging der Februar, und auch der März neigte sich bereits dem Ende entgegen. Die ersten Frühlingsboten meldeten sich, es wurde spürbar milder. Von Karl hatten sie noch immer keine Nachricht erhalten.

Als Hannes aufwachte, schlief Anna noch fest. Durch die Ritzen der Fensterläden sah er, dass es noch dunkel war. Statt sich unruhig von einer Seite zur anderen zu wälzen, wie er es in den vielen Nächten seit Egberts Tod getan hatte, stand er vorsichtig auf, ohne seine Frau aufzuwecken und ging leise die Stiege hinab. In der Stube roch es nach erkalteter Asche. Er lauschte. Nirgendwo war ein Laut zu hören. Hannes fror und zog sich ein dickes Wams und eine Mütze über. Er öffnete die Tür und verließ das Haus.

Um diese Stunde waren die Straßen fast menschenleer. Nur hier und da bemerkte Hannes einen Bauern oder Handwerker. Der Dom überragte die niedrigen Hütten wie eine schwarze Burg. Fast gegen seinen Willen nahm Hannes den Weg zum Rhein. Als er das sandige Ufer erreichte hatte, dämmerte im Osten langsam der Tag herauf. Dichte Nebelschleier lagen an diesem letzten Märztag über der Wasseroberfläche, nur ab und zu krächzte ein Rabe. Die Weiden am Rheinufer sahen an diesem Morgen unwirklicher denn je aus.

Hannes setzte sich auf einen flachen Stein und starrte auf das Wasser. Er fühlte, wie die Verzweiflung wieder in ihm hochstieg. Diese Verzweiflung kannte er nur zu gut. Sie überlagerte alle anderen Gefühle, ließ ihn innerlich zu Eis erstarren und selbst seine geliebte Anna zu einer Fremden werden. Mit keinem hatte er über seinen Schmerz gesprochen, selbst mit seiner Frau nicht, obwohl er noch nie Geheimnisse vor ihr gehabt hatte. Der Tod Egberts hatte auch einen Teil von ihm absterben lassen.

Wie ist es wohl, wenn man ertrinkt, durchfuhr es Hannes.

Etwas in ihm drängte ihn, aufzustehen und einfach geradeaus ins Wasser zu gehen. Einfach nur weitergehen. Irgendwann würde alles zu Ende sein. Der Rhein war nach dem Februarhochwasser noch immer stark angeschwollen und hatte eine ziemlich reißende Strömung. Es würde wahrscheinlich sehr schnell gehen. Irgendwo im Rheingau oder sonst wo würden sie ihn herausfischen und in einem namenlosen Erdloch verscharren.

Er zuckte zusammen, als er eine Gestalt im Nebel sah. Es war ein seltsam aussehender Mann mit nahezu schlohweißen Haaren. Langsam kam er auf Hannes zu. Im Nebel sah es aus, als schwebte er. Hannes wunderte sich, dass er den Mann nicht schon früher bemerkt hatte. Dieser Teil des Ufers war flach und nur spärlich bewachsen. Und um diese Jahreszeit trieben Bäume und Sträucher gerade die ersten Blütenknospen aus. Er hätte den Mann eigentlich kommen sehen müssen. Ein Fischer war es mit Sicherheit nicht, denn er hatte nichts bei sich. Auch ähnelte seine Kleidung eher der eines Mönchs.

„Hannes", sagte die Gestalt plötzlich, als sie bis auf wenige Meter heran gekommen war.

Woher kennt er meinen Namen, fragte sich Hannes verwundert.

Bevor er darüber nachdenken und etwas erwidern konnte, sprach der seltsame Fremde weiter. „Du willst dein Leben selbst beenden, Hannes, weil du glaubst, dass alles verloren ist."

Wer war dieser Fremde, der in diesem unglaublich sanften Tonfall mit ihm sprach und woher wusste er, was Hannes durch den Kopf ging?

„Ich bin ein Wanderer zwischen den Zeiten, Hannes", sagte der Mann wie zur Antwort, womit Hannes allerdings nichts anfangen konnte. „Lass dir gesagt sein, Hannes: Nichts ist verloren. Deine Familie wird sogar die Dynastie der Staufer überdauern."

Hannes zuckte zusammen und schloss die Augen, als wollte er einen Spuk vertreiben. Als er sie wieder öffnete, hatte er das Gefühl eingenickt zu sein. Erst langsam sortierten sich seine Gedanken wieder. Der Fremde war verschwunden. Hannes schaute sich nach allen Seiten um. Niemand war zu sehen. Hatte er sich alles nur eingebildet? Hatte er vielleicht geträumt?

Hannes erhob sich langsam. Zunächst war er noch unsicher, doch dann gewann er seine Fassung wieder und lief mit schnellen Schritten zurück nach Hause. Erleichtert stellte er fest, dass Anna immer noch schlief. Er legte sich wieder zu ihr ins Bett und nahm sie in seine Arme. Er hatte das Gefühl, als wäre eine drückende Last von ihm genommen. Als Hannes eine Stunde später aus einem kurzen Schlaf aufschreckte, war die Erscheinung am Rhein nur noch eine blasse Erinnerung.

Die Jahre kamen und gingen. Notger fügte sich immer stärker in die Familie des Hannes ein und gewann immer mehr sein Vertrauen. Sogar das Verhältnis mit Clemens hatte sich wieder gebessert, und ab und zu scherzten und lachten die beiden wie in alten Zeiten. Nur von Karl, über den Hannes nach wie vor kein Wort verlor, war immer noch keine Nachricht gekommen.

Der Oktober des Jahres 1241 war verregnet wie lange nicht mehr, und an jedem Abend der Weinlese kamen sie völlig durchnässt nach Hause. Im November erkrankte Hannes plötzlich. Er hatte hohes Fieber und konnte kaum noch atmen. Ein zweites Mal kam der Medicus ins Haus, und wieder schüttelte er nur den Kopf und kassierte zwei Silberstücke.

Wie bei Egbert auch, riet er Anna, die Schlafstube möglichst warm zu halten. Doch das war leichter gesagt als getan. Das kleine Haus war kein Palast aus Stein, wo in jedem Zimmer Tag und Nacht ein Feuer brennen konnte. Wie schnell konnte ein Unglück passieren, das Haus abbrennen und mit ihm das ganze Viertel oder die halbe Stadt.

Anna bemühte sich, ihrem Hannes zu helfen, wo sie nur konnte. Jeden Tag machte sie mehrmals eine heiße Suppe und kaufte auf dem Markt teure Kräuter. Das Silber des Reichstruchsess hatte ihnen einen kleinen Wohlstand beschert. Doch Gesundheit, das wusste Anna, konnte man auch mit noch so viel Silber nicht kaufen.

Mitte November verbesserte sich Hannes' Zustand tatsächlich ein klein wenig. Dennoch bestand kaum Hoffnung. Eines Abends saß Anna allein am Herd und starrte in die Flammen. Eigentlich hatte sie Notgers Schuhe reparieren wollen. Doch die Gedanken an das vielleicht bevorstehende Ende ihres Mannes wollten sie nicht loslassen. Als es an die Tür klopfte, zuckte sie zusammen.

Bestimmt ein Zecher, der unbedingt noch einen Wein haben will, dachte sie verärgert.

Anna öffnete die Tür und wäre vor Schreck fast in Ohnmacht gefallen. Draußen stand Karl und lächelte sie verlegen an. Wie einen Geist starrte Anna ihren Sohn zunächst an, doch dann fiel sie ihm um den Hals.

„Karl", stammelte sie schluchzend. „Sag mir, dass ich nicht träume. Bitte, sag es mir!"

Karl löste sich mit sanfter Gewalt. „Du träumst nicht, Mutter. Ich bin es wirklich. Sind wir willkommen?"

Erst jetzt sah Anna, dass Karl nicht allein war. Einige Schritte hinter ihm stand eine junge Frau, die verlegen lächelte.

„Natürlich bist du, seid ihr willkommen."

Karl und die junge Frau traten in die Stube. „Das ist Selva, meine Frau."

Sie nickte schüchtern und setzte sich ans Feuer. Anna schaute ihren jüngsten Sohn an und schüttelte immer wieder den Kopf. „Ich kann es immer noch nicht glauben. All die Jahre habe ich die Hoffnung nie aufgegeben, dass du wieder zurückkommst", sagte sie. Plötzlich verdüsterte sich ihr Blick. „Seid ihr nur zu Besuch hier?"

Karl legt den Arm um die Schultern seine Frau. „Eigentlich nicht. Wenn Vater nichts dagegen hat, würden wir gern bleiben."

Jetzt fiel Anna ihrem Sohn ein zweites Mal um den Hals. „Natürlich könnt ihr bleiben. Das ist immer noch dein Zuhause, Bub." Sie nickte Selva freundlich zu. „Und natürlich auch das deiner Frau. Du kannst dir gar nicht vorstellen, wie sehr ich mich freue. Du siehst gut aus. Hast ein klein wenig abgenommen, aber nur ein bisschen."

Jetzt schaute sie sich Selva an. Sie war klein und zierlich und hatte einen fremdländischen Einschlag. Anna gab sich einen Ruck und umarmte auch ihre Schwiegertochter. Bis zum Morgengrauen saßen sie am Feuer und erzählten. Die Nachricht vom Tod seines Bruders und der Krankheit des Vaters trübte die Wiedersehensfreude. Am meisten hatte Karl zu berichten. Viele Monate nach dem Abschied aus Mainz war der kaiserliche Tross über die Alpen nach Italien gezogen. Karl hatte Städte und Landschaften gesehen, von denen er bis dahin noch nicht einmal etwas gehört hatte.

„Doch mein Glück habe ich lange nicht gefunden", sagte er abschließend. „Erst als ich Selva traf, bekam mein Leben wieder einen Sinn." Er lächelte seine Frau liebevoll an. „Ihr machte es nichts aus, einen Küchenknecht zu heiraten. Denn mehr war ich nicht, Mutter. Bloß ein Küchenknecht. Vater hatte Recht. Den Kaiser habe ich in all den Jahren nicht ein einziges Mal gesehen. Noch nicht einmal in seine Nähe bin ich gekommen."

Als die Zeiten in Norditalien durch die Auseinandersetzung zwischen Friedrich und dem Papst in Rom immer kriegerischer wurden, berichtete Karl weiter, hatten sie den Tross verlassen und sich zusammen mit einer Gruppe deutscher Pilger im Frühsommer über die Alpen nach Deutschland durchgeschlagen. Nach harten Wochen, in denen sie kaum etwas zu essen gehabt hatten, fand Karl schließlich Arbeit bei einem Großbauern auf der Schwäbischen Alb. Ein halbes Jahr später hatte er endlich genug Geld gespart, um für sich und seine Frau die

Reise per Schiff von Karlsruhe nach Mainz bezahlen zu können. In den Abendstunden hatte das Schiff am Fischtor angelegt.

Anna lächelte Selva zu. „Du glaubst gar nicht, wie sehr ich mich freue. Karl hatte immer anderes im Kopf als zu heiraten. Du musst etwas ganz Besonderes sein."

„Karl hat mir viel von dir, seinem Vater und seinen Geschwistern erzählt", antwortete Selva mit einem Akzent, den Anna nicht einordnen konnte. „Auch, dass sein Vater damals verärgert war, als Karl wegging. Ich bin froh, dass ihr uns in eurem Hause wieder aufnehmt."

„Ja, ich war verärgert", tönte es schwach von der Stiege her. Es war Hannes.

„Vater!", rief Karl und wollte auf Hannes zulaufen. Doch erschrocken hielt er inne. Sein Vater hatte eingefallene Wangen und war nur noch ein Schatten seiner selbst. Er war vom Tod gezeichnet, doch er lächelte.

„Ich freue mich, mein Sohn. Du bist wieder zurück. Jetzt kann ich in Frieden sterben."

„Vater, du darfst nicht sterben. Nicht, bevor dein Enkel zur Welt gekommen ist."

Anna stieß einen Schrei aus. „Ist das wahr? Deine Frau ist guter Hoffnung?"

Selva nickte. „Nächstes Jahr um die Osterzeit ist es soweit."

„Es wird ein Junge", sagte Hannes matt. „Ich kann es spüren."

Die Familie war wieder zusammen, und der Gesundheitszustand von Hannes verbesserte sich zusehends. In den Wingert konnte er zwar nicht mehr, doch bereitete ihm zumindest das Aufstehen nicht mehr so viel Qual. Dass Karl wieder zurück war, hatte ihm eine zentnerschwere Last von der Seele genommen.

Am Gründonnerstag des Jahres 1242 kam Selva nieder. Karls Weib und die Hebamme aus der Heugasse kämpften von Sonnenaufgang bis zur Vesperzeit, und immer wieder mussten Anna und Hildegard heißes Wasser bringen. Die Sonne hatte den Zenit längst überschritten, als es soweit war. Selva hatte einen gesunden Jungen zur Welt gebracht, der seine Eltern und Großeltern mit lautem Gebrüll begrüßte.

„Sein Name soll Egbert sein", sagte Karl feierlich.

Hannes hatte nur kurze Zeit Freude an seinem Enkel. Mitte Juni war seine Zeit gekommen. Nachdem sie ihn zu Grabe getragen hatten, saß die Familie zusammen mit Clemens und Notger in der Stube. Der kleine Egbert lag eingewickelt in seinem Bettkasten und schlief friedlich. Jeder war in seine eigenen Gedanken versunken, doch alle gedachten des gerade Beerdigten. Nur Notger war sichtlich nervös und stand schließlich auf. Unter dem Tisch zog er ein Bündel hervor und warf es über die Schulter. Anna sah ihn fragend an.

„Der Hannes ist tot. Ich hab hier nichts mehr zu schaffen. Das macht jetzt der Karl. Er ist der Sohn der Familie", sagte er schleppend. „Ich geh zurück in den Rheingau."

Das war mehr als der wortkarge Knecht sonst an zwei Tagen redete. Anna schaute erschrocken zu Karl, der sofort aufstand. „Bleib, Notger! Ich weiß von der Mutter, dass du Vater nie enttäuscht hast. Du hast immer gute Arbeit geleistet. Ich hab es noch nicht gesagt, aber ich will einen zweiten Wingert pachten. Und dafür brauch ich einen tüchtigen Helfer. Einen wie dich. Vielleicht werden wir sogar noch einen zweiten Gehilfen brauchen, aber du wirst auf alle Fälle der erste Knecht im Hause sein."

„Ich weiß nicht", sagte Notger unschlüssig.

Karl verzog spitzbübisch das Gesicht. „Ich würde auch lieber den Clemens nehmen, doch der ist alt und schafft am Tag nur noch seine zwei Schoppen und seine zwei Handkäs."

Er lachte, und nach und nach fielen alle in sein Lachen ein. Sogar der sonst immer so mürrisch wirkende Notger konnte sich ein Schmunzeln nicht verkneifen.

„Übrigens, Clemens, da wir gerade davon reden", sagte Karl nach einer Weile. „Hat Vater dir eigentlich jemals die Geschichte von dem Kaiser erzählt, der vor vielen Jahren einmal in einer Mainzer Weinstube einen Schoppen getrunken und einen Handkäse gegessen hat?"

Chronik:

Die Vision des Hannes bewahrheitet sich: Friedrich II. stirbt am 13. Dezember 1250 in Italien. Wie ein Fluch rafft der Tod in den nächsten Jahren alle direkten Nachkommen des Staufers dahin. 1268 wird der letzte Enkel Friedrichs, Konradin, enthauptet. Vier Jahre später stirbt mit Friedrichs Sohn Enzio, dem in Gefangenschaft lebenden sizilianischen König, der letzte Nachkomme und mögliche Thronerbe des Stauferkaisers.

Die Familie des Hannes überdauert noch bis zum Jahr 1309, dann erst sterben die beiden Urenkel seines Sohns Karl kinderlos. Die zwei Weinberge und die „Weinstube am Dom" übernimmt ein Weinbauer namens Siegbert, der aus Boppard stammt.

Dessen sieben kinderlose Enkel werden während der großen Pestwelle zwischen 1350 und 1353 dahingerafft. Danach steht die „Weinstube am Dom" jahrelang leer, die Weinberge verwahrlosen.

Erst 1372 findet sich ein junger Weinbauer namens Pfister, der sich wieder um Wingert und Schänke kümmert. Mit viel Fleiß vergrößert er den Wingert auf dem Kästrich. Seine Söhne und sein Enkel führen die Geschäfte weiter.

Die Lettern lassen sich bewegen

1453 bis 1467

Chronik:

Das Heilige Römische Reich Ende des 14. Jahrhunderts – der Glanz der hochmittelalterlichen Kaiserdynastien ist längst verblasst. Die Herrscher des Reiches sind mehr denn je abhängig von den Kurfürsten, die sich die Wahl des Kaisers teuer bezahlen lassen. Schon in dieser Zeit zeichnet sich ab, was sich Jahrhunderte später zu einem wahren Flickenteppich kleinstaatlicher Territorien entwickeln sollte. In Mainz heiratet im Jahr 1386 Friedrich Gensfleisch, ein wohlhabender und angesehener Bürger, die Mainzerin Else Wirich. Um die Jahrhundertwende wird ihnen ein Sohn geboren, der als einer der größten Erfinder in die Menschheitsgeschichte eingehen sollte: Johannes Gensfleisch zu Gutenberg.

Der verhärmt wirkende Mann saß schon länger als zwei Stunden in der Ecke und starrte trübsinnig ins Leere. Vor ihm stand ein Becher Wein, von dem er allerdings nur ab und zu nippte. Für Wilhelm Pfister, den Wirt der „Weinstube am Dom“, war das kein ungewohnter Anblick. Der etwa siebzig Jahre alte Mann (Wilhelm Pfister war ihm bestens bekannt) kam mehrmals in der Woche in die Weinstube der Pfisters. Er setzte sich meist in die Ecke, bestellte einen Becher Wein und saß den ganzen Abend allein an seinem Tisch. Von dem lebhaften Geschehen in der Schänke nahm er kaum Notiz. Einladungen, sich zu den anderen mit an den Tisch zu setzen, lehnte er stets kopfschüttelnd ab. Nur ab und zu war ein Seufzer zu hören, mit anderen Gästen sprach er hingegen kein Wort. Bevor er ging, legte er immer ein paar Münzen auf den Tisch und verließ stets grußlos die Weinstube, selbst wenn die Wirtin ihm noch ein fröhliches „Gehabt Euch wohl!“ hinterherschickte.

„Da ist er ja wieder“, hörte Wilhelm Pfister in diesem Moment seinen Sohn Dietrich meckern. Dietrich war sein Erstgeborener, seit zehn

Jahren verheiratet und Vater von drei Söhnen. Wilhelm Pfister wusste, dass sein Sohn nur widerstrebend in der Weinstube arbeitete. Vor einigen Jahren hatte er ihm das Versprechen abgerungen, die Weinstube wenigstens so lange zu führen, bis er unter der Erde war. Danach sollte er damit machen, was er für richtig hielt. Seitdem ließ Dietrich bei jeder Gelegenheit seiner Unzufriedenheit freien Lauf, manchmal sogar im Beisein der Gäste.

„Hat der Alte nichts Besseres zu tun, als anderen Gästen den Platz wegzunehmen? Der trinkt doch wieder nur höchstens einen Becher."

„Lass ihn", entgegnete sein Vater besänftigend. „Das Schicksal hat ihm übel mitgespielt. Er trinkt hier ab und zu seinen Schoppen, für mehr hat er kein Geld." Er hielt kurz inne und schüttelte den Kopf. „Dabei hätte er zum reichsten Bürger der Stadt werden können."

Er wischte den Ausschank sauber und schüttelte abermals den Kopf. „Das muss man sich einmal vorstellen. Musste zweitausend Gulden an seinen Geschäftsfreund Fust bezahlen. Ein schöner Geschäftsfreund, das sag ich dir. Hast du überhaupt eine Ahnung, was man sich für zweitausend Gulden in Mainz kaufen kann?"

Als Dietrich keine Antwort gab, wohl weil ihn das Thema nicht interessierte, antwortete der alte Pfister selbst. „Mehr als zwanzig Häuser! Du hast richtig gehört, mehr als zwanzig Häuser hier in der Stadt. Oder zehn Landgüter mit Wiesen und Feldern. Und jetzt sitzt er hier und kann mit Ach und Krach seine magere Zeche zahlen. Dabei hatte alles so gut angefangen."

Wilhelm Pfisters Gedanken schweiften ab in die Vergangenheit. Immer wenn er diesen verhärmt wirkenden alten Mann in der Ecke sitzen sah, musste er an die Tage zurückdenken, als Bernhard noch bei ihnen lebte. Mehr als zehn Jahre waren vergangen, seit Bernhard, der Ziehsohn der Familie, zum ersten Mal von diesem leicht verschrobenen Kerl gesprochen hatte ...

„Gütiger Himmel, womit hab ich das verdient?"

Wilhelm Pfister raufte sich verzweifelt die Haare. „Seit über achtzig Jahren besitzt unsere Familie nun schon diese wunderschöne Weinstube. Pfister hieß schon mein Ururgroßvater, der nicht nur dieser nach der Pest ausgeräucherten Kate, die angeblich schon seit über zweihundert Jahren hier steht, sondern auch dem verwahrlosten Weinberg auf dem Kästrich wieder Leben eingehaucht hat. Und ich will verdammt sein, wenn ausgerechnet mein Ältester mit der Familientradition brechen will."

Es gab nicht viel, worüber Wilhelm Pfister sich aufregte. Doch sein Sohn Dietrich, der mit seinen fünfundzwanzig Jahren eigentlich längst verheiratet sein und die ersten Kinder gezeugt haben sollte, hatte gestern verkündet, er wolle ins Kloster gehen.

„Wenn er wenigstens noch Mönch werden wollte, um zu beten", tobte der leicht füllige Wirt weiter, und Therese, seine Frau, hatte Mühe, ihn zu beruhigen. Bettina und Maria, die beiden vierzehn und einundzwanzig Jahre alten Töchter, rührten am Herd eifrig in der Suppe und schauten verwundert zu ihrem Vater. Sie wussten genau: Wenn der Alte so tobte, sollte man lieber nicht auffallen, sonst setzte es Backpfeifen. Nur die dickleibige Küchenmagd mit ihren strohblonden Haaren war wie immer viel zu träge, um auf den Ausbruch ihres Herrn zu reagieren. Sie schabte weiterhin im Schneckentempo die vor ihr liegenden Möhren und blickte noch nicht einmal von der Schüssel auf.

„Wenn er ja wenigstens beten, den Herrn lobpreisen und ihm fromme Lieder singen wollte", schimpfte Wilhelm Pfister weiter. „Aber nein, mein Herr Sohn will ins Kloster, weil er dort Bücher schreiben kann, in einem Scriptorium, zusammen mit anderen kahl geschorenen Gottesanbetern."

Wilhelm Pfister goss sich kopfschüttelnd einen Becher Wein ein, trank ihn in einem Zug leer und wischte sich mit dem Handrücken über den Mund. Er unterdrückte kaum den Rülpser, der ihm entfuhr, und straffte sich mit einem Ruck. „Ich sag dir was, Therese. Der Lausebengel bringt mich noch um den Verstand. Was will er nächsten Monat? Vielleicht träumt er dann davon, Medicus zu werden. Vielleicht will er ja auch ins ferne Paris wandern und dort studieren."

Therese Pfister legte ihm beruhigend die Hand auf den Arm. „Der Bub hat den Sinn seines Lebens noch nicht gefunden", sagte sie milde. „Wenn er aus Ingelheim zurück ist, wird er seine Meinung geändert haben. Du wirst schon sehen."

„Ich hoffe, du hast Recht, Weib", knurrte Pfister und gab der Katze, die unter dem Tisch saß, einen Tritt. Das arme Vieh schrie fauchend auf und verzog sich schmollend in die Ecke der geräumigen Stube. Nichts erinnerte mehr daran, dass diese Hütte einmal halb abgebrannt war und über viele Jahre leer gestanden hatte. Bis ins Jahr 1372 konnte Wilhelm Pfister seine Familie zurückverfolgen. Damals kam sein

Ururgroßvater, der bereits den Namen Pfister trug, aus einem Dorf im Hunsrück in die Stadt Mainz. Als er nach einem Jahr beweisen konnte, dass kein Grundherr oder sonst jemand nach ihm suchte (was tatsächlich nicht der Fall war, denn den Grundherrn hatte eines Nachts der Blitz getroffen), war er Bürger der Stadt geworden. Seitdem führte die Familie Pfister die Schänke, die ganz in der Nähe des Doms stand. In diesem Bereich der Stadt waren die vielen kleinen Hütten und Häuser eng ineinander verschachtelt. Wer sich hier nicht auskannte, der verlief sich schnell. Hier, im Kern der Stadt, pulsierte das Leben.

Doch das war nicht immer so gewesen. Obwohl schon zwanzig Jahre her, war noch allen älteren Mainzern der Streit zwischen den Zünften und den vornehmen Geschlechtern der Stadt in guter Erinnerung. Als die Geistlichkeit die Stadt im Jahr 1433 im Streit schließlich verließ, brach ein wichtiger Teil des Lebens zusammen. Ihres geistlichen Beistands urplötzlich beraubt, verloren die Bürger den Kopf, was sich beispielsweise darin äußerte, dass die Toten einfach in Gruben geworfen und mit ungeweihter Erde zugeschüttet wurden, statt sie mit christlicher Zeremonie feierlich zu beerdigen, wie es jedem getauften Christenmenschen zustand. Es kam sogar soweit, dass Erzbischof Konrad im Mai 1434 die Exkommunikation über die gesamte Stadt verhängte. Sämtliche Glocken in Mainz verstummten, und es schien, als hätte sich Gott selbst von der Stadt abgewandt, die nicht nur die Bewohner das goldene Mainz nannten. Mit einem Mal wurde den Bürgern klar, in welche Lage sie sich gebracht hatten.

Über Jahre hinweg schwelte der Streit zwischen der Bürgerschaft und den Geistlichen. In dem heillosen Durcheinander jener Jahre, das sich nicht nur auf Mainz konzentrierte, wurde mit Felix V. im Jahr 1439 sogar ein Gegenpapst gewählt. Jeder vernünftige Mensch wusste, dass es nur einen Stellvertreter Christi auf Erden geben konnte. Und doch waren es plötzlich derer zwei, und jeder der beiden behauptete, er sei der richtige und überzog den anderen mit übelsten Beschimpfungen. Erst die Vermittlung des Basler Konzils legte den Streit im Januar 1435 bei. Die Bürgerschaft gab nach, die Geistlichen kehrten in die Stadt zurück, allerdings ohne den inzwischen neu gewählten Erzbischof Dietrich. Dieser zog erst am 7. März 1439 feierlich in der Stadt ein. Mit ihm kehrte auch das normale Leben nach Mainz zurück, und keiner ahnte, dass es Jahre später noch einmal viel schlimmer kommen sollte.

Ein dumpfes Klopfen an der Tür lenkte Wilhelm Pfister ab. Seinen Ärger über Dietrich hatte der alte Pfister fast schon wieder vergessen. Dafür regte er sich jetzt über seinen Ziehsohn auf. „Die ersten Gäste sind bereits im Anmarsch. Hoffentlich kommen Bettina und Maria am Herd voran. Wenn Bernhard nicht bald auftaucht, kann er sich auf etwas gefasst machen. Würde mir gerade noch fehlen, wenn ich dem Kerl auch noch Beine machen müsste."

Der jetzt Gescholtene war keineswegs, wie bereits erwähnt, ein weiterer Sohn der Pfisters, er war noch nicht einmal der Sohn einer nahen Verwandten. Bernhard lebte erst seit vier Jahren bei den Wirtsleuten. Er war auch kein Knecht oder Lohnarbeiter, sondern so etwas wie ein Ziehsohn der Familie. Eines Abends im Winter hatte er frierend vor der Tür gestanden und weinend um eine warme Mahlzeit und einen Strohsack zum Schlafen gebettelt. Nur ein paar dünne Fetzen hatte er am Leib gehabt. Seine nackten Füße waren mit verdreckten Lumpen umwickelt. Es war ein Wunder, dass er bei dieser Eiseskälte noch am Leben war.

Aus der einen Nacht wurde eine Woche, aus der Woche ein Monat, und schließlich blieb Bernhard ganz bei den Pfisters, so wie eine Katze blieb, wenn genug Nahrung für sie da war. Es war schon ein gewaltiger Akt der Nächstenliebe, den die Pfisters hier vollbrachten. Denn normalerweise wurden solche Streuner mit einem Fußtritt von dannen gejagt. Nichtsnutze liefen in der Stadt viel zu viele herum. Wenn man jedem auch nur einen Kanten Brot geben wollte, würde man bald selbst verhungern. Doch Bernhard hatte das gute Herz der Wirtsfamilie geweckt. Nach und nach erfuhren die Pfisters Einzelheiten aus dem Leben des damals so verstörten Jungen.

In einem dumpfen Loch in Bingen hatte er mit seiner Mutter gelebt, einer verwahrlosten Tagelöhnerin, von der keiner etwas wissen wollte, und die ihre fünf Kinder nicht ernähren konnte. Innerhalb von wenigen Monaten waren Bernhards Brüder und Schwestern weggestorben, und eines Morgens lag auch die Mutter tot auf ihrem verfaulten Strohsack, mit blutigem Schaum vor dem Mund und seltsam verrenkten Gliedern. Weil alle im Dorf dachten, dass der Schwarze Tod wieder zurückgekehrt sei, hatten die Bewohner den Jungen in panischer Angst davongejagt. Nur dem Pfarrer, der ihm noch ein halb verschimmeltes Brot in die Hand gedrückt hatte, war es zu verdanken, dass sie ihn nicht totgeschlagen hatten.

Weil er wusste, dass in Mainz ein Bruder seiner Mutter lebte – zumindest war ihm das immer erzählt worden –, hatte er sich in einer tagelangen Odyssee, immer dem Lauf des Rheins folgend, bis in die Stadt durchgeschlagen, hatte sich von dem ernährt, was die anderen weggeworfen hatten, und brackiges Wasser getrunken. In einem Dorf namens Budenheim hatte er eine Weile bei einer Familie gelebt. Doch der ständig nach Bier stinkende Vater hatte alle nur verdroschen und in Bernhard einen weiteren Prügelknaben gesehen. Eines Nachts, als der Alte wieder einmal schnarchend seinen Rausch ausschlief, hatte sich Bernhard aus der Hütte geschlichen und sich weiter auf den Weg nach Mainz gemacht. Immer am Rhein entlang hatte er sich orientiert, war einmal im Eis eingebrochen und dabei fast ertrunken und gelangte doch schließlich wie durch ein Wunder nach Mainz. Doch statt in der großen Stadt seinen Onkel zu finden, war er wieder nur verprügelt und beschimpft worden. Nur die Pfisters hatten ihm eine Bleibe gewährt, vielleicht deshalb, weil wenige Monate vorher ihr zweitältester Sohn gestorben war. Besonders die Töchter waren von dem sonnigen Gemüt Bernhards, der längst den Namen Pfister angenommen hatte, angetan und sahen ihn als ihren Bruder an.

Eine Stunde nach Pfisters Wutausbruch (spätestens nach dem dritten Becher Wein war sein Zorn meist verraucht) saßen in der Weinstube mehr als zwei Dutzend Gäste. Es war ein bunt gewürfelter Haufen Zecher – vom jungen Tagelöhner bis zum zahnlosen Greis. Sie alle lachten vergnügt, stimmten ab und zu ein Lied an, kotzten nicht selten unter den Tisch und gerieten oft genug in Streit. Meist waren es nichtige Anlässe, die jedoch schnell zu einer Messerstecherei führen konnten. Da machte einer im Suff eine spitze Bemerkung über das Weib seines Zechkumpans, und ehe der sich versah, hatte der Geschmähte ihm ein Auge eingedrückt.

Erst kürzlich war ein Betrunkener in die Weinstube hereingestürmt gekommen. Sein Nebenbuhler, den er richtigerweise bei den Pfisters vermutet hatte, trank gerade seinen Schoppen aus, als sich der Gehörnte in blinder Wut auf ihn stürzte und ihn laut schreiend verdrosch. Erst als der Nebenbuhler mit blutiger Nase und ausgeschlagenem Auge zusammenbrach, hatte der Gehörnte von ihm abgelassen. Später hatte ein Gerücht in der Weinstube die Runde gemacht: Der Sohn des Gehörnten war nur untergeschoben – eigentlich stammte er vom verdroschenen Liebhaber.

Wilhelm Pfister musste oft genug eingreifen, sonst hätte es in seiner Weinstube schon Tote gegeben und nicht bloß Knochenbrüche und blutige Nasen. In diesen Zeiten wurde nicht lange gefackelt. So mancher Zecher, der um Mitternacht das Wirtshaus im Streit verlassen hatte, wurde im Morgengrauen erstochen oder mit eingeschlagenem Schädel hinter einem Holzverschlag oder im Stadtgraben gefunden. Der Nebenbuhler wurde übrigens zwei Wochen nach der Schlägerei bei den Pfisters in einem Bach gefunden – ertrunken.

Hatte ihn sein Widersacher dort hinein geworfen oder war er besoffen hinein gefallen? Wer konnte das schon wissen. Ein Pfaffe betete für den Armen ein Vaterunser – Tage später war der Verstorbene schon vergessen.

Auch an diesem Abend bahnte sich schnell Streit an. Ein Fischer und ein Gerber hatten zunächst friedlich zusammen am Tisch getrunken, als der Fischer plötzlich anfing, sich lautstark über die grindige Knollennase seines Saufkumpans lustig zu machen. Der Fischer fing sich sofort eine schallende Backpfeife ein und knallte dem Gerber als Gegenleistung den halbvollen Weinbecher gegen den Schädel. Ehe der Handel ausartete, stürzte sich Wilhelm Pfister zwischen die Streithähne, worauf die beiden sich verbündeten, um gemeinsam den Wirt zu verwamsen.

Therese Pfister stieß einen spitzen Schrei aus, als sie sah, in welche Bedrängnis ihr Mann unverhofft gekommen war. Doch keiner der Gäste machte Anstalten, Pfister zu helfen. Im Gegenteil: Die meisten brachen in brüllendes Gelächter aus, als sie sahen, wie der nicht gerade schwache Wirt zu Boden ging. Gunter, der fette Schneider aus dem Bleichenviertel, lachte wie ein wieherndes Pferd und klopfte sich schadenfroh auf die Oberschenkel. Da er Therese am nächsten saß, bekam er das meiste von dem Wasser ab, das sie wutentbrannt in die Menge schüttete.

In diesem Moment ging die Tür auf. Bernhard erkannte die Situation sofort, in der sich sein Ziehvater befand. Er stieß einen kurzen Schrei aus und warf sich ohne zu zögern in die grölende Menge. Der fette Gunter verlor das Gleichgewicht und fiel krachend auf den Rücken. Jetzt lag er auf dem Boden und zappelte wie ein hilfloser Maikäfer. Sekunden später ging der Fischer laut stöhnend in die Knie, kurz darauf flog der Gerber über den Tisch, Therese direkt vor die Füße. Die schnappte sich die schwere Pfanne und schlug sie ihm mit einem scheppernden Geräusch auf den Schädel. Der Gerber heulte laut auf und hielt sich schützend beide Arme über den Kopf. Beim Rückwärtsgehen stolperte er über ein ausgestrecktes Bein und fiel polternd auf seinen verlängerten Rücken.

Bernhard, trotz seiner erst siebzehn Jahre wesentlich kräftiger und muskulöser als alle anderen Gäste, packte die beiden Streithähne am Schlafittchen und beförderte sie mit einem mächtigen Schwung durch die Tür nach draußen. Im Staub der Gasse fanden sich die beiden zwischen drei grunzenden Schweinen wieder und trollten sich kleinlaut. Den Schneider verfrachtete Therese mit einem Tritt in den fetten Hintern aus der Weinstube. Der Streit war geschlichtet. Jetzt musste nur noch die Weinstube aufgeräumt werden.

Erneut klatschten die übrigen Gäste, diesmal für die andere Seite. Wieder einmal waren die Pfisters Sieger. Bis jetzt hatte noch jeder Radaubruder den Kürzeren gezogen, nicht zuletzt dank Bernhard. Nicht wenige Männer, die in Pfisters Weinstube so manchen Streit erlebten, hatten dem Wirt schon anerkennend auf die Schulter geklopft. Auf einen solchen Sohn konnte Wilhelm stolz sein, sagten sie immer, weil sie nicht wussten, dass Bernhard gar nicht Pfisters leiblicher Spross war. In der Familie hatten sie ausgemacht, keinem Fremden die wahre Geschichte zu erzählen. Dietrich hatte dem ebenfalls zugestimmt, allerdings eher aus Desinteresse. Er betrachtete Bernhard auch nach vier Jahren immer noch als eine Art Gast, den man ertragen muss, keineswegs als Stiefbruder oder gar als Freund.

Dietrich Pfister war ein nachdenklicher Mann mit zwei linken Händen. Im Weinberg und in der Stube bemühte er sich redlich. Es war allerdings nicht zu übersehen, dass er sich in der Rolle des Winzers und Wirtes nicht wohl fühlte. Doch er wusste, was sein Vater von ihm erwartete. Wenn Maria und Bettina erst einmal verheiratet und aus dem Haus waren (etwas anderes kam überhaupt nicht in Frage), gab es keinen, der die Familiengeschäfte weiterführen konnte. Die kaum ernst zu nehmende Ankündigung, ins Kloster zu gehen, war Dietrichs Art, gegen seinen Vater zu rebellieren.

Wilhelm Pfister klopfte sich den Staub vom Kittel. „Wird auch Zeit, dass du endlich kommst“, knurrte er nur. „Ich hätte nicht übel Lust, dir ebenfalls eins überzubraten.“

Seinen Augen jedoch war deutlich abzulesen, wie froh er war, dass Bernhard, über den er kurz zuvor noch gezetert hatte, ihn vor der schmerzhaften Dresche bewahrt hatte. Bernhard grinste spitzbübisch, winkte der Mutter und seinen Stiefschwestern fröhlich zu und kratzte sich ausgiebig am Kopf. Es war nicht zu übersehen: Wahrscheinlich hatte er die letzten Stunden im Stroh verbracht, zusammen mit Isolde, der Magd aus dem Haus von Gensfleisch. Erst vor einigen Tagen hatte Pfister selbst die beiden im Stall erwischt. Ihr Liebesgestöhne war nicht zu überhören gewesen.

Pfister betrachtete die Liebschaft seines Ziehsohns mit gemischten Gefühlen. Nicht, dass er etwas gegen eine Magd als künftiges Weib Bernhards gehabt hätte. Mehr stand ihm sowieso nicht zu. Doch Gensfleisch galt in der Stadt als verschroben, als einer, der in seiner Werkstatt wie ein Besessener arbeitete, um die Herstellung von Büchern zu vereinfachen. Und dazu brütete er oft stundenlang über seinen Skizzen und Berechnungen. Das wiederum konnte Pfister allerdings nur recht sein, denn meist tat Gutenberg, wie der seltsame Kerl in Mainz auch genannt wurde, dies in der Weinstube der Pfisters. An manchen Abenden trank er gut und gern einen Krug Wein und ließ somit in Pfisters Geldbeutel jeden Monat etliche Münzen.

„Wie wär's, wenn du die Stühle wieder aufstellst und dich dann mal um die Gäste kümmerst?", fuhr Pfister Bernhard an, der sich sofort sputete.

Pfister schaute seine Frau an und schüttelte den Kopf. Therese zwinkerte mit den Augen. Beide wussten, dass es Bernhard war, der wieder einmal für Ruhe in der Weinstube gesorgt hatte. Auch Wilhelm Pfister konnte ihm nicht mehr richtig böse sein.

Erst viele Stunden später, es war mittlerweile weit nach Mitternacht, war es in der Weinstube endlich ruhiger geworden. Bei einem Becher Wein und einem Stück Brot mit Gänseschmalz saßen der alte Pfister, Dietrich und Bernhard noch an einem Tisch zusammen. Dabei besprachen die drei, welche Reparaturen im Haus vor dem Winter anstanden. Pfister wusste, dass Bernhard die meiste Arbeit erledigen würde. Im Gegensatz zu Dietrich war er handwerklich hoch begabt. Es gab kaum eine Arbeit, die er nicht verrichten konnte. Und er tat sie, ohne zu murren. Er wusste, was er den Pfisters schuldig war. Der Wirt wies seinen Ziehsohn an, sich unbedingt um das Dach des Hauses zu kümmern. Auch der hölzerne Überbau des Brunnens im Hof bedurfte dringend einer Erneuerung. Das alles würde wieder einen tüchtigen Batzen Geld kosten, doch die Geschäfte liefen glücklicherweise gut. Der Wein auf dem Kästrich gedieh prächtig und versprach ein ganz besonderer Jahrgang zu werden. Dietrich beteiligte sich kaum an dem Gespräch. Mit den handwerklichen Aufgaben hatte er kaum etwas zu tun, er kümmerte sich mehr darum, den Wein der Pfisters auszuliefern.

Wilhelm Pfister hatte schon oft darüber nachgedacht, wie es mit der Weinstube einmal weitergehen sollte. Dietrich war der legitime Erbe von Weinstube und Weinberg. Daran gab es nichts zu rütteln. Bernhard hatte keinerlei Ansprüche, obwohl er derjenige war, der die meiste Kraft in den Betrieb steckte. Würde Dietrich ihn fortjagen, wenn der Vater einmal nicht mehr war? Das war eine Frage, die er irgendwann noch mit seinem Ältesten besprechen musste. Bislang lag sie unausgesprochen in der Luft, auch Dietrich spürte das.

Als alles beredet war, stand der Sohn auf und zog sich in seine Kammer zurück. Pfister bemerkte, dass Bernhard noch etwas auf dem Herzen hatte und blieb noch auf der Bank sitzen. Nach einer Weile rückte der hoch gewachsene Junge mit der Sprache heraus.

„Ich bin heute Abend auch deshalb so spät gekommen, weil ich noch mit dem alten Gensfleisch gesprochen hab. Du kennst ihn ja selbst, er hat nicht weit von hier eine große Werkstatt."

„Und er hat eine hübsche Magd", unterbrach ihn Pfister lächelnd. „Isolde heißt sie, wenn ich mich recht erinnere, und einen Galan hat sie, der Bernhard heißen soll."

Bernhard lächelte schief und ging nicht auf den Spott seines Ziehvaters ein. „Ja, ja", winkte er ab. „Wer weiß, vielleicht werde ich Isolde tatsächlich einmal heiraten, aber darum geht es jetzt nicht. Gensfleisch kann immer tüchtige Leut' gebrauchen, hat er mir erst heute wieder gesagt. Er will, dass ich bei ihm in der Werkstatt arbeite."

Wilhelm Pfister starrte Bernhard schweigend an. Er spürte, dass eine Entscheidung bevorstand. Obwohl Bernhard nicht sein leiblicher Sohn war, setzte er große Hoffnungen in ihn. Bernhard war für ihn immer der Garant dafür gewesen, dass es in der Weinstube und im Wingert geordnet weitergehen würde, selbst wenn Dietrich früh sterben sollte. Wollte Bernhard die Familie verlassen? Pfister fühlte ein seltsames Kribbeln in der Magengegend. Auch er hatte Bernhard längst wie einen eigenen Sohn in sein Herz geschlossen. Es täte ihm weh, wenn der Junge nicht mehr im Hause wäre.

Erst nach einer Weile fand er die Sprache wieder. „In Gensfleischs Werkstatt also. Ich habe ihn oft beobachtet, wie er hier in der Ecke sitzt und immer irgendwas aufschreibt. Hab mich schon immer gewundert, was dieser Mann in seinem Kopf ausbrütet. Und als was willst du in seiner Werkstatt arbeiten?“

Bernhard zuckte mit den Schultern. „Weiß nicht. Ich weiß nur, dass es dort viel Arbeit gibt. Johannes Gensfleisch arbeitet an ...“

„Ja, ich weiß“, unterbrach ihn Pfister. „Johannes Gensfleisch zu Gutenberg will Bücher vervielfältigen“, sagte er spöttisch. „Für wen eigentlich, frage ich mich. Wer soll denn seine Bücher bezahlen, außer den Priestern im Domstift und den Ratsherren? Jeder weiß, dass sich nur die Reichen in der Stadt ein Buch leisten können. Hab gehört, manche Bücher kosten so viel wie ein Haus.“

„Das ist es ja gerade, Vater“, ereiferte sich Bernhard. „Mit seiner Arbeit macht es Gutenberg allen möglich, ein Buch zu besitzen. Auch du, Vater, wirst dir ein Buch kaufen können. Und stell dir vor, was man alles in Bücher fassen kann. Alles was von Mund zu Mund überliefert wird, kann fortan in Büchern stehen, und fast jeder kann sich ein solches Buch kaufen.“

Pfister machte eine verächtliche Handbewegung. „Ich brauch keine Bücher, deine Mutter ebenfalls nicht. Wir hätten überhaupt nicht die Zeit zum Lesen, selbst wenn wir es gut könnten. In ein paar Wochen beginnt die Traubenlese. Würdest du dir lieber darüber Gedanken machen. Man stelle sich das einmal vor, unsere Mutter sitzt abends in der Ecke und liest ein Buch.“ Er musste über diese Vorstellung laut lachen.

„Ich möchte jetzt ins Bett“, unterbrach Therese Pfister gähnend die Diskussion. Sie hatte die ganze Zeit die Herdstelle gesäubert und war jetzt sichtlich müde. An dem Gespräch hatte sie sich nicht beteiligt. Doch es war ihrem Gesicht anzusehen, dass sie die Ankündigung Bernhards nicht ernst nahm. „Macht endlich, dass ihr beiden Land gewinnt! Ich geh schon mal in die Kammer.“

Pfister und Bernhard sahen sich an. „Ich weiß noch nicht, ob ich beim Gensfleisch arbeiten will“, sagte Bernhard schließlich. „Auf der einen Seite habe ich euch viel zu verdanken. Ihr habt mich aufgenommen und mir eine neue Familie gegeben, eine bessere Familie als ich sie je hatte. Ich würd’ euch nur ungern verlassen. Aber Dietrich wird in ein paar Jahren die Weinstube und den Wingert übernehmen. Du weißt, wie wir beide zueinander stehen. Ich bin nicht sicher, ob er mich dann noch in diesem Haus akzeptieren wird.“

„Solange ich noch lebe ...", wollte Pfister schon aufbrausen, doch dann nickte er. „Ich weiß, du hast Recht. Fast wünschte ich, dass er wirklich ins Kloster geht. Aber er ist mein leiblicher Sohn."

Als er später neben Therese im Bett lag und noch einmal über Bernhards Ankündigung nachdachte, atmete er tief durch.

„Er wird uns verlassen, ich kann es fühlen", sagte er, obwohl er von seiner Frau keine Antwort erwarten konnte. Sie war längst eingeschlafen. „Der Bub hatte nie ein richtiges Zuhause. Er wird immer nur Gast sein. Das ist sein Schicksal."

Wilhelm Pfister schloss die Augen. Er würde Bernhard keine Steine in den Weg legen. Dafür mochte er den jungen Kerl viel zu sehr.

Die Tage verstrichen, ohne dass Bernhard und der alte Pfister noch einmal das Thema anschnitten. Eines Morgens ergab es sich, dass der Junge mit seinen beiden Stiefschwestern auf dem Weg zum Weinberg auf dem Kästrich war. Dietrich und sein Vater waren bereits vor Sonnenaufgang aufgebrochen. Die zwei Mädchen und ihr Stiefbruder waren guter Dinge und plapperten vergnügt, während sie durch die engen Gassen gingen. Am Dom, wo die Marktweiber und Bauern Obst, Gemüse, Wein und Bier feilboten, verlangsamte Bernhard plötzlich seinen Schritt. Nicht weit vom Eingangsportal des Doms entfernt standen zwei Männer und diskutierten heftig miteinander. Ihrer Kleidung nach gehörten sie zur reichen Schicht der Mainzer Bürgerschaft. Bernhard spähte angestrengt zu den zwei Männern hinüber.

„Kennst du die beiden?", fragte Bettina neugierig.

„Ja, der eine ist Johannes Gensfleisch zu Gutenberg, der andere muss Fust sein, ein Geschäftsfreund von Gutenberg. Fust hat Gutenberg eine Menge Geld geliehen. Das hat mir Isolde neulich erzählt."

„Scheint, als ob sich die beiden streiten", bemerkte Maria.

„Scheint so", entgegnete Bernhard knapp.

„Sag mal, stimmt es, was der Vater neulich gesagt hat? Du willst nicht mehr bei uns bleiben, sondern bei Gutenberg in Lohn gehen?"

„Ich weiß noch nicht", winkte Bernhard ab. „Ich weiß nur, dass ich bei Gutenberg gutes Geld verdienen könnte."

Die beiden Schwestern nahmen Bernhard in die Mitte. „Kommt gar nicht in Frage", meinten sie scherzhaft und strichen ihm schelmisch über die Wangen. „Du bleibst bei uns. Wir kümmern uns schon um dich. Da brauchst du nicht viel Geld zum Leben."

Bernhard befreite sich unwillig aus dem Griff und schüttelte die beiden Mädchen ab. „Geht ihr schon mal vor. Ich komme nach."

Maria und Bettina schauten sich nur an, sagten aber nichts. Während Bernhard die nahe am Domeingang stehenden Männer beobachtete, erinnerte er sich, wie er vor ein paar Monaten zum ersten Mal in Gutenbergs Werkstatt war. Er hatte in Gutenbergs Hof auf Isolde gewartet und sich zunächst das Wappen der Familie Gensfleisch angeschaut. Es zeigte einen nach vorn gebeugten, sich auf einen Stab stützenden Pilger, der eine Schale in der rechten Hand trug. Durch die offene Tür hatte Bernhard schließlich einen vorsichtigen Blick in die Werkstatt geworfen. Dort hatte er zunächst nur mehrere Bottiche und andere Gerätschaften aus hartem Holz gesehen. Einige davon sahen aus wie die Traubenpresse, die bei den Pfisters im Hinterhof stand. Aus der Werkstatt, in der bestimmt zwei Dutzend Männer arbeiteten, drang ein seltsamer Geruch, den Bernhard noch nie woanders erlebt hatte. Wenn er durch die Gassen von Mainz lief, roch es besonders im Sommer meist nach Fleisch oder Fisch und noch stärker nach den Ausdünstungen der Latrinen und der Gräben, in denen die Exkremente der Bewohner lagen, die erst bei Regen weggeschwemmt wurden. Der Geruch, der aus Gutenbergs Werkstatt strömte, war nicht von dieser Welt und hatte Bernhard seitdem nicht mehr losgelassen.

Unwillkürlich war Bernhard damals immer näher an die Schwelle des Eingangs zur Werkstatt getreten, bis ihm plötzlich ein Mann den Weg verstellte – Gutenberg. Bernhard schätzte das Alter des leicht untersetzten Mannes auf Mitte fünfzig. Es war diese Ausstrahlung, die Bernhard sofort faszinierte. Gutenberg war ein Mann, der ständig angestrengt nachzudenken schien. Mit einer freundlichen Handbewegung hatte er ihn damals in seine Werkstatt gebeten, und Bernhard hatte mit offenem Mund gestaunt, wie geschäftig es in den zahlreichen Räumen und Stuben zuging. Obwohl Gutenberg ihm damals schon einiges erklärte, verstand er zunächst überhaupt nicht, um was es genau ging. Erst nach und nach begriff Bernhard, was dieser Mann vorhatte. Er wollte die Bibel reproduzieren, allerdings nicht durch mühseliges Abschreiben, wie es in allen Klöstern des Reiches die Mönche taten, sondern dadurch, dass er Papier auf bewegliche, mit Tinte befeuchtete Lettern presste.

Bernhard riss sich aus seinen Gedanken, denn mittlerweile sah auch er, dass sich Gutenberg und Fust ganz offensichtlich heftig stritten.

Fust machte eine abweisende Handbewegung, wandte sich ohne ein weiteres Wort von Gutenberg ab und schritt in Richtung des bischöflichen Palais. Gutenberg blieb stehen und senkte den Kopf. Etwas schien ihn zu bekümmern. Bernhard gab sich einen Ruck und ging auf Gutenberg zu. Dieser machte ein erfreutes Gesicht, als er ihn sah. Beinahe herzlich begrüßte er Bernhard, klopfte ihm jovial auf die Schulter und schien seinen Streit mit Fust schon vergessen zu haben.

„Habt Ihr Sorgen, Meister Gensfleisch?", fragte Bernhard einfühlend. „Verzeiht mir meine Neugierde, aber ich sah Euch diskutieren."

Gutenberg winkte ab. „Schon gut, Bernhard. Komm, ich lade dich zu einem Bier ein. Du trinkst doch Bier, oder hat dich dein Vater ausschließlich mit Wein großgezogen?"

Wieder lachte er, und Bernhards Herz machte einen Sprung. Er spürte, dass er diesem Mann mindestens genauso vertrauen konnte wie seinem Ziehvater Pfister. Nicht weit vom Domeingang entfernt fanden sie einen Bierbrauer, der ihnen aus einem großen Fass von seinem Gerstensaft abschöpfte. Gutenberg drückte dem Bierbrauer zwei Münzen in die Hand und nippte nachdenklich an seinem Lederbecher. Er schien mit seinen Gedanken weit entfernt. Bernhard wartete geduldig, bis er das Gespräch wieder aufnahm.

„Fust ist momentan etwas verstimmt", sagte Gutenberg nach einer Weile. „Das Bibeldrucken verschlingt eine gewaltige Summe Geld. Allein das Papier, das ich aus Italien kommen lassen musste, kostet sechshundert Gulden. Damit kann man in Mainz schon einige große Häuser bezahlen. Fust ist in großer Sorge, ob ich ihm das geliehene Geld auch wieder zurück zahlen kann. Glücklicherweise verlangt er keine Wucherzinsen. Wenn ich daran denke, was so mancher langobardischer Geldverleiher in den Kontrakt schreibt."

Gutenberg machte ein Pause. Bernhard staunte. Nie hätte er geglaubt, dass dieser Mann mit so gewaltigen Summen wirtschaftete, wenngleich er sich nur schwerlich eine Vorstellung davon machen konnte. Er selbst hatte nie mehr als ein paar Kupfermünzen besessen. Alles, was er brauchte, bekam er von seiner Familie. Geld war ihm ebenso fremd, wie so manches Gewürz, das die Händler auf dem Markt anboten. Und er wunderte sich, dass Gutenberg ihm das alles erzählte. Am Anfang, als Bernhard Isolde seine Liebe gestand, hatte er kaum Notiz von ihm genommen. Jetzt vertraute er ihm sogar geschäftliche Einzelheiten an.

„Achthundert Gulden habe ich mir von Fust geliehen und dafür meine ganzen Gerätschaften an ihn verpfändet", fuhr Gutenberg fort. „Ich komme wohl nicht umhin, ihn noch einmal um eine größere Summe zu bitten, sonst kann ich nicht weiterarbeiten. Es wäre nicht auszudenken, wenn ..."

Er schüttelte die Gedanken an das Geld ab und schaute Bernhard an. „Hast du dir mein Angebot überlegt, junger Freund?", wechselte er abrupt das Thema.

Der Angesprochene rieb sich nachdenklich das Kinn. „Seid bitte nicht verstimmt, wenn ich Euch heute noch keine Antwort geben kann, Meister. Ich muss noch darüber nachdenken. Mein Vater wäre sehr enttäuscht, wenn ich ihm den Rücken kehre."

„Du musst ihn nicht verlassen", erwiderte Gutenberg. „Du könntest weiterhin bei ihm wohnen und ihm sogar einen Anteil von deinem späteren Lohn abgeben."

„Sicherlich, Meister, aber ich bitte Euch noch um ein wenig Geduld. In spätestens ein paar Tagen werdet Ihr eine Antwort erhalten, das verspreche ich Euch."

Ein markerschütternder Schrei lenkte die beiden ab. Nicht weit von dem Bierbrauer entfernt hatte ein Bader einer älteren Frau einen dicken Furunkel im Nacken geöffnet. Mit einem heißen Stück Eisen versorgte der Bader nun die eiternde Öffnung, um die Bemitleidenswerte vor dem gefürchteten Wundbrand zu bewahren. Doch jetzt schrie die Frau vor Schmerz, weil das heiße Eisen ihr den halben Nacken verbrannt und dabei einen Teil der Haare versengt hatte. Die meisten der Vorbeigehenden schauten die Bedauernswerte mitleidig an, einige konnten ein schadenfrohes Lachen nicht verkneifen. Der Bader schüttelte drohend das glühende Eisen, um die Schar der Neugierigen zu vertreiben. Die Geplagte schien ihren Schmerz nun vergessen zu haben, denn sie begann vor Wut laut zu toben und zu zetern. Der Bader habe das ihm zugesicherte Geld nicht verdient, eher würde sie es in den Rhein zu den Fischen werfen. Der Bader entgegnete, er bestehe auf dem ausgemachten Lohn.

Bernhard grinste, beachtete die beiden aber nicht weiter. Er wandte sich wieder an Gutenberg und verabschiedete sich freundschaftlich von ihm. Eine Viertelstunde später hatte auch er den Weinberg auf dem Kästrich erreicht, wo die ganze Familie bereits arbeitete. Wilhelm Pfister sog verärgert die Luft ein, als er Bernhard kommen sah, sagte allerdings nichts. Dietrich schaute demonstrativ zur Seite. Da Bernhard zu spät kam, hatte er die doppelte Arbeit leisten müssen. Es war Dietrich deutlich anzusehen, wie verärgert er darüber war.

Es war ein sonniger Herbstmittag, Ende September des Jahres 1453, und Bernhard erkannte auf einen Blick, dass die Lese kurz bevor stand. Er betrachtete nachdenklich die reifen Trauben, wobei er tief einatmete. Plötzlich tat sich vor seinem geistigen Auge seine Zukunft auf, eine mögliche Zukunft von vielen. Und er sah die Vergangenheit, seine Vergangenheit, als er noch in Bingen lebte, in diesem Erdloch, in dem normalerweise nur Schweine gehalten wurden. Er fühlte, dass sein Lebensweg vorbestimmt war, allerdings nicht als Weinbauer und schon gar nicht als Wirtsgehilfe in einer Weinstube.

In diesem Moment traf er die Entscheidung. Nach der Lese würde er in Gutenbergs Werkstatt eintreten. Mit dem dort verdienten Geld wollte er einen kleinen Teil seiner Schuld gegenüber der Familie Pfister abtragen. Er stieß laut die Luft aus.

Dietrich schaute ihn verwundert an, doch Bernhard nickte nur kaum merklich mit dem Kopf. Er war sich sicher, dass er die richtige Entscheidung getroffen hatte.

„Wirt, Meister Pfister, kommt doch bitte einmal zu mir."

Wilhelm Pfister schaute erstaunt auf. Gutenberg hatte tatsächlich ihn gemeint. Normalerweise wechselte Gutenberg kaum ein Wort mit ihm. Pfister ging an Gutenbergs Tisch und schaute den alten Mann fragend an.

„Habt Ihr wieder einmal etwas von Bernhard gehört?", fragte Gutenberg leise und mit leicht zitternder Stimme. „Hat er Euch vielleicht geschrieben. Ich würde so gern einmal wieder etwas von ihm hören."

Pfister setzte sich und schaute Gutenberg an. Jetzt erschrak Pfister. Vor ihm saß ein gebrochener Mann, ein um die Früchte seiner Arbeit, ja seines ganzen Lebens betrogener Mann. Mitleid stieg in Pfister auf, und fast hätte er Gutenberg tröstend die Hand auf den Arm gelegt.

„Ist schon ein paar Monate her, da erreichte uns ein Brief von ihm. Dass der Junge so gut schreiben kann, hat er Euch zu verdanken. Ich musste den Pfarrer aus St. Ignatz bitten, uns den Brief vorzulesen. Bernhard schreibt darin, dass es ihm gut geht. Und dass er Euch schmerzlich vermisst."

Ein müdes Lächeln stahl sich über Gutenbergs Gesicht. Er hob den Kopf und schaute Pfister an.

„Ein guter Junge. Einmal hat er mir erzählt, dass er gar nicht Euer leiblicher Sohn ist. Ich hoffe, Ihr seid über diese Indiskretion nicht böse."

Pfister schüttelte verständnisvoll den Kopf. Gutenberg hatte Bernhard genauso geliebt wie er selbst.

„Wenn es diese verfluchte Stiftsfehde, diese unglücksselige, nicht gegeben hätte, würde Bernhard jetzt in Mainz und nicht in Bamberg arbeiten."

Die Stiftsfehde! Wilhelm Pfister erschauderte bei dem Gedanken an diese fürchterliche Katastrophe, die die Stadt vor fünf Jahren heimgesucht hatte. Nur die große Pest vor mehr als hundert Jahren hatte Mainz schlimmer zugesetzt. Zu den schrecklichen Wirren war es gekommen, nachdem sich der Papst in Rom, es war der ehrwürdige Pius II., vom Mainzer Erzbischof abgewandt hatte. Diether von Isenburg hatte sich gegen den Kaiser und damit gegen den Heiligen Stuhl in Rom gestellt. Der Streit wogte hin und her, und im August 1461 kam es wie es kommen musste. Pius setzte Erzbischof Diether von Isenburg ab und ernannte Adolf von Nassau zum neuen Mainzer Erzbischof. Doch die Bürgerschaft von Mainz hielt zu Diether von Isenburg, der sich nicht nur weigerte, die Absetzung zu akzeptieren, sondern sich auch in der Stadt verschanzte. Beide Erzbischöfe hatten ihre Verbündeten, die sie allerdings nur dadurch für sich gewinnen konnten, dass sie ihnen reiche Güter aus dem Erzstift verprochen hatten.

Im Herbst erklärte der Papst in Rom Diether von Isenburg zu einem gebannten und exkommunizierten Rebellen, der bekämpft werden müsse. Ab Dezember 1461 herrschte Krieg im Erzbistum. Die Mainzer bekamen von den Raubzügen und Verwüstungen der Verbündeten der beiden Erzbischöfe zunächst nur wenig mit. Im Oktober 1462 sammelte Diether von Isenburg in der Stadt seine Verbündeten zum Kriegsrat. Doch zum Krieg kam es erst gar nicht. Am frühen Morgen des 28. Oktober überrumpelten Erzbischof Adolf von Nassau und seine Mannen die Wachen am Gautor und drangen in die Stadt ein. Später raunte man, dass Verrat im Spiel gewesen sei, dass es sogar Ratsmitglieder gewesen sein könnten, die den Bewaffneten halfen, in die Stadt einzudringen.

Wie dem auch gewesen sein mag – die Mannen Adolfs von Nassau gaben dem am Rheinufer vor der Stadt bereitstehenden Heer ein Zeichen, indem sie das Leichenwaschhaus der Juden anzündeten. Vierhundert Schweizer Söldner, besonders gefürchtete Krieger, drangen nun ihrerseits in die Stadt ein. Am Schluss des heftigen Gemetzels (die Mainzer konnten nur dreihundert Bürger notdürftig bewaffnen) waren mehr als dreihundertfünfzig Tote zu beklagen. Einhundertfünfzig Häuser waren niedergebrannt oder wenigstens geplündert, darunter auch Wilhelm Pfisters Weinstube.

Es waren vier bewaffnete Männer des Nassauers gewesen, die in die Weinstube gestürmt kamen und die zu Tode erschrockene Wirtsfamilie auf die Straße prügelten. Nur dem einsetzenden starken Regen war es zu verdanken, dass sie die Weinstube nicht angezündet hatten. Danach zogen sie mit sämtlichen Fässern Wein und den Vorräten aus der Speisekammer höhnisch grölend wieder von dannen.

Der siegreiche Erzbischof nahm noch auf andere Weise Rache an den Mainzern, die bis zuletzt zu Diether von Isenburg gehalten hatten, der irgendwann Hals über Kopf aus der Stadt floh. Etliche Bürger wurden aus der Stadt gewiesen, darunter auch Johannes Gutenberg. Bernhard Pfister hatte die Stadt mit Isolde und ihren beiden Kindern bereits vor dem 28. Oktober verlassen.

„Diese verfluchte Stiftsfehde", murmelte Gutenberg noch einmal. „Mainz ist nicht mehr das, was es einmal war. Und nicht nur, weil unsere wunderbare Heimatstadt keine freie Reichsstadt mehr ist."

Die beiden ungleichen Männern schwiegen eine Zeit lang. Pfister verstand nichts von der großen Politik. Er war nur froh, dass er und seine Familie das Unglück halbwegs überstanden hatten. Nach einer Weile räusperte sich Wilhelm Pfister und schenkte Gutenberg von dem Wein nach. „Erzählt mir etwas von Bernhard, Meister Gutenberg. Wie war er als Euer neuer Druckergehilfe?"

Erneut stahl sich ein Lächeln über Gutenbergs Gesicht. „Am Anfang war ich überhaupt nicht zufrieden mit ihm ..."

„Auf die richtige Mischung kommt es an. Herrgott, Bernhard, wie oft habe ich dir das schon erklärt. Deine Mischung darf um keinen Deut vom richtigen Verhältnis abweichen!"

Gutenberg schnaufte ärgerlich. Bernhard zog bekümmert die Schultern hoch und machte ein betretenes Gesicht. Vor mehr als einem Jahr war er in die Werkstatt Gutenbergs eingetreten und hatte am Anfang die üblichen Handlangerdienste verrichten müssen: Wasser in die Bottiche füllen, die Pressen reparieren, Papier und Holz zuschneiden, das Feuer an den zahlreichen Herdstellen von morgens bis abends am Brennen halten, zum Markt laufen und Eier kaufen. In der Tat, mehrmals am Tag musste Bernhard für Gutenbergs Arbeit Eier kaufen gehen, aber nicht etwa für die Küche. Nicht im Traum hätte er daran gedacht, eine solche Arbeit verrichten zu müssen. Selbst bei den Pfisters war er nicht zu solchen Handlangerdiensten verdonnert worden. Bernhards ungeduldige Blicke und so manchen Zornausbruch des jungen Heißsporns hatte Gutenberg immer wieder mit einem aufmunternden Nicken erwidert. Er wusste, dass Bernhards Zeit noch nicht reif war, aber bald kommen würde.

Weniger zufrieden mit dem neuen Gehilfen war dagegen Peter Schöffer, einer der Gesellen Gutenbergs und der mit Abstand tüchtigste Mitarbeiter in der Werkstatt. Einmal hatte Bernhard mitbekommen, wie Schöffer Gutenberg nahe legte, ihn hinauszuwerfen. Zu ungeduldig und zu tollpatschig sei der Neue, hatte Schöffer gesagt. Er solle ihm noch etwas Zeit geben, hatte Gutenberg geantwortet. Und ausgerechnet jetzt, wo ihn Schöffer endlich in die Kunst des Matrizengießens eingeweiht hatte, versagte Bernhard. Wenn Gutenberg nicht so geduldig gewesen wäre, würde er in diesem kalten Januar des Jahres 1455 längst wieder bei den Pfisters in der Weinstube schuften.

„Wie oft hat dir Schöffer das Mischungsverhältnis eingebläut", fuhr Gutenberg ungeduldig fort. „Und jetzt will ich es von dir hören."

Bernhard atmete tief ein. „Man nehme hundert Teile", fing er an. „Dreiundachtzig Teile davon sind Blei, neun Teile Zinn, sechs Teile Antimon und je ein Teil Kupfer und Eisen."

Gutenberg nickte. „Ich wusste doch, dass du es genau kennst. Nur beim Mischen darf dir kein Fehler passieren. Sonst werden die Matrizen unterschiedlich hart und geben beim Pressen ein unterschiedliches Druckbild ab. Und genau das darf nicht passieren."

Bernhard nickte und biss die Zähne zusammen. Im Prinzip war Gutenbergs Vorgehen einfach. Statt ein Buch mühselig abzuschreiben, wurde der Text mit den gegossenen Lettern gesetzt. Es war eine geniale Erfindung Gutenbergs, die es ermöglichte, die beweglichen Lettern (für den Druck der Bibeln waren immerhin zweihundertneunzig unterschiedliche Lettern notwendig) problemlos in einer schier unbegrenzten Zahl von Exemplaren herzustellen. Gutenberg hatte Bernhard einmal erzählt, dass er stundenlang über diesem Problem gebrütet hatte, und dass ihm der Geistesblitz schließlich in Pfisters Weinstube gekommen sei.

„Deines Vaters Wein habe ich es zu verdanken, dass ich das letzte Problem lösen und schließlich mit dem Druck beginnen konnte", hatte Gutenberg einmal scherzhaft gesagt.

Dutzende Gesellen waren in Gutenbergs Werkstatt tätig, die auf halbem Weg zwischen der Bleiche und dem Dom lag. Und alle waren damit beschäftigt, in vielen Einzelschritten ein großes Werk zu schaffen: den Druck der Bibel. Da waren zum Beispiel die Setzer. Sie hatten tagein, tagaus nichts anderes zu tun, als die Lettern so zu setzen, dass sie nach dem Druck den Text fehlerfrei wiedergaben. Und da war die Schwierigkeit des Setzens verborgen: Die Setzer mussten nämlich „seitenverkehrt" denken. Der Buchstabe, der im Satzspiegel rechts oben lag, fand sich auf der gedruckten Seite links oben wieder. Auch in dieser Gesetzmäßigkeit lag die Genialität der gutenbergischen Erfindung. Denn die Gussmatrize musste die Letter ebenfalls seitenverkehrt reproduzieren. Was für die Textzeile galt, galt auch im Kleinen für jeden einzelnen Buchstaben.

Sechs Setzer arbeiteten in Gutenbergs Werkstatt, und jeder hatte die Lettern in seinem persönlichen Setzkasten so angeordnet, wie er sie am schnellsten greifen konnte. Bernhard wunderte sich immer wieder, dass manche Setzer wie im Schlaf nach den Buchstaben griffen und sie trotzdem in die richtige Anordnung brachten.

Beim Setzen musste darauf geachtet werden, dass die einzelnen Zeilen immer die gleiche Länge hatten. Dazu wurden unterschiedlich lange Lettern desselben Typs verwendet, oder auch „blinde" Lettern, die lediglich die Aufgabe hatten, den Abstand zu korrigieren. Auch der Abstand der Zeilen musste peinlichst genau eingehalten werden. Zweiundvierzig Zeilen hatte jede Seite, eintausendzweihundertachtzig Seiten die gesamte Bibel.

Hatte der Setzer eine Seite beendet, wurden die Lettern mit einem von Druckerschwärze durchtränkten Lederballen bestrichen. Die Zusammensetzung der Schwärze war weit weniger kompliziert: Lampenruß, Firnis und eben das Eiweiß der frischen Hühnereier wurden einfach nur zusammengerührt. Auf dem Markt am Dom wunderten sich die Bäuerinnen schon über den immensen Eierverbrauch im Hause Gensfleisch. Schnell hatten sie den jungen Bernhard ins Herz geschlossen, den sie inzwischen schon grüßten, wenn sie ihn nur von weitem sahen.

Inzwischen wurde das zu bedruckende Papier befeuchtet, damit es sich leichter um die Lettern legen und die Druckerschwärze besser aufnehmen konnte. Fixiert wurde das Papier in einem Holzrahmen, der exakt die Größe des Satzes hatte. So wurde verhindert, dass die Ränder der Seite versehentlich mit Druckerschwärze beschmiert wurden. Danach wurden Satz und Papier unter die Presse geschoben und mit hohem Druck aufeinander gepresst.

Um Papier zu sparen, wurden beide Seiten des Bogens bedruckt, wobei es hier darauf ankam, dass die Zeilen in ihrer Position genau übereinstimmten.

Aufgelockert wurde das Schriftbild durch prächtige Versalien, Kolumnentitel und Illustrationen. Sie alle wurden nach dem Trocknen der Seite von Hand nachkoloriert. Die Farben dazu wurden ebenfalls in Gutenbergs Werkstatt gemischt. In einem speziellen Raum der Werkstatt war nur das Kratzen der Gänsekiele zu hören. Auf den Tischen standen hohle Rinderhörner, die mit den Farben gefüllt waren. Dutzende Gefäße in dieser Stube waren mit den unterschiedlichsten Ingredienzien gefüllt, mit denen die Farben hergestellt wurden: Rindenstücke, Blüten, getrocknete Beeren, Ruß und Salze.

Eines Abends hatte Gutenberg Bernhard den wertvollsten Farbstoff gezeigt: Purpur. Bernhard hatte erfahren, dass diese dunkelrote Farbe aus einer Schnecke gewonnen wurde. Diese Schnecken lebten in einem weit entfernten Land mit einem besonders warmen Klima. Tausende und abertausende von ihnen waren notwendig, um nur einige Unzen Purpur herzustellen. Deshalb war dieser Farbstoff sündhaft teuer und wurde nur zu bestimmten Zwecken eingesetzt.

Mit der Farbe wurden die Versalien und kleinen Bilder ausgemalt. Abends, wenn es in der Werkstatt ruhig geworden war, schlich sich Bernhard oft in diesen Raum. Er sog den markanten Geruch ein und stellte sich vor, wie er an einem der Pulte stand und die gedruckten Seiten gestaltete.

Manchmal stellte er sich auch vor, wie er in seiner eigenen Werkstatt Bücher druckte. Bücher, die das Volk lesen wollte, Bücher, die sich auch die einfachen Leute leisten konnten. Bisher aber konnte er ja noch nicht einmal Mixturen richtig mischen, und so wagte er kaum, diesen Gedanken zu Ende zu führen.

Für den Druck der Bibel hatte Gutenberg eigens ein handgeschriebenes Exemplar in die Werkstatt bringen lassen, die Vulgata des heiligen Hieronymus. Sie diente den Setzern als Vorlage und war schon ganz zerfleddert.

Zeitweise arbeiteten mehr als zwanzig Menschen in Gutenbergs Druckerei. Fust schaute nur ab und zu vorbei. Es war nicht zu übersehen, dass sich sein Verhältnis zu Gutenberg verschlechtert hatte. Ständig kritisierte er Gutenberg, der neben der Bibel auch Kalender und Ablasse drucken ließ. Das sei so nicht vereinbart gewesen, musste sich Gutenberg von Fust immer wieder anhören. Bernhard wunderte sich immer mehr, dass sein Meister das alles schluckte. Es war seine Werkstatt, daran änderte auch die Tatsache nichts, dass Fust ihm vor einiger Zeit noch einmal achthundert Gulden geliehen hatte. Der Verkauf der gedruckten Bibeln versprach schon jetzt ein Erfolg zu werden. Das Geld würde zehnfach, ja hundertfach wieder hereinkommen. Doch Gutenberg hatte dem, was Fust ihm vorwarf, nichts entgegenzusetzen. Bernhard hoffte, dass sein Meister Fust bald ausbezahlen konnte. Dann würde der sich nicht mehr in der Werkstatt blicken lassen.

Bernhard war auch nicht verborgen geblieben, dass sich Fust dafür umso besser mit Schöffer verstand, was bestimmt nicht nur an Fusts junger Tochter lag, die dem Schöffer ganz unverhohlen schöne Augen machte. Oft standen Fust und Schöffer zusammen und diskutierten leise. Wenn sie bemerkten, dass Bernhard sich ihnen näherte, unterbrachen sie sofort ihr Gespräch. Mehr als einmal wollte Bernhard seinen Meister warnen, doch immer wieder unterließ er es. Aber ein unbestimmtes Gefühl sagte ihm, dass sich so etwas wie eine Verschwörung gegen seinen Meister anbahnte.

Als Bernhard eines Abends müde nach Hause kam, empfingen ihn Therese und Wilhelm mit freudestrahlenden Gesichtern. Sogar Dietrich hatte ein offenes Lächeln für Bernhard übrig. Maria und Bettina waren gerade dabei, die Tafel zu decken. Sie hatten ihre besten Kleider angezogen und sich die Haare hochgesteckt. Auch Therese und Wilhelm waren in der Kluft erschienen, in der sie sonntags immer in den Dom gingen. Bernhard runzelte die Stirn und schaute seinen Ziehvater fragend an.

„Es gibt doch noch frohe Nachrichten in dieser dunklen Zeit“, sagte dieser. „Dietrich hat heute verkündet, dass er Friedegunde im Mai heiraten wird. Beeil dich, Bernhard. Dietrichs künftige Schwiegereltern werden gleich kommen. Wir wollen heute Abend gemeinsam tafeln. Wir haben zwar nicht viel Geld, doch Dietrichs Glück lassen wir uns was kosten."

Bernhard nickte lächelnd und unterdrückte ein Gähnen. Er erinnerte sich, dass Dietrich die Tochter des bekannten Mainzer Weinbauern Gundlach vor ein paar Monaten zum ersten Mal seinen Eltern vorgestellt hatte. Wilhelm und Therese waren natürlich sofort begeistert gewesen, obwohl Friedegunde drei Jahre älter war als Dietrich und eher ein vertrocknetes Mauerblümchen statt einer blühenden Maid darstellte. Doch sie brachte eine nicht unerhebliche Mitgift in die Ehe ein, und das versüßte die Aussicht, eine fade Schwiegertochter ins Haus zu bekommen doch erheblich, zumal die Pfisters die Hoffnung, dass ihr Ältester je um ein Weib freien werde, fast schon aufgegeben hatten.

Eine Stunde später standen die Gundlachs mit ihrer Tochter vor der Tür. Maria und Bettina stellten gerade die Speisen auf den Tisch: Fischsuppe, salzige und süße Pfannkuchen, getrocknete Würste, über dem Feuer gebratene Fleischstücke, gebackene Perlhühner und gedörrtes Obst. Dazu gab es kräftigen Wein, den jeder nach seinem eigenen Geschmack mit Wasser verdünnen oder auch würzen konnte. Oft wurde im Hause Pfister nicht gefeiert. Nur an Weihnachten, Ostern und zu Pfingsten, wenn die Weinstube geschlossen war, schmauste die ganze Familie zusammen – und das nicht zu knapp. Und danach ging es meist zum Bader in den Kirschgarten. Bernhard lachte in sich hinein und fragte sich, ob Dietrich seine Braut auch zum Bader führen würde. So manche Ehe wurde im Badhaus vollzogen, noch bevor der Priester seinen Segen dazu gegeben hatte. Die Ausschweifungen in den Badhäusern der Stadt waren bekannt, wenngleich die meisten nur hinter vorgehaltener Hand darüber sprachen. Dass sich Dietrichs künftiges Eheweib allerdings ungehemmt den fleischlichen Lüsten hingab – und das auch noch in einem Badezuber –, das konnte sich Bernhard beim besten Willen nicht vorstellen. Doch wer konnte darüber schon etwas wissen, außer Dietrich selbst.

Bernhard musste unwillkürlich grinsen. Endlich hatte Pfisters leiblicher Sohn eine Frau gefunden, und dazu noch eine Winzerstochter, deren Leibesfülle die beste Voraussetzung für viele Kinder zu sein schien. Der Fortbestand der Familie und der der Weinstube war gesichert.

Dem Anlass entsprechend war Wilhelm Pfister bester Laune. Auch die Gundlachs (er ein wortkarger Mann mit einem harten Gesicht, sie eine herzensgute Matrone mit etwas ordinärem Humor) schienen froh zu sein, dass das einzige ihnen verbliebene Kind doch noch unter die Haube kam. Die Mutter machte kein Hehl daraus, dass sie schon befürchtet hatte, ihre Tochter werde als alte Jungfer sterben. Dabei lachte sie derb und schlug sich voller Begeisterung auf die Oberschenkel. Ihr Mann nickte nur zustimmend, während Friedegunde etwas kindisch kicherte. Dietrich legte ihr den Arm um die Schultern und gab ihr einen spitzen Kuss auf die Wange. Friedegunde wurde rot und zog beschämt ihr Genick ein. Maria und Bettina grinsten. Auch sie hatten ihre Schwägerin bereits kritisch gemustert und kamen wohl zu dem gleichen Schluss wie Bernhard. Ihrem Gesichtsausdruck war deutlich anzusehen, was sie von ihrer zukünftigen Schwägerin hielten.

In diesem Moment musste Bernhard an seine Isolde denken. Eine strahlende Schönheit war sie, mit schwarzen Haaren und leuchtend blauen Augen. Auch jetzt wurde es Bernhard ganz warm ums Herz, wenn er an sie und ihre zärtlichen Berührungen dachte. Oft hatte sie in den vergangenen Monaten angedeutet, wie gern sie ihn heiraten würde.

Sobald Gutenberg ihn zum Gesellen gemacht hatte, würde auch er dazu bereit sein, das war sicher. Doch bis es soweit war, musste er Isolde immer wieder vertrösten. Jetzt konnte auch Bernhard beruhigter ans Heiraten denken. Denn er hatte noch etwas anderes befürchtet, nämlich dass er als erster und vielleicht sogar als einziger Sohn der Pfisters heiraten würde. Das hatte er seinem Ziehvater nicht antun wollen, denn Dietrich, so viel war gewiss, hätte ihm das nie verziehen. Zumindest diese Sorge war ihm nun genommen.

Bis auch er seine Isolde heiraten und mit ihr eine Familie gründen konnte, bediente er sich der getrockneten Schwimmblasen des Störs, um zu verhindern, dass sie schwanger wurde. Das hatte ihm einer der Setzer augenzwinkernd erklärt, der seine Frau zuletzt vor vier Jahren geschwängert hatte, obwohl er es fast jede Nacht mit ihr trieb, wie er sich erst kürzlich wieder grinsend gebrüstet hatte. Bernhard wollte kein Kind in tiefster Armut zeugen. Er selbst hatte erlebt, wie es war, wenn man monatelang nur trockene Brotkanten und angefaultes Gemüse zu essen bekam. Das wollte er Isolde ersparen. Schöffer wunderte sich zwar schon seit einiger Zeit, dass in der Werkstatt so viele

Schwimmblasen verbraucht wurden. Gott sei Dank war er noch nicht darauf gekommen, für was man die Blasen, die normalerweise zu Bindemittel für die Farben verarbeitet wurden, noch gebrauchen konnte. Bernhard grinste in sich hinein, als er sich vorstellte, wie er Dietrich den Gebrauch der Schwimmblasen erklärte.

Bei einem guten Dutzend Krügen Wein verlief der Abend im Hause Pfister ausgelassen und fröhlich. Dietrich scherzte mit seiner Zukünftigen und gab sogar Ideen zum Besten, wie wichtig es sei, im elterlichen Wingert neue Rebsorten anzubauen. Der alte Gundlach taute ebenfalls auf und erzählte plötzlich eine Anekdote nach der anderen. Jedes Mal stieß sein Weib ein derart wieherndes Gelächter aus, dass die Katze verängstigt die Flucht ergriff. In dieser Atmosphäre gelang es Bernhard, seine Sorgen um Gutenberg für ein paar Stunden beiseite zu schieben.

Zu vorgerückter Stunde nahm ihn Therese beiseite. Während sie die Katze kraulte, knuffte sie ihn liebevoll in die Seite.

„Bist du glücklich bei Gutenberg?"

Bernhard presste die Lippen aufeinander und nickte. „Ja, er hat mich aufgenommen, so wie ihr mich damals aufgenommen habt. Und nicht nur das. Er bringt mir nicht nur das Handwerk des Buchdruckens bei, sondern auch die Kunst des Lesens und des Schreibens. Erst wenn ich richtig lesen und schreiben kann, macht er mich zum Gesellen, hat er gesagt."

Bernhard merkte, dass seine Ziehmutter nicht voll überzeugt war. „Er macht eine ehrliche Arbeit, Mutter", betonte er mit Nachdruck.

Therese Pfister legte ihren Arm um Bernhards Schultern. „Die macht ein Henker auch. Ich will ja nur, dass du es gut hast, Bub. Ich weiß noch als wär's gestern gewesen, wie du an unsere Tür geklopft hast. Völlig verfroren und verängstigt, von allen allein gelassen. Ich will nicht, dass dir so etwas noch einmal passiert. Und Gutenberg ..."

„Was habt ihr nur alle gegen Gutenberg?", brauste Bernhard auf. „Er vollbringt etwas, wovon noch die ganze Welt sprechen wird."

Jetzt lächelte Therese Pfister. „Nun lass mal die Kirche schön im Dorf, Bub. Gutenberg mag ein netter, aufrichtiger Mann sein. Aber mit seiner Arbeit wird er es nicht weit bringen. Dein Vater hat Recht. Wer in aller Welt will sich denn die Bibel oder andere Bücher kaufen?"

„Willst du, dass ich zu euch in die Weinstube zurückkomme?"

Therese ließ sich mit ihrer Antwort Zeit. „Ich sag dir ganz ehrlich, mir wär's lieber gewesen, wenn du bei uns geblieben wärst. Dein

Verhältnis zu Dietrich hätten wir schon geklärt. Aber du musst tun, an was du glaubst, Bub. Unsere Tür steht dir jederzeit offen. Das sollst du wissen."

„Therese, Bernhard, wo seid ihr? Kommt gefälligst her und kümmert euch um unsere Gäste."

Wilhelm Pfisters Rufen riss die beiden aus ihrer Unterhaltung. Er hatte bereits einige Schoppen Wein getrunken und schwankte leicht. Bernhard und Therese kehrten wieder an den Tisch zurück, gerade noch rechtzeitig, um den Spielmann zu begrüßen, den Wilhelm bestellt hatte. In launigen Versen besang er die Vorzüge der Braut, und mehr als einmal wechselten Bernhard, Maria und Bettina vielsagende Blicke. Besonders die beiden Mädchen konnten ein Kichern kaum noch unterdrücken.

Der Spielmann musste eine andere Braut meinen. Dietrich, das war deutlich zu sehen, war mittlerweile so betrunken, dass er von den Grimassen seiner Schwestern nichts mitbekam. Weit nach Mitternacht ließ der Spielmann die künftige Braut und ihren jetzt volltrunkenen Bräutigam ein letztes Mal in dieser Nacht hochleben. Dietrich erhob sich mühsam und wollte noch einen Trinkspruch ausbringen. Doch soweit kam er nicht. Mit einem Schwall ergoss sich das Erbrochene aus seinem Mund auf den Schoß seiner künftigen Schwiegermutter, die einen entsetzten Schrei ausstieß.

Mit einem Seufzer rutschte Dietrich unter den Tisch, während Maria und Bettina entsetzt die Hände vor das Gesicht schlugen. Und so endete die Verlobungsfeier bei den Pfisters. Die Mädchen säuberten notdürftig die Stube, während Bernhard zusammen mit Friedegunde und Wilhelm den bereits schnarchenden Bräutigam in seine Kammer trug.

Als Bernhard endlich auf seinem Strohlager lag, überkam ihn die Gewissheit. Er musste unbedingt mit seinem Meister über seine Beobachtungen in der Werkstatt sprechen, bevor es zu spät war.

Am nächsten Morgen, als Bernhard etwas verkatert in die Werkstatt kam, hörte er gerade noch die letzten Worte eines heftigen Streits zwischen Fust und Gutenberg. Es ging, wie so oft in den vergangenen Wochen, um das Geld. Fust drehte sich wutentbrannt um und hätte Bernhard fast über den Haufen gerannt, so überstürzt stürmte er aus der Werkstatt. Gutenberg drehte verlegen eine Matrize in seiner Hand. Er wusste wohl nicht, was er sagen sollte.

Bernhard räusperte sich verlegen. „Kann ich Euch irgendwie helfen, Meister?"

Gutenberg legte die Matrize zur Seite und zuckte mit den Schultern. „Ich glaube nicht. Aber schön, dass wir uns treffen, junger Freund. Ich muss etwas mit dir bereden. Wie wäre es, wenn wir einen Spaziergang machen? Ich brauch einen klaren Kopf, und den krieg ich nur draußen an der frischen Luft."

Bernhard nickte zustimmend. Gutenberg warf sich einen Umhang über, trat nach draußen und sog tief atmend die kalte Luft ein. Bernhard folgte ihm. Auch ihm tat die Luft nach der weinschweren Nacht gut. Dietrich hatte wahrscheinlich noch einen viel gewaltigeren Brummschädel, wenn er denn mittlerweile schon aufgewacht war.

Schweigend stapften sie eine Weile durch die mit knöchelhohem Schnee bedeckten Gassen. Bernhard mochte diese Jahreszeit. Wenn die Straßen und Gassen mit weißem Schnee bedeckt waren, war von dem Schmutz und dem Abfall kaum noch etwas zu sehen. Der Schnee dämmte den Lärm der Fuhrwerke und Handkarren und verlieh der Stadt ein ganz besonderes Aussehen. Auch Gutenberg hing seinen Gedanken nach, doch Bernhard wagte nicht, ihn noch einmal zu fragen.

Plötzlich hielt Gutenberg inne und deutete mit der Hand. „Siehst du die Kirche dort drüben?"

Bernhards Blick folgte Gutenbergs ausgestrecktem Arm. Bernhard kannte die Kirche. Es war St. Christoph, nach dem Dom und St. Quintin eine der bedeutendsten Kirchen in der Stadt.

„In diesem Gotteshaus bin ich getauft worden. Das war 1398. Mein Gott, ein Menschenalter ist seitdem vergangen. Und was ist in all diesen Jahren in der Stadt geschehen!"

Und plötzlich fing Gutenberg an zu erzählen. Bernhard erfuhr, dass sein Meister einem alten Mainzer Patriziergeschlecht entstammte und dass sein Vater Friele zeitweise sogar das Amt des Rechenmeisters der Stadt inne gehabt hatte. Gutenbergs Vater war im Jahre 1419 gestorben, seine Mutter Else vierzehn Jahre später.

Je mehr Gutenberg von sich und seinem Leben erzählte, umso befreiter wirkte er. Es schien, als redete er sich eine Last von der Seele. Gutenberg berichtete von den Streitigkeiten zwischen den Mainzer Patriziern und den Zünften der Stadt. Diese Streitigkeiten hatten bereits seit vielen Jahren in der Stadt geschwelt, und zu Beginn des zweiten Jahrzehnts des 15. Jahrhunderts brachen sie erneut offen aus. Seine Familie, so erzählte Gutenberg dem atemlos lauschenden Bernhard, hatte Mainz fluchtartig verlassen und für eine Weile nach Eltville ziehen müssen.

„Wir wohnten damals in der Burghofstraße, ganz in der Nähe der Stadtmauer. Ein herrliches Fleckchen Erde, mein lieber Bernhard. Eltville liegt ein gutes Wegstück flussabwärts am Rhein inmitten der wunderschönen Weinberge des Rheingaus, der vielleicht lieblichsten Gegend des Reiches. Wenn es deine Zeit irgendwann einmal zulässt, musst du Eltville unbedingt besuchen. Du wirst deine helle Freude daran haben. Gerade erst dreizehn Jahre alt war ich damals, als wir dorthin gingen. Es war wohl die unbeschwerteste Zeit meines Lebens."

Gutenberg berichtete von wunderschönen Jahren in dem kleinen Dorf, das genau wie Mainz am Rhein liegt und im Norden, Osten und Westen von sanften Hügeln eingegrenzt wird.

„Nichts gegen deinen Vater und sein Können, das ich sehr schätze, aber auf diesen Hügeln wird einer der besten Weine angebaut", bemerkte Gutenberg fast stolz. Er seufzte bei der Erinnerung an diese längst vergangenen Zeiten, und fast hätte Bernhard ihm seinen Arm um die Schulter gelegt, um ihn zu trösten.

Schweigend gingen sie weiter durch die Straßen und Gassen des winterlich verschneiten Mainz. Sie passierten die Quintinskirche und erreichten das Heilig-Geist-Spital. Von hier waren es nur wenige Schritte bis zum Eisenturm.

Gutenberg und Bernhard ließen den Turm hinter sich und schlenderten das Ufer des Rheins entlang, der gleich hinter dem Turm träge dahinfloss. Auf dem bleigrauen Strom sah man nur einige wenige Schiffe. Es herrschte eine fast gespenstische Stille. Noch nicht einmal das Schnattern der Wasservögel war zu hören. Bernhard starrte auf das bleierne Grau des Wassers und wartete darauf, dass Gutenberg mit seinen interessanten Erzählungen fortfuhr.

„Wir kehrten bald nach Mainz zurück", führte Gutenberg nach einer Weile die unterbrochene Unterhaltung fort. „Doch 1428 habe ich die Stadt erneut verlassen. Damals hatten die Zünfte das Regiment in der Stadt übernommen, Mainz stand unmittelbar vor dem Bankrott. Es war eine schlimme Zeit. Das wollte ich mir ersparen."

„Wohin hat es Euch verschlagen, Meister? Wieder nach Eltville?", fragte Bernhard interessiert.

„Nein, nein, ich zog eine Weile durch die Lande und machte schließlich in Straßburg Station. Es sollte für viele Jahre meine Heimat werden. Dort habe ich es bis zum Lehrmeister für das Münz- und Goldschmiedehandwerk gebracht", fügte er stolz hinzu. „In Straßburg hatte ich sogar mein eigenes Unternehmen. Wir haben Wallfahrtsspiegel gedruckt, ein sehr lukratives Geschäft. Wenn die Menschen um ihre Seele fürchten, sind sie gern bereit, für ihr Heil ein kleines Vermögen springen zu lassen."

„Was hat Euch wieder nach Mainz zurückgeführt, Meister?"

Gutenberg lächelte fein. „Nun, vielleicht war es eine Art Heimweh, Sentimentalität oder sonst was. Jedenfalls bin ich vor zehn Jahren wieder zurückgekehrt in die Stadt, in der ich geboren wurde und in der ich auch begraben sein möchte. Nur schade, dass mir eine eigene Familie versagt blieb. Einmal war ich nahe dran zu heiraten, damals in Straßburg. Aber es hat nicht sollen sein."

Bernhard erschrak. Das war nicht der Gutenberg, den er kannte, ein Mann, der immer vor Tatendrang nur so strotzte. Fast schien es, als hätte Gutenberg resigniert.

Daran ist nur dieser Fust schuld, dachte Bernhard wütend.

Die beiden schwiegen eine Weile, weil Bernhard wieder nicht wagte, nachzufragen. Doch er spürte, dass dies noch längst nicht alles war, was seinen Meister bedrückte ...

Gutenberg setzte den Weinbecher an den Mund, nahm einen tiefen Schluck und starrte Wilhelm Pfister düster an. Immer wieder schüttelte er den Kopf.

„Bernhard konnte damals erst gar nicht glauben, um was ich ihn gebeten hatte", sagte der alt gewordene Erfinder nach einer Weile.

Wilhelm Pfister nickte kaum merklich. Er erinnerte sich noch bestens, wie Bernhard an jenem Abend in die Weinstube gestürmt kam und es ihm und seiner Frau erzählte. Alles erschien ihnen so ungeheuerlich, dass sie sich zunächst weigerten, es zu glauben. Fust verlangte von Gutenberg die sofortige Rückzahlung des ihm gewährten Kredits – samt Zins und Zinseszins. Nach all dem, was Gutenberg erzählt hatte, war das gegen die Abmachung. Gutenberg, der alles Geld in die Werkstatt und seine Arbeiten gesteckt hatte, war zahlungsunfähig.

„Ich war damals völlig verzweifelt, weil ich nicht wusste, wie ich mich verhalten sollte", erzählte Gutenberg mit leiser Stimme. „Ich habe

Fust nie als persönlichen Freund betrachtet, aber zumindest als Geschäftsmann, dem ich vertrauen konnte, weil er an meiner Erfindung gutes Geld verdienen würde. Um die geschäftlichen und finanziellen Angelegenheiten habe ich mir nie Gedanken gemacht. Ich wusste nur so viel, dass mir der Verkauf meiner gedruckten Bibeln ein Vermögen eingebracht hätte, wenn Fust mir noch ein paar Monate Zeit gelassen hätte. Doch Fust pochte auf die Rückzahlung, sogar mit Zinsen, wenngleich dies so nicht vereinbart war."

Obwohl er die Geschichte oft genug gehört hatte, malte sich Wilhelm Pfister auch jetzt wieder aus, dass diese Forderung Gutenbergs wirtschaftliche Existenz ruiniert haben musste. Die Werkstatt mitsamt ihrer Einrichtung war ja an Fust verpfändet gewesen.

Erst jetzt wagte Pfister auch die Frage zu stellen, die ihm seit Jahren auf der Zunge brannte. „Warum habt Ihr ausgerechnet Bernhard damit beauftragt, Euch vor Gericht zu vertreten? Sicherlich, er war ein guter Junge, aber noch so verdammt jung und unerfahren. Es musste schief gehen."

Gutenberg zuckte hilflos mit den Schultern. „Ich hatte in Bernhard mehr Vertrauen als in mich selbst. Er war ein aufgeweckter Junge, der blitzschnell lernte. Schöffer darum zu bitten war unmöglich. Ich wusste, wie nahe sich Fust und Schöffer standen. Also leitete ich alle notwendigen Schritte ein und machte Bernhard zu meinem Gesellen. Eigentlich wollte ich damit warten, bis er das Lesen und Schreiben besser beherrschte. Irgendwie hatte ich gehofft, dass es gut ausgehen würde."

Kein sehr weiser Gedanke, dachte Pfister. Ein studierter Rechtsbeistand wäre zwar teuer gewesen, hätte wahrscheinlich aber ein anderes Urteil erwirkt.

Den Rest der Geschichte kannte Pfister von Bernhard, der gleich nach dem Prozess völlig am Boden zerstört in die Weinstube gekommen war. Gutenberg hatte den Prozess verloren und damit auch seine Werkstatt und die gesamte Einrichtung.

Ironie des Schicksals war, dass nur wenige Wochen nach dem Urteil das erste Geld durch den Verkauf der gedruckten Bibeln in die Gutenberg'sche Druckerei floss. Doch die gehörte mittlerweile Johann Fust und Peter Schöffer. Gutenberg ging leer aus und musste sich fühlen wie einer, der vom Schicksal auf das Übelste gefoppt und verhöhnt wurde.

„Ihr seid danach wieder nach Eltville gegangen, hab ich von Bernhard kurz vor seinem Weggehen aus Mainz gehört", führte Pfister die Unterhaltung fort.

„Ich habe mich mit den Gebrüdern Bechtermünze zusammengetan. Wir haben Ablassbriefe, Kalender und Wörterbücher gedruckt. Aber es war längst nicht so wie in den Mainzer Jahren. Ich habe es unserem hochgeschätzten Erzbischof Adolf von Nassau zu verdanken, dass ich wieder in Mainz leben darf. Ich brauch keine Steuern zu zahlen, hab Kost und Logis frei und bekomm sogar jährlich einen halben Fuder Wein zugewiesen."

Noch einmal gelang ihm ein Lächeln. „Aber, das werdet Ihr mir bestätigen, lieber Pfister, reicht allerdings bei weitem nicht aus."

Er erhob sich mühsam, legte ein kleines Geldstück auf den Tisch und schritt langsam auf den Ausgang zu.

Ein letztes Mal noch drehte er sich um. „Ich würde den Jungen so gern noch einmal wiedersehen. Grüßt ihn von mir, wenn er vielleicht irgendwann einmal wieder nach Mainz kommen sollte."

Wilhelm Pfister nickte und schaute Gutenberg nach, bis dieser die Tür hinter sich geschlossen hatte.

Später, als in der Weinstube alle schliefen, schlich sich Wilhelm Pfister noch einmal in den Weinkeller. Dort lagerten mehr als zwanzig große Fässer Wein. Kleinere Fässer und Tonkrüge waren gefüllt mit Schmalz, eingelegtem Fisch, getrockneten Würsten, Äpfeln und Kräutern. Angesichts des zu erwartenden strengen Winters war die Vorratskammer gut gefüllt.

Der Keller der Weinstube war aus soliden Bruchsteinen fest gemauert und würde wahrscheinlich noch viele Jahrhunderte überdauern. In diesem Keller hatte sich Pfister immer wohl und sicher gefühlt. Ganz gleich, ob es draußen beißend kalt oder schwül warm war, im Keller herrschte immer eine angenehme, für die Lagerung des Weines optimale Kühle. Pfister schlug mit der Faust leicht gegen die Wand. Die massiven Steine schienen den Keller und diejenigen, die sich in ihm aufhielten, gegen alles schützen zu können.

Nur in einer Ecke des Kellers waren einige Steine lose und ließen sich leicht aus der Mauer herausziehen, wenn man – wie Pfister – die Stelle genau kannte. Als Wilhelm Pfister zwei der Steine aus der Mauer zog, kam ein Hohlraum zutage, in der eine Holzkiste lag.

Wilhelm Pfister holte die Holzkiste heraus und öffnete sie. Nach einer Weile nahm er vorsichtig ihren Inhalt heraus. In den Händen hielt er ein in Leder gebundenes Buch. „Der Edelstein" stand in goldenen Lettern auf dem Einband geschrieben. Vorsichtig blätterte Wilhelm Pfister in dem Buch. Er konnte zwar nicht lesen, was auf den Seiten stand, doch die Bilder gefielen ihm. In bunten Farben waren Menschen und seltsame Fabelwesen auf das Papier gemalt.

Das Buch war ein Geschenk von Bernhard. Die Fabelsammlung war eines der ersten Bücher, das in seiner Druckerei in Bamberg gedruckt wurde. Bernhard hatte es ihm als Dank für all die Jahre, die er bei ihnen in Mainz leben durfte, zukommen lassen.

„Mit seiner Arbeit macht es Gutenberg allen möglich, ein Buch zu besitzen. Auch du, Vater, wirst dir ein Buch kaufen können. Und stell dir vor, was man alles in Bücher fassen kann. Alles was von Mund zu Mund überliefert wird, kann in Büchern stehen, und fast jeder kann sich ein solches Buch kaufen", hatte ihm Bernhard an einem Abend vor vielen Jahren gesagt. Doch er, Wilhelm Pfister, hatte es nicht glauben wollen.

„Da will ich doch verflucht sein", murmelte der Wirt kopfschüttelnd und verstaute das kostbare Geschenk vorsichtig wieder in der Maueröffnung. „Soll der Bub am Ende vielleicht doch Recht behalten?"

Chronik:

Gutenberg stirbt am 3. Februar 1468 in Mainz, wo er in der Franziskanerkirche bestattet wird. Da die Kirche mehrmals umgebaut und später zerstört wird, gehen sowohl Grab als auch sterbliche Überreste Gutenbergs verloren. Seine Erfindung tritt unterdessen ihren Siegeszug über Deutschland und ganz Europa an. In vielen deutschen Städten entstehen Druckerwerkstätten. Schon Maximilian I. (1459–1519) macht sich als Kaiser des Heiligen Römischen Reiches Gutenbergs Erfindung zu Nutze, indem er massenhaft Erlasse und Erklärungen drucken lässt. Nach Ansicht des Humanisten Conrad Celtis hat Gutenberg maßgeblich zur kulturellen Selbstbehauptung Deutschlands gegenüber Italien beigetragen. In einem Lobgedicht schreibt der Humanist Jacob Wimpheling 1499: „Gensfleisch, unsterblicher Mann, durch dich ist Deutschland unsterblich." 1999 wird Johannes Gutenberg zum „Mann des Jahrtausends" erklärt. Im Jahr 2000 feiert die Stadt Mainz den 600. Geburtstag ihres berühmten Sohnes.

Peter Schöffer druckt mehrere bedeutende Werke, darunter den dreifarbigen „Mainzer Psalter" und ein lateinisches Wörterbuch. Im Alter von vierzig Jahren heiratet er Fusts Tochter Christine. Aus der Ehe gehen vier Söhne hervor, von denen drei später Drucker werden. Johannes Fust stirbt am 30. Oktober 1466, Peter Schöffer um das Jahr 1502.

Aus Bernhards Druckerwerkstatt in Bamberg bildet sich Jahre später ein Verlag, einer der ersten in Deutschland. Während der Reformation werden in Bernhard Pfisters Verlag die Luther-Bibeln gedruckt. Nach Mainz kehrt Bernhard Pfister, der am 27. August 1504 in Bamberg stirbt, nie wieder zurück. Seine Familie lässt sich bis in das Jahr 1780 verfolgen.

Die „Weinstube am Dom" bleibt bis 1534 im Besitz der Familie Pfister. Danach übernimmt ein gewisser Hermann Schmitt die Weinstube. Da er kein Weinbauer ist, verkauft er die Weinberge auf dem Kästrich und betreibt nur die Weinstube. Bereits sechzig Jahre später stirbt seine Familie aus. Da sich kein Nachfolger findet, steht die Weinstube jahrelang leer und verfällt schließlich.

Vor Pest und Krieg bewahre uns, oh Herr

1630 bis 1631

Chronik:

Europa im ersten Drittel des 17. Jahrhunderts – Kaiser Ferdinand II. setzt mit einer strikten Rekatholisierung dem sich immer weiter ausbreitenden Protestantismus eine Schranke. Als er vorsätzlich die in Böhmen zugesicherte Religionsfreiheit verletzt, werfen protestantische Adlige in Prag zwei der kaiserlichen Statthalter aus dem Fenster. Dieses, als Prager Fenstersturz in die Geschichte eingegangene Ereignis löst die größte Katastrophe des 17. Jahrhunderts aus: Der Dreißigjährige Krieg tobt von 1618 bis 1648 in ganz Mitteleuropa. Protestantische wie kaiserliche Truppen überziehen das Land mit Tod und Verderben. Am meisten zu leiden hat die Zivilbevölkerung, denn die durchziehenden Heere plündern rücksichtslos die Dörfer. Abtrünnige Soldaten verbreiten mit ihrem blindwütigen Morden Angst und Schrecken. 1630 landet der schwedische König Gustav Adolf mit seinem Heer in Pommern. Er ergreift Partei für die Protestanten, nutzt das allgemeine Chaos des Krieges allerdings auch, um seinem Eroberungsdrang nachzugehen. Neben den Kriegswirren verbreitet ein anderes Schreckgespenst Angst unter der Bevölkerung: die Pest, auch der Schwarze Tod genannt. Bald erschüttert ein Schrei das ganze Land: „Vor Pest und Krieg bewahre uns, oh Herr!"

Das Geräusch, das ihn aus dem Schlaf schreckte, kannte Adalbert Eckert nur zu gut. Schon wieder starb ein Mensch. Dieses markerschütternde Röcheln, dieses hilflose Stammeln war in diesen Zeiten oft zu hören. Hier in Weilersheim, einem kleinen Dorf in der Nähe von Ober-Ingelheim, in einem malerischen Tal an der Selz gelegen, waren in diesem kalten November des Jahres 1630 bereits zwanzig Männer, Frauen und Kinder gestorben. Dahingerafft hatte sie die Pest, der Schwarze Tod. In einer kurzen Zeit des unsäglichen Leidens hatten die Todgeweihten ihre unerträglichen Schmerzen herausgebrüllt, dem

Pfarrer mit sterbender Stimme gerade noch ihre Sünden gebeichtet, sich ein letztes Mal aufgebäumt, und waren dann schließlich von ihren Leiden erlöst worden.

Auch in der Familie Eckert ging die Angst um.

Warum straft Gott die einfachen Leute auf eine solch schreckliche Weise, hatte sich Adalbert Eckert immer wieder gefragt.

Er selbst war ein einfacher Bauer, der vor den Toren von Weilersheim einen kleinen Acker und einen durchaus ansehnlichen Wingert bewirtschaftete und sich in seinem Hof vier Schweine, fünf bis acht Kühe und etliche Hühner hielt. Seinen Zehnten (und meist sogar noch mehr) musste er an seinen Grundherrn in Ober-Ingelheim abtreten, das eine knappe Wegstunde von Weilersheim entfernt lag. Der Rest der Ernte reichte gerade für die vierköpfige Familie, wenn nicht eine schlechte Ernte sie ganz um die Früchte ihrer Mühen brachte. Doch in diesen Zeiten durfte man dankbar sein, wenn man am Leben blieb.

Denn nicht nur der Schwarze Tod verbreitete in diesen Tagen Angst und Schrecken. Im Deutschen Reich herrschte seit vielen Jahren Krieg. Adalbert hatte sich darüber nie große Gedanken gemacht. In Weilersheim bekam man davon nichts mit. Sein Grundherr, einer der es ebenfalls nicht leicht hatte, aber im Grunde ein guter Mensch war – von denen es in diesen Zeiten weiß Gott viel zu wenige gab –, hatte ab und zu das Thema Krieg angeschnitten, immer in der Hoffnung, dass Ober-Ingelheim davon verschont bleiben möge. Adalbert wusste nur, dass es in diesem Krieg um den Glauben an Gott ging. Die unterschiedliche Art, wie die Menschen ihren Glauben an Gott zum Ausdruck brachten, hatte sie zu unerbittlichen Feinden werden lassen. Adalbert war ein einfacher Mann, aber er wunderte sich, dass sich Christen des Glaubens wegen einander bekämpfen sollten. Früher waren christliche Heere nach Jerusalem gezogen, um die Heilige Stadt den Ungläubigen zu entreißen. Auch das hatte er von seinem Grundherren erfahren. Das konnte er noch einsehen, aber Christen gegen Christen ...

Doch hier in Weilersheim war der Krieg weit weg. Nur der Schwarze Tod, die Pest, kannte keine Konfessionen, keine Standesunterschiede, keine Landesgrenzen und keine Gnade.

Dieses entsetzliche Stöhnen!

Wann würde es ihn, seine Frau oder seine Kinder treffen? Jeden Morgen untersuchten sie gewissenhaft die Achselhöhlen, kontrollierten Hals und Kniekehlen. Doch bislang waren er, seine Frau Erna und die beiden Kinder Mathilde und Siegfried verschont geblieben. Vier Kinder der Eckerts hatte der Sensenmann in nur drei Jahren bereits zu sich geholt, lange bevor der Schwarze Tod, einem unsichtbaren Schnitter gleich, zum ersten Mal zugeschlagen hatte.

Die Pest, die schlimmste Geißel, die sich Gott für die Menschen ausgedacht hatte, war erst in diesem Herbst über das kleine Dorf, in das sich nur höchst selten ein Fremder verirrte, hereingebrochen. Bis dahin hatten alle Dorfbewohner ihr normales Leben gelebt. Sie hatten ihre Felder so gut es ging bestellt, auf gute Ernte gehofft, die kleinen Höfe und Hütten in Ordnung gehalten, Kinder gezeugt, die Toten zu Grabe getragen, zusammen gefeiert und sie waren regelmäßig sonntags, feiertags und an Heiligabend in die kleine Dorfkirche gegangen. Und sie hatten gehofft und gebetet, dass der Herr ihr Dorf vor dem Krieg bewahren möge.

Hatte Gott Weilersheim und die umliegenden Dörfer vor dem Krieg verschont, nur um sie mit der Pest noch viel härter zu strafen?

Am 10. Oktober 1630 war der erste Weilersheimer an der Pest gestorben. Dieser Oktober hatte außergewöhnlich mild und warm angefangen und sollte auf schreckliche Weise in die Eiseskälte führen. Es war der alte Dechent gewesen, den sie tot in seiner Hütte fanden. Zwei Tage hatte er, der trotz seines Alters von mehr als siebzig Jahren jeden Tag am Dorfbrunnen ein Schwätzchen hielt, sich nicht mehr blicken lassen.

Als sie seine kleine Hütte aufbrachen, lag er seltsam verrenkt auf seinem Strohlager, am ganzen Körper mit schwarzen Beulen und grünen Fliegen übersät, die Augen vor Schrecken aufgerissen. Warum es ausgerechnet ihn getroffen hatte – wer sollte das wissen?

Noch in derselben Stunde, kaum dass sie den Toten verscharrt hatten, hatte der Pfarrer zum Gebet gerufen. Alle Weilersheimer waren gekommen und flehten vor dem schlichten Altar eindringlich die Gottesmutter an, das Dorf vor dem Schwarzen Tod zu verschonen. Tag und Nacht beteten die Frauen des Dorfes den Rosenkranz.

„Verschone uns vor Pest und Krieg, oh Herr“, klang es den ganzen Tag aus der kleinen Dorfkirche.

Und so mancher gelobte, eine Wallfahrt zu halten. Manche wollten sogar bis nach Santiago de Compostela oder Rom pilgern, falls die Pest an ihnen vorüberginge. Doch alle Gebete, Gelöbnisse und Versprechen schienen nichts genutzt haben.

Der Schwarze Tod war keine unbekannte Geißel. Von den schrecklichen Pestwellen der vergangenen zweieinhalb Jahrhunderte gab es jedoch nur spärliche Überlieferungen. Die allerdings waren schrecklich genug, einem das blanke Entsetzen in die Glieder zu treiben. Ganze Landstriche habe der Schwarze Tod früher schon entvölkert, erzählten sich die Alten, die es von ihren Großeltern überliefert bekommen hatten. In den größeren Dörfern und Städten sei man nicht nachgekommen, all die Toten zu begraben. Monatelang sei der süßliche Geruch der Verwesung durch die Gassen gewabert, und manch einen, der zwar von der Pest verschont geblieben sei, habe angesichts des Grauens der Wahnsinn gepackt, erzählte man sich in diesen Tagen voller Entsetzen. Und manche hatten sich Aberwitziges einfallen lassen, um die Gunst des Schöpfers zurückzuerlangen. In Gau-Algesheim, einem Dorf auf der anderen Seite des Westerberges, hatte sich im schlimmen Pestjahr 1350 sogar einer ans Kreuz nageln lassen. Mit dem Erfolg, dass er bloß jämmerlich verblutete; aber immerhin durfte er auf eine gnädige Erlösung durch den Herrn hoffen. Doch Gott hatte sich von diesem Märtyrertod nicht beeindrucken lassen. Der Teufel schien sein festes Regiment auf der Erde errichtet zu haben, und nichts und niemand konnte ihn von seinem Feldzug des Todes abhalten. Massenhaft hatten sich damals die Menschen versammelt, um Gott um Gnade anzuflehen.

Zweihundertachtzig Jahre später, anno Domini 1630, hatten sich Gott und sämtliche Heiligen wieder von den Menschen abgewandt. Zwei Tage nach dem Tod des alten Dechent fiel die Pest in die Familie Leineweber ein und raffte gleich fünf Personen dahin. Und auch aus Ober-Ingelheim drang die Kunde, dass bereits vierzig Menschen am Schwarzen Tod gestorben waren.

Erneut zuckte Adalbert zusammen, als der Todgeweihte auf der Straße diesmal laut aufschrie. Adalbert wälzte sich in seinem Lager von einer Seite zu anderen. Seine Frau Erna schlief fest. Wenn es in diesen finsteren Zeiten, in denen Gott die Menschen gnadenlos für ihre kleinsten Sünden strafte, auf Erden zuging wie in der Hölle, so hatte Erna doch nichts von ihrem gesunden Schlaf verloren. Sechs Kinder hatte sie in zehn Jahren geboren, vier von ihnen zu Grabe tragen müssen. Das hatte Spuren hinterlassen. Längst war Erna nicht mehr die kraftvolle und lebensfrohe Frau, die Adalbert vor achtzehn Jahren geheiratet hatte und die von früh morgens bis spät abends schuftete, ohne auch nur einmal zu murren. Vielleicht täuschte er sich, aber manchmal schien es ihm, als wäre seine Frau des Lebens überdrüssig geworden.

Konnte sie vielleicht deshalb so gut schlafen, weil sie hoffte, irgendwann nicht mehr aufzuwachen, hatte Adalbert sich schon oft gefragt.

Er versuchte krampfhaft Schlaf zu finden, doch das Röcheln schreckte ihn immer wieder auf. Leise stand er auf und horchte. In dem kleinen Haus war alles ruhig. Vorsichtig öffnete er den Fensterladen einen winzigen Spalt und spähte hinaus zur Gasse. Der kalte Luftzug, der sein Gesicht streifte, vertrieb die Müdigkeit endgültig aus seinen Gliedern. Im fahlen Mondlicht, das sich im Schnee spiegelte, konnte er zunächst nichts erkennen. Doch dann sah er die Elendsgestalt. Es war der Müller Peter, den er seit über dreißig Jahren kannte. Über und über von schwarzen Pestbeulen befallen, taumelte der in dreckige Lumpen gekleidete Todgeweihte die Gasse auf und ab. Einen Augenblick später sank der Müller auf die Knie, kippte zur Seite um und zuckte am ganzen Körper. Entsetzt beobachtete Adalbert, wie mehrere Pestbeulen am Hals und im Genick aufplatzten. Das ekelhafte Sekret ergoss sich auf den weißen Schnee. Noch einmal röchelte der Müller, dann herrschte Totenstille auf der Straße.

Adalbert unterdrückte mühsam den Brechreiz. Er atmete tief durch und wollte den Fensterladen wieder schließen, als ihn erneut ein Geräusch aufhorchen ließ. Diesmal war es das Poltern eines Leiterwagens. Auch dieses Geräusch war ihm vertraut, wurden doch mit diesem Wagen die Toten abtransportiert. Auch diesmal erschienen zwei vermummte Gestalten. Adalbert wusste, dass es Tagelöhner aus der Fremde waren, die für diese Arbeit mehr bekamen, als sie sonst in einem Monat auf dem Feld oder im Weinberg verdienten. Sie scherten sich nur wenig darum, dem Schwarzen Tod ins Auge zu blicken. Sie beseitigten die Toten und benahmen sich dafür wie der letzte Abschaum. Nur der Schultheiß wusste, woher sie kamen, wer sie waren und wo sie nachts schliefen. Vielleicht waren es sogar entflohene Mörder, die durch diese Arbeit ihrer verdienten Strafe entgingen. Alle im Dorf hofften, dass sie bald wieder verschwinden würden. Aber ohne sie würden die Toten einfach auf der Gasse liegen bleiben, und jeder, der in ihre Nähe kam, würde bald Besuch vom Sensenmann bekommen.

Die beiden, die den toten Müller abholten, schützten sich mit einer Maske, die sie über ihr Gesicht gestülpt hatten. Ohne diese Maske würde der Schwarze Tod, der in winzig kleinen Teilchen jetzt in der

Luft um den Toten schwirrte, auch sie befallen. Die beiden Vermummten packten den Leichnam, warfen ihn achtlos auf den Wagen und zogen stumm weiter. Gleich darauf waren sie verschwunden.

Adalbert wusste, wie es weitergehen würde. Außerhalb des Dorfes, in einem Waldstück, das auf ewige Zeiten verdammt sein würde, wurden die Toten in tiefe Gruben geworfen und mit Erde zugeschüttet, auf dass der Schwarze Tod für immer in diesem Grab gefangen bliebe. Doch irgendwie gelang es dem schrecklichsten aller Tode immer wieder, die Menschen heimzusuchen. Als die Erde noch nicht gefroren war und die ersten Opfer zu beklagen waren, hatte man vorsichtshalber gleich mehrere Gruben ausgehoben. Jetzt schien es, als würden diese Erdlöcher nicht ausreichen. Zweihundertsechzig Menschen hatten vor dem Ausbruch der Seuche in Weilersheim gelebt, fast jeden zehnten hatte es inzwischen schon dahingerafft, und ein Ende war nicht absehbar.

Als es unangenehm kalt in der Stube wurde, schloss Adalbert den Fensterladen wieder fest zu, kehrte zurück zu seinem Lager und legte sich hin. Erna atmete noch immer tief und ruhig. In der anderen Ecke des großen Raumes schliefen Mathilde und Siegfried, die beiden ihnen noch verbliebenen Kinder. Gott sei Dank hatten sie von dem Todeskampf, der sich vor dem Fenster abgespielt hatte, ebenfalls nichts mitbekommen.

Adalbert musste jetzt ständig an den armen Müller denken, und an das Leid, das er durchgestanden hatte. Nun wusste Adalbert auch, warum er seinen Freund in den letzten Tagen nicht mehr zu Gesicht bekommen hatte. Bestimmt hatte er sich in seiner Mühle verkrochen. Wer vom Schwarzen Tod befallen war, für den gab es keine Rettung. Selbst der Aderlass, normalerweise ein aussichtsreiches Mittel, Krankheiten aus dem Körper zu vertreiben, konnte einem nicht mehr helfen. Wahrscheinlich hatten unmenschliche Schmerzen den Müller Peter hinaus auf die Gasse getrieben.

Nur mühsam gelang es Adalbert, diese Gedanken beiseite zu drängen. Die nächsten Stunden dämmerte er unter seiner dicken Decke kauernd im Halbschlaf, bis ihn das Krähen eines Hahns aufschreckte. Die Erlebnisse der Nacht kamen ihm wie ein Albtraum vor. Ächzend erhob er sich von seiner Schlafstatt und öffnete den Fensterladen. Da es in den vergangenen Stunden nicht mehr geschneit hatte, waren die Spuren des Todeskampfs noch deutlich sichtbar. Ein paar gelbliche

Flecken im Schnee und ein lebloser Körper in einem namenlosen Grab außerhalb des Dorfes, das war alles, was von dem einst so lebenslustigen Menschen Peter Müller übrig geblieben war.

Lautes Lachen lenkte Adalbert ab. Erna und die beiden Kinder waren bereits aufgestanden und scharten sich um den Herd, wo es im Winter am wärmsten war. Mit Sicherheit wussten sie noch nichts davon, dass der Schwarze Tod schon wieder einen aus dem Dorf geholt hatte.

Adalbert schlug sein Wasser in dem Eimer neben seinem Bett ab und kletterte die enge Stiege hinunter in die Wohnstube. Seine vierzehnjährige Tochter Mathilde blickte ihn liebevoll an, sagte jedoch nichts. Seit sie den Tod ihres Bruders Stephan erlebt hatte, sprach sie kein Wort mehr. Ihr drei Jahre jüngerer Bruder Siegfried begrüßte seinen Vater überschwänglich. Manchmal wunderte es Adalbert, dass er mit den Schrecken dieser Zeit so unbeschwert umgehen konnte. Aber das war wohl das einzige Privileg von Kindern. Das Böse hatte auf sie noch keinen so großen Einfluss.

Seine Frau strich ihm zur Begrüßung sanft über den Arm. „Ich hab Milchsuppe gemacht. Die Kinder haben dir noch reichlich davon übrig gelassen."

„Der Müller Peter ist tot", sagte Adalbert ohne Umschweife und starrte auf das prasselnde Feuer im Herd. Ihm war kalt, obwohl das Feuer eine fast unangenehme Wärme verbreitete.

Erna und Mathilde rissen entsetzt den Mund auf, Siegfried wurde augenblicklich still. „Woher weißt du das, gestern Abend hast du nichts davon erzählt", fragte seine Frau.

„Ich hab ihn heute Nacht sterben sehen. Draußen auf der Gasse, nur wenige Meter vom Fenster entfernt. Krepiert ist er, wie ein Hund, den keiner mehr wollte. Sie haben ihn gleich abtransportiert."

Erna schlug die Hände vor das Gesicht. Auch sie hatte den Müller Peter gut gekannt und als einen freundlichen Nachbarn geschätzt. In jedem Frühsommer hatte der lustige Weilersheimer, der seinen Humor auch nach dem Tod seiner Frau vor vielen Jahren nicht verloren hatte, bei ihnen zwei Fässer Wein gekauft. Und wer den Müller mit der dicken Knollennase und der Halbglatze auf der Straße traf, für den hatte er immer eine lustige Geschichte parat.

„Wann hat das ein Ende?", stammelte sie. „Warum verschont der Herrgott uns nicht vor diesem Übel?"

„Wir sind nicht die Einzigen, Weib“, antwortete Adalbert grob. „In Stadecken sollen schon dreißig gestorben sein, in Ober-Ingelheim sogar mehr als vierzig. Der Schultheiß hat es neulich erzählt, ich war dabei. Wir können nur beten oder so schnell wie möglich das Dorf verlassen.“

„Du willst weg von hier?“

Adalbert machte ein trotziges Gesicht. „Hast du eine bessere Idee? Wenn wir hier bleiben, trifft es früher oder später einen von uns oder sogar uns alle. Wer weiß, wie viele bis zum Weihnachtsfest noch sterben werden. Und selbst wenn wir verschont bleiben, leben wir bald in einem Dorf, in dem nur noch die Geister umgehen.“

Der elfjährige Siegfried gab einen erschrockenen Laut von sich, und auch seine Schwester schaute ihren Vater entsetzt an. Früher hatten sie sich immer Geschichten von guten und bösen Geistern erzählt. In diesen Geschichten siegten am Ende natürlich stets die guten Geister. Aber jetzt schien es, als kehrten sich diese Geschichten auf schrecklichste Weise ins Gegenteil um.

„Hast du dir das auch gut überlegt?“, fragte Erna bekümmert. „Hier in Weilersheim liegen vier unserer Kinder und unser beider Eltern begraben. Und was soll aus dem Weinberg werden, und aus dem Haus hier?“

Adalbert schlug mit der Faust auf den Tisch. „Was kümmern mich die Toten, Weib? Kein Hahn kräht mehr nach ihnen, wenn sie erst einmal unter der Erde liegen. Ich war gestern Abend noch einmal in der Speisekammer. Die Vorräte reichen nur dann, wenn der Winter diesmal nicht so streng und so lang wird wie der letzte. Und unser Gutsherr wird auch bald wieder die Hand aufhalten und bestimmt mehr als sonst verlangen. Oder er stirbt vorher. Und der, der nach ihm kommt, wird uns vielleicht umso stärker auspressen. Wer weiß, vielleicht schützt eine dicke Stadtmauer vor dem Schwarzen Tod. Was nützen uns Weinberg und Haus, wenn wir sowieso aus dem Dorf vertrieben werden, sobald auch bei einem von uns die ersten Beulen zu sehen sind. Wir müssen beides zurücklassen, so oder so.“

„Du willst also in die Stadt, nach Mainz?“, fragte Erna fast ehrfurchtsvoll.

„Warum nicht? Der Sohn vom Schultheiß hat bereits mit seiner Familie das Weite gesucht, genauso wie der Beckers Hermann und der Schmied aus der Obergass. Er soll mit Sack und Pack in den Hunsrück gezogen sein, in eine gottverlassene Gegend, in die sich sogar die Pest nicht verirrt, so sagt man. Bald hausen hier nur noch Sieche und Alte. Mein Vater war früher einige Male in Mainz und hat mir davon erzählt."

„Wo liegt dieses Mainz?", krähte Siegfried dazwischen.

„Mainz ist eine große Stadt. Zwei Tagesmärsche von Weilersheim werden es wohl sein, wenn man mit der ganzen Familie dorthin ziehen will", antwortete Erna geduldig. „In der Stadt gibt es große Häuser, große Kirchen und große Straßen."

„Ich möchte nach Mainz!", rief Siegfried, und auch seine Schwester bekam leuchtende Augen.

Jetzt konnte auch Adalbert ein Lächeln nicht unterdrücken. „Noch ist nichts entschieden", sagte er betont streng. „Warten wir ab, was die nächsten Tage und Wochen bringen werden."

Den überwiegenden Teil des Tags verbrachte Adalbert damit, im Haus einige dringende Reparaturen vorzunehmen, während sich Erna und die Kinder in der Stube aufhielten. Es war einer dieser grauen Tage im Frühwinter, an denen es überhaupt nicht richtig hell werden wollte. Erst nach den Festtagen wurden die Tage wieder kaum merklich länger. Doch dieses Jahr war es fraglich, ob sie den Frühling überhaupt noch erleben würden.

Adalbert war in diesen Wochen zum Nichtstun verdammt. Im Keller reifte in den mächtigen Fässern der neue Wein heran, die Vorräte waren längst eingelagert, Wingert und Felder hielten Winterschlaf. Und wenn es wieder einmal den ganzen Tag schneite oder stürmte, setzte keines der Familienmitglieder auch nur einen Fuß vor die Tür. Sie verbrachten die Stunden mit Spielen und Geschichtenerzählen. Erna stickte und nähte meist, während Adalbert oft zum Messer griff, um etwas zu schnitzen.

Früher waren es diese Tage gewesen, denen neun Monate später einreicher Kindersegen für das Dorf folgte; früher, als noch keiner im Traum daran dachte, welche Katastrophe über Land und Leute hereinbrechen sollte. Adalbert war froh, dass er seine Pflichten als Ehemann bereits hinter sich hatte. Mitte Vierzig war er mittlerweile, und auch ohne die Pest würde es nicht mehr lange dauern, bis der Herr ihn zu sich rief. Er hatte genug Kinder in die Welt gesetzt. Wehe denen, die jetzt ihre Kinder zeugten. Sie wurden in eine Welt geboren, in der es keine Zukunft mehr zu geben schien. Vielleicht würden es Siegfrieds und Mathildes Kinder eines Tages wieder besser haben, oder wenigstens deren Kinder und Kindeskinder.

Adalbert reparierte gerade die Einfassung des Brunnens in seinem Hof, als ein Mann vorsichtig den Kopf durch das Tor steckte.

Adalbert winkte ihm zu. „Komm ruhig rein, Schneider Jupp, störst nicht."

Der leicht füllige Mann, den im Dorf alle nur Schneider Jupp nannten und der seine kleine Werkstatt am anderen Ende des Dorfes hatte, näherte sich, als wollte er sich vor dem Dorfschultheiß oder irgendwelchen Gläubigern verstecken. Adalbert machte ein fragendes Gesicht.

„Adalbert", flüsterte der Schneider Jupp. „Adalbert, bist du allein?"

„Erna und die Kinder sind im Haus. Warum fragst du?"

„Ich muss mit dir reden, Adalbert. Aber unter vier Augen und nicht hier auf dem Hof."

Adalbert deutete auf den kleinen Stall. „Komm mit. Dort stört uns keiner und es ist nicht so ungemütlich."

Im Stall war es ein wenig wärmer als draußen. Jupp klopfte den Kühen auf die Hinterbacken und streichelte sogar fast liebevoll die Katze, die sich faul im Stroh räkelte. Sonst kannte jeder den Schneider Jupp als mürrischen Mann, der stets kurz angebunden wirkte und jeden bei der kleinsten Angelegenheit anschnauzte. Die Kinder im Dorf machten einen Bogen um ihn, weil er sie mit einem Tritt in den Hintern zu verscheuchen pflegte.

„Hast du schon gehört, Adalbert? Heut Nacht hat es den Müller erwischt. Gott hab ihn selig."

„Ich weiß. Er ist bei uns in der Gasse gestorben. Ich hab's selbst mit angesehen. Sein Stöhnen hat mich aufgeweckt und ich habe ihn die ganze Zeit beobachtet. Es war schrecklich."

„Wie sieht einer aus, der am Schwarzen Tod stirbt? Erzähl's mir. Du hast es selbst gesehen, hast du grade gesagt."

Adalbert zog die Augenbrauen zusammen. Ein bestimmter Verdacht keimte in ihm auf. Er wagte den Gedanken nicht zu Ende zu denken. Trotzdem ging er unwillkürlich einen Schritt zurück.

„Da gibt's nicht viel zu erzählen, Schneider Jupp. Voll schwarzer Beulen war er, von denen einige kurz vor seinem Tod aufgeplatzt sind. Am Schluss ging alles sehr schnell. Umgefallen ist er wie ein morscher Baum, und tot war er. Kurz darauf haben sie ihn geholt. Du weißt ja, wo sie die Toten verscharren."

Der Schneider Jupp nickte abwesend. „Ja, ich weiß, wo sie sie verscharren, Adalbert“, flüsterte er. „Verflucht wird dieser Ort sein, verflucht bis in alle Ewigkeit. Ein Ort, an dem sogar tagsüber die Geister umgehen werden.“

Er machte eine kleine Pause. „Oder kommen sie doch in den Himmel? Was denkst du?“

Adalbert wusste, warum der Schneider Jupp, der nicht gerade der Gläubigste war und die Kirche schon jahrelang nicht mehr von innen gesehen hatte, ausgerechnet eine solche Frage stellte. In seinem Hals bildete sich ein dicker Kloß. Er räusperte sich und zuckte mit den Schultern, während er unbewusst wieder zwei Schritte rückwärts machte. „Was weiß ich? Ich hoffe es. Sie waren doch alle gute Menschen. Aber ich hab jetzt keinen Kopf dafür, Jupp. Ich muss wieder an meinen Brunnen.“

Der Schneider Jupp ging nicht darauf ein. „Weißt du, Adalbert, ich hab in der letzten Zeit öfters darüber nachgedacht. Ich meine, wie es nach dem Tod weitergeht. Manchmal, wenn ich aus einem traumlosen Schlaf erwache, stelle ich mir vor, dass so der Tod sein kann. Und das wäre wirklich nicht schlimm.“

Obwohl es im Stall nicht ungemütlich kalt war, blies sich Adalbert in die Hände. Er fror stärker als draußen. „Ich will dir etwas zeigen, Adalbert. Aber du musst mir versprechen, es niemand zu sagen. Versprichst du mir das?“

Adalbert nickte wie betäubt und schaute dem Schneider Jupp fest in die Augen. Jetzt streifte dieser langsam seinen dicken Winterkittel ab und schob sein dünnes Hemd hoch. Unter der Achselhöhle erkannte Adalbert einen kleinen schwarzen Knoten, nicht viel größer als eine Fingerkuppe.

Adalbert wurde blass. Der Schwarze Tod! Der Schwarze Tod hatte den Schneider Jupp in seinen Klauen. Und er würde ihn nicht mehr loslassen. Noch sah er gesund und rosig aus, aber am nächsten Tag konnte er schon am ganzen Körper mit Beulen überzogen sein. Und am Abend vielleicht schon tot in seinem Bett liegen. Adalbert machte mehrere Schritte rückwärts, stolperte über einen Sack Getreide und fiel auf den Rücken. Panik stieg in ihm hoch. Würde der Schwarze Tod jetzt auch ihn befallen? Er hatte mit dem Schneider Jupp geredet. Keine drei Ellen entfernt hatte er vor ihm gestanden. Vielleicht war das schon ausreichend.

Er rappelte sich wieder hoch und hob abwehrend die Hände. „Nicht, Schneider Jupp, bleib ja weg von mir und diesem Haus! Ich bitte dich. Ich hab Frau und Kinder. Ich flehe dich an. Reiß mich nicht mit ins Verderben!"

Der Schneider Jupp zog sich wieder an. Jetzt war er völlig ruhig. „Schon gut, ich gehe. Ich hab nur keinen, dem ich mich anvertrauen kann. Im Dorf mag mich keiner, sogar der Pfarrer schaut weg, wenn er mich sieht. Nur du grüßt mich immer, wenn wir uns treffen. Ich wollt mich nur einem Menschen anvertrauen. Ich hab nur noch die eine Bitte, bevor ich gehe. Bete für mich und vergiss mich nicht!"

Er öffnete die Tür und verließ ohne ein weiteres Wort den Stall. Adalberts Gedanken wirbelten wild durcheinander. Die Luft hier im Stall war bestimmt durchsetzt mit dem Schwarzen Tod. Er presste die Hand vor Mund und Nase, hielt die Luft an und riss sämtliche Fensterluken auf. Er merkte, wie die kalte Luft in den Stall strömte und wie die Kühe und Schweine unruhig wurden. Doch darum konnte er sich jetzt nicht kümmern. Er stürzte Hals über Kopf nach draußen. Erst jetzt wagte er, tief durchzuatmen.

Die Kleidung! Bestimmt war seine Kleidung ebenfalls mit dem Schwarzen Tod behaftet, und gewiss auch seine Schuhe. Noch im Hof riss er sich alles vom Leib, achtete nicht auf die Kälte und warf die Kleidung samt den Schuhen in einer Ecke auf einen Haufen. Er rannte in seine Kammer, zog sich hastig etwas an und stürzte an den Herd, wo Erna und Mathilde ihn verdutzt anschauten. Adalbert schnappte sich ein brennendes Holzscheit, mit dem er seine Kleidung in Brand steckte.

„Was tust du da, Mann?", fragte Erna, die ihm auf den Hof gefolgt war, entsetzt. „Bist du von allen guten Geistern verlassen?"

„Ich hoffe nicht", murmelte Adalbert, während er in die Flammen starrte.

Erst als sie abends zusammen in der Kammer lagen, erzählte er seiner Erna, was vorgefallen war. Nach ihrem ersten Schrecken hatte Erna ihren Mann ganz fest an sich gedrückt. Ihr war es gleichgültig, ob der Schwarze Tod vielleicht schon ihren Mann befallen hatte. Sie würde bei ihm bleiben, komme, was wolle.

Dieser Beweis ihrer Liebe machte Adalbert ein klein wenig Mut. „Die nächsten Tage werden zeigen, ob auch ich vom Schwarzen Tod befallen bin", flüsterte Adalbert. „Mein Gott, was soll dann aus euch werden, wenn auch ich sterben muss?"

Er fühlte die Umarmung seiner Frau. Sie berührte ihn, obwohl sie befürchten musste, sich anzustecken. Es war das erste Mal seit vielen Jahren, dass er dieses Zeichen ihrer Liebe wieder richtig genießen konnte. Sie vertraute darauf, dass er die Pest nicht ins Haus eingeschleppt hatte.

Es kann nicht sein, dachte er trotzig. Es darf einfach nicht sein. Er war nicht der Einzige, der in dieser Nacht keinen Schlaf fand.

Die nächsten Tage brachten keine Veränderungen. Weder bei Adalbert noch bei den anderen Familienmitgliedern zeigten sich kleine schwarze Knoten. Die Familie Eckert blieb vom Schwarzen Tod verschont; auch sonst war im Dorf keiner mehr gestorben. Doch Adalbert wusste, dass es mindestens noch einen treffen würde. Für den Schneider Jupp, den er seit seinem schrecklichen Geständnis nicht mehr gesehen hatte, gab es wohl keine Rettung. Bestimmt hatte er sich in seiner kleinen Hütte am Dorfrand verkrochen, denn er wurde tagelang nicht mehr gesehen. Im Dorf gingen bereits die wildesten Gerüchte um. Nur Adalbert wusste, dass diejenigen Recht hatten, die beim Schneider Jupp den Schwarzen Tod vermuteten. Doch er hielt den Mund und sagte keinem etwas von seinem Erlebnis.

Er wollte an diesem Nachmittag die drei Fallen kontrollieren, die er ausgelegt hatte. Wenn sich vielleicht ein Hase oder ein Rebhuhn darin verfangen hatte, mussten sie in den nächsten Tagen keines ihrer eigenen Hühner schlachten.

Doch die ersten beiden Fallen waren leer. Die dritte Falle lag an der Anhöhe zum Westerberg aus, eine knappe halbe Stunde Fußmarsch entfernt. Seufzend machte Adalbert sich auf den Weg. Er war für diese Jahreszeit viel zu dünn bekleidet und fror bereits jämmerlich, kaum dass er einige Schritte gegangen war. Bis Erna Ersatz für seine verbrannte Winterkleidung genäht hatte, würden noch mindestens zwei Tage verstreichen. Er musste jedoch die Fallen kontrollieren, sonst würde es in diesem Winter eng für alle werden. Außerdem war es immer noch besser zu frieren, als von der Pest oder dem Hungerstod heimgesucht zu werden.

Der Weg hinauf zum Westerberg schlängelte sich sanft an der Südseite des Hangs entlang. Von oben hatte man einen herrlichen Blick nach Ober-Ingelheim bis über den Rhein zum Taunusgebirge mit seinen dunklen Wäldern. Adalbert war diesen Weg oft gegangen, besonders gern im Frühsommer und im Herbst, als die Zeiten noch besser waren.

Hierhin hatte ihn auch immer sein Vater mitgenommen. Zusammen mit seinen vier Brüdern war er als kleiner Junge durch die Weinberge getobt, die bereits sein Vater bewirtschaftete. Sie fingen Eidechsen und Kröten oder spielten in dem dichten Gebüsch Versteck. Später kümmerte sich Adalbert um die Äcker und das Vieh. Nur während der Lese half er im Weinberg mit aus. Eigentlich war es die Aufgabe des ältesten Sohnes, den Weinberg zu bewirtschaften. Doch eines Tages war Stephan abends nicht mehr nach Hause gekommen. Erst Tage später fanden sie seine Leiche – zerschmettert auf einem Felsen. Der Älteste der Familie war auf der anderen Seite des Westerbergs einen steilen Abhang hinunter in die Tiefe gestürzt.

Im Laufe der Jahre ging der Tod im Hause Eckert immer öfter ein und aus. Allein im Jahr 1618, als es noch halbwegs friedlich zuging auf dieser Welt, holte er zwei weitere Brüder und die Mutter. Seit zehn Jahren war von seiner Familie nur noch Adalbert übrig, und es sah nicht so aus, als würde seine Familie das nächste Osterfest noch erleben.

Adalbert hatte seinen ältesten Sohn ebenfalls auf den Namen Stephan taufen lassen, und wie sein Onkel starb auch er eines grausamen Todes. Am dritten Januartag in diesem von Gott verlassenen und verfluchten Jahr tobte er mit seiner Schwester Mathilde ausgelassen über den zugefrorenen Dorfteich, als plötzlich das Eis nachgab und Stephan einbrach. Mathilde musste hilflos mit ansehen, wie ihr Bruder unter das Eis gezogen wurde. Mit ihren kleinen Fäusten hämmerte sie verzweifelt auf das Eis, durch das ihr ertrinkender Bruder sie ungläubig anstarrte. Mathilde hatte zusehen müssen, wir ihr Bruder qualvoll starb, und sie hatte ihm nicht helfen können. Erst Stunden später kam sie nach Hause, nachdem sie stundenlang durch die Felder geirrt war. Mit wirren Wortfetzen hatte sie noch berichten können, was vorgefallen war, ehe ihre Stimme für immer erstarb. Mit einigen Männern aus dem Dorf hatte Adalbert die Leiche seines Sohnes geborgen und Tage später zu Grabe getragen.

Ein Geräusch riss ihn in die Gegenwart zurück. Als er die Gestalt auf sich zutorkeln sah, wäre ihm vor Schreck fast das Herz stehen geblieben. Doch dieser Mann, der wenige Schritte vor ihm zusammenbrach, war offensichtlich nicht von der Pest befallen. Dennoch blieb Adalbert in sicherem Abstand von ihm stehen. Vorsichtig lugte er zu der Gestalt hinüber, die regungslos auf dem schneebedeckten Weg lag. Nur das kaum merkliche Heben und Senken seines Brustkorbs zeigte, dass er noch lebte.

Der vornehmen Kleidung nach zu urteilen, handelte es sich um einen wohlhabenden Kaufmann. Doch er hatte nichts bei sich, außer den Sachen, die er am Körper trug. Und selbst die waren für den Winter eigentlich viel zu dünn. Der Fremde hatte ein fein geschnittenes Gesicht, war hochgewachsen und ungefähr in Adalberts Alter. Seine Hände waren feingliedrig und wirkten gepflegt. Trotz seines schlimmen Zustands strahlte er eine gewisse Autorität aus, der sich auch Adalbert nicht entziehen konnte.

Was hat er in dieser Gegend verloren, fragte sich Adalbert bestürzt.

Verletzt schien der Fremde nicht zu sein, nur völlig erschöpft und dem Erfrieren nahe. Adalbert ging vorsichtig näher. Jetzt schnappte der Unbekannte nach Luft wie ein Fisch auf dem Trockenen, zwischendurch klapperten seine Zähne.

Er öffnete die Augen und sah Adalbert verzweifelt an. „Sind sie schon zu sehen?"

Unwillkürlich schaute sich Adalbert nach allen Seiten um. Im Schnee hätte er jeden Menschen sofort gesehen. Doch wohin er auch schaute, in der weißen Landschaft waren nur die dürren Gerippe der kahlen Bäume und der Reben in den Weinbergen zu sehen, auf denen vereinzelt schwarze Raben saßen.

„Hier ist weit und breit keiner zu sehen, Fremder. Wie kann ich Euch helfen?"

Der Angesprochene richtete sich mühsam auf. „Seit zwei Tagen bin ich ununterbrochen auf der Flucht", stammelte er, immer wieder nach Luft japsend. „Sie haben unser Dorf geplündert und jeden, der nicht fliehen konnte, abgestochen oder erwürgt. Die Kinder haben sie in die Brunnen geworfen, und die Frauen ..."

Er blickte sich gehetzt um. Erst als er sah, dass tatsächlich nur Adalbert hier war, lehnte er sich zurück und schloss erschöpft die Augen.

„Wo bin ich?", fragte er nach einer Weile.

„Da vorn liegt Weilersheim, da drüben Ober-Ingelheim."

Der andere nickte. „Ich will versuchen, mich nach Mainz und später nach Worms durchzuschlagen. Sie werden es nicht wagen, auch die

Städte zu überfallen. Dafür sind sie zu wenig. Sie können nur wehrlose Dorfbewohner morden." Ein nicht enden wollender Hustenanfall schüttelte ihn.

„Von wem redet Ihr, Fremder?", fragte Adalbert vorsichtig, als der andere sich wieder beruhigt hatte.

„Söldner, marodierende Haufen, gottloses Gesindel, Unmenschen, wie sie nur der Teufel erschaffen kann. Keiner kennt sie, keiner weiß, woher sie kommen. Sie sind der Abschaum dieses verdammten Krieges. Sie tauchen plötzlich auf, ziehen durch das Dorf und hinterlassen eine Spur des Schreckens. Der Schwarze Tod verschont wenigstens einige. Diese Mörder töten jeden, den sie erwischen. Ich hatte Glück. Meine Frau und meine Kinder jedoch ..."

Er ließ sich nach zurücksinken und schloss erneut die Augen. Die Erinnerung schien ihn zu übermannen. Tränen rannen ihm über das Gesicht. Adalbert ging vorsichtig näher und schaute sich unschlüssig um. Der Bericht dieses Fremden hatte ihn aufgewühlt und ihm Angst eingejagt. Vielleicht lag ja ein Geisteskranker vor ihm, der aus einem Siechenhaus entkommen war. Aber es gab keinen Grund, an den Worten des Mannes zu zweifeln. Keiner, der aus einem Siechenhaus entflohen war, trug solch teure Kleidung. So wie er sah nur einer aus, der Haus und Hof verlassen musste.

Als Adalbert bemerkte, dass der Mann ohnmächtig zu werden drohte, schüttelte er ihn vorsichtig an der Schulter. „Hört mir zu, Ihr könnt hier nicht liegen bleiben. In spätestens zwei Stunden geht die Sonne unter. Wenn Ihr jetzt einschlaft, werdet Ihr erfrieren."

Er dachte angestrengt. „Hört zu, ich werde Euch kurz verlassen. Ich bin bald wieder zurück. Dann werde ich Euch zu mir nach Hause bringen, wo Ihr Euch am Feuer etwas ausruhen und Eure Sachen trocknen könnt. In dieser Ecke dort drüben seid Ihr wenigstens vor dem Wind geschützt. Aber Ihr müsst wach bleiben, Herr! Habt Ihr gehört?"

Der Fremde nickte dankbar und lächelte sogar schwach. Mit letzten Kräften verkroch er sich zwischen einer Steineinfassung und einem Strauch. Adalbert rannte so schnell er konnte zur nächsten Falle. Zu seiner Freude hatte sich darin ein großes Rebhuhn verfangen, das noch lebte. Mit einem kurzen Griff brach Adalbert dem Tier das Genick, löste es aus der Falle und verknotete es an seinem Gürtel. Als er zurückkehrte, kauerte der Fremde noch immer an derselben Stelle. Von weitem sah es aus, als wäre er tatsächlich erfroren. Kaum merklich hob und senkte sich seine Brust. Adalbert richtete den völlig Entkräfteten auf und warf dessen linken Arm um seine Schulter. Auf diese Weise gingen sie den Weg hinab. Immer wieder mussten sie kurze Pausen einlegen, weil der Fremde fast ohnmächtig wurde. So brauchten sie fast eine Stunde, bis sie das Dorf erreichten.

Erna und die Kinder saßen am Feuer und schauten ziemlich entsetzt drein, als der Vater, mittlerweile selbst am Ende seiner Kräfte, mit dem Menschenbündel über die Schwelle stolperte. Erna fragte gar nicht erst. Sie packte sofort mit an, und gemeinsam schleppten sie den Mann an die Feuerstelle. Erna zog den Fremden aus und steckte ihn in eine wollene Decke. Danach flößte sie ihm etwas heiße Milch mit Honig ein. Der völlig Entkräftete nahm nur einige wenige Schlucke, dann schlief er ein und wachte erst am nächsten Abend wieder auf.

Schweigend saß er jetzt mit der Familie am Tisch und aß mit Heißhunger von dem, was Erna gebracht hatte: getrocknete Würste, geräucherten Schinken, Käse, Stockfisch, etwas Brot und Äpfel. Mit Unbehagen stellte Adalbert fest, dass der hungrige Gast ein großes Loch in die Vorräte schlug. Aber er sah es als seine Christenpflicht an, diesen hilflosen Mann ohne Obdach bei sich zu Hause zu beherbergen.

Erst nach einer Weile wurde der Fremde etwas gesprächiger. Er heiße Reinhard und komme aus einem Dorf namens Boppard am Rhein, wo er mit Wein handelte, erzählte er schleppend. Vor drei Tagen seien die Söldner wie ein Blitz aus heiterem Himmel über das Dorf hergefallen, das bis jetzt von der Pest verschont geblieben sei und dessen Bewohner so viel Hoffnung geschöpft hätten. Einige Dörfler hätten sich gerade noch in Sicherheit bringen können, doch den meisten hätten die Fluchtversuche zu Fuß oder auf Ochsenkarren nicht genutzt. Erst hätten diese Unmenschen (allesamt Raubritter aus deutschen Landen wie unschwer zu hören gewesen sei) die meisten der Männer durch die Dorfgassen getrieben, und schließlich hätten sie sie mit ihren Pferden niedergetrampelt, bis sie tot gewesen seien. Wer dieses Massaker überlebte, dem hätten die Söldner im wahren Blutrausch Kopf und Gliedmaßen abgeschlagen. Die Frauen im Dorf hätten sie erst vergewaltigt und dann ebenfalls abgestochen. Kleine Kinder hätten sie wie Abfall in die tiefen Brunnen geworfen, ältere grausam verstümmelt, ihnen höhnisch lachend die Augen ausgestochen und sie später einfach ihrem Schicksal überlassen.

Die Erinnerung an diese grausamen Ereignisse ließen ihm erneut die Tränen in die Augen steigen. Mit entsetztem Schweigen hatten die Kinder zugehört. Als der Wind am Fensterladen zerrte, zuckten alle zusammen. Erna versuchte ein Lächeln und strich den Kindern beruhigend über das Haar. Die Familie folgerte aus den Berichten, dass das Dorf Boppard fast zwei Tagesmärsche von Weilersheim entfernt lag. Aber die Söldner hatten schnelle Pferde. Ob sie schon auf dem Weg hierher waren? Aber warum sollten diese Raubritter ausgerechnet ein kleines Dorf wie dieses heimsuchen?

Erst nach einer Weile konnte Reinhard weitererzählen. Er selbst hatte versucht, seine Frau und seine vier Kinder in leeren Weinfässern zu verstecken. Es wäre vielleicht gelungen, wenn der Jüngste nicht vor Angst geschrieen hätte. Als er schließlich mit ansehen musste, wie die Söldner seinen Kindern in sadistischer Lust mit den bloßen Stiefeln die Köpfe eintraten und danach seine Frau erst vergewaltigten und ihr dann die Kehle durchschnitten, glaubte er, den Verstand verlieren zu müssen. In blinder Wut hatte er mit einem Tischbein um sich geschlagen. Dabei war es ihm gelungen, einem seiner Peiniger das Messer zu entreißen und es ihm in den Hals zu rammen. Schließlich konnte er die Tür aufreißen und ins Freie rennen. Die Söldner, vom Tod ihres Kameraden in rasende Wut versetzt, machten sich einen Spaß daraus, ihn wie eine Maus grölend in die Enge zu treiben, aus der es kein Entrinnen zu geben schien. Einer hatte bereits einen langen Dolch gezückt, als Reinhard plötzlich spürte, wie der Boden nachgab und er einen steilen Abhang hinunter stürzte.

„Ich weiß nicht mehr, wie lange ich den eisglatten Abhang runter gerutscht bin“, erzählte er matt, während die Eckerts atemlos lauschten. „Irgendwann schlug ich mit dem Kopf gegen einen Baumstumpf und verlor das Bewusstsein. Als ich aufwachte, war es bereits dunkel und totenstill. Ich lag unweit vom Rhein in einem dichten Busch, der mich wahrscheinlich davor gerettet hat, dass mich die Söldner gefunden haben.“

Wie betäubt sei er in der Finsternis losgelaufen, einfach aufs Geratewohl, nur mit dem Notwendigsten am Leib. Tagsüber habe er die Dörfer am Rhein gemieden, weil er glaubte, dort auf die Söldner zu stoßen. In einer verlassenen Hütte abseits der Straßen habe er schließlich halb verfaulte Vorräte gefunden und etwas davon gegessen. Gegen den Durst habe er sich eine Hand voll Schnee in den Mund gesteckt oder

Eiszapfen gelutscht. Als er sich schon am Erfrieren glaubte, habe Adalbert ihn gefunden.

„Ich habe Euch mein Leben zu verdanken“, sagte er und verneigte sich leicht.

Adalbert winkte bescheiden ab. „In diesen schlimmen Zeiten müssen wir alle zusammenhalten. Was habt Ihr jetzt vor? Wollt Ihr immer noch nach Mainz und dann weiter nach Worms?“

Reinhard nickte. „Ich werde morgen aufbrechen. Ein befreundeter Kaufmann in Mainz schuldet mir noch Geld. Ich hoffe, dass er noch nicht an der Pest gestorben ist. Nichts ist heute so vergänglich wie das menschliche Leben. Mit dem Geld komme ich leicht mit dem Schiff nach Worms, wo mein Bruder lebt. Er ist Kaufmann wie ich, handelt aber mit Gewürzen und Tee. Ich hoffe zumindest, dass auch er noch am Leben ist. Dann werden wir weitersehen.“

„Wollt Ihr nicht mehr nach Boppard zurückkehren?“

Reinhards Blick verdüsterte sich. „Wahrscheinlich haben diese Teufel alles, was ich besitze, angezündet, weil sie mich nicht finden und töten konnten. Und selbst wenn sie es nicht taten, ich kann nicht wieder an den Ort zurück, an dem ich Frau und Kinder auf diese Weise verloren habe. Ich bin ein gutmütiger Mensch, aber jedem einzelnen dieser Unmenschen wünsche ich die Pest an den Hals und ein langsames Sterben.“

Erna sah kurz ihren Mann an. „Warum bleibt Ihr nicht wenigstens ein paar Tage?“

Reinhard machte eine abwehrende Handbewegung. „Ich falle Euch nur zu Last. Ihr habt selbst nicht genug zu essen.“

Erna hob die Hand. „Ihr habt vielleicht Recht. Aber von dem Rebhuhn, das Adalbert gefangen hat, müsst Ihr morgen Mittag noch etwas essen. Dann erst dürft Ihr weiterziehen.“

Reinhard gelang ein Lächeln. Er hatte sich ein klein wenig gefangen und nahm einen kräftigen Zug Wein. „Der schmeckt ausgezeichnet“, lobte er. „Ich weiß, wovon ich rede. In besseren Zeiten wären wir vielleicht ins Geschäft gekommen, Adalbert.“

Nach dem Mittagessen am nächsten Tag verabschiedete sich Reinhard endgültig von seinen Rettern. „Wenn sich das Leben wieder normalisiert hat, komme ich zurück und begleiche meine Schuld. Das verspreche ich Euch.“

Er reichte jedem die Hand und winkte kurz zum Abschied. Die Kinder winkten begeistert zurück. Ein einziger Tag hatte genügt, dass sie Reinhard in ihr Herz schlossen. Auch Erna machte ein trauriges Gesicht. Sie hatte ihm noch ein kleines Bündel mit Vorräten und die Jacke des vor einem Jahr gestorbenen Knechts mitgegeben.

„Ich hoffe, er kommt durch", sagte sie nachdenklich, als Reinhard außer Sichtweite war. In ihren Augen stand die Sorge. „Was glaubst du, Adalbert, werden diese Söldner auch unser Dorf überfallen?"

Ihr Mann zuckte mit den Schultern. „Ich weiß nicht. Und wenn es tatsächlich geschehen sollte, können wir uns kaum wehren."

Verzweifelt schloss er die Augen. Pest, Söldner, Hungersnot – welche Prüfungen und Strafen hatte Gott noch parat?

Zwei Tage verstrichen, ohne dass etwas Besonderes passierte. Der Schneider Jupp war noch immer verschwunden, und keiner im Dorf gab auch nur einen Pfifferling auf sein Leben. Einige Männer, darunter auch Adalbert, versuchten gerade, vorsichtig seine verschlossene Hütte zu öffnen, als plötzlich die Sturmglocke läutete. Eilig liefen die Dorfbewohner zur Kirche, wo sich in Windeseile etliche Männer, Frauen und auch Kinder versammelt hatten. Ein Brand schien nicht ausgebrochen zu sein. Nirgendwo war Rauch oder ein Feuerschein zu sehen. Vielmehr scharten sich einige der Dörfler aufgeregt um einen Mann, der auf einem Pferd saß und einen abgehetzten Eindruck machte. Adalbert kam der Mann bekannt vor. Er stammte aus Ober-Ingelheim und musste den Weg nach Weilersheim wie der Teufel geritten sein. Trotz der Kälte glänzte das Pferd vom nassen Schweiß. Als Adalbert näher kam, konnte er bereits die ersten Wortfetzen verstehen.

„... Bingen überfallen und jetzt ziehen sie weiter die Selz entlang", schrie der Mann völlig außer Atem.

Adalberts Herz machte einen Sprung. Er ahnte, wovon der Mann sprach. Die Söldner waren auch in dieser Region in die Dörfer eingefallen. Wenn sie schon Bingen niedergemacht hatten, das knapp drei Wegstunden von Weilersheim am Rhein lag, konnten sie mit ihren Pferden innerhalb kürzester Zeit in Weilersheim sein.

Die Dorfbewohner redeten wild durcheinander. Der Schultheiß, normalerweise stimmgewaltig und gebietend in seiner Art, machte ein ratloses Gesicht. Seit der nächtlichen Flucht seines Sohnes vor ein paar Wochen war er nur noch ein Schatten seiner selbst. Einige schlugen vor, sich umgehend mit Äxten und Sicheln zu bewaffnen und den Dorfeingang zu sichern. Andere wollten mit ausreichend Proviant und

Werkzeugen sofort in die dichten Wälder des Westerbergs flüchten. Ein paar Tage würden sie es schon in dem dunklen Tann aushalten, sagten sie.

Auch Adalberts Gedanken überschlugen sich. Es hatte keinen Sinn, sich zu wehren. Sie mussten fliehen oder sie waren in ein paar Stunden alle tot. Lautstark verschaffte er sich Gehör. Tatsächlich wurde es sofort still auf dem Dorfplatz. Mit kurzen Worten erzählte Adalbert von dem, was Reinhard erlebt hatte. Sofort brach eine Panik aus. Alle schrien wild durcheinander, die Kinder weinten; einige liefen zurück in ihre Hütten.

„Ich werde sie aufhalten!"

Obwohl man die leisen Worte kaum hatte hören können, wurde es augenblicklich erneut still. Dann ging ein Raunen durch die Menge, die Kinder und Frauen schlugen entsetzt die Hände vor das Gesicht, einige machten das Kreuzzeichen. Aus einer Seitengasse war der Schneider Jupp erschienen – von dicken, schwarzen Pestbeulen entstellt.

„Ich werde sie aufhalten, während ihr das Dorf in der anderen Richtung verlasst. Sie werden es nicht wagen, mich anzufassen. Vielleicht werden sie sogar fliehen. Ich habe keine Angst vor ihnen. Ich habe vor nichts mehr Angst. In ein paar Tagen, vielleicht schon in ein paar Stunden bin ich sowieso tot."

Keiner der Männer wusste, was er sagen sollte. Der Schneider Jupp war bei keinem im Dorf beliebt gewesen, doch jetzt erschien er den meisten wie ein rettender Engel in höchster Not. Wenn einer die mörderischen Horden aufhalten und sogar verscheuchen konnte, dann war es der todgeweihte Schneider.

„Einverstanden", sagte Achatz, der Schultheiß. „Du versuchst sie aufzuhalten. Die anderen sind für sich selbst verantwortlich. Gott sei dir gnädig."

Wie auf ein Kommando stoben die Dorfbewohner auseinander, während der Schneider Jupp in Richtung des Dorfendes schlurfte, wo die Söldner dem Bericht des Reiters zufolge ankommen mussten. Adalbert rannte nach Hause, wo ihn Erna bereits mit einem fragenden Gesicht erwartete. Bevor sie auch nur eine Silbe sagen konnte, herrschte er sie an, sie solle so viel sie könne auf den Leiterwagen packen, die Kinder und sich warm anziehen und mit ihnen im Hof auf ihn warten. Als Erna ihn nur begriffsstutzig anstarrte und sich keinen Millimeter bewegte, gab er ihr eine schallende Ohrfeige.

„Die Söldner, von denen Reinhard erzählt hat", brüllte er außer sich. „Sie haben Bingen überfallen und sind auf dem Weg hierher. Wir müssen das Dorf verlassen, sonst sind wir in ein paar Stunden alle tot."

In Ernas Augen leuchtete die Panik auf. Doch sie hatte augenblicklich verstanden. Wenige Minuten später stand sie mit den beiden Kindern auf dem Hof. Siegfried schrie wie am Spieß, während seine Schwester lautlos in sich hinein weinte. Adalbert packte auf den kleinen Leiterwagen so viel wie möglich aus der Speisekammer. Erna hatte in einen kleinen Beutel Kerzen, ein Kruzifix und Siegfrieds kleine Stoffpuppe gesteckt.

„Wo wollen wir hin?", fragte sie angsterfüllt.

„Zunächst die Weinberge hoch, von dort aus können wir die gesamte Umgebung beobachten. Wir müssen ein Versteck finden, wo wir eine Weile ausharren können. Vielleicht haben wir Glück. Wenn die Söldner nur ein verlassenes Dorf vorfinden, werden sie vielleicht weiterziehen."

Erna schluchzte laut auf, als sie durch das Hoftor zogen. Auch in Adalbert krampfte sich alles zusammen, denn er musste den Hof, den sein Urgroßvater vor fast hundert Jahren mit eigenen Händen aufgebaut hatte, ungeschützt zurücklassen. Wie oft hatte er darüber nachgedacht, wie es wäre, das Dorf zu verlassen und sich in der Stadt niederzulassen. Aber nicht auf diese Weise, dachte er bitter. Doch wenn Gott mit ihnen war, würden sie bald wieder zurückkehren. Vielleicht verschonte sie das Strafgericht, und die Söldner ritten an dem kleinen Dorf vorbei. Doch daran wollte Adalbert nicht glauben – und nicht nur er.

Die meisten der Dorfbewohner verließen Weilersheim gen Süden auf dem direkten Weg nach Stadecken, wo eine Burg die Stadt sicherte. Adalbert konnte sich an den Fingern einer Hand abzählen, dass sie dort auch nicht sicher waren. Die Herren von Stadecken hatten anderes im Sinn, als ein paar dahergelaufene Dörfler aufzunehmen. Andere versuchten, sich in die nahe gelegenen Wälder durchzuschlagen. Sie hatten wohl die besten Aussichten. Aber was würden sie vorfinden, wenn sie irgendwann einmal wieder ins Dorf zurückkommen mussten? Mit Entsetzen registrierte Adalbert, dass sich einige in ihren Häusern und Hütten verschanzten, indem sie Fenster und Türen von innen verbarrikardierten.

Das ist ihr Ende, schoss es ihm durch den Kopf.

Wenn die Söldner nicht ins Haus eindringen konnten, würden sie es kurzerhand niederbrennen. Der Schneider Jupp konnte die Horde vielleicht für kurze Zeit aufhalten, aber bestimmt nicht in die Flucht schlagen.

„Wir nehmen diesen Weg", rief Adalbert und deutete auf die Weinberge, die sich direkt hinter der Dorfgrenze steil auftürmten. Um diese Jahreszeit ragten nur die dicken und fast schwarzen Wingertsknorzen aus dem Boden. In dieser Situation erschienen sie Adalbert wie mahnende Kreuze. Trotzdem hielt er an seinem Plan fest. „Hier kommen sie mit ihren Pferden bestimmt nicht so schnell hoch, wenn überhaupt."

Für die beiden Kinder war der Aufstieg auf dem gefrorenen und schneebedeckten Boden eine Tortur. Mit ihren dünnen Schuhen rutschten sie immer wieder aus. Schnell hatten sie sich Beine und Hände aufgeschürft. Mit ihren klammen Fingern konnte sie sich kaum irgendwo festhalten. Auch in dieser Notlage, in der es um Leben oder Tod ging, sagte Mathilde kein einziges Wort. Nur ihr Ächzen und Stöhnen war zu hören.

Vater und Mutter konnten ihnen nicht helfen. Immer wieder schlitterte der Leiterwagen ein Stück zurück, immer wieder fielen die Vorräte herunter, die sie mühsam aufgeladen hatten und auf die sie nicht verzichten konnten.

Nach einer halben Ewigkeit hatten sie endlich das Plateau der Anhöhe erreicht. Von dort konnten sie im Schutz einiger Büsche das Dorf beobachten.

„Um Gottes Willen, wer ist das?", stieß Erna entsetzt aus, als sie den Schneider Jupp sah.

Selbst auf diese Entfernung konnte man erkennen, wie die schwarzen Pestbeulen den Unglückseligen entstellten.

„Das ist der Schneider Jupp. Er versucht, die Söldner möglichst lange aufzuhalten. Es wird der letzte Dienst sein, den er dem Dorf erweisen kann."

Adalberts Blick wanderte weiter nach rechts, wo er einen schwachen Laut vernahm, der immer lauter anschwoll. Jetzt war es deutlich zu hören: Hufgetrappel und Kampfgeschrei. Die in graue Mäntel gekleideten Söldner rückten an und waren von der Anhöhe aus bereits zu sehen. Adalbert zählte insgesamt acht, die trotz Schnee und Eis in halsbrecherischem Tempo und bis auf an Zähne bewaffnet auf das Dorf zuritten. Zwei von ihnen trugen brennende Fackeln. Ihre Absicht war unverkennbar. Jetzt hatten sie die letzte Biegung erreicht. Adalbert hielt die Luft an. Im nächsten Moment hätte er am liebsten vor Freude einen Schrei ausgestoßen.

Der erste der Reiter bremste sein Pferd so scharf ab, dass es sich wiehernd aufbäumte und fast durchging. Nur mühsam gelang es den anderen, ihre Pferde rechtzeitig zum Stehen zu bringen. Der entscheidende Moment war gekommen.

Jetzt erkannte Adalbert, dass der Schneider Jupp seine Kleider fallen ließ. Völlig nackt stand er nur wenige Meter vor den Söldnern und hob beide Hände, als wollte er die Söldner willkommen heißen. Doch in diesem Fall war es eine Kriegserklärung. Wer sich ihm näherte, würde sterben. Sein ganzer Körper war übersät mit schwarzen Pestbeulen. Unter anderen Umständen hätte Adalbert längst das Entsetzen übermannt. Doch jetzt fühlte er eine tiefe Befriedigung. Die Söldner waren wie angewurzelt stehen geblieben, die Pferde scharrten ungeduldig mit ihren Hufen im Schnee. Vielleicht würden sie tatsächlich um dieses Dorf einen Bogen machen.

Jetzt ging der Schneider Jupp langsam Schritt für Schritt auf die Söldner zu. Er hatte seine Arme zur Seite gestreckt und sah nun aus wie Jesus Christus am Kreuz. Adalbert hätte ein Fass seines besten Weins dafür gegeben, zu wissen, was nun in den Köpfen des Mörderpacks vorging. Vielleicht war es das erste Mal, dass sie ihre Mordlust nicht befriedigen konnten. Und tatsächlich: Der Anführer machte eine Handbewegung, worauf alle ihre Pferde wendeten und langsam zurück ritten. Adalbert triumphierte. Diese mordlüsternen Söldner, die weder Tod noch Teufel fürchteten, ließen sich von einem Pestkranken in die Flucht schlagen. Er und Erna fielen sich in die Arme.

Doch plötzlich blieb der Anführer stehen. Adalbert sah, wie er sein Pferd erneut wendete und etwas hochhob, das in der fahlen Sonne blitzte. Er gab seinem Pferd die Sporen und ritt auf den Schneider Jupp zu. Einen Lidschlag später sackte dieser zusammen. Sein Kopf rollte in den Graben.

Entsetzt mussten Adalbert und seine Familie mit anschauen, wie diese Unmenschen mit ihren Pferden laut grölend über den Geköpften hinwegsprangen und ins Dorf ritten. Noch nicht einmal die Pest konnte diese Wahnwitzigen aufhalten. Im Gegenteil: Sie verhöhnten die schlimmste Geißel der Menschheit, als könnte sie ihnen nicht das

Geringste anhaben. Jetzt nahm der Schrecken in Weilersheim erst richtig seinen Lauf. In wenigen Augenblicken kreisten diese Mörder zwei Dorfbewohner ein, die sich aus ihren Hütten gewagt hatten. Mit gezielten Schlägen zertrümmerten sie ihnen mit ihren Mordwerkzeugen die Schädel.

Adalbert und Erna hielten ihren beiden Kindern den Mund zu. Die dünnen Büsche, hinter denen sie kauerten, boten den einzigen Schutz auf dieser kargen Anhöhe. Im Dorf ging das Gemetzel weiter. Gut dreißig Weilersheimer hatten trotz des sich ankündigenden Unheils ausgeharrt und auf ein Wunder gehofft. Jetzt wurden sie bitter enttäuscht und mussten ihre Fehleinschätzung mit dem Leben bezahlen. Keiner entkam der sadistischen Bande, die ihre Befriedigung scheinbar nicht in erbeutetem Geld und Schmuck, das sie in diesem Dorf sowieso nicht vorgefunden hätten, sondern allein im Töten fand. Die drei verbliebenen Kinder spießten sie grausam auf, den Erwachsenen zertrümmerten sie die Schädel oder schlitzten ihnen die Bäuche auf, dass die Gedärme herausquollen.

Fassungslos starrten Erna und Adalbert auf das Gemetzel. Nachdem die Söldner alle Dorfbewohner umgebracht hatten, zündeten sie die Häuser an. Die Schreie der eingeschlossenen Kühe und Schweine drangen bis in den Weinberg hinauf. Als einer der Wahnsinnigen eine Fackel auf das Dach von Adalberts Haus warf, konnte sich Erna nicht länger zurückhalten und stieß einen gellenden Schrei aus. Obwohl ihr Adalbert augenblicklich den Mund zuhielt, war es schon zu spät. Sofort hielten die Söldner inne. Ihr Anführer gab ein Zeichen und spähte angestrengt zum Weinberg hinüber. Plötzlich schrie er wutentbrannt auf und deutete mit seinem blutverschmierten Schwert genau in die Richtung von Adalbert und seiner Familie.

„Er hat uns gesehen", zischte Adalbert. „Verdammt will ich sein, er hat uns gesehen."

Erna und die beiden Kinder zitterten wie Espenlaub, als sie sahen, dass die Söldner in wildem Galopp auf den Weinberg zupreschten.

„Zurück!", trieb Adalbert seine Familie an. „Wir müssen weiter zurück. Ein Stück weiter hinten ist eine kleine Höhle. Wer sich hier nicht auskennt, wird sie kaum finden. Nur dort können wir uns verstecken."

Doch Erna und Mathilde blieben wie angewurzelt hinter dem Busch hocken. Adalbert gab den beiden einen Stoß. „Steht auf, um Gottes Willen! Wir müssen versuchen, die Höhle zu erreichen."

Zu allem Überfluss fing Siegfried jetzt wieder an zu weinen. Seine Schwester wimmerte leise.

Sie werden uns alle töten, hämmerte es in Adalberts Hirn. Doch vorher werden sie uns grausam foltern.

Panik stieg in ihm hoch, denn auch die Höhle war kein sicheres Versteck. Im Gegenteil: Wie in einer Mausefalle würden sie dort festsitzen. Er konnte nur hoffen, dass die Söldner es nicht als lohnenswert erachteten, in einer Höhle nach ein paar Angsthasen zu suchen.

Aber Gott hatte sie doch noch nicht vergessen. Als Erstes strauchelte das Pferd des Anführers auf dem eisglatten Weg, rutschte wiehernd nach hinten weg und riss drei weitere Pferde mit sich. Wenige Augenblicke später waren zwei der Söldner aus dem Sattel gestürzt und ernteten das höhnische Gelächter ihrer Kameraden. Mit lautem Fluchen versuchten sie, wieder in die Sättel zu gelangen, was ihnen jedoch misslang. Stattdessen strauchelten nochmals zwei Pferde und warfen ihre Reiter ab. Jetzt gab der Anführer mit seinem Schwert erneut ein Zeichen. Rückzug! Vorsichtig und mit saftigen Flüchen auf den Lippen ritten die Söldner zurück ins Dorf. So wichtig waren die Flüchtigen nun auch wieder nicht. Noch einmal kreisten die Mordgesellen johlend um die brennenden Häuser, vergewisserten sich, dass sich nicht doch noch irgendwo jemand verkrochen hatte, und galoppierten schließlich im Höllentempo davon.

Auf der Anhöhe stieß Adalbert erleichtert die Luft aus. Auch Erna und die Kinder beruhigten sich wieder, obwohl sie mit ansehen mussten, wie ihr Hof niederbrannte und die überlebenden Kühe und Schweine in alle Windrichtungen das Weite suchten. In dieser Jahreszeit würden sie innerhalb weniger Tage den Hungertod sterben. Ihre Lebensgrundlage war vernichtet. In ein paar Stunden würden nur noch ein paar rauchende Ruinen und verstümmelte Leichen an das kleine Dorf Weilersheim erinnern. Jetzt gab es kein Zurück mehr, auch wenn die Söldner längst weitergezogen waren.

In der kleinen Höhle, die sie eine Stunde vor Sonnenuntergang erreichten, machten sie es sich unter einer großen Wolldecke so bequem wie möglich. Jeder wärmte den anderen. Nur so konnten sie hoffen, die eiskalte Nacht zu überstehen. Glücklicherweise fanden sie in der Höhle etwas trockenes Reisig, mit dem sie den engen Eingang notdürftig verschließen konnten. Adalbert war es sogar gelungen, eine

Kerze zu entzünden. Im fahlen Licht verteilte Erna das karge Essen. Für jeden gab es eine trockene Brotkante, etwas harten Käse, einen Schluck Wasser und ein Viertel von einem Apfel. Für alle Fälle hatten sie noch vier große getrocknete Würste, doch die wollte Erna für den nächsten Tag aufheben.

„Wie soll es weitergehen, Adalbert?“, fragte Erna leise, nachdem die Kinder endlich eingeschlafen waren. Die Kerze war inzwischen niedergebrannt, und sie konnten nicht einmal die Hand vor den Augen sehen.

„Wir müssen Mainz erreichen. Wir haben keine andere Wahl. Ins Dorf können wir nicht mehr zurück, das hast du ja selbst gesehen. In einem anderen Dorf wären wir ebenfalls nicht sicher, falls uns überhaupt jemand aufnehmen würde. Die Söldner ziehen durch das Land und überfallen nur die kleinen, die wehrlosen Dörfer.“

„Und in Mainz?“

„Wenn sich eine Stadt wie Mainz nicht gegen eine Horde Söldner wehren kann, weiß ich auch keinen Rat mehr. Mainz hat mit Sicherheit dicke Mauern und Wehrtürme. An denen beißen selbst solche Söldner sich die Zähne aus.“

„Ich meine etwas anderes. Wie sollen wir in Mainz überleben? Wie willst du uns ernähren?“

Adalbert antwortete nicht sofort. „Das weiß ich auch noch nicht. Aber was sollen wir sonst unternehmen?“, knurrte er nach einer Weile trotzig. „In dieser Höhle hier können wir nicht bleiben. Und unser Hof ist niedergebrannt, das Vieh vertrieben. Aber wir können versuchen, die sichere Stadt zu erreichen. Danach werden wir weitersehen. Ich bin gesund und kräftig, ich kann jede Arbeit annehmen, die sich bietet, selbst wenn es die des Scharfrichters sein sollte.“

Erna schwieg eine Weile. Plötzlich atmete sie tief durch. „Du hast Recht. Wir werden versuchen, in Mainz ein neues Leben zu beginnen“, entgegnete sie sanft, und in ihrer Stimme schwang plötzlich so etwas wie Zuversicht. „Gleich nach Sonnenaufgang werden wir uns auf den Weg machen.“

Adalbert schwieg, und auch Erna hing ihren Gedanken nach. Wenn sie an ihren zerstörten Hof dachte, stiegen ihr die Tränen in die Augen. Sie kämpfte das Gefühl der Verzweiflung nieder. Es musste irgendwie weitergehen. Erst einmal mussten sie es schaffen, heil nach Mainz zu kommen. Doch auch den nächsten Tag mussten sie in der Höhle verbringen, denn über die Anhöhe fegte ein furchtbarer Schneesturm, der ein Weitergehen unmöglich machte. Erst in der nächsten Nacht ließ der Sturm ein wenig nach und flaute am Morgen schließlich ganz ab. Dafür war die Schneedecke um mindestens eine Elle angewachsen und breitete sich wie ein weißes Leichentuch über die Landschaft. Nur hier und da durchbrach ein dürrer Strauch oder ein Baum die weiße Decke. Es schien, als wären sie die einzigen Menschen in einer leblosen Welt. Mühsam stapften die Kinder durch den Schnee, der ihnen fast bis zu den Hüften reichte. Adalbert und Erna zogen und schoben den Wagen, der häufig stecken blieb. Auf der kargen Anhöhe pfiff der Wind besonders eisig und ließ Nasen und Ohren taub werden. An Adalberts Nasenlöchern hatten sich feine Eiskristalle festgesetzt. Zum ersten Mal seit dem Überfall der Söldner bekam Adalbert es wieder mit der Angst zu tun. Er hatte nicht daran gezweifelt, dass sie Mainz erreichen würden. Doch jetzt sah es so aus, als ob sie es nicht schaffen würden. Wenn nicht ein Wunder geschah, würden sie elendig verhungern.

Über der trostlosen Landschaft kreisten nur ein paar pechschwarze Raben, die laut krächzten. Erna warf ihnen einen missmutigen Blick zu. In diesen Zeiten waren sie beneidenswerte Geschöpfe, die einfach nur ihre Schwingen auszubreiten brauchten und dorthin fliegen konnten, wo es ihnen gefiel.

Nach einer Weile erreichten sie einen dichten Wald. Die fahle Wintersonne hatte ihren Zenit bereits überschritten und würde bald untergehen. Adalbert hielt an und schaute sich besorgt um. Siegfried und Mathilde ließen sich erschöpft auf dem Wagen nieder. Der Gewaltmarsch hatte ihnen sichtlich zugesetzt. Doch ohne zu Murren ertrugen sie tapfer alle Strapazen.

„Stimmt etwas nicht, Adalbert?“, fragte Erna sofort. „Haben wir uns verlaufen?“

„Nein, das glaube ich nicht. Mein Vater ist in seinem Leben viermal nach Mainz gefahren, allerdings mit dem Pferdefuhrwerk. Er hat mir stets von seiner Fahrt erzählt. Und er hat mir auch von dem Wald erzählt, den er immer durchqueren musste. Dreimal ist er mittags durch den Wald gefahren, dabei hatte er jedes Mal die Sonne im Rücken. Achten also auch wir darauf, dass wir die Sonne im Rücken haben.“

Sie tauchten ein in den dunklen Tann, und fast augenblicklich wurde es still. Der dichte Wald hielt den Wind ab, der mit schneidender

Kälte über die Einöde pfiff. Kein Rabe krächzte in den Bäumen, fast herrschte eine Totenstille. Adalbert beschlich ein beklemmendes Gefühl. Die Wälder um Weilersheim hatte er immer gemieden und sich nur zum Pilzesammeln ein paar Schritte hinein gewagt. Nur Gott und der Teufel wussten, welche Gestalten im Wald ihr Unwesen trieben. Kobolde, Trolle und Waldschrate waren noch die harmlosesten Gesellen. Mit den bösen Waldgeistern war da schon weniger zu spaßen. Jeder wusste, dass es in den Wäldern spukte. Das hatten schon vor tausend Jahren ihre Vorfahren, die Franken, gewusst und sich daher lieber in den lichten Ebenen angesiedelt. Ganz zu schweigen davon, dass der dichte Wald schon immer Räuber und anderes Mordgesindel angelockt hatte. Doch sie hatten keine andere Wahl. Zurück konnten sie nicht. Den Wald zu umwandern, war in dieser Jahreszeit und in ihrer Situation ebenfalls aussichtslos. Die Kinder würden als Erste vor Erschöpfung umfallen und nicht mehr aufstehen.

Wenigstens konnten sie sich an einem schmalen Weg orientieren, der sich zwischen Bäumen und Büschen durch den Wald schlängelte. Im Laufe der Jahrzehnte und Jahrhunderte hatten die Menschen, die den Wald durchqueren mussten, ihn zwischen Moos und Buschwerk festgetreten. Ohne diese Orientierung hätten sie sich schon nach wenigen Schritten heillos verlaufen. Adalbert schaute zurück. Die Sonne war zwischen den Zweigen und den dichten Tannen kaum noch auszumachen. Er trieb seine Familie zur Eile an. Ohne einen Mucks von sich zu geben, gingen die Kinder schneller. Auch ihnen machte der dichte Wald eine Heidenangst. Natürlich kannten auch sie die Geschichten, die von Generation zu Generation weitergegeben wurden. Im sicheren Dorf hatten solche Geschichten einem nur Schauer über den Rücken gejagt. Hier im Wald konnten sie in jedem Augenblick Wirklichkeit werden.

Ein Rascheln im Gebüsch ließ sie alle zusammenfahren. Adalbert machte eine Handbewegung. Sofort hielten Erna und die Kinder inne. Vorsichtig schaute sich der Vater um. Außer dem leisen Plätschern eines Bachs war nichts zu hören. Adalbert wollte schon weitergehen, als urplötzlich ein Wildschweinkeiler aus dem Gebüsch brach und laut grunzend das Weite suchte. Wie mit der Nadel gepiesackt stieß Siegfried einen spitzen Schrei aus, Mathilde riss die Augen unnatürlich weit auf. Nur Adalbert atmete erleichtert auf und konnte ein Schmunzeln nicht verbergen. Es war kein Kobold und auch kein Räuber, sondern nur ein aufgeschreckter Wildschweinkeiler. Er merkte, wie sich sein vor Anspannung verkrampfter Körper wieder entspannte. Lachend trieb er seine Familie zum Weitergehen an. Sie durften keine Zeit verlieren.

Die Sonne stand schon dicht über dem Horizont, als sie den Wald endlich durchquert hatten. „Wie geht es jetzt weiter?“, fragte Erna.

„Wenn mich mein Orientierungsvermögen nicht täuscht, müssten wir Mainz morgen vor Sonnenuntergang erreichen. Aber wir brauchen dringend eine Möglichkeit, sicher die Nacht zu verbringen. Auf dem freien Feld erfrieren wir. Hier ist jedoch weit und breit nichts zu sehen. Zur Not müssen wir wieder zurück in den Wald, wo es im Unterholz nicht so kalt ist. Wir müssen zusehen, dass wir mit etwas trockenem Holz ein Feuer entzünden. Für diese eine Nacht muss es reichen.“

Erna war anzusehen, dass ihr diese Aussicht nicht gerade gefiel. Sie schaute sich um. „Und da vorne am Horizont? Das könnte doch ein Bauernhof sein? Siehst du es auch?“

Adalbert folgte ihrem Blick. Erna hatte Recht. Das könnte eine Hütte oder sogar ein größeres Gehöft sein. Er nickte. „Wenn wir uns beeilen, können wir es vor Einbruch der Dunkelheit erreichen. Einer Familie mit zwei Kindern geben die Bewohner bestimmt Obdach. Eine Ecke im warmen Stall würde uns schon reichen.“

Schritt für Schritt quälten sie sich in Richtung des Gehöfts, das nur langsam näher kam. Immer wieder blieb der Wagen stecken, immer wieder kamen sie ins Straucheln. Sie hatten das Gehöft fast erreicht, als Siegfried erneut stolperte und einfach liegen blieb.

„Ich kann nicht mehr, Mutter“, flüsterte er völlig entkräftet. „Ich kann meine Füße nicht mehr spüren. Und mein Bauch tut mir so weh.“

Erna hob ihren Sohn hoch. „Es ist nicht mehr weit, Bub“, tröstete sie ihn. „Man kann schon deutlich den Hund bellen hören.“

Ächzend trug sie ihren Sohn bis an die Mauer des Gehöfts, wo sie ihn vorsichtig auf den Wagen bettete. Adalbert schaute sich prüfend um. Im Stall quiekten laut einige Schweine, und auch der angekettete Hund wollte sich nicht beruhigen. Der Hof wirkte verlassen, obwohl aus dem Kamin auf dem Dach eine dünne Rauchsäule aufstieg.

„Wartet hier!“, beschied Adalbert seine Familie und näherte sich vorsichtig der Tür. Er klopfte und meldete sich laut mit seinem Namen und seinem Begehren. Auch er hätte in solch einer gottverlassenen

Gegend nicht jedem die Tür geöffnet. Vielleicht warteten die Hausbewohner schon mit Messern und Sicheln in der Diele auf die ungebetenen Gäste. Doch bis auf das Bellen des Hundes war nichts zu hören. Das Haus schien tatsächlich verlassen zu sein. Adalbert öffnete vorsichtig die Tür und erstarrte. In der Wohnstube lagen drei Erwachsene und fünf Kinder. Sie waren alle tot – gestorben an der Pest. Die schwarzen Beulen hatten sie bis zur Unkenntlichkeit entstellt. Erna, die ihrem Mann gefolgt war, hielt sich entsetzt den Mund zu. Nur mühsam konnte sie den Brechreiz unterdrücken.

Ungehalten herrschte Adalbert seine Frau an. „Hier können wir nicht bleiben. Sie müssen erst vor kurzem gestorben sein, denn an der Feuerstelle glimmt noch die Asche. Der Schwarze Tod ist also noch ganz frisch."

„Aber wo sollen wir hin?", stieß Erna verzweifelt hervor. „Es ist fast schon dunkel und eiskalt, und du hast selbst gesagt ..."

„Ich weiß, was ich gesagt hab, Weib", unterbrach Adalbert sie grob. „Ist es meine Schuld, dass der Schwarze Tod selbst dieses gottverlassene Gehöft hier heimgesucht hat?"

Er dachte angestrengt nach. „In den Stall", sagte er schließlich. „Im Stall sind wir vielleicht sicher. Dort ist es bestimmt auch ein wenig wärmer."

Erna zögerte. „Was ist, wenn ...?"

Der Blick ihres Mannes ließ sie verstummen. Sie wusste, dass sie keine andere Wahl hatten. Der Stall dieses von der Pest verseuchten Gehöfts bot ihnen den einzigen Schutz vor der eiskalten Nacht. Im Stall, in dem es glücklicherweise deutlich wärmer war als draußen, schauten sie sich erst einmal um. Wie schon in Weilersheim waren auch hier die Tiere verschont geblieben. Es schien, als konnte die Pest nur den Menschen etwas anhaben. Ein eindeutiges Zeichen, dass diese Strafe Gottes ausschließlich den sündigen Menschen galt.

„Die Kühe müssen unbedingt gemolken werden", stellte Erna auf den ersten Blick fest und deutete auf die leeren Milchkannen. „In den nächsten Tagen werden wir zumindest ausreichend Milch zu trinken haben."

Adalbert machte sich ebenfalls nützlich und versorgte als Erstes die Schweine. Danach füllte er die Tröge für die Kühe auf. Der Hund bekam einen Knochen zugeworfen, der in einer Ecke des Stalls gelegen hatte. Siegfried und Mathilde hatten die Eltern auf den Heuboden gebracht. Sie hatten nur eine Kleinigkeit gegessen und waren sofort eingeschlafen. Während er gedankenverloren den Hund streichelte, ertappte sich Adalbert plötzlich dabei, dass er sich hier richtig wohl fühlte. Das Gehöft war mindestens doppelt so groß wie sein Hof in Weilersheim. Sicher gehörten große Äcker und Wiesen dazu. Die Kühe und die Schweine bildeten ebenfalls einen ansehnlichen Bestand. Das nächstgelegene Dorf musste Essenheim sein, das in einer Senke lag.

Adalbert erinnerte sich an die Überlieferungen der Alten. Nach der großen Pestwelle Mitte des 14. Jahrhunderts, als die Welt von unten nach oben gekehrt war, hatte sich so mancher einfach und ohne Gewissensbisse des Besitzes anderer bemächtigt. Wenn die Welt aus den Fugen geraten war, brauchte man keine Zeugen, die den Anspruch auf den Besitz beeideten. So war über Nacht so mancher Bettler zu einem ansehnlichen Haus gekommen. Was wäre, wenn sie sich einfach ...?

Adalbert dachte den Gedanken nicht zu Ende, auch wenn er noch so verführerisch war. „Hier herrscht der Schwarze Tod“, murmelte er.

Dabei wäre es ganz einfach gewesen: Sie hätten die Toten begraben und sich hier niedergelassen. Wer wollte Adalbert das Gegenteil beweisen, wenn er behauptete, ein entfernter Oheim des Gutsbesitzers zu sein? Er schüttelte unwillkürlich den Kopf. Der Schneider Jupp hatte ihn nicht angesteckt. Ob er aber noch einmal ein solches Glück haben würde, war fraglich.

Der Schrei seiner Frau schreckte ihn aus seinen Gedanken. Er stürzte in den Kuhstall, wo ihn Erna mit einem freudestrahlenden Gesicht empfing.

„Schau, was ich hier entdeckt habe“, sagte sie lachend. Sie deutete auf einen kleinen Holzverschlag und öffnete ihn langsam wie eine Schatztruhe. In dem Verschlag hingen sechs geräucherte Schinken und mindestens sieben Dutzend getrocknete Wurstketten. Ein kleines Holzfass war bis zum Rand mit Schmalz gefüllt. In einem anderen Fass lagerte gesalzener Fisch. Vier Kisten waren voller Äpfel, eine andere war randvoll gefüllt mit Getreide. Gerade jetzt spürte Adalbert das Knurren seines Magens. Er hatte in den vergangenen Tagen das meiste seinen Kindern überlassen und selbst kaum etwas gegessen.

„Wir dürfen das nicht einmal anfassen“, sagte er nach einer Weile hart.

Erna verzog das Gesicht. „Die Kinder haben Hunger. Wenn sie aufwachen, werden sie essen wollen. Aber was wir aus Weilersheim mitgenommen haben, reicht noch nicht einmal mehr bis morgen früh. Wenn auch uns die Pest befallen sollte, so ist es längst geschehen. Dann möchte ich aber wenigstens satt sterben."

Adalbert starrte auf die Vorräte und dachte an die Toten, die drüben im Haus lagen. Diese Unglückseligen hatten von all dem sowieso nichts mehr. Doch für ihn und seine Familie bedeutete der Inhalt des Verschlags in dieser Situation mehr als alle Schätze auf der Welt. Mit diesen Vorräten hatten sie genug zu essen für die nächsten Wochen, ja sogar für die nächsten Monate. Seine Frau hatte Recht. Wenn sie nichts davon aßen, würden sie wahrscheinlich nicht einmal die Hälfte der noch verbliebenen Wegstrecke bis Mainz schaffen.

Ohne Gottes schützende Hand sind wir sowieso verloren, dachte Adalbert und nickte. „Weck die Kinder! Und bete dafür, dass es nicht unsere Henkersmahlzeit sein wird", sagte er.

Schon lange hatten sie es nicht mehr so genossen, zusammen zu essen. Fast kamen sie sich vor wie im Schlaraffenland. Zum ersten Mal in ihrem Leben mussten sie keine Rücksicht nehmen, mussten sie nicht sparsam mit dem Essen umgehen, damit es auch für die nächsten Tage noch reichte. So viel, wie hier lagerte, konnten sie für die weitere Reise nach Mainz gar nicht mitnehmen. Der verstorbene Hausherr hatte bestens vorgesorgt. Mit diesen Vorräten konnte man selbst den härtesten Winter überstehen. Und doch hatte es ihn und seine ganze Familie mit einem Schlag dahingerafft.

Für ein paar Augenblicke gelang es ihnen, ihre Sorgen zu vergessen. Die Kühe muhten zufrieden, die Schweine grunzten und der Hund hatte sich ebenfalls schon mit ihnen angefreundet.

Und doch konnten sie hier nicht mehr lange bleiben. Als sie alle satt waren und jeder seinen Gedanken nachhing, dämmerte es Adalbert langsam. Das Wissen um die Toten, die die Pest hinweggerafft hatte, lastete wie ein schlimmer Traum auf der ganzen Familie. Selbst Erna schlief kaum in dieser Nacht und schreckte immer wieder hoch. Wenigstens schlummerten die Kinder tief und fest. Sie hatten die Toten nicht gesehen. Somit war ihnen der Anblick der mit Eiterbeulen überzogenen Körper erspart geblieben. Nur Siegfried zuckte ab und zu im Schlaf.

Mitten in der Nacht braute sich erneut ein Schneesturm zusammen, und der Wind zerrte kräftig an dem Gehöft. Adalbert und Erna schien es, als würden die Geister der Pesttoten um das Anwesen brausen, um die Eindringlinge zu vertreiben. Jetzt wurden auch die Kinder wach und hielten sich in ihrer Furcht fest umklammert. Die Kühe und Schweine hatten sich in die Ecken gekauert, der Hund winselte leise. Die Stalltür klapperte, das Dach wurde erschüttert. Selbst Adalbert, den so leicht nichts erschrecken konnte, erwartete, dass jeden Moment die Stalltür aufflog, und die Geister über sie alle herfallen würden. Doch es war nur ein Unwetter, und irgendwann – es war bereits weit nach Mitternacht –, hatten sich die Elemente der Natur beruhigt. Jetzt konnten sie endlich erschöpft einschlafen.

Aber der Sturm zog auch am nächsten Tag wieder auf, sodass an einen Weitermarsch nicht zu denken war. Erneut mussten sie eine Nacht in dem Stall verbringen. Wenigstens hatten sie dadurch noch einmal die Möglichkeit, sich satt zu essen und für kurze Zeit im Überfluss zu schwelgen. Erna melkte ein weiteres Mal die Kühe. Die Eckerts lachten und scherzten, und es gelang ihnen, für eine Weile sämtliche Sorgen und bedrückenden Gedanken zu vergessen.

Mittlerweile hatte sich Adalbert sogar daran gewöhnt, sich die meiste Zeit in dem Stall aufzuhalten. Das Haus der Toten zu betreten, daran war nicht zu denken. Adalbert hatte gesehen, dass sie alle den Mund geöffnet hatten. Pest und Verderben waren bestimmt schon aus den toten Körpern entwichen und warteten auf die nächsten ahnungslosen Opfer.

Obwohl diese Nacht ruhiger war als die vorherige, fand Adalbert zunächst keinen Schlaf. Er dachte an seinen Hof in Weilersheim, von dem wahrscheinlich nur verkohlte Ruinen übrig geblieben waren. Nie hatte er sich Gedanken darüber gemacht, wie sein Leben einmal enden würde. Immer war er davon ausgegangen, dass er und Erna in Weilersheim alt werden und sterben würden, dass seine Kinder und deren Kinder den Hof weiterführen würden. So war nun einmal der Lauf der Welt. Mit einem Mal war diese Vorstellung zunichte. Seine Gedanken schweiften zurück in die Kindheit und in die Zeit, als er Erna ehelichte. Er erinnerte sich an die guten und an die schlechten Jahre und erkannte, dass sie in ihrem Leben selten Grund zu ausgelassener Freude gehabt hatten. Mit der Hoffnung, dass es in der Stadt nur besser werden konnte, schlief Adalbert schließlich doch noch ein.

Am Morgen schien zum ersten Mal seit Wochen wieder die Sonne von einem tiefblauen Himmel. Die Luft war klirrend kalt, aber trocken. Mit einem langen Seil band Adalbert drei Schweine zusammen und trieb sie auf den Hof. Danach suchte er den stärksten Bullen und die gesündeste Kuh aus. Erna hatte inzwischen so viele Vorräte wie nur möglich auf den Wagen gepackt. Auch die Taschen der Mäntel hatte sie so voll gestopft, dass sie fast platzten.

„Mehr können wir leider nicht mitnehmen“, sagte sie bedauernd. „Ich hoffe, dass die übrigen Tiere nicht allzu lange leiden müssen. Sie werden verhungern, wenn sie kein anderer findet.“

Sie hatten in den vergangenen beiden Tagen ausreichend Kraft geschöpft und verließen nun guten Mutes das Gehöft. Sie waren nur ein paar Schritte weit gekommen, als der Hund über den Zaun sprang und sich ihnen laut bellend anschloss. Lautstark versuchte Adalbert ihn zu vertreiben. Doch das Tier ließ sich nicht abschütteln.

„Warum nicht?“, lachte Erna und strich ihm über das Fell. „Komm einfach mit! Du wirst dich in Mainz bestimmt auch wohl fühlen.“

Die Kinder klatschten begeistert in die Hände. So machten sie sich auf den Weg nach Mainz – zwei Erwachsene, zwei Kinder, zwei Rindviecher, drei Schweine und ein Hund.

Stunden später erreichten sie wohlbehalten ein kleines Dorf, das wie ausgestorben wirkte.

Wer weiß, wie viele von den Bewohnern hier an der Pest gestorben sind, durchfuhr es Adalbert. Er wollte nicht schon wieder in die Gesichter solcher bejammernswerten Kreaturen blicken.

An einer der wenigen Hütten stand ein alter Mann und starrte die Ankömmlinge aus einem hohlwangigen Gesicht an.

„Seid gegrüßt, guter Mann!“, sagte Adalbert freundlich. „Sagt, wie heißt dieses Dorf?“

„Marienborn“, knurrte der Alte, der die Familie misstrauisch begutachtete, nach einer Weile kurz angebunden.

„Wir wollen weiter nach Mainz. In welche Richtung müssen wir uns halten?“

Wieder dauerte es eine Weile, bis der Alte antwortete. „In diese Richtung, immer der Straße folgend, eine Stunde, vielleicht auch zwei. Aber mit eurem Viehzeug braucht ihr bestimmt wesentlich länger.“

„Habt vielen Dank!“, entgegnete Erna freundlich.

Sie wollten weitergehen, als Siegfried plötzlich zu Boden fiel und sich laut stöhnend krümmte. In seinem Gesicht stand der Schmerz geschrieben, der ihn peinigte. Erna strich ihm über das Gesicht. Ihr war nicht entgangen, dass sich ihr Sohn in den vergangenen Stunden auffällig ruhig verhalten hatte. Stumm hatte er einen Schritt vor den anderen gesetzt und immer nur auf den Schnee gestarrt.

„Mein Bauch", stammelte der Elfjährige jetzt nur. „Mein Bauch tut plötzlich so weh."

Erna schaute ihren Sohn besorgt an und drückte ihn. „Du musst durchhalten, mein Junge! In zwei Stunden sind wir endlich in Mainz."

Siegfried nickte tapfer und wollte sich wieder aufrichten. Doch sofort brach er wieder zusammen. Ein dünner Faden Speichel rann ihm aus dem Mundwinkel.

Adalbert deutete auf den Wagen. „Wir könnten versuchen, ihn auf dem Wagen zu transportieren."

Doch als Erna versuchte, ihn auf den Wagen zu legen, schrie er nur noch lauter. Schließlich schlug sein Schreien in leises Wimmern um.

„Bringt ihn rein!", sagte der Alte in diesem Moment und ging in seine Hütte.

Erna und Adalbert verständigten sich mit einem kurzen Blick. Adalbert nickte, hob seinen Sohn vorsichtig auf und trug ihn in die Hütte. In dem kleinen Raum war es angenehm warm, wenn auch etwas verraucht. Der Alte deutete auf ein Strohlager am Feuer. Adalbert bettete Siegfried, der sich stöhnend krümmte, auf das trockene Stroh. Der Alte setzte inzwischen Wasser auf der Feuerstelle auf, hinter der es sich der Hund sofort bequem gemacht hatte. Die Schweine band Erna in dem kleinen Gatter hinter der Hütte an, wo auch die beiden Rinder gerade noch Platz fanden.

„Etwas Kräutersud wird ihm gut tun", sagte der Alte, nachdem er nach dem Jungen geschaut und seinen Bauch abgetastet hatte. Dabei hatte der Junge noch lauter aufgeschrieen. „Sein Apendix könnte gereizt sein", sagte er fachmännisch.

Erna und Adalbert schauten sich mit großen Augen an. Sie wussten zwar nicht, was ein Apendix war, doch sie vertrauten diesem seltsamen Alten. „Ihr könnt heute Nacht hier bleiben, euer Sohn braucht auf alle Fälle Ruhe und muss die Nacht durchschlafen. Den Weitermarsch bis Mainz würde er nicht durchstehen. Dieser Kräutersud wird ihm helfen. Mit etwas Glück hat er sich morgen früh bereits wieder erholt. Aber ihr müsst ihn in den nächsten Wochen beobachten und eventuell einen Medicus konsultieren."

Adalbert nickte dankend und stellte sich und seine Familie vor. Er erzählte ihrem Gastgeber von ihrer Flucht aus Weilersheim und dem Aufenthalt in dem verlassenen Gehöft. Als der Alte, der sich mit dem Namen Reineck vorstellte, davon hörte, nickte er kaum merklich. Adalbert fragte sich, ob der Alte vielleicht der Medicus des Dorfes war.

„Sagt, hat es auch in diesem Dorf Pesttote gegeben?", warf Erna interessiert ein.

Reineck starrte sie an. „Die meisten sind tot. Ich konnte keinem von ihnen helfen, obwohl sie alle zu mir kamen. Vielleicht kann nur noch Zauberkraft helfen, diesen Wahnsinn zu vertreiben. Ich habe es längst aufgegeben, Gott um Hilfe anzuflehen."

Mathilde hielt sich entsetzt die Hand vor den Mund. Adalbert schaute sich um. Erst jetzt sah er, dass die Tür der Hütte mit eigenartigen Symbolen beschriftet war. Bestimmt wollte der Alte damit die bösen Geister und die Pest von seiner Hütte fern halten, in der ein seltsamer, aber nicht unangenehmer Geruch hing. Adalbert bezweifelte, dass die Symbole irgendetwas nützten.

Die nächsten Stunden verliefen schweigend. Erna hatte Siegfried ein klein wenig von dem streng riechenden Sud eingeflößt, den Reineck über dem Feuer gebraut hatte. Außerdem hatte er ihm einen kleinen, über dem Feuer angewärmten Sack auf den Bauch gelegt, der mit Kirschkernen gefüllt war. Obwohl der Alte ein reichlich seltsamer Kauz war, so vertraute sie ihm doch. Jetzt schlief der Junge, wenngleich er sich im Schlaf immer noch krümmte und leise stöhnte. Reineck hatte sich in eine Ecke verkrochen und schnarchte. Adalbert, Erna und Mathilde kauerten sich zusammen, wie sie es schon in der Höhle getan hatten. Diesmal war es jedoch nicht die Kälte, die sie zusammentrieb. Irgendwann schliefen Erna und Mathilde ein, und auch Adalbert fielen endlich die Augen zu.

Ein Höllenlärm schreckte ihn aus dem leichten Schlaf auf. Erna und Mathilde rieben sich ebenfalls verwundert die Augen. Nur Reineck und auch Siegfried schliefen fest. Draußen auf der Straße schien es zuzugehen wie in einem Freudenhaus. Verzücktes Gekreische mischte sich mit wollüstigem Stöhnen. Durch die schmalen Schlitze der Fensterläden drang der flackernde Schein von brennenden Fackeln. Adalbert stand leise auf und spähte vorsichtig hinaus. Auf der Gasse vor Reinecks Hütte hatte sich knapp ein Dutzend Frauen versammelt, die wie in wollüstiger Verzückung ihre Körper verrenkten und die Augen verdrehten. Einige von ihnen sangen, andere stöhnten, als würde der Bocksbeinige persönlich sie begatten.

Was hatte diese Weiber bei dieser Eiseskälte nachts aus ihren Hütten getrieben, fragte er sich verstört, als er sah, dass die meisten kaum etwas auf dem Leib trugen.

Die Szenerie hatte etwas Faszinierendes und etwas Gespenstisches zugleich.

„Sie feiern, dass sie noch am Leben sind", hörte er Reinecks Stimme hinter sich.

Er fuhr herum und schaute dem Alten in die Augen. Er erkannte eine Gleichgültigkeit, wie er sie noch nirgendwo sonst gesehen hatte.

„Achtzig Tote haben wir hier zu beklagen", fuhr Reineck fort. „Mehr als sechzig davon sind Männer. Junge Männer, die Familien gründen wollten, gestandene Familienväter, die Frauen, Kinder und unbestellte Felder zurückließen. Auch einige Kinder, die eben noch eine unbeschwerte Zeit hatten. Jetzt sind vielleicht noch vierzig Dorfbewohner am Leben, vielleicht auch nur dreißig. Keiner weiß, wie viele in dieser Nacht sterben werden. Sie bleiben einfach in ihren Hütten liegen, weil sich keiner traut, sie zu beerdigen. Und die, die am Leben bleiben, verfallen mehr und mehr dem Wahnsinn."

Er erzählte, dass es Ende September den ersten Pesttoten gegeben habe. Danach habe es die Dorfbewohner reihenweise erwischt. Warum er noch immer in der Hütte ausharre und nicht fliehe, fragte Adalbert.

„Die Pest ist überall. Keiner weiß, wie man sich davor schützen kann. Keiner weiß, warum der Vater sterben muss, die Mutter aber mit dem Leben davonkommt. Keiner weiß, warum es über Generationen keine Pest gegeben hat, und warum sie ausgerechnet jetzt wieder ausgebrochen ist. Was hat euch eigentlich hierher verschlagen? Wenn ihr wegen der Pest auf der Flucht seid, braucht ihr euch keine Hoffnung zu machen. Die Pest erwischt, wen sie will. Niemand kann sich vor ihr verstecken, nirgendwo."

Adalbert erzählte von dem Überfall auf das Dorf und von ihrer Flucht über die Felder.

„Und jetzt glaubt ihr, in Mainz ein neues Zuhause zu finden."

Adalbert zuckte mit den Schultern. „Was bleibt uns anderes übrig?"

Reineck nickte kaum merklich und ließ sich auf seinem Strohlager nieder. „Diese Pest ist die Strafe Gottes. Der Mensch hat trotz Christi Kreuzigung immer weiter gesündigt. Eintausendsechshundert Jahre lang hat der Mensch seitdem Kriege geführt, seine Mitmenschen hintergangen und getötet. Jetzt zeigt Gott uns, was wirkliche Macht ist."

In diesem Moment flog die Tür auf, und zwei Frauen versuchten, in die Hütte einzudringen. Erna und Mathilde wichen entsetzt zurück. In den Augen der Weiber flackerte der schiere Wahnsinn. Eine von ihnen hatte Schaum vor dem Mund und griff gierig nach Adalbert, der wie angewurzelt stand.

„Verschwindet von hier, ihr sündigen Weiber!", schrie Reineck in aufbrausender Wut. Er griff nach einem glühenden Holzscheit und schleuderte es nach den Frauen. Mit wüstem Gekeife wichen sie zurück. Reineck schloss die Tür und schob einen metallenen Riegel vor.

„Dieses Pack", zischte er. „Ihre Männer sind tot, und sie benehmen sich, als hätten sie den Krieg gewonnen."

Er flößte dem im Schlaf murmelnden Siegfried noch etwas Sud ein, dann legte er sich auf sein Lager nieder und war Sekunden später eingeschlafen. Adalbert und Erna beobachteten noch eine Weile das bizarre Treiben vor der Hütte. Tatsächlich schien es, als feierten die Frauen die Rückkehr ihrer unversehrten Männer aus der Schlacht.

Und doch feiern sie nur das Glück, noch nicht gestorben zu sein, ging es Adalbert durch den Kopf.

Erna legte ihren Arm um Adalberts Schulter und zog ihn vom Fenster weg. Als sich der Lärm gelegt hatte, schliefen auch sie endlich wieder ein.

Am nächsten Morgen hatte Siegfried keine Schmerzen mehr. Reinecks Sud hatte ihm tatsächlich geholfen. Munter und fidel sprang er in der Hütte umher und spielte mit dem Hund. Während der kurzen Mahlzeit, die sie einnahmen, fragte Adalbert Reineck leise um Rat. Er berichtete ihm, dass Mathilde schon seit Jahren kein einziges Wort mehr gesprochen hatte und nannte ihm auch den Grund dafür.

Reineck nickte und betrachtete Mathilde aufmerksam. „Äußerlich ist sie gesund", sagte er nach einer Weile. „Innerlich ist sie jedoch krank. Ich befürchte, ein Teil von ihr ist unwiederbringlich zerstört. Da helfen auch keine Kräuter und keine Beschwörungsformeln. Lasst ihr Zeit, bedrängt sie nicht! Eines Tages wird sie vielleicht die Sprache wieder finden. Aber macht euch keine allzu großen Hoffnungen."

„Woher wisst Ihr das alles, Reineck?", fragte Erna atemlos. „Was seid Ihr? Seid Ihr ein Gelehrter?"

Reineck schüttelte den Kopf. „Ich bin zeitlebens immer ein sehr wissbegieriger Mensch gewesen. Ich habe in einem Kloster Lesen und Schreiben gelernt. Doch irgendwann hatte ich das Leben hinter den dicken Mauern satt. Danach bin ich jahrelang auf Wanderschaft gewesen. Habe mich hier eine Weile aufgehalten, dort eine Weile, immer nur, solange ich willkommen war. Erst vor fünf Jahren habe ich mich hier in Marienborn niedergelassen, weil ich sesshaft werden wollte. Ich mochte das Dorf, und die Bewohner mochten mich, weil ich ihnen in vielerlei Hinsicht helfen konnte. Und ich suchte die Abgeschiedenheit. Die habe ich spätestens jetzt gefunden."

Adalbert fröstelte plötzlich. Er trieb den Rest seiner Familie zur Eile. Keine Minute länger als notwendig wollte er in diesem Dorf bleiben. Zum ersten Mal fragte er sich, warum die Pest ausgerechnet vor Mainz Halt machen sollte. Reinecks Worte hatten ihn nachdenklich gemacht. Ob sie überlebten oder starben, schien allein vom Zufall abhängig zu sein. Oder war es vielleicht doch Gottes Wille?

Er reichte Reineck die Hand. „Habt vielen Dank, dass Ihr uns Obdach gegeben und Siegfried gesund gemacht habt. Gott schütze Euch!"

Der Alte nickte nur. Erna und die Kinder winkten ihm freundlich zu. Reineck schaute ihnen noch eine Weile nach, schließlich drehte er sich um und ging in seine Hütte zurück. Was Adalbert nicht mehr sah: An Reinecks Nacken war es deutlich zu erkennen. Eine kleine schwarze Pestbeule hatte sich dort gebildet.

Schweigend folgten die Eckerts der Straße, wie es ihnen der Alte gesagt hatte. Selbst die Schweine, die Erna an diesem Morgen schnell noch einmal gefüttert hatte, gaben keinen Laut von sich. Nur der Hund bellte fröhlich und sprang mit weiten Sätzen durch den Schnee. Tatsächlich erreichten sie bald die Stadtgrenze von Mainz. Doch sie waren längst nicht mehr allein.

Immer mehr Flüchtlinge waren auf der letzten Wegstrecke zu ihnen gestoßen. Die meisten waren Familien mit Kindern, die oft nur das Notwendigste auf dem Leib trugen. Zweimal konnte Adalbert nur mit Gewalt verhindern, dass sein immer noch schwer bepackter Leiterwagen geplündert wurde. Einmal griff ein lüsterner Bock mit seiner feisten Hand nach Mathilde, die sich mit einem Satz hinter ihrer Mutter in Sicherheit brachte. Erna löste das Problem, indem sie den Wüstling unter dem Gelächter der Umstehenden mit einem Faustschlag niederstreckte.

Kopfschüttelnd betrachteten sie die Szenerie, die sich unmittelbar vor der Stadtmauer abspielte. Der Strom der Flüchtlinge war so stark angeschwollen, dass es nur stockend voranging. Hunderte, wenn nicht gar Tausende suchten in Mainz Schutz und Obdach. Besorgt fragte Adalbert sich, ob die Stadt überhaupt die Kraft hatte, so viele Menschen zu ernähren. Und was war, wenn einer von ihnen den Schwarzen Tod einschleppte? Wenn die Pest nicht sowieso schon innerhalb der Stadtmauern lauerte.

Adalbert hörte, dass unter den Flüchtlingen das Gerücht kursierte, dass ein schwedischer König namens Gustav Adolf in Norddeutschland gelandet sei und sich mit seinen Truppen gen Süden bewege. Adalbert fragte sich, was das zu bedeuten habe. Er hatte überhaupt keine Ahnung von der großen Politik, doch ein unbehagliches Gefühl beschlich ihn. Nicht nur, dass sie Pest und Mordgesindel zu fürchten hatten, jetzt trieb auch noch ein Eroberer aus den nordischen Landen sein Unwesen im Reich.

Endlich passierten auch die Eckerts das Stadttor. Das einzig gute Gefühl, das Adalbert jetzt hatte, war, dass sie vor den Söldnern sicher waren. Nach all den Strapazen und der Mühsal fühlte er fast so etwas wie Geborgenheit, jene Geborgenheit, die in Weilersheim selbstverständlich gewesen war. Um eine Stadt wie Mainz einzunehmen, war schon ein riesiges Heer notwendig. Die Stadtmauer war so hoch, dass man sie ohne Hilfsgeräte nicht überwinden konnte. Das Stadttor war mit dicken Beschlägen gesichert und konnte noch nicht einmal von einem Dutzend kräftiger Männer eingerammt werden. Noch einmal kam Adalbert der schwedische König in den Sinn, doch er führte den Gedanken nicht zu Ende.

Besonders die Kinder kamen trotz ihrer Erschöpfung aus dem Staunen gar nicht mehr heraus. Mathildes Augen leuchteten vor Begeisterung. Es war ihre einzige Möglichkeit, ihrem Staunen Ausdruck zu verleihen. Selbst angesichts der gewaltigen Eindrücke, die auf sie einströmen mussten, konnte sie nicht sprechen. Erna dachte an Reinecks Worte und fragte sich, ob sie wohl bis an ihr Lebensende stumm bleiben würde. Längst hatten sie und ihr Mann es aufgegeben, wenigstens ein Wort aus ihr herauszubringen. Mit verständnisvollen Worten und mit Stockhieben, mit eiskalten Wassergüssen und dem Rauch von brennendem Eichenholz hatten sie es probiert, mit monatelangem Fasten und den seltsamsten Tinkturen. Nichts hatte gefruchtet.

Siegfried dagegen plapperte vergnügt und fuchtelte mit seinen Händen in der Luft. Die Schmerzen, die ihn tags zuvor noch gequält hatten, schien er vergessen zu haben.

In der ersten Straße, in der sie kurz stehen blieben, um zu verschnaufen, lebten wahrscheinlich mehr Menschen als es je in Weilersheim einmal gewesen waren. Einige der aus Stein gebauten Häuser waren so groß, dass bestimmt drei oder sogar noch mehr Familien darin Platz finden konnten. Manche Häuser waren mit Erkern und Gauben verziert, an einigen Fenstern war buntes Glas zu sehen. Das kannte Adalbert nur von seinem Herrn aus Ober-Ingelheim. Die kleinen Fenster ihres Hauses in Weilersheim waren bloße Öffnungen in der Wand, die nur während der kalten Monate mit einem dicken, ölgetränkten Leinentuch verhängt wurden. Glasfenster, und auch nur die einfachsten, hatte sich in Weilersheim nur der Dorfschultheiß leisten können.

„Habt Erbarmen mit mir!"

Die Frau, die ihnen den Weg verstellte, stank fürchterlich. Die Zähne waren ihr allesamt ausgefallen, und an der Faust, mit der sie sich auf einen Stock stützte, fehlten ihr drei Finger. „Habt Erbarmen mit einer armen Kreatur, wie ich es bin", jammerte sie mit ihrer brüchigen Stimme und hielt ihnen die unversehrte Hand entgegen.

Adalbert wollte sie zur Seite schieben, doch das alte Weib widersetzte sich ihm störrisch. „Ihr seid doch selbst Habenichtse", keifte sie plötzlich mit schriller Stimme. „Und nun glaubt ihr, in der Stadt das große Glück zu finden. Ich will euch was sagen. Vor ein paar Monaten bin auch ich in die Stadt gekommen. Zusammen mit meinem Mann, einem tüchtigen Tischler, der noch nie einer Seele was zu Leide getan hat. Die Kinder hatte uns eine schreckliche Bande genommen, und nur wir konnten uns retten. Jetzt ist auch mein Mann tot, und mich hat der Herrgott in dieser Stadt völlig allein gelassen."

Erna reichte ihr ein Stück Käse, das die Alte ihr sofort aus der Hand riss. Mit Heißhunger verschlang sie den Klumpen und wollte ohne Dank weiter des Wegs humpeln.

„Woran ist dein Mann gestorben?", fragte Erna schnell.

Die Frau drehte sich noch einmal um. „Wie die meisten hier in der Stadt. Der Schwarze Tod hat ihn geholt. Mich wird er ebenfalls bald holen. Und euch und sämtliche Bewohner dieser gottverdammten Stadt. Ich kann es ganz deutlich sehen. Berge von Leichen werden sich in den Straßen türmen, während draußen ein riesiges Heer lagert."

Schwerfällig humpelte sie von dannen. Adalbert hatten sich bei ihren letzten Worten die Nackenhaare aufgerichtet, und nur mühsam konnte er das Zittern seiner Beine unterdrücken. War diese Frau vielleicht eine Hexe oder Magierin?

Erna starrte ihr nach, bis sie hinter der nächsten Ecke verschwunden war. „Die Pest wütet auch hier, in der Stadt", sagte sie voller Entsetzen. „Was sollen wir machen, wenn wir noch nicht einmal in der Stadt sicher sind?"

Die Kinder machten ein ängstliches Gesicht, und auch in Adalbert stieg die Verzweiflung hoch. Mörderpack und notgeilen Frauen waren sie mit knapper Not entkommen. Durch schneebedeckte Felder und einen finsteren Wald hatten sie sich bis nach Mainz durchgekämpft. Und hier erfuhren sie nun, dass sie auch hier der Pest geradewegs in die Arme liefen. Doch wo hätten sie sonsthin gehen sollen?

Er zuckte mit den Schultern. „Wir müssen erst einmal einen geschützten Ort finden, wo wir uns niederlassen können. Dann sehen wir weiter."

Schweigend gingen sie weiter. Bettler, Tagelöhner, Bauern und Handwerker kreuzten ihren Weg. Mönche eilten mit gesenkten Häuptern ins stille Gebet vertieft schnellen Schrittes durch die Gassen. Sogar fein gekleidete Kaufleute und vornehme Damen waren auf den Straßen zu sehen. Doch keiner von ihnen lachte oder machte ein unbekümmertes Gesicht. Alle hatten es eilig, keiner wollte sich irgendwo länger aufhalten als notwendig. Nach wenigen Minuten hatte es Adalbert erkannt: In dieser Stadt regierte die Angst, die Angst vor dem Schwarzen Tod.

Aus einer Seitenstraße polterte plötzlich ein Karren, gezogen von drei vermummten Gestalten. Adalbert prallte mit Schaudern zurück. Diese Szenerie erinnerte ihn übermächtig an die Nacht, in der der Müller Peter starb. Doch auf diesem Karren lag nicht bloß eine Leiche. Mindestens acht leblose Körper zählte Adalbert. Achtlos hatte man sie auf den Karren geworfen, wo sie mit seltsam verrenkten Gliedern lagen. Die drei Vermummten murmelten Gebete, während sie teilnahmslos den Wagen zogen. Die Menschen machten Kreuzzeichen und wichen angsterfüllt zurück. Erna und die Kinder hatten sich entsetzt abgewandt.

Als der Leichentransport außer Sicht war, zogen auch die Eckerts samt ihren Tieren weiter. Nach einigen Metern riss das Gewirr der Gassen plötzlich auf, und ein weiter Platz öffnete sich. In der Mitte dieses Platzes erhob sich der mächtige Dom, dessen Ruf sogar bis nach Weilersheim gedrungen war. Alle, die von ihm sprachen, taten es mit gotterfüllter Ehrfurcht. Jetzt konnte Adalbert mit eigenen Augen sehen, dass sie nicht übertrieben hatten. Der Mainzer Dom war ein gigantischer Bau, der schon seit Anbeginn der Zeiten hier seinen Platz zu haben schien. Ehrfürchtig starrten Adalbert, Erna und die Kinder dieses eindrucksvolle Gebäude an. Sogar der Hund hatte aufgehört zu kläffen.

„Gütiger Himmel", murmelte Erna. Sie hatte ihren Kopf in den Nacken gelegt und bestaunte das mächtige Kreuz auf einem der beiden Türme. „Wenn die Menschen in der Lage sind, Gott ein solches Haus zu bauen, dann muss er sie doch vor der Pest schützen."

„Muss er das wirklich, Weib? Kann er es überhaupt?", fragte Adalbert giftig. „Er schafft es ja noch nicht einmal, dass die Menschen seine Gesetze befolgen. Kommt endlich weiter! Wir haben keine Zeit zum Gaffen."

Er hatte Recht. Es dämmerte bereits, und noch immer wussten sie nicht, wo sie in dieser Nacht Unterschlupf finden sollten. Irgendwo musste es doch einen leeren Verschlag oder eine geschützte Ecke geben, wo sie übernachten konnten. Sie überquerten den Domplatz und fanden sich in einem Gewirr von kleinen Gassen und Hütten wieder. In diesem Bereich hinter dem Dom waren die Hütten und Häuser verwinkelt und verschachtelt. Die Gassen waren voll Abfall. In den vereisten Rinnsalen lag der Kot, und es stank fürchterlich. Mehrmals schauten sich die Eckerts hilfesuchend um, doch keiner kümmerte sich um sie. Sie waren nicht die Einzigen, die ihr Dorf verlassen hatten. In Mainz wimmelte es von Flüchtlingen. Einige waren nur auf der Durchreise, doch die meisten sahen in Mainz die einzige Möglichkeit, ein neues Leben anzufangen. Die Mainzer Bürger, das war offensichtlich, beobachteten diese Entwicklung mit Argwohn. Sie hatten selbst genug Ärger und wollten sich nicht mit den Problemen von Dörflern auseinandersetzen, die sich in ihre Stadt geflüchtet hatten.

„Ich hab Hunger, und ich friere", begann Siegfried zu quengeln. Auch seine Schwester verzog das Gesicht.

Adalbert blickte sich um. „Los, hier rein!", befahl er. Er deutete auf ein verfallenes Haus und ging voran.

Unwillkürlich hielt er den Atem an, weil er befürchtete, auch hier von der Pest dahingeraffte Tote zu finden. Doch dieses Haus stand mit

Sicherheit schon seit Jahrzehnten leer. Das Dach war eingesackt und eine Mauer zur Hälfte eingestürzt. Im Vergleich zu ihrem Hof in Weilersheim und dem Gehöft, in dessen Stall sie geschlafen hatten, war dies ein verkommenes Loch, in dem noch nicht einmal die Bettler hausen wollten.

Adalbert schaute sich um. Auf den ersten Blick sah es schlimmer aus als es war. In wenigen Tagen konnte er diese Ruine, auf die anscheinend niemand Besitzansprüche erhob, soweit wieder herrichten, dass sie zumindest den Winter darin verbringen konnten. Nur das notwendige Material musste er irgendwo auftreiben. Vorsichtige Zuversicht ergriff ihn.

„Willkommen im königlichen Palast der Eckerts", sagte er sichtlich besser gelaunt und verbeugte sich. Die Kinder spielten das Spiel mit und verbeugten sich kichernd.

Nur Erna schaute skeptisch. „In dieser verfallenen Hütte sollen wir Weihnachten feiern und fortan leben?"

Adalbert wurde schnell wieder ernst. „Etwas Besseres wird uns die Stadt Mainz nicht zu bieten haben. Wir haben keinen Grund, uns zu beschweren. Hier in der Stadt sind wir zumindest vor der Mörderbande sicher. Ein paar Tage müssen wir uns ranhalten, dann haben wir eine ansehnliche Bleibe, und das sogar ganz in der Nähe des prächtigen Doms."

Er schaute sich um und fragte sich, wer in diesem Haus gelebt haben mochte. Zweifel stiegen in ihm hoch, ob es erlaubt war, dieses Haus einfach in Besitz zu nehmen. Andererseits konnte es den Stadtoberen nur recht sein, wenn sie sich um diese Ruine kümmerten. Anscheinend gab es keine Erben, denen die ursprünglichen Besitzer das Haus vermacht hatten.

Die Kinder nahmen das Haus neugierig in Augenschein. Im Dämmerlicht des sich neigenden Tages sah die halb eingefallene Hütte wie eine verwunschene Höhle aus. Erna stellte erleichtert fest, dass die Feuerstelle noch intakt war. In einer Ecke fand sie sogar einen eisernen Topf, in dem eine Spinne ihr Netz gewoben hatte. Fast trotzig stellte sie den Topf auf den Herd, ganz so, als wollte sie gleich eine Suppe darin kochen. Hinter der Hütte schloss sich ein recht großer Hof mit einem kleinen Stall an, der allerdings völlig verkommen war. Es gab sogar einen Brunnen. Adalbert nahm einen kleinen Stein und warf ihn in den Brunnenschacht. Einen Augenblick später klatschte es hohl. Der

Brunnen führte noch Wasser, den Brunnenmacher würden sie also nicht bemühen müssen. Sie hätten ihn sowieso nicht bezahlen können.

Ein Großteil des Hofs war völlig mit dornigen Sträuchern und Hecken überwuchert. Über den Hof gelangte man auch in den Keller des Hauses. Doch der Eingang war mit einem Eisenriegel verschlossen und konnte nur mit entsprechenden Werkzeugen geöffnet werden. In einem kleinen Schuppen brachten sie die Schweine unter. Dort machte es sich auch der Hund bequem. In dem Schuppen lag bündelweise Reisig. Kurz entschlossen schnappte sich Adalbert das trockene Holz und verschloss damit ein Loch in der Wand. Mit dem Rest und einigen trockenen Holzscheiten, die sie fanden, entfachte Erna in der Zwischenzeit ein Feuer, auf dem sie die Milch aufwärmte, die sie von dem verlassenen Gehöft mitgenommen hatten. Dazu gab es getrockneten Fisch und die Reste vom Käse. Besonders die Kinder langten kräftig zu. Siegfried plapperte munter und vergnügt. Er schien die Schmerzen, die ihn tags zuvor noch gequält hatten, völlig vergessen zu haben. Nur Erna sagte den ganzen Abend kein einziges Wort.

„Was bedrückt dich, Weib?", fragte Adalbert, nachdem die Kinder auf ihrer provisorischen Schlafstatt endlich eingeschlafen waren.

„Wie soll es mit uns weitergehen?", fragte Erna zurück. „Wie willst du uns ernähren?"

„Ich werde versuchen, Arbeit zu finden, gleich morgen früh, noch ehe die Sonne aufgegangen ist", gab Adalbert zurück. „Ich bin gesund, kräftig und kann zupacken. Ich hab dir doch schon gesagt: Und wenn es die Arbeit des Henkers ist. Ich würde sie tun."

Erna ließ sich davon nicht so schnell überzeugen. „Und ich könnte mich als Magd oder Wäscherin verdingen. Aber du hast doch gesehen, wie viele Flüchtlinge mit uns in die Stadt gekommen sind. Sie alle brauchen Arbeit, wollen sie nicht als Bettler enden."

„Ich werd mich gleich morgen auf den Weg machen, Frau. Ich hab's doch grad eben gesagt. Du kümmerst dich unterdessen hier um das Haus. Mathilde und Siegfried sollen dir zur Hand gehen. Ihr könnt die Sträucher und Hecken ausreißen und so gut es geht den Hof herrichten. Ich schau mich in der Zwischenzeit ein wenig in der Stadt um."

Er legte etwas Holz nach und starrte noch eine Weile in das auflodernde Feuer. Der Wind strich durch die Ritzen, dass es ihm abwechselnd kalt und wieder warm wurde. Sein letzter Gedanke vor dem Einschlafen galt dem, was seine Frau gesagt hatte. Insgeheim musste er sich eingestehen, dass Erna Recht hatte. In Mainz waren sie völlig auf sich allein gestellt, niemand würde ihnen helfen und sich um sie kümmern. Und keinem konnten sie sich mit ihren Nöten anvertrauen. Sie waren Ausgestoßene. Aber irgendwie würde es schon klappen. Es musste einfach klappen.

Am nächsten Morgen brach Adalbert sofort nach Sonnenaufgang auf. Jetzt spürte er zum ersten Mal auf ernüchternde Weise, dass er seine Heimat verloren hatte. In Weilersheim hatte er jeden gekannt, den Schneider Jupp, den Müller Peter, den Schultheiß Achatz, den alten Dechent. Er brauchte nur einen Schritt vor das Tor zu tun und er erblickte ein bekanntes Gesicht. Und wie oft hatte er mit ihnen auf dem Weg in den Weinberg und nach dem sonntäglichen Gottesdienst ein Schwätzchen gehalten. Wie oft waren sie zu ihm gekommen und hatten einen Becher Wein getrunken. An den Feiertagen hatten sie zusammen gezecht, an den schlechten Tagen zusammen gelitten. Sie hatten Hochzeiten und Geburtstage zusammen gefeiert und zusammen die Toten beklagt. In Weilersheim war er zu Hause gewesen, und in Weilersheim hatte er eigentlich auch sterben wollen. Doch das Schicksal hatte wohl anderes mit ihm und seiner Familie vor.

Hier in den Straßen und Gassen von Mainz sah er überall nur fremde Gesichter. Keiner achtete auf ihn, und wenn er sich auf der Stelle zu Boden geworfen und geschrieen hätte, keiner hätte sich auch nur nach ihm umgedreht.

Ein vierschrötiger Lumpensammler rempelte ihn an. Doch statt sich zu entschuldigen, hob der breitschultrige Rüpel drohend seine rechte Faust und entblößte sein mächtiges Gebiss. Hastig machte Adalbert einige Schritte zurück, stolperte dabei über die Füße eines alten Waschweibs und fiel hin. Mit einem höhnischen Lachen aus ihrem zahnlosen Mund quittierte die Alte Adalberts Missgeschick. Er erhob sich unbeholfen, klopfte sich den Schnee von Jacke und Kittel und stolperte weiter. Er wusste nicht, wohin er gehen sollte und schaute sich gehetzt um.

Der Dom, der nur wenige hundert Schritte entfernt wie eine trutzige Burg dastand, vermittelte ein Gefühl der Sicherheit. Er rannte auf den Eingang zu, öffnete mit letzter Kraft die eiserne Pforte und stolperte ins Innere der gewaltigen Kirche. Inständiges Beten empfing ihn. Dutzende Frauen hatten sich in dem Gotteshaus versammelt und erflehten das Seelenheil der Bewohner der Stadt. Adalbert atmete durch, ließ sich in einer dunklen Ecke vor einem Marienbild nieder und lauschte dem Gebet der Frauen.

„Vor Pest und Krieg bewahre uns, oh Herr", hörte er aus dem Gemurmel heraus. „Vor Pest und Krieg bewahre uns, oh Herr."

Adalbert beugte seinen Kopf und faltete die Hände. Er wusste nicht, was er beten sollte, und so flehte er Gott einfach nur um den Schutz seiner Familie an. In naiver Hilflosigkeit versprach er, jede Woche eine Kerze zu opfern.

„Vor Pest und Krieg bewahre uns, oh Herr!" Immer lauter wurde der Chor der betenden Frauen und setzte sich in seinem Kopf fest. „Vor Pest und Krieg bewahre uns, oh Herr!"

Erst jetzt fiel ihm das kleine Männlein auf, das ebenfalls im Dunkel dieser Ecke des Doms kauerte. Der Fremde hatte ein verhärmtes Gesicht und trug dünne Lumpen auf seinem dürren Leib. Seine stachligen Haare standen ihm wirr vom Kopf ab, den er gebeugt hielt. In seinen Händen hielt er einen Rosenkranz, den er inbrünstig betete. Nach einer Weile bemerkte das Männlein, dass Adalbert ihn beobachtete. Er unterbrach sein Gebet und schaute Adalbert unverwandt an. Plötzlich brach er in ein irres Gekicher aus.

Das Gekicher wandelte sich in ein lautstarkes Lachen, so laut, dass sogar die betenden Frauen irritiert innehielten. So plötzlich er angefangen hatte zu lachen, so unvermittelt hörte der seltsame Fremde wieder auf. Jetzt hatte sich sein Gesicht in eine höhnische Fratze verwandelt.

„Was willst du hier?", fragte er mit meckernder Stimme, die durch Mark und Bein ging.

Adalbert fühlte sich angesprochen, wusste jedoch nicht, was er antworten sollte.

„Ich weiß, was du hier willst", fuhr das seltsame Männlein fort. „Du hoffst, dich und dein Seelenheil retten zu können."

Adalbert nickte stumm. Obwohl ihm dieser seltsame Geselle keine Angst machte, hatte er plötzlich ein beklemmendes Gefühl.

„Aber ich will dir etwas verraten. Dein Seelenheil ist schon verloren. Der Teufel hat sich deine Seele längst geschnappt. Du weißt es nur noch nicht. Und damit nicht genug. Statt sich die Seele einfach zu nehmen, lässt er dich vorher leiden. Unsägliches Leid wird über dich und deine Familie kommen."

Er unterbrach seinen Wortschwall für einen Moment und schaute klagend das Marienbild an. „Selbst ihr Sohn kann uns nicht mehr helfen", jammerte er nun herzzerreißend. „Er hat sich von uns abgewandt, für immer abgewandt."

Bei den letzten Worten hatte er immer lauter geschrieen, bis sich seine hohe Stimme überschlug. „Er hat uns verlassen, dieser Hurenbock unter den himmlischen Heerscharen. Er hat uns einfach verlassen."

Und wie zum Hohn ließ er in diesem Moment einen lauten Furz fahren, dass sogar die mächtigen Mauern des Doms davon widerhallten. Von dem blasphemischen Geschrei angelockt, kamen jetzt die Geistlichen des Doms angerannt. Als sie sahen, wie der Fremde vor dem Marienbildnis tobte und den Sohn Gottes auf das Übelste beleidigte, wie es vor ihm noch keiner in diesem weit über sechshundert Jahre alten Gotteshaus gewagt hatte, packten sie ihn kurzerhand an Händen und Füßen und zerrten ihn nach draußen. Das schmächtige Männlein schrie und zappelte, als hätte der Teufel in vierfacher Ausfertigung sich seiner bemächtigt. Dabei schmähte er auch weiterhin den Namen des Herrn und seiner Diener auf Erden. Selbst als das schwere Domportal krachend zufiel, hörte Adalbert noch immer sein lautstarkes Gezeter.

Zweifel überkamen ihn. War es richtig gewesen, nach Mainz zu kommen? Hätte er nicht versuchen sollen, mit seiner Familie woanders Zuflucht zu finden und sich eine neue Existenz aufzubauen? Vielleicht wäre es doch besser gewesen, auf dem einsamen Gehöft zu bleiben, seine Räume auszuräuchern und die Toten so fern wie möglich zu begraben. Dieses Mainz mit seinen seltsamen Menschen, so viel war sicher, schien ein wahres Tollhaus zu sein.

Wie benommen bewegte er sich auf den Ausgang des Doms zu, befeuchtete seine Fingerspitzen mit dem eiskalten Weihwasser und machte mit einer fahrigen Bewegung ein Kreuzzeichen. Die Kälte an diesem 8. Dezember des Jahres 1630 hatte schnell seine Finger klamm werden lassen, reinigte aber auch seine Gedanken, und mit festen Schritten ging er weiter. Nach einigen hundert Metern sah er den offenen Hof einer Schmiede. Adalbert dachte kurz nach und trat entschlossen auf den Hof. Niemand war zu sehen.

„Hallo!", rief er vorsichtig. „Ist da wer?"

Nach einer Weile kam ein grobschlächtiger Mann aus der Hütte. Voller Misstrauen starrte er Adalbert an.

„Ich wollt nur fragen, ob Ihr einen Knecht gebrauchen könnt", stotterte Adalbert unbeholfen. „Ich kann feste anpacken."

„So siehst du auch aus", entgegnete der Mann höhnisch, der wahrscheinlich der Schmied dieses Hofes war. „Verschwinde von hier, sonst hetz ich den Hund auf dich! Hier gibt's nichts zu tun für dich. Und Bettelpack können wir hier schon gar nicht gebrauchen."

Adalbert trottete wieder von dannen und blickte sich um. Auf der anderen Seite der Straße war die Werkstatt eines Zimmerers. Und auch hier dieselbe Antwort: „Verschwinde von hier!" Bei einem Buchbinder um die Ecke: „Verschwinde von hier!" Und auch bei einem Gerber hieß es nur: „Mach, dass du von hier wegkommst!" Auch bei einem Seifensieder, wo es erbärmlich stank, hieß es nur: „Hau ab!"

Entmutigt kauerte sich Adalbert in einer geschützten Ecke nieder. Wieder kam die Verzweiflung in ihm hoch, ein Gefühl, das er mittlerweile bestens kannte. Wenn er nicht bald Arbeit fand, mussten sie als Erstes die Schweine verkaufen. Und wer weiß, wie viel sie ihm dafür zahlen würden. Einen, der in Not ist, kann man leicht übers Ohr hauen.

„He, du da!"

Zunächst bemerkte Adalbert gar nicht, dass er gemeint war. Er blickte sich fragend um. Ein hochgewachsener Mann mittleren Alters schaute ihn an und winkte ihm zu. „Ja, ich meine dich. Suchst du Arbeit?"

Adalbert nickte mechanisch.

„Ich hab eine ordentliche Beschäftigung für dich. Kannst sofort damit anfangen."

Adalbert erhob sich und betrachtete den Mann näher. Er machte einen vornehmen Eindruck und schien nicht gerade arm zu sein. An mehreren Fingern trug er Ringe, und auch sein Gewand schien von edlem Tuch zu sein.

„Komm mit!", forderte der Fremde ihn auf.

Schweigend gingen sie durch die Gassen der Stadt. Adalbert fragte sich, was der Fremde mit ihm vorhatte. Dieser hielt jetzt inne. Er deutete auf einen Karren, auf dem ein untersetzter Mann hockte, der teilnahmslos die Beine baumeln ließ und gelangweilt an einem Rohrstock schnitzte. Adalberts Herz machte einen Sprung. Jetzt schwante ihm, welche Arbeit der Fremde zu bieten hatte.

„Du weißt, wofür dieser Karren ist?"

Adalbert schluckte beklommen und nickte. Er sollte Pesttote abtransportieren – das war es, was der Fremde von ihm wollte.

„Der Heiner da drüben weiß Bescheid. Er macht das schon eine geraume Zeit. Ich kann mich voll auf ihn verlassen. Der andere, der ihm immer zur Hand ging, ist letzte Nacht gestorben. In fünf Häusern liegen sie, dürften fünfzehn oder auch zwanzig sein. Ihr sammelt sie ein, bringt sie raus aus der Stadt und kommt wieder hierher zurück. Dann bekommt ihr euren Lohn, jeweils ein Silberstück. Bist du dabei?"

Wieder konnte Adalbert nur nicken. Hatte er nicht seiner Frau gesagt, dass er jede Arbeit annehmen würde? Ein Silberstück für ein paar Stunden Arbeit. Wie sehr er das Geld brauchte! Der Fremde warf ihm etwas zu. Adalbert erkannte die seltsame Haube, die alle trugen, die die Pesttoten wegschafften. Zögernd streifte er zuerst die Handschuhe über, danach die vogelartige Haube. Die Enge schnürte ihm zunächst den Atem ab, und es dauerte eine Weile, bis er sich daran gewöhnt hatte. Der Untersetzte namens Heiner hatte die ganze Zeit kein Wort gesagt und wurde bereits ungeduldig.

„Nun mach schon!", trieb er Adalbert mit hoher Stimme zur Eile an und warf den angeschnitzten Rohrstock achtlos weg. „Wir haben einiges zu tun und nicht ewig Zeit. Gott sei Dank verwesen sie bei dieser Kälte nicht. Sie sind nur steif gefroren. Hast du schon einmal einem steif gefrorenen Toten die Arme gebrochen, damit er besser auf den Wagen passt?"

Adalbert schüttelte stumm den Kopf. Das Grauen beschlich ihn, als er ahnte, auf was er sich da eingelassen hatte.

Es dämmerte bereits, als Adalbert die verfallene Hütte erreichte. Erna empfing ihn mit einer Mischung aus Ärger und Erleichterung.

„Wo hast du die ganze Zeit gesteckt?", schimpfte sie. „Wir haben uns bereits Sorgen gemacht."

Adalbert gelang ein Lächeln und er hielt ein Silberstück hoch. Erna schlug vor Freude die Hände vor das Gesicht.

„Du hast tatsächlich Arbeit gefunden, und du hast sogar schon deinen Lohn bekommen?", stammelte sie glücklich, während die Kinder freudig jauchzend um ihren Vater sprangen. „Erzähl schon. Was ist es?"

Adalbert machte eine beschwichtigende Handbewegung. „Es ist nichts Besonderes. Ein wenig außerhalb der Stadt liegt ein Steinbruch. Ich hab den ganzen Tag Steine geschleppt und meinen Lohn gleich für die ganze Woche bekommen", log er. „Morgen muss ich wieder hin. Ist ein gutes Stück zu laufen. Deshalb war ich so lange weg."

Erna klatschte begeistert in die Hände. „Mit dem Geld geh ich gleich morgen früh auf den Markt."

Adalbert lächelte schwach. Er hatte es nicht übers Herz gebracht, seiner Frau die Wahrheit zu erzählen. Die Wahrheit, dass er etwas getan hatte, wofür er wenige Tage vorher noch andere verachtet hatte, dass er statt Steinen mehr als zwanzig mit Pestbeulen übersäte Leichname aus der Stadt geschafft hatte.

In eine Grube außerhalb der Stadt, dort wo noch mehr Pesttote notdürftig beerdigt waren, hatten sie die verlorenen Seelen geworfen und mit ungelöschtem Kalk bedeckt. Heiner, ein klein gewachsener, stämmiger Mann mit listig funkelnden Augen, hatte nach jeder Fuhre mit seiner Fistelstimme ein kurzes Gebet gemurmelt und sich die übrige Zeit meist schweigsam und mürrisch verhalten. Von ihm hatte Adalbert nur erfahren, dass der Fremde, der ihnen den Auftrag erteilt hatte, ein angesehener Ratsherr war. Dieser hatte sich an die Abmachung gehalten und ihnen nach der letzten Leichenfuhre das Geld gegeben. In diesen Zeiten hatte Mainz nicht einmal mehr ausreichend Stadtknechte, die die Toten wegschaffen konnten.

„Wenn du willst, kannst du morgen früh nach Sonnenaufgang wieder hierherkommen", hatte der Ratsherr gesagt, und Adalbert hatte wieder nur genickt.

Als er sich nach dem Abendessen im Haus umschaute, bemerkte er, dass auch Erna und die Kinder einiges geleistet hatten. Der Hof war fast völlig frei, und auch im Haus hatten sie einige kleine Reparaturen erledigt. In der Hütte war es schon wohnlicher geworden. Dennoch gab es noch eine Menge zu tun, und er musste noch etliche Leichenfuhren erledigen, um das Geld dafür zu verdienen. Er streichelte seiner Frau liebevoll über den Arm, wie er es schon lange nicht mehr getan hatte. Eine Welle der Dankbarkeit überkam ihn.

„Ich hab ein gutes Gefühl, Adalbert. Wir werden es schaffen", sagte Erna leise. Ihr Mann nickte. Er hoffte inbrünstig, dass sie Recht hatte.

Am nächsten Tag gab sich Heiner ein wenig gesprächiger. Während sie die erste Fuhre mit zwei Leichen aus der Stadt brachten, erzählte er, dass er im November seine Frau und alle fünf Kinder durch die Pest verloren hatte. Innerhalb von vier Tagen waren sie nacheinander weggestorben. Jetzt wartete er nur darauf, dass der Schwarze Tod auch ihn holte. Doch bis es so weit war, wollte er aus der Tragödie wenigstens noch Kapital schlagen.

„Ich verhur, versauf und verfress alles, was mir der Ratsherr zahlt. Zweimal in der Woche gehe ich sogar ins Badhaus", sagte er, und seine Stimme klang durch die Maske dumpf. „Nur schade, dass es kaum noch Wirtshäuser in der Stadt gibt. Die meisten stehen leer. Die Pest hat die meisten Wirte hinweggerafft. Hab selbst einige von ihnen in die Grube geworfen. Wenigstens sind die Weiber willfährig." Er lachte lüstern und griff sich in den Schritt. „Die ganze Stadt gleicht einem Freudenhaus. Die Weiber glauben wohl alle, dass es bald zu Ende geht und wollen vorher noch einmal ihr Vergnügen. Das können sie haben. Ich besorg es ihnen gern. Bis es tatsächlich zu Ende geht, hat der Heiner noch jede Menge Kraft in den Lenden."

Ein dreckiges Lachen drang aus dem Kopfschutz. Adalbert unterdrückte den Wunsch, diesen menschlichen Bodensatz mit einem Faustschlag niederzustrecken. Was hatte sein Vater immer gesagt? Wie beim jungen Wein, so gibt es auch bei den Menschen Bodensatz. Zu nichts zu gebrauchen, aber unabwendbar. Ein klagendes Jaulen unterbrach seine düsteren Gedanken. Heiner gab Adalbert einen Wink, zur Seite zu treten. In diesem Moment tauchte um die Ecke eine Gruppe fast nackter Männer auf, die trotz der bitteren Kälte nichts auf dem Leib hatten außer einem dünnen Lendenschurz. Selbst die Füße, mit denen sie über das schneebedeckte Kopfsteinpflaster schlurften, waren nackt. Der jüngste von ihnen war keine dreizehn, der älteste ein dicker Greis von weit über sechzig. Die Tonsur auf ihren Köpfen wies sie als Mönche aus.

Adalbert zählte insgesamt fünfzehn, die in ihren Händen Peitschen mit kleinen Metallkugeln am Ende der Lederschnüre hielten, mit denen sie sich selbst geißelten. Dabei stießen sie klagende Schreie aus, die Adalbert durch Mark und Bein gingen. Feuerrot waren die Rücken der Männer. Bei einigen war schon die Haut aufgeplatzt, und das Blut tropfte in den Schnee, wo es kleine Flecken hinterließ. Als sie den Karren mit den Pesttoten passierten, schrieen sie noch lauter, geißelten sich noch stärker. Adalbert schaute Heiner entsetzt an, doch dieser machte eine verächtliche Handbewegung.

„Dieses Pfaffenpack glaubt, der Strafe entgehen zu können, nur weil sie sich selbst züchtigen", zischte er. „Aber auch euch wird es irgendwann erwischen", schrie er ihnen mit überschlagender Stimme nach.

„Ihr werdet schon sehen. Spätestens übermorgen liegt ihr auch auf einem solchen Karren."

Die bizarre Gruppe war inzwischen um die nächste Ecke verschwunden, doch ihr Wehklagen war noch minutenlang zu hören.

„Wo kommst du eigentlich her?", setzte Heiner die Unterhaltung fort, als wäre nichts Besonderes geschehen. „Bist kein Mainzer, was?"

Während sie weitergingen, erzählte ihm Adalbert von der Flucht aus Weilersheim und der Hoffnung, hier in Mainz eine neue Existenz aufbauen zu können. Eigentlich hatte er kein Interesse, seinem Gegenüber seine Lebensgeschichte zu erzählen. Doch mit ihm musste er nun einmal zusammenarbeiten. Heiner hörte nur mit halbem Ohr zu und winkte bald ab. „Kannst von Glück sagen, dass der Ratsherr dich gefragt hat. Eine besser bezahlte Arbeit findest du nirgendwo. Die meisten, die in die Stadt kommen, enden sowieso in der Gosse."

Er deutete auf eine Gestalt, die am Straßenrand kauerte und sich auch nicht bewegte, als er und Heiner näher kamen. Adalbert war längst aufgefallen, dass alle Leute einen großen Bogen um ihn und Heiner machten, auch wenn der Leiterwagen leer war. Keiner wollte denen zu nahe kommen, die mit den Pesttoten zu tun hatten. Jetzt fragte sich Adalbert, warum ausgerechnet diese komische Konstruktion ihn vor der Pest schützen sollte. Wenn sie die Pesttoten anpackten, hielt er immer den Atem an. So atmete er wenigstens nicht die schlechte Luft ein, die die Toten umgab.

Der Bettler erhob sich, trat einen Schritt näher und hielt schweigend die Hand auf. Heiner machte eine Handbewegung, als wollte er diesem armen Teufel eine runter hauen, doch der ließ sich nicht verschrecken. Stumm und mit einem anklagenden Gesichtsausdruck hielt er weiterhin seine hohle Hand hoch. Dabei schien er durch Heiner hindurchzublicken.

Adalbert erinnerte sich, dass solch ein komischer Geselle vor ein paar Jahren einmal in Weilersheim aufgetaucht war. Auch der hatte kein einziges Wort gesprochen, bloß die Dorfbewohner auf Schritt und Tritt verfolgt, immer die Hand aufhaltend und immer mit einem vorwurfsvollen Gesichtsausdruck. Das war drei Tage lang so gegangen. Drei Tage, in denen er nichts aß und gegen den Durst nur Regenwasser trank, das sich in den Pfützen auf den Gassen gesammelt hatte. Nachts schlief er an der Kirchenpforte. Schließlich wurde es dem Dorfschultheiß zu bunt. Er drückte ihm einen trockenen Kanten Brot in die Hand und jagte ihn aus dem Dorf, nicht ohne ihn zu warnen, sich nochmals in Weilersheim blicken zu lassen.

Jetzt wurde Heiner ärgerlich. „Wenn du uns zu nahe kommst, liegst du gleich selbst auf diesem Wagen, noch bevor dich die Pest niederstreckt. Hast du mich verstanden?"

Der Bettler hob seinen Kopf und starrte Heiner verächtlich an. „Ich sage dir, lange bevor ich sterbe, wirst du für immer die Augen zumachen. In eine namenlose Grube werden sie dich werfen, und keiner wird sich jemals an dich erinnern!"

Adalbert hörte, wie Heiner schluckte. „Du bist ja nicht ganz dicht", fluchte er laut. „Mach, dass du weg kommst, sonst brech ich dir deinen dürren Hals! Das schwör ich dir."

Jetzt drehte sich der Bettler langsam um und kauerte sich wieder in seine Ecke. Schweigend verrichteten Heiner und Adalbert den Rest ihrer Arbeit. Die Welt schien aus den Fugen geraten zu sein, nichts hatte mehr seine von Gott gegebene Ordnung. Überall schienen Menschen umherzulaufen, die urplötzlich mit der Gabe des Sehens gesegnet waren. Adalbert fragte sich, was aus der Welt werden sollte. Waren die Ereignisse vielleicht die Vorboten des Jüngsten Gerichts? Würde der Heiland bald auf die Erde zurückkehren und alle Sünder bestrafen, und war die Pest nur ein Vorbote der Wiederkehr? Waren diese seltsamen Vögel, die ihnen ständig über den Weg liefen, Wiedergeburten von Heiligen, nur auf die Welt gekommen, um die Menschen ein letztes Mal zu warnen? Er fand keine Antwort auf die bohrenden Fragen, die sich ihm ständig aufdrängten.

Am Abend händigte ihnen der Ratsherr wieder ein Silberstück aus. „Ob es morgen wieder Arbeit gibt, weiß ich noch nicht", sagte er zum Abschied. „Seid auf alle Fälle in der Frühe wieder hier."

Doch am nächsten Morgen gab es nichts zu tun. Was jedoch nicht bedeutete, dass keiner an der Pest gestorben war. Zahlreiche Helfer durchstreiften die Stadt, um die Pesttoten, die zum Teil bergeweise in Hinterhöfen und Hofeinfahrten lagen, abzutransportieren. Die Arbeit hatten eben nur andere verrichtet. Adalbert schätzte, dass in den vergangenen drei Tagen wenigstens hundert Menschen gestorben waren, aber kaum einer an Siechtum oder Altersgebrechen. Fast alle hatte die Pest hinweggerafft.

Adalbert dachte unschlüssig darüber nach, ob er sofort wieder nach Hause gehen sollte. Was sollte er Erna erzählen?

„Adalbert Eckert, Menschenskind, ich glaub's einfach nicht!"

Ich kenne doch gar keinen hier in Mainz, schoss es Adalbert durch den Kopf.

Im nächsten Moment strahlte er über das ganze Gesicht. Auf der anderen Straßenseite stand Reinhard, jener Reinhard, den er am Westerberg vor dem Erfrieren bewahrt hatte und der ihm nun mit freudestrahlendem Gesicht zuwinkte. Schließlich rannte er Adalbert entgegen und schloss ihn ungestüm in seine Arme.

„Ich kann's immer noch nicht glauben", sagte er immer wieder. „Was hat dich denn nach Mainz verschlagen, Adalbert, mein Retter in der Not?"

Adalbert war noch immer so überrascht, dass er gar nicht wusste, was er sagen sollte. In diesen trüben Zeiten war Reinhard der erste Lichtblick seit langem. Auch ihm erzählte er in knappen Worten von dem Überfall auf das Dorf und der Flucht nach Mainz.

„Beide sind wir also dem Mörderpack entkommen. Das verbindet, das schweißt zusammen", nickte Reinhard.

„Werdet Ihr in Mainz bleiben?", fragte Adalbert wissbegierig. Einen Freund wie Reinhard könnte er in der fremden Stadt gut gebrauchen.

Reinhard schüttelte jedoch den Kopf. „Ich hab endlich mein Geld eingetrieben. Morgen werd ich mit dem Schiff nach Worms fahren", berichtete er eifrig. „Ich hab euch ja von meinem Bruder berichtet. Ich hoffe, dass ich ihn wohlbehalten auffinden werde. Aber vorher möcht ich noch Erna und die Kinder sehen. Ihnen geht es doch hoffentlich gut?"

Adalbert nickte, und zusammen machten sie sich auf den Weg. Immer wieder klopfte Reinhard Adalbert auf die Schulter. Diesem wurde es etwas unbehaglich. „Wir leben nicht gerade wie die Könige", warnte er Reinhard, der sofort abwinkte.

„So etwas will ich gar nicht erst hören, Adalbert. Glaub mir, ich hab in den letzten Wochen gelernt, die Menschen nicht nach ihrem Hab und Gut zu beurteilen."

Wenige Minuten später konnte auch Erna Reinhard in die Arme schließen. Die Kinder begrüßten den Gast ebenfalls überschwänglich, und sogar der Hund sprang ausgelassen jaulend an ihm hoch. Fröhlich verlief auch das gemeinsame Essen. Die Stimmung trübte sich erst, als Erna die Situation in der Stadt ansprach. Reinhard, der sich schon länger in Mainz aufhielt, berichtete, dass seit seiner Ankunft angeblich bereits über eintausend Männer, Frauen und Kinder an der Pest gestorben seien. Und jeden Tag strömten hunderte Flüchtlinge in die Stadt. Doch die meisten überlebten den ersten Monat nicht.

„Ich möchte gar nicht darüber nachdenken, wie es in Worms aussieht. Aber ich muss versuchen, meinen Bruder zu finden." Er lächelte. „Aber euch scheint es ja gar nicht so schlecht zu gehen. Was du da aufgetischt hast, Erna, war ganz ausgezeichnet."

„Adalbert hat Arbeit gefunden. Gute und ehrliche Arbeit in einem Steinbruch außerhalb der Stadt. Und er wird fürstlich dafür bezahlt."

Reinhard zog verwundert die Augenbrauen hoch. „Ich wusste gar nicht, dass es in der Nähe von Mainz einen Steinbruch gibt."

Adalbert wechselte schnell das Thema. „Können wir Euch ein Nachtlager bereiten?", fragte er.

Doch Reinhard lehnte dankbar ab und erhob sich. „Es scheint, als kreuzen sich unsere Wege immer nur für kurze Zeit. Ich muss euch schon wieder verlassen, doch diesmal ..."

Er kramte unter seinem Wams einen kleinen Lederbeutel hervor und legte ihn auf den Tisch. „Ihr wisst, was ich euch versprochen hab, als ich euch in Weilersheim verließ", sagte er mit ernster Stimme. „Nur hätte ich nicht gedacht, dass ich meine Schuld so schnell und hier in Mainz begleichen kann."

Adalbert und Erna starrten auf den kleinen Lederbeutel. Sie ahnten, was darin verborgen war. Beide wussten jedoch nicht, was sie sagen sollten.

„Das ist ein kleines Zeichen meiner tiefen Dankbarkeit gegenüber meinen Lebensrettern", sagte Reinhard und lächelte freundlich.

Adalbert machte eine abwehrende Handbewegung. „Das können wir nicht annehmen, wir ..."

„Ich will nichts hören", unterbrach ihn Reinhard gut gelaunt.

Er drückte Erna den Lederbeutel in die Hand und öffnete die Tür. „Gott schütze euch und euer neues Zuhause", sagte er zum Abschied. „Ich weiß nicht, wohin mich mein Schicksal führt, aber ich werde euch nie vergessen."

Erna und Adalbert winkten ihm lange nach. Diesmal schien es ein Abschied für immer zu sein. In der Küche öffnete Erna vorsichtig den Lederbeutel. Ein Leuchten stahl sich über ihr Gesicht.

„Goldstücke", flüsterte sie ergriffen. „Das sind drei Goldstücke; mehr als wir je in unserem Leben besessen haben."

Adalberts Herz machte einen Sprung. Mit einem Schlag waren sie alle finanziellen Sorgen los. Erleichtert schickte er ein Dankgebet gen Himmel, in das er Reinhard einschloss. Inbrünstig bat er den Herrn, dass der Weg Reinhard noch einmal nach Mainz führen möge, damit diesmal er ihm danken könne.

Am nächsten Tag ging Adalbert nicht mehr zum vereinbarten Treffpunkt. Stattdessen vergewisserte er sich im Rathaus, dass keiner Ansprüche auf das Haus erhob oder erheben konnte. Danach suchte er einen Zimmerer auf und beauftragte ihn mit der Reparatur des Hauses. Der Zimmerer, ein verkniffen wirkender Mann von Mitte vierzig, starrte Adalbert an, als sei ihm ein Geist erschienen. Wer denn in diesen Zeiten noch daran denke, ein Haus zu bauen oder auch nur zu reparieren, fragte er kopfschüttelnd. Adalbert ließ ein Goldstück blitzen, das den Zimmerer sofort auf Trab brachte und sogar so etwas wie Freundlichkeit auf sein speckiges Gesicht zauberte. Am nächsten Morgen erschien er, kaum dass der Hahn gekräht hatte, und nahm zusammen mit einem Steinmetz das verfallene Haus in Augenschein. Gleich morgen früh werde man beginnen, versprachen sie. Aber einen guten Monat werde es schon dauern, das Haus wieder herzurichten. Doch dann sei es wie neu gebaut.

Adalbert nickte zufrieden. In zwei Wochen war Heiligabend, bis dahin wollten die beiden Handwerker und ihre Gesellen die Stube wohnlich gemacht haben. Bevor die beiden wieder gingen, führte sie Adalbert an die verschlossene Kellertür. Mit dem Werkzeug, das der Zimmerer am Gürtel mitführte, hatte er das Schloss mit wenigen Handgriffen geöffnet. Als die beiden gegangen waren, rief Adalbert Erna und die Kinder zu sich.

„Jetzt erkunden wir endlich den Keller“, rief er gut gelaunt und öffnet die schwere Klapptür.

Nacheinander kletterten sie die steile Stiege hinunter. Der Geruch, der ihnen entgegenschlug, war Adalbert bestens bekannt. In diesem Keller lagerten alte Weinfässer. Mit einer Fackel leuchtete er den dunklen Raum aus. Und in der Tat: In einer Ecke lagen drei Fässer. Erna und Adalbert blickten sich verwundert an.

„Winzer, die letzten Bewohner dieses Hauses müssen Winzer oder Weinhändler gewesen sein. Ich glaub’s einfach nicht“, sagte Erna.

Adalbert zuckte mit den Schultern. Er ging zu den Fässern und klopfte dagegen. „Eines ist noch voll“, rief er überrascht.

Während Erna und die Kinder neugierig näher kamen, öffnete Adalbert mit einiger Mühe das Fass und schnüffelte an der Öffnung. Angewidert zuckte er zurück. „Dieser Wein ist saurer als Essig. Er liegt mindestens seit zwanzig Jahren hier und ist zu nichts mehr zu gebrauchen."

Er schaute sich um. Im Halbdunkel des Fackellichts erkannte er verschiedene Tonkrüge. Interessiert begutachtete er den Inhalt. „Alles verdorben und zu Staub vertrocknet", rief er. „Dieses Haus muss seit einer halben Ewigkeit leer stehen."

Erna hatte in der Zwischenzeit ein paar Kerzen entdeckt. „Die kann man noch gebrauchen", rief sie erfreut.

Auch die Kinder wühlten in den Ecken. Siegfried stieß plötzlich einen triumphierenden Schrei aus. In einer Kiste hatte er ein altes Dokument entdeckt. Adalbert warf einen Blick auf die Papiere.

„Das ist ja interessant", sagte er nach einer Weile. „Soweit ich es entziffern kann, ist das Dokument über fünfzig Jahre alt und ausgestellt auf einen Frieder Schmitt, Wirt der „Weinstube am Dom", und seine Nachkommen und Nachfolger. Es ist amtlich gesiegelt. Dieses Haus war einmal ein Wirtshaus, eine Weinstube."

Erna machte ein erstauntes Gesicht. „Weinstube am Dom", wiederholte sie und überlegte. „Das wäre doch gar keine schlechte Idee."

Adalbert schaute sie an. „Was meinst du damit?"

„Nun, du bist Winzer und kennst dich mit Wein aus. Hier in der Stadt können wir keinen Wein anbauen. Aber wir können welchen kaufen, weiter verkaufen und ausschenken."

Adalbert lachte und winkte ab. „Du und ich als Wirtsleute! Na, ich weiß nicht. Wer hat denn in diesen Zeiten die Muße, in eine Weinstube zu gehen und dort seinen Schoppen zu trinken? Ich hätte sie mit Sicherheit nicht."

Erna war plötzlich Feuer und Flamme. „Warum nicht, Adalbert? Es werden auch wieder bessere Zeiten kommen, und dann wollen die Menschen trinken und feiern. Und es wäre etwas, was Siegfried fortsetzen könnte. Wir müssen auch an seine und Mathildes Zukunft denken."

In diesem Moment kam Adalbert in den Sinn, was Heiner zu ihm gesagt hatte: Nur schade, dass es kaum noch Wirtshäuser in der Stadt gibt.

Er klatschte in die Hände. „Ja, warum eigentlich nicht? Weinstube am Dom. Der Name gefällt mir. Und mit Reinhards Geld können wir genug Weinvorräte kaufen."

Ein erneuter Schrei seines Sohnes ließ Adalbert aufblicken. Siegfried hatte sich an der Mauer zu schaffen gemacht und eine kleine Öffnung freigelegt. Jetzt deutete er mit leuchtenden Augen auf eine kleine Holzkiste.

„Da ist bestimmt ein Schatz drin versteckt", jauchzte er.

Erna verzog skeptisch ihr Gesicht, kam jedoch neugierig näher. Adalbert betrachtete die Holzkiste eine Weile, die bestimmt schon eine halbe Ewigkeit in dem Loch in der Mauer versteckt war. Das Holz war von der Feuchtigkeit bereits angefault. Jetzt beugte sich Adalbert herunter und tastete das kleine Kästchen ab. Es war nicht verschlossen.

„Was glaubst du, Frau? Werden wir noch mehr Goldstücke finden?"

Jetzt drängte auch Erna. Adalbert öffnete die Kiste und stieß einen überraschten Laut aus. In der Kiste lag etwas, das in dicke Lumpen eingehüllt war. Adalbert wickelte die Lumpen vorsichtig ab und hielt verblüfft inne. In den Lumpen war ein in Leder gebundenes Büchlein. „Der Edelstein" stand in goldenen Lettern auf dem Einband geschrieben. Adalbert hob das Buch höher, damit es jeder sehen konnte. Obwohl sie kaum des Lesens und Schreibens kundig waren, hielten alle vor Ehrfurcht fast den Atem an. Sie alle erkannten, dass sie tatsächlich einen kleinen Schatz gefunden hatten.

„Dieses Haus steckt voller Überraschungen", murmelte Adalbert.

Vorsichtig blätterte er in dem Buch. Zu erkennen waren Menschen und seltsame Fabelwesen. Adalbert fragte sich, wie alt dieses Buch sein mochte. Bücher zu erwerben, war nur den wohlhabenderen Kreisen vorbehalten. Und dieses Buch war ein besonders kostbares Exemplar, das war auf den ersten Blick zu erkennen. Adalbert blätterte noch eine Weile in dem Buch, während ihm seine Familie über die Schultern schaute. Schließlich wickelte er es wieder in die Lumpen, verstaute alles vorsichtig in dem Kästchen und legte dieses zurück in die Maueröffnung.

„Wir werden sehen, was wir damit anfangen können. Doch das hat Zeit, lasst uns erst einmal in Frieden Weihnachten feiern. Im neuen Jahr können wir uns um alles kümmern."

Am nächsten Tag weihte Adalbert den Zimmerer und den Steinmetz in seine Pläne ein. Wieder schüttelte der Zimmerer den Kopf. Jetzt mussten er und sein Gehilfe umdenken und die Stube nur provisorisch für die Weihnachtstage herrichten. Im neuen Jahr würden sie das Haus zur Weinstube umbauen. Über dem Schankraum sollte die Stube für die Eckerts eingerichtet werden. Der verfallene Stall im Hof sollte abgerissen und ein neuer für die Schweine, die Rinder und die Hühner gebaut werden. Außerdem sollte noch die Brunneneinfassung neu gemauert werden.

Der 24. Dezember kam. Die Eckerts feierten zum ersten Mal Weihnachten in ihrem neuen Haus in Mainz. Die Kinder waren den ganzen Tag aufgeregt durch die Stube gelaufen, weil sie wussten, dass sie heute um Mitternacht die Christmette im Dom besuchen würden. Doch vorher richtete Erna das Weihnachtsmahl her: gebratene Gans mit Äpfeln, Nüssen und Honig. Vorher eine kräftige Suppe mit frischem Brot. Dazu gab es mit Zimt abgeschmeckten Wein und für die Kinder einen süßen Sud aus Wasser, Milch, Honig und verschiedenen Kräutern. Für einige Stunden vergaßen sie das Leid und die Mühsal, die sie in den vergangenen Wochen durchlebt hatten. Kurz vor Mitternacht zogen die Eckerts zum Dom. Dicht gedrängt standen die Menschen in dem großen Gotteshaus und feierten inbrünstig betend und singend die Geburt des Heilands. Der Erzbischof selbst, ein hochgewachsener Mann voller Würde, war trotz der schwierigen Zeiten nach Mainz gekommen und zelebrierte die heilige Messe. Er bat Gott um Vergebung der Sünden und um den Schutz vor Pest, Hunger und Krieg.

Als die Eckerts nach dem Ende der Messe auf den Domplatz traten, fing es an zu schneien. Schweigend gingen sie über den Marktplatz, als Adalbert noch einmal stehen blieb und tief die kalte Luft einsog. Er legte den Arm um seine Erna und drückte sie fest an sich.

„Frohe Weihnachten", wünschte er leise.

„Frohe Weihnachten", gab Erna liebevoll zurück.

Die Kinder tollten mit dem Hund ausgelassen über den Marktplatz und bewarfen sich mit Schneebällen. Adalbert und Erna zogen sich die Kapuzen über den Kopf und beobachteten die beiden mit einem milden Lächeln. Fast schien es, als sei der Frieden zurückgekehrt auf diese Welt.

Das Jahr 1631 war gerade zwei Tage alt, als der Zimmerer und der Steinmetz zusammen mit ihren Gesellen anrückten. Sie wollten das trockene Wetter nutzen, um mit den Bauarbeiten noch an diesem Tag zu beginnen. Das verfallene Mauerwerk wurde zusammen mit den morschen Holzbalken abgetragen und durch neues ersetzt. Von Sonnenaufgang bis Sonnenuntergang dieser noch sehr kurzen Tage schufteten die Handwerker, immer wieder angetrieben durch die Aussicht auf baldige und üppige Bezahlung. In der ebenerdigen Stube wurde die Feuerstelle vergrößert und ein Fußboden aus kräftigen Holzbohlen verlegt. Die Decke war glücklicherweise noch stabil und musste nicht erneuert werden. In der Zwischenzeit hatte Adalbert in einer schmucklosen Zeremonie den Bürgereid geleistet. Dies war zwingende Voraussetzung dafür, dass er Wein ausschenken durfte.

Am Ende der dritten Januarwoche dichteten die Gesellen bereits das Dach ab. Danach kam der kleine Stall an die Reihe. Mitte des Monats Februar räumten Zimmerer und Steinmetz ihre Werkzeuge aus dem Hof. Die Arbeiten waren beendet, und der Zimmerer hatte nicht zu viel versprochen. Das Haus sah aus wie neu gebaut, was es im Prinzip auch war. „Anno 1631" hatte er in einen der freiliegenden Balken eingeschlagen, damit auch die nachfolgenden Generationen sehen konnten, wann dieses Haus errichtet wurde. Mit Verwunderung, aber auch mit Misstrauen hatten die Nachbarn der Eckerts die ungewöhnlichen Bauaktivitäten beobachtet. Dass eine Flüchtlingsfamilie aus einem kleinen Dorf so viel Geld hatte, kam ihnen nicht geheuer vor. Doch in jenen Tagen war schon so mancher zu unerwartetem Reichtum gekommen, indem er sich einfach des Ersparten eines an der Pest Gestorbenen bemächtigte. Mit besonderem Misstrauen beäugten sie Mathilde. Zwar hatte Erna ihnen erklärt, warum die Vierzehnjährige kein Wort mehr sprach. Doch das hatte sie nicht zufrieden gestellt. Leise machte das Gerücht die Runde, mit der Familie stimme etwas nicht. Wahrscheinlich stehe sie mit finsteren Mächten im Bunde. Das Gerücht wurde weitergetragen und setzte sich in den Köpfen der Menschen fest. Die Saat für ein vergiftetes Verhältnis war gelegt.

Adalbert hatte in der Zwischenzeit Weinvorräte gekauft und im Keller eingelagert. Es war nicht einfach gewesen, einen Weinhändler zu finden. Auch unter ihnen hatte die Pest ganze Arbeit geleistet. Die meisten Weinberge waren verwaist und verwahrlost, weil diejenigen, die sie jahrzehntelang bewirtschaftet hatten, nicht mehr am Leben waren. Schließlich gelang es Adalbert doch noch, einen jungen Winzer aus Hechtsheim, einem kleinen Dorf bei Mainz, ausfindig zu machen, der ihn beliefern konnte. Sein Wein aus der Lage Kirchenstück schmeckte ausgezeichnet und würde auch den verwöhnten Mainzern munden, davon war Adalbert überzeugt. Schließlich waren noch der Visierer und der Weinsticher in seinem Haus erschienen und hatten die Fässer samt Inhalt in Augenschein genommen. Unverfälscht musste der Wein sein, der in Mainz ausgeschenkt wurde. So stand es in der Verordnung, wenngleich es Adalbert nicht entging, dass Bürgereid und die Inspektion seines Weines ohne die vielleicht gebührende Feierlichkeit über die Bühne gingen. Gesetze, Erlasse und Verordnungen spielten in diesen Zeiten nur eine untergeordnete Rolle. Wahrscheinlich glaubte keiner der Stadtoberen, dass derjenige, der zum Einhalt der Gesetze verpflichtet wurde, noch ausreichend Zeit hatte, diesen auch Folge zu leisten.

Adalbert hatte in den vergangenen Wochen ständig nachgedacht und sich schließlich entschieden, nicht nur die Weinstube zu bewirtschaften. Mit Sicherheit konnte er einen der verwahrlosten Weinberge erwerben und wieder auf Vordermann bringen.

Doch bevor der erste Gast die „Weinstube am Dom“ betrat, suchte das Schicksal die Familie Eckert auf schreckliche Weise heim. Siegfried tobte an einem klaren Februarmorgen über den Hof und spielte mit dem Hund, als er plötzlich laut schreiend zusammenbrach. Sekunden später ging sein Schreien in ein leises Wimmern über, genauso wie es schon einmal während der Flucht von Weilersheim nach Mainz geschehen war.

Adalbert und Erna, die im Keller arbeiteten, stürzten sofort die Stiege hinauf. Als sie sahen, dass sich ihr Sohn auf dem kalten Boden krümmte, brachte Adalbert ihn augenblicklich in die Stube und legte ihn auf ein provisorisches Strohlager vor dem Feuer. Siegfrieds Augen waren seltsam verdreht, außerdem redete er wirres Zeug.

„Wir müssen den Medicus holen“, rief Erna aufgeregt.

Adalbert stürzte augenblicklich hinaus auf die Gasse. Gehetzt blickte er sich um. Er meinte sich zu erinnern, dass auf der anderen Seite des Doms ein Medicus wohnte. Er rannte los und erreichte wenige Augenblicke später die Straße, von der er glaubte, dort den Medicus zu finden. Doch wo sollte er anfangen zu suchen? Der Erstbeste, den er fragte, blickte ihn nur verständnislos an und ging einfach weiter. Die Nächsten wussten ebenfalls nicht, wo der Medicus zu finden war, und erst eine dralle Bäckerin nickte eifrig.

„Ja, der Medicus hat hier gewohnt.“

„Was heißt das, hat hier gewohnt?“, herrschte Adalbert sie an.

„Er ist tot, gestorben – wenige Tage vor Weihnachten. Gott hab ihn selig, war ein guter Mensch."

Adalbert hörte kaum noch zu. Er packte das dicke Weib an den Schultern und schüttelte es durch. „Ein anderer Medicus. Dann brauch ich eben einen anderen Medicus."

Die Alte zuckte mit den Schultern. „Ich kenn keinen anderen Medicus. War selbst auch noch nie krank. Wenn ich einmal sterbe, dann friedlich im Bett, oder die Pest holt mich."

Mit einem meckernden Lachen kehrte sie Adalbert den Rücken zu und verschwand in der Hütte. Die Verzweiflung stieg in Adalbert hoch. Wo sollte er in dieser Stadt, in der er kaum einen Menschen kannte, einen Arzt auftreiben?

Ein kleinwüchsiger Mann trat an ihn heran. Er gehörte zu denen, die überall in der Stadt ihre kleinen Stände aufgebaut hatten und Mittelchen gegen alle möglichen Gebrechen und Leiden verkauften. Manche waren sogar so dreist, Pulver anzupreisen, die ewiges Leben, Glück und Gesundheit versprachen.

„Erlaubt mir, dass ich mich einmische", versuchte er sich bei Adalbert einzuschmeicheln. „Ihr braucht dringend einen Medicus, habt Ihr gesagt? Warum kommt Ihr nicht zu mir?"

Er machte eine einladende Geste in Richtung seiner kleinen Bude. Adalbert schaute ihn unwirsch an, doch der Zwerg lobte sich selbst in den höchsten Tönen. In Paris und Bologna habe er Medizin studiert und kenne sich bestens aus. Gegen ein Goldstück könne er ihm Kräutermixturen gegen alles verkaufen. Adalbert schüttelte wütend den Kopf. Er ahnte, dass ihm dieser windige Händler nur etwas Nichtsnutziges andrehen wollte. Pulver und Kräuter gegen jedes Leiden habe er in seinem Sortiment, fuhr der Schrat fort und scharwenzelte um Adalbert. Ob das Wasserlassen Probleme bereite, oder vielleicht die Potenz? Ob es die Gicht sei oder vielleicht Zahnschmerzen?

Adalbert winkte ab. „Ich brauch kein Pulver, ich brauch dringend einen Medicus für meinen Sohn. Er hat fürchterliche Schmerzen. Angeblich soll es der Apendix sein. Wenn Ihr tatsächlich Medizin studiert habt, dann müsst Ihr doch wissen, was ihm fehlt."

Als der Händler erkannte, dass er Adalbert nichts andrehen konnte, machte er eine abfällige Handbewegung und zog wieder von dannen. Adalbert lief noch eine Weile durch die Straßen und Gassen, doch wen er auch fragte, alle winkten nur ab, zuckten mit den Schultern oder gaben überhaupt keine Antwort. Als er nach Hause kam, erwarteten ihn Erna und Mathilde bereits mit sorgenvoller Miene.

„Er nimmt uns kaum noch wahr“, sagte Erna und unterdrückte mühsam die Tränen. „Wo ist der Medicus?“

Resigniert berichtete Adalbert von seinen vergeblichen Bemühungen, in der Stadt einen Arzt aufzutreiben. Er kniete neben Siegfried nieder und strich ihm über das Haar. Adalbert dachte an Reineck aus dem Dorf Marienborn. Er könnte seinem Sohn vielleicht helfen. Sein Sud hatte die Krankheit zumindest gelindert. Doch ihn zu holen – wenn er überhaupt noch lebte –, würde einen ganzen Tag oder länger in Anspruch nehmen. In letzter Verzweiflung schüttelte Adalbert den Jungen an der Schulter. Doch Siegfried blieb regungslos liegen. Nur das kaum merkliche Heben und Senken seiner Brust zeigte, dass er noch lebte. Der Junge erlangte das Bewusstsein nicht mehr wieder und starb noch in derselben Nacht. Über die Familie Eckert legte sich erneut das dunkle Tuch der Trauer und Verzweiflung.

Als Adalbert wach wurde, wusste er zunächst nicht, wo er war. Die Situation erinnerte ihn an die Nacht, in der der Müller Peter gestorben war. Erneut drang von draußen ein Geräusch in die Stube, das sich in seinem Kopf festsetzte. Er versuchte, seine Gedanken zu ordnen. Was war in den vergangenen Wochen alles passiert! Kaum hatten sie sich ein neues Zuhause geschaffen, hatte ihnen der Tod den letzten Sohn geraubt. Siegfried war seit über zwei Monaten tot, und seitdem war nichts mehr, wie es einmal war. Erna sprach kaum noch ein Wort. Mathildes Augen war es abzulesen, dass sie in der Vorstellung lebte, als Nächste sterben zu müssen. Mit dem Frühling waren endlich auch die ersten Gäste in die „Weinstube am Dom“ gekommen. Doch der Tod des kleinen Siegfried lastete wie ein Fluch über dem Haus, in dem kein Lachen und kein Scherzen zu hören war, und wo es meist totenstill zuging. Nicht einmal das Osterfest konnte der Familie Freude bringen. Das Getuschel der Nachbarn tat ein Übriges. Die meisten Gäste kamen nicht wieder, und so herrschte oft gähnende Leere in der Weinstube.

Verzweifelt schloss Adalbert die Augen. Doch er fand keinen Schlaf. Leise richtete er sich auf, um Erna nicht aufzuwecken. Er war erst weit nach Mitternacht eingeschlafen, nachdem er sich lange von einer Seite zur anderen gewälzt hatte. Ein leichtes Schwindelgefühl packte ihn. In den vergangenen Tagen hatte er dies oft erlebt. Vielleicht waren es die

Mühsal und die Pein des Lebens, die ihn entkräftet hatten. Er trank einen Schluck Wasser, und erneut überkam ihn der Schwindel wie eine Welle. Er ließ sich auf sein Lager fallen und atmete schwer. Schwindel und Übelkeit hielten den ganzen Morgen an, und nur mühsam konnte er es vor Erna und Mathilde verbergen.

Der nächste Tag war wieder sehr mild, ein herrlicher Frühlingstag mitten im Wonnemonat Mai. Adalbert stand am Wassertrog im Hof und wusch gerade seinen Oberkörper. Da sah er es. Unter seiner Achselhöhle hatten sich kleine schwarze Knoten gebildet. Adalbert spürte, wie seine Beine nachgaben. Er schwankte und stolperte zu der Bank, die an der Stallwand stand. Er setzte sich und atmete tief durch. Noch einmal hob er den rechten Arm und begutachtete die Stelle. Es gab keinen Zweifel: zwei schwarze Knoten! In der linken Achselhöhle waren es sogar drei.

Ich werde sterben, schoss es ihm durch den Kopf. In ein paar Tagen werde ich tot sein.

Er erinnerte sich, dass Heiner ihm einmal erzählt hatte, wie es war, an der Pest zu sterben. Nur wenige Tage hatten die Unglückseligen Zeit, sich auf das Ende vorzubereiten. Manche konnten noch nicht einmal ihren Nachlass regeln und sich von ihren Liebsten verabschieden. Hatten sie eben noch ausgelassen gelacht und getrunken, so fielen sie im nächsten Augenblick leblos vom Stuhl.

Was sollte aus Erna und Mathilde werden? Panik ergriff Adalbert. Er würde seine Frau und das einzige ihnen noch verbliebene Kind in einer Welt zurücklassen, in der es keinerlei Hoffnung mehr gab.

In diesem Moment trat Erna in den Hof. Sie sah ihren am ganzen Leib zitternden Mann, stutzte und wollte besorgt näher kommen. Adalbert streckte beide Arme von sich. Er wollte sie warnen, doch schon die ersten Worte gingen in einen Hustenanfall über. Adalbert spuckte hellroten Schaum und ging in die Knie. Er sah nur noch, wie Erna entsetzt die Hände vor das Gesicht schlug.

War das das Sterben? Ein lichter Schleier hatte sich wie ein Netz über ihn gelegt. Durch diesen Schleier glaubte er Erna und Mathilde zu sehen. Er konnte nicht sprechen, er versuchte es gar nicht erst. Erna und Mathilde schauten ihn gütig an und lächelten dabei milde. Plötzlich tauchte sogar Siegfried auf, sein geliebter Sohn. Auch er lächelte. Der Schleier wurde immer heller, die Gesichter von Erna,

Mathilde und Siegfried verblassten dafür immer mehr. Adalbert fühlte sich frei und erlöst. Er hatte jegliches körperliche Gefühl verloren. Er starb, doch er empfand keine Angst dabei. Er wusste, dass er die Menschen, die ihm am liebsten waren, wiedersehen würde. Jetzt war nur noch ein weißes Licht zu sehen. Seine Zeit war gekommen.

Adalbert Eckert starb am 12. Mai 1631. Wie alle Pesttoten wurde auch er von zwei vermummten Gestalten, die keine Fragen stellten und kein Wort sprachen, abgeholt und zusammen mit fünf weiteren Leichen außerhalb der Stadt in einer Grube verscharrt. Erna und Mathilde waren nun allein auf sich gestellt. Um sie herum starben die Menschen an einem grauenvollen Tod, und sie warteten darauf, die Nächsten zu sein. Erna verschloss auch tagsüber Tür und Fenster der Weinstube. Nur ab und zu wagte sie sich auf die Straße, um das Notwendigste zum Leben zu kaufen.

Schnell begannen die Nachbarn wieder zu tuscheln und zu munkeln. Die Frau habe durch ihr gottloses Tun ihren Mann in die Pest getrieben. Wenn sich Erna einmal auf der Straße blicken ließ, trafen sie bösartige und verängstigte Blicke. Hexe, zischten die Nachbarn hinter ihr her. Verbrennen sollte man sie! Mathilde wurde von den Kindern gehänselt, verprügelt und als Hexentochter verspottet. Mutter und Tochter trauten sich kaum noch aus dem Haus, das für sie längst zum Gefängnis geworden war. Immer öfter schlugen Steine gegen die Fensterläden, immer öfter wurde der Ruf laut, den Hexenpfuhl anzuzünden und auszuräuchern. Eines morgens lag sogar der Hund vergiftet vor der Tür.

Und es kam noch schlimmer. In der warmen Sommernacht des Johannistags rotteten sie sich zusammen. In der Nacht, in der sonst die Menschen den Sommer mit all seinen Freuden feierten, wollten sie der Hexe den Garaus machen. Ein gutes Dutzend Männer und Frauen – sogar ein paar Kinder waren dabei – trugen brennende Fackeln, stellten sich vor die Weinstube und schrieen nach der Hexe. In einer Ecke der Stube kauerten Erna und Mathilde und umarmten sich verängstigt. Mathilde zitterte am ganzen Leib, während Erna das „Gegrüßt seist du, Maria" betete. Es flogen Steine, faule Eier und Kohlköpfe gegen die Weinstube. Immer lauter wurde das Geschrei. Als sich plötzlich jemand an der Tür zu schaffen machte, hielt sich Mathilde in panischer Angst die Arme über den Kopf, als würde jeden Moment die Weinstube einstürzen. Erna starrte mit aufgerissenen Augen auf die Tür, die sich unter dem Druck des Pöbels wölbte und jeden Moment nachzugeben drohte. An der Pest sollten sie nicht sterben, dafür aber durch das wahnsinnige Tun dieser Menschen.

„Ihr verdammtes Gesindel, verschwindet von hier!"

Dem lauten Schrei folgte ein klatschendes Geräusch, danach gleich noch eins. Jemand hatte sich den Tobenden entgegengestellt und ordentlich Backpfeifen verteilt. Ein Mann drohte, jedem die Knochen zu brechen, der es wagen sollte, dem Haus zu nahe zu kommen. Erna hörte, wie die Meute murrend abzog. Irgendjemand musste es geschafft haben, den rasenden Mob zu zerstreuen. Draußen war es still geworden. Als es an der Tür klopfte, zuckten Mutter und Tochter zusammen. Im gleichen Moment hörten sie wieder die Stimme des Mannes, der die aufgebrachte Menge in die Flucht geschlagen hatte.

„Adalbert, Erna, hört ihr mich. Hier ist Reinhard."

Ernas Herz machte einen Sprung. Sie öffnete die Tür und fiel Reinhard um den Hals, als wäre ihr seliger Adalbert von den Toten auferstanden. Reinhard machte ein verdutztes Gesicht und ließ Erna gewähren. Etliche Augenblicke standen sie so in der Tür, bis Erna Reinhard in die Stube bat.

In dieser Nacht schlief keiner von ihnen. Zuerst berichtete Erna von dem Wiederaufbau des Hauses und dem Tod ihres Sohnes und ihres Ehemannes. Sie erzählte ihm, dass sie Adalbert eines Morgens mit blutigem Schaum vor dem Mund im Hof vorgefunden habe. Danach habe er das Bewusstsein verloren. Nur einmal sei er in den nächsten drei Tagen wieder zu sich gekommen und habe sich immer wieder dafür entschuldigt, dass er ihnen die Pest ins Haus gebracht habe. Bevor er noch etwas habe sagen können, sei ihm das Blut in wahren Sturzbächen aus der Nase geschossen. Der Schauder übermannte Erna, als sie berichtete, wie die Pestbeulen aufgeplatzt waren. Mit einem letzten Seufzer sei Adalbert in der tiefen Nacht verschieden.

„Ich wundere mich, dass Mathilde und ich noch am Leben sind. Es hätte uns längst treffen sollen."

Reinhard schüttelte erschüttert den Kopf. „Wann hat dieses Sterben endlich ein Ende?", murmelte er immer wieder.

Als er sich ein wenig gefasst hatte, berichtete er Erna von seinen Erlebnissen, die nicht minder grauenvoll waren. In Worms angekommen, habe er feststellen müssen, dass auch dort die Pest wütete. In der

Stadt sei es zugegangen wie im Tollhaus. Väter hätten ihre Söhne verstoßen, Mütter ihre Töchter, weil sie sie für das große Sterben verantwortlich machten. Brüder hätten einander umgebracht, Schwestern sich gegenseitig die Augen ausgestochen. Pestkranke hätten sich wahllos gesunde Kinder gegriffen und sich mit ihnen in Brunnen gestürzt, um sie für alle Zeiten zu vergiften. Wie Reinhard schnell erfahren hatte, lebten sein Bruder und dessen Familie noch, doch Anfang Juni waren auch sie alle tot. Tagelang lagen die Toten in ihren Häusern oder in den Gräben der Gassen.

„Den Leichengeruch, der durch die Stadt waberte, werde ich nie vergessen."

„Warum bleiben ausgerechnet wir verschont, Reinhard?", fragte Erna, um sich gleich darauf selbst die Antwort zu geben. „Das weiß wohl nur Gott allein."

Der Morgen graute bereits, als Erna und Mathilde endlich einschliefen. Reinhard saß an diesem lauen Morgen noch eine ganze Weile im Hof, dann nickte auch er ein. Erst das ständige Schlagen von Eisen auf Eisen weckte ihn wenige Stunden später wieder auf. In der Stube saßen Erna und Mathilde und gingen ihren Beschäftigungen nach. Als Reinhard grüßte, konnte er in Ernas Augen eine stumme Frage lesen. Er setzte sich an den Tisch und starrte schweigend auf seine Schuhspitzen.

Erst nach einer Weile kam Erna die Frage über die Lippen. „Wie soll es weitergehen? Wirst du weiterziehen, vielleicht zurück nach Boppard?"

Reinhard stieß die Luft aus. Eigentlich hatte er nur vorgehabt, in Mainz kurz Station zu machen. In irgendeiner anderen Stadt wollte er versuchen, sich eine neue Existenz aufzubauen, falls dies in diesen Zeiten überhaupt möglich war. Nicht nur die Pest vernichtete Menschenleben. In den furchtbaren Krieg, der seit Jahren tobte, hatte sich jetzt auch der schwedische König eingemischt, der mit seinen Truppen durch Deutschland gen Süden zog. Reinhard berichtete von den Gräueltaten der Soldaten, wie Menschen anderen Menschen Jauche einflößten und ihnen dann mit sadistischer Lust auf den aufgeblähten Bäuchen herumtrampelten oder ihnen die Leiber einfach aufschlitzten. Pest, marodierende Söldner und mordgierige Soldaten, welche Geißel wollte Gott den Menschen noch aufbürden?

„Warum bleibst du nicht in Mainz?", fragte Erna leise. „Im Haus ist genug Platz. Ich verlange nicht viel. Ich brauch nur einen Menschen, dem ich vertrauen kann."

Reinhard schaute zuerst Erna, dann Mathilde und schließlich wieder Erna an. Minutenlang schwieg Reinhard, doch dann endlich nickte er – mit einem aufmunternden Lächeln auf den Lippen.

Chronik:

Auch in der zweiten Hälfte des Jahres 1631 geht das große Sterben in Mainz weiter. Die Lage verschärft sich, als im Dezember 1631 die Schweden in die Stadt einmarschieren und im katholischen Dom eine protestantische Messe lesen lassen. Doch auch die Schweden sind vor der Pest nicht gefeit. Vier Jahre nach der Einnahme der Stadt ist die Hälfte der vormals vierzehntausend Einwohner von Mainz tot. Von den zehntausend Schweden sterben an die neuntausend.

Erna Eckert und Reinhard Wann bleiben bis zu ihrem Tod 1655 zusammen, ohne je geheiratet zu haben. Reinhard, Erna und Mathilde werden von der Pest verschont. Durch Reinhards Anstrengungen erlebt die „Weinstube am Dom" schließlich wieder eine Blütezeit. Mathilde, die niemals mehr auch nur ein einziges Wort gesprochen hat, heiratet 1640 den Mainzer Kaufmann Richard Gastell und führt mit ihm zusammen bis zu ihrem Tod 1682 die „Weinstube am Dom". 1666 muss sie noch einmal eine Pestwelle miterleben, die in Mainz ebenfalls Tausende Männer, Frauen und Kinder dahinrafft. Mathilde und ihre Familie überleben auch diese Pestwelle. Ihr 1645 geborener Sohn Michael führt die Weinstube bis zu seinem Tod im Jahr 1705.

Gegenwart

Philipp machte ein erschrockenes Gesicht. „Das war aber eine schaurige Geschichte, Opa. Ging es damals wirklich so schlimm auf der Welt zu?“

Der alte Reimann nickte. „Es hat schon immer Zeiten gegeben, in denen die Menschen viel zu leiden hatten. Diese Jahre des Dreißigjährigen Krieges, denn er dauerte von 1618 bis 1648, waren ganz besonders schlimme Zeiten.“

In diesem Moment betrat seine Schwiegertochter das Zimmer. „Erzählst du dem Bub wieder Schauergeschichten?“, fragte Beppa, die die letzten Worte des Großvaters noch mitbekommen hatte.

Philipp winkte ab. „Ach Mama, ich hab schon viel Schlimmeres gesehen und gehört.“

Beppa Reimann blickte ihren Sohn tadelnd an. „So so, du Schlaumeier, hast du? Ich glaube es wird Zeit, dass du deinen Kram zusammenpackst, den nächsten Bus nimmst und nach Hause fährst. Deine Oma wird dir das Abendessen warm machen. Danach darfst du noch ein wenig fernsehen. Ich komme in einer Stunde nach.“

Philipp verzog das Gesicht, entgegnete aber nichts. Artig verabschiedete er sich von seinem Großvater, der ihm aufmunternd zuzwinkerte. „Wenn du nichts Besseres vorhast, kannst du morgen nach der Schule gern wieder raufkommen. Dann erzähle ich dir mehr über unsere Weinstube – auch Lustiges.“

„Natürlich komme ich wieder vorbei, Opa!“

Beppa wartete, bis ihr Sohn das Zimmer des Großvaters verlassen hatte. Sie nahm sich einen Stuhl und setzte sich an das Bett ihres Schwiegervaters. „Du erzählst gerne solche Geschichten, nicht wahr? Deinem Sohn hast du sie auch schon erzählt, als er noch klein war, und daran erinnert er sich noch heute.“

Der alte Reimann schaute seine Schwiegertochter an. Er wusste, dass etwas nicht stimmte. Und tatsächlich, bald lehnt sie sich zurück und begann, ihrem Herzen Luft zu machen. Erst vorgestern habe sich die Wirtin der Nachbarweinstube wieder einmal beim Ordnungsamt beschwert. Die Mülltonnen der Reimanns hätten mindestens einen halben Meter weit auf ihrem Grundstück gestanden. Beppa erinnerte sich noch gut an den vergangenen Sommer, als wegen des Areals, auf dem die Gäste der „Weinstube am Dom“ draußen auf der Gasse sitzen durften, ein regelrechter Kleinkrieg zwischen den Reimanns und den Sprangers von der Nachbarweinstube entbrannt war. Dreimal war es vorgekommen, dass Günther Spranger sein großes Auto in der engen Gasse so geparkt hatte, dass sich Beppas Gäste regelrecht dünn machen mussten, um in die Weinstube der Reimanns zu kommen. Angeblich hatte er schweres Zeug auszuladen und deshalb so dicht an seine Weinstube heranfahren müssen.

Der alte Reimann lächelte milde. „Gemessen an den Problemen, die die Leute früher hatten – und dabei rede ich noch nicht einmal von mir –, kommt mir das doch sehr kleinlich vor.“

Beppa winkte ab. „Der Spranger und seine Frau können uns nicht kleinkriegen. Die ärgern sich bloß maßlos, dass unsere Weinstube immer voll ist, während sich in ihre höchstens mal ein paar Touristen verirren. Man darf die Gäste eben nicht anschnauzen, nur weil sie höflich nachfragen, ob das Essen vielleicht vergessen wurde.“

Ihr Schwiegervater wechselte das Thema. „Wie macht sich die Irina?“

Am Gesichtsausdruck seiner Schwiegertochter sah er, dass er in ein anderes Wespennest gestochen hatte. Irina war Aushilfskraft bei den Reimanns – zumindest war sie es bis gestern gewesen, wie er gleich erfuhr. Nachdem die Liesel, die in den vergangenen fünfzehn Jahren den Reimanns im Schankraum und in der Küche zur Hand gegangen war, aus Mainz weggezogen war, hatten sie sich eine neue Mitarbeiterin suchen müssen und einen entsprechenden Zettel an die Tür der Schankstube gehängt. Die ersten drei Frauen, die sich vorgestellt hatten, wollten die Bezahlung schwarz auf die Hand haben. Die Vierte hatte sich geweigert, die Küche zu putzen, während die Fünfte nie pünktlich gekommen war. Erst mit Irina, einer jungen Polin, hatten die Reimanns endlich eine verlässliche Aushilfskraft gefunden – dachten sie zumindest.

„Du weißt ja noch gar nicht, was gestern Abend vorgefallen ist“, rief Beppa laut und berichtete von dem Vorfall. Armin hatte sie in den Keller geschickt, um eine Kiste Wein hervorzuholen. Als sie nach fünf Minuten immer noch nicht wieder im Schankraum erschienen war, schaute er nach.

„Es hätte ja sein können, dass sie hingefallen war und sich nicht mehr bewegen konnte.“ Beppa war der Zorn deutlich anzusehen. Doch Irina war nicht gestürzt. Sie saß in einer Ecke des Kellers, und neben ihr lag eine leere Weinflasche. Eine zweite Flasche hielt sie bereits geöffnet in ihrer Hand. „Sie hat eine Flasche Wein innerhalb von wenigen Minuten ausgetrunken! Kannst du dir das vorstellen? Und die zweite hätte sie ebenfalls angesetzt, wenn Armin sie nicht gefunden hätte", rief die Wirtin aufgebracht. Private Sorgen mit ihrem Ehemann hätten sie dazu gebracht, habe sie unter Tränen erzählt. Armin Reimann hatte sie noch am selben Nachmittag ausbezahlt und vor die Tür gesetzt. Nach Irina arbeitete jetzt Maria, eine junge Russin, bei den Reimanns. Mit ihr schienen sie glücklicherweise eine weitaus zuverlässigere Aushilfe gefunden zu haben.

Auch Reimann schüttelte den Kopf. Er wusste, wie schwierig es war, zuverlässiges Personal zu bekommen. In der heutigen Zeit arbeiteten nur in den wenigsten Gaststätten alle Familienmitglieder. Und die Wirtsleute renommierter Lokale hatten aufgegeben. Jetzt waren darin große Ketten vertreten, die sich ausschließlich auf ein junges Publikum konzentrierten. So war es auch mit dem „Heilig Geist" geschehen, nur ein paar Straßen von der „Weinstube am Dom" entfernt. Manchmal hatte der alte Reimann Angst, dass so etwas auch mit seiner Weinstube passieren könnte. Denn es stand in den Sternen, ob Philipp einmal die „Weinstube am Dom" übernehmen wollte. Zwar sagte er immer, dass für ihn nichts anderes in Frage komme, doch bei einem Heranwachsenden konnte sich das jederzeit wieder ändern.

Auch war es fraglich, ob man Philipp in diese Richtung leiten sollte. Was, wenn er lieber einen anderen Beruf ausüben, studieren oder vielleicht sogar ins Ausland gehen wollte? Seine Eltern waren entschlossen, ihn keinesfalls zu drängen, die Weinstube zu übernehmen. Doch irgendwann würden auch Beppa und Armin zu alt für die Weinstube sein.

Die Schwiegertochter stand seufzend auf. „Wahrscheinlich ist Maria schon da. Dann kann ich ebenfalls bald nach Hause fahren." Sie drohte scherzhaft mit dem Zeigefinger. „Wenn Philipp morgen wieder zu dir kommt, erzählst du ihm bitte keine Schauermärchen mehr. Tust du mir den Gefallen? Der Junge muss eigentlich mehr für die Schule tun."

Reimann nickte. Seine Schwiegertochter stand schon im Türrahmen, als sie sich noch mal umdrehte. „Übrigens, im ersten Programm läuft heute Abend „Der Kongress tanzt". Den Film magst du doch so gerne."

Reimann hob dankend die Hand, als er plötzlich stutzte. „Der Kongress tanzt", murmelte er. „So etwas Ähnliches war doch auch einmal in Mainz." Er lächelte spitzbübisch. Jetzt wusste er, welche Geschichte er Philipp morgen erzählen würde.

Der Kongress tanzt

Juli 1792

Chronik:

Ende des 18. Jahrhunderts erlebt das Fürstentum mit seinen Potentaten eine letzte Blütezeit. Während in Frankreich die Revolution von 1789 die Feudalherren samt König und Königin aus ihren Ämtern jagt, herrschen im Heiligen Römischen Reich Deutscher Nation, das mehr und mehr zu einem morschen Gebilde verkommt, noch immer Kaiser und Kurfürsten. Nach dem Tod Leopolds II., am 1. März des Jahres 1792, muss ein neuer Kaiser inthronisiert werden. Die Wahl fällt auf Franz aus dem Hause Habsburg. Als Franz II. wird er am 14. Juli 1792 in Frankfurt gekrönt. Wenige Tage später treffen sich Kaiser Franz, König Friedrich Wilhelm II. von Preußen und dutzende Fürsten des Reiches zu einem Kongress, dem letzten höfischen Fest, das Mainz erleben sollte.

Der Kanonenschlag ließ Klara Weinel zusammenzucken. Das also war der Tag, an dem der erst vor wenigen Tagen in Frankfurt gekrönte Kaiser in die Stadt kam. Es hatte sich wie ein Lauffeuer in Mainz herumgesprochen: Kaiser Franz II. aus dem Hause Habsburg, in Frankfurt von Friedrich Carl Joseph von Erthal, Mainzer Erzbischof und Kurfürst, gekrönt, ließ in Mainz zum Fürstenkongress bitten.

Ein weiterer Kanonenschlag ertönte.

„Ist ja gut“, fluchte die gut beleibte Frau mit einem schrägen Blick aus dem Fenster der Weinstube. „Wir wissen's ja mittlerweile. Der Kaiser kommt in die Stadt.“ Normalerweise konnte sie nichts aus der Ruhe bringen. Wenn ein Zecher in der „Weinstube am Dom“ zu übermütig wurde, war es Klara Weinel, die ihn wieder zur Vernunft brachte. So manchen Halunken hatte sie eigenhändig vor die Tür gesetzt, auch wenn sie sich dabei einige blaue Flecken geholt hatte. Aber dieses Getöse heute in der Stadt, das war auch für sie zu viel des Guten. Jedermann schien auf den Beinen zu sein, um sich auf den Kongress vorzubereiten. Selbst die Bettler schienen vornehmer gekleidet als sonst.

Gisbert, ihr Mann, band sich seine lederne Wirtsschürze um und lächelte. „Vergiss nicht, Frau. Mit dem Kaiser kommt auch unser vornehmer Gast. Der ist zwar kein König, noch nicht einmal ein Fürst. Aber einen Grafen in seinem Haus beherbergen zu dürfen, ist auch keine Schande."

Klara Weinel stemmte ihre Hände in die Seiten. „Ach, Gisbert, glaubst du ernsthaft, es ist eine Ehre, wenn ein Graf in unserem Bett schläft? Bild dir bloß nicht ein, dass danach feinere Gäste zu uns kommen. Wir sind eine Weinstube und keine Herberge. Elisabeth muss sich in Friedels Stube einrichten, damit wir in ihrem Bett schlafen können, nur damit der Herr Graf auch ja eine ordentliche und geräumige Kammer vorfindet."

Sie klopfte mit dem Fingerknöchel gegen das Weinfass, das hinter der Theke stand. „Ist bald leer."

Gisbert Weinel nickte kaum merklich. „Ich hol mit Friedel gleich ein volles Fass aus dem Keller. Hat Elisabeth unsere Kammer mittlerweile hergerichtet?"

„Sie ist gerade dabei. Und bevor du fragen kannst: Das Bettzeug ist frisch gewaschen, die Stube ausgekehrt, die Bettvorhänge gelüftet, die Fensterscheiben sind geputzt. Es steht sogar eine Schale mit frischem Obst auf dem Nachttisch. Ich hoffe, der Graf mag unsere süßen Kirschen. Es waren die letzten, die auf dem Markt zu bekommen waren. Er wird so gut schlafen wie in seinem Schloss."

Gisbert Weinel klatschte zufrieden in die Hände. „So und nicht anders habe ich es mir vorgestellt."

Er bemerkte, wie seine Frau nochmals die Augen verdrehte, und hob beschwichtigend die Hände. „Wie ich gehört hab, kommt der Graf aus einer Gegend, in der kein Wein wächst. Wär doch gelacht, wenn wir ihn nicht für Mainzer Gemütlichkeit und einen guten Tropfen Mainzer Wein begeistern könnten."

Ein weiterer Kanonendonner ertönte.

„Bis es soweit ist, hat mich dieses Kanonenschießen längst ins Grab gebracht", seufzte Klara. „Ich bin mir sicher, wenn du mit ihm an einem Tisch sitzt, wirst du ihn schon für unseren Wein begeistern können. Und ich kann nachher zwei betrunkene Säcke in ihre Kammern schaffen. Meinen Gatten und den Grafen."

Jetzt musste Gisbert lachen. „Lass mal gut sein, Frau. Wirst es schon überleben. Außerdem kann ich mir nicht vorstellen, dass sich ein Graf mit einem einfachen Wirt an einen Tisch setzt und einen Schoppen trinkt."

Laut rief er nach seinem Ältesten und eilte dann schnellen Schrittes über den Hof in den Keller, wo er die Weinvorräte überprüfen wollte. Es goss in Strömen. Für einen Sommertag im Juli war es empfindlich kühl.

Während er in aller Ruhe die Weinfässer abklopfte und auf seinen Sohn wartete, ließ Gisbert noch einmal die letzten Tage Revue passieren. Er hatte noch gut die Proklamation des Erzbischofs in Erinnerung, die vor drei Wochen überall in den Straßen der Stadt angebracht worden war. Darin waren Mainzer Familien aufgefordert worden, ihre Kammern und Zimmer für die hohen Gäste zu räumen. Neben dem Kaiser und dem preußischen König kamen nicht weniger als fünfzig Reichsfürsten und an die hundert Reichsgrafen in die Stadt. Mit ihren Sekretären, Lakaien, Dienern, Zofen und anderen Domestiken dürften sich bald etliche Tausend Fremde in der Stadt aufhalten. Und sie alle, ob Kaiser oder Diener, wollten ein warmes Bett. Die niederen Chargen freilich mussten mit einem Strohsack in einer kleinen Kammer, vielleicht sogar in einem Stall vorlieb nehmen.

Die Weinels hatten einen Grafen aus Norddeutschland zugewiesen bekommen, der für drei Tage in der „Weinstube am Dom" nächtigen sollte. Sein Diener schlief bei einem Kerzendreher einige Häuser weiter in der Nähe des Fischtors. So weit war es schon gekommen. Der Diener eines vornehmen Herren war mit Sicherheit kein ungebildeter Mensch. Und er war bestimmt ein weiches Lager gewohnt. Und doch musste er in einer kleinen Kammer mit einem Strohlager nächtigen. Beim Steinacker, einer Weinstube auf der anderen Seite des Domes, deren Wirt ein alter Freund der Weinels war, wurde ebenfalls ein Graf, ein Adliger aus Süddeutschland, einquartiert.

Von ihrem befreundeten Weinhändler hatten die Weinels erfahren, welche Tropfen die vornehmen Herrschaften und Majestäten in Mainz genießen wollten. Schloss Johannisberger war darunter, von den ausgezeichneten Jahrgängen 1781 und 1783. Gisbert wusste vom Steinacker, dass es sich hierbei um exzellente Weine handelte, die nirgendwo in der Stadt, sondern nur im erzbischöflichen Palais und anderen hohen Häusern ausgeschenkt wurden. Auch Hochheimer und Niersteiner Weine waren ins Kurfürstliche Schloss und in die Residenz Favorite gebracht worden. Während das Schloss nur wenige Minuten nordwestlich von der „Weinstube am Dom“ in der Nähe des Rheins stand, lag der kurfürstliche Lustgarten Favorite in der entgegengesetzten Richtung gegenüber der Mainmündung am Rhein, genau zwischen Mainz und dem Dorf Weisenau.

Der nächste Kanonenschlag war selbst im tiefen Keller der Weinels zu hören. In wenigen Stunden, am frühen Abend also, würde der hohe Gast in der Weinstube eintreffen. So hatte die Dompropstei die Weinels instruiert und darauf hingewiesen, dass sich, solange der hohe Herr bei den Weinels weilte, keine Gäste in der Stube aufzuhalten hatten. Für den Verdienstausfall sollten sie eine angemessene Entschädigung erhalten.

Alles war für den Empfang vorbereitet. Der Graf esse gern frische Früchte, hatte es aus der Propstei geheißen. Soll er! Außer den Kirschen hatte Klara auch frische Äpfel und Birnen eingekauft. Auch genieße er regelmäßig, gleichsam als Medizin für seinen müden Körper, einen heißen Tee mit einem kräftigen Schuss Schnaps. Der Diener des Grafen werde Entsprechendes bei den Weinels deponieren, behalte sich aber vor, ihn seinem Herrn selbst zuzubereiten.

Soll er haben, dachte sich Weinel, obwohl er sich nicht vorstellen konnte, dass ein solches Gebräu schmeckte. Er war viel lieber einem kräftigen Riesling zugeneigt, ab und zu auch einem Bier.

Weinel atmete tief durch. Wahrscheinlich würden sie ihren hohen Gast nicht allzu häufig zu Gesicht bekommen. Tagsüber und abends würde er sich im Kurfürstlichen Schloss aufhalten, nachmittags in der Favorite, dem groß angelegten Garten des Erzbischofs, der in Richtung Weisenau direkt am Rhein gelegen war. Jetzt stieß auch Gisbert einen Seufzer aus. In ein paar Tagen würden Kaiser, König, Fürsten und Grafen wieder aus der Stadt verschwunden sein. Dann würde wieder der Alltag einkehren – bis der Mainzer Erzbischof den nächsten Kaiser krönen musste. Nur Gott wusste, wann und wer das sein würde. Mit Sicherheit würde es wieder ein Habsburger sein, denn so war der Lauf der Dinge.

Ein Rufen lenkte Gisbert Weinel ab. Es war Friedel, mit siebzehn Jahren sein ältester Sohn, ein lebhafter und aufgeweckter Junge, der seinem Vater große Freude bereitete. Mit lauter Stimme rief er seinem Vater schon vom oberen Treppenabsatz zu, dass seine ältere Schwester das Zimmer jetzt hergerichtet habe. Zusammen schleppten sie ein volles Weinfass vom Keller in den Schankraum. Auch wenn keine Gäste zu erwarten waren, ihrem gräflichen Gast mussten sie zumindest jederzeit Wein anbieten können.

„Was meinst du, Friedel, wollen wir nicht auch zum Schloss laufen und uns die Ankunft der kaiserlichen und königlichen Herrschaften anschauen? Es kommen sowieso keine Gäste."

Der Sohn nickte begeistert. Auch er wollte unbedingt einen Blick auf den Kaiser werfen. Wie schon erwähnt, war es von der Weinstube am Dom bis zum Kurfürstlichen Schloss nur wenige Augenblicke. Die Kurfürstliche Residenz war bereits vor einhundertsechzig Jahre erbaut worden und damit so alt wie die Weinstube der Weinels. Gisbert Weinel hatte seinem ältesten Sohn schon oft den Holzbalken über der Tür gezeigt. Dieser Balken trug die Jahreszahl 1631 und stammte somit aus einer Zeit, als es in Mainz – und nicht nur dort – drunter und drüber ging, wie Gisbert wusste. Doch bestimmt war die Weinstube schon sehr viel älter. Besonders im Winter, wenn sich an den verschneiten Tagen kaum ein Gast in der Wirtsstube blicken ließ, erzählte Gisbert Weinel seinem jüngsten Sohn Anton Geschichten von tapferen Rittern und mutigen Königen, die in der „Weinstube am Dom" ihren Schoppen Wein getrunken hatten, bevor sie sich zu den Kreuzzügen gegen die Ungläubigen aufmachten. So hatte es sich zwar bestimmt nicht abgespielt, aber wer weiß, vielleicht war doch schon einmal ein berühmter Herrscher in dieser Weinstube eingekehrt. Elisabeth und Friedel mussten dann immer lachen, denn sie hatten diese Geschichten schon oft zu hören bekommen.

Obwohl es noch immer regnete, strömten die Mainzer zu Hunderten zum Schloss. Bürger der feinen Gesellschaft der Stadt, aber auch das einfache Volk, wollten Kaiser, König, Erzbischof und ihr Gefolge sehen. Die Schulkinder hatten sich extra für dieses bedeutende Ereignis herausgeputzt. Am Ufer des Rheines war eine unübersehbare Zahl von Kanonen aufgestellt. Gisbert schätzte, dass es bestimmt dreihundert waren. Inzwischen hatten auch die Glocken zu läuten begonnen, ein untrügliches Zeichen, dass die hohen Gäste jeden Moment eintreffen mussten.

Friedels Augen leuchteten. Es kam nicht oft vor, dass sie so viele vornehme Bürger der Stadt zu sehen bekamen. Geschichten über das Leben der feinen Gesellschaft der Stadt kursierten viele, etliche wurden auch in der „Weinstube am Dom" erzählt. Es waren Geschichten über prunkvolle Feste am Hofe des Erzbischofs hier im Kurfürstlichen

Schloss oder auch in seinem Lustgarten Favorite, den die Weinels noch nie zu Gesicht bekommen hatten.

Doch die überwiegende Zeit verbrachten die Mainzer Adeligen gar nicht in der Stadt. Die meisten hatten ihre Landresidenzen, beispielsweise im Rheingau, einer lieblichen Landschaft nur zwei Stunden Kutschfahrt von Mainz entfernt, oder an einem anderen schönen Fleckchen Erde, von denen es außerhalb von Mainz zahlreiche gab. Der Steinacker, der nicht nur Wirt, sondern auch Weinhändler war, hatte Gisbert einmal erzählt, dass er eine Fuhre Wein nach Aschaffenburg am Main hatte bringen dürfen, wo der Erzbischof seine Sommerresidenz hatte. Durch einen großen Garten musste der Steinacker damals mit seinem Fuhrwerk fahren, einem Garten, in dem lange Wege aus schneeweißen Kieselsteinen angelegt waren. Am Rand der Wege wuchsen fein säuberlich gestutzte Hecken. Ganze Heerscharen von Gärtnern schienen den ganzen Tag mit nichts anderem beschäftigt zu sein, als diese Hecken zu schneiden. In den Beeten standen Rosen und andere Blumen in voller Blüte, die Vögel zwitscherten und die Bienen summten.

Und das war noch längst nicht alles, hatte ihm der Steinacker brühwarm erzählt. In dem Park gab es ein kleines Dorf mit seltsam anmutenden Hütten, wie sie in keinem Dorf im Mainzer Umland zu sehen waren. Die Dächer dieser Hütten waren nicht mit Stroh, sondern mit einem reisigartigen Material gedeckt. In diesem Dorf, und das war das Verwunderlichste, lebte niemand. Es stand einfach da – wohl zur Belustigung des Erzbischofs und seines Hofstaates. Wenn es ein Paradies auf Erden gebe, dann in der Sommerresidenz des Erzbischofs, hatte der Steinacker mit verklärtem Gesicht geschwärmt.

Dem einfachen Volk waren diese Welten verschlossen. Nur bei Gelegenheiten wie an diesem Julitag durfte es einen Blick auf die Mächtigen werfen, die die Geschicke dieser Welt lenkten.

Plötzlich – Gisbert und Friedel hatten sich inzwischen länger als eine Stunde die Beine in den Bauch gestanden – ertönte Hufgetrappel, und erneut donnerten Kanonenschüsse. Gisbert reckte seinen Hals und sah mehrere Sechsspänner. Begeistert stieß er seinen Sohn an, der sich ebenfalls reckte, um einen Blick erhaschen zu können. Der Kaiser war im Anmarsch. Langsam machte sich Jubel breit, in den auch Gisbert und Friedel einfielen. Begleitet wurden die kaiserlichen Gäste von einer großen Schar Mainzer Husaren, außerdem waren Trompeter, Trommler, Reiter und allerlei fein gekleidetes Fußvolk zu sehen.

„Das muss der Kaiser sein", rief Friedel plötzlich überschwänglich, und durch die Zuschauermenge ging ein Raunen.

In der Tat war jetzt eine Kutsche zu sehen, die ohne Zweifel die prächtigste im ganzen Zug war. Dieser Kutsche entstieg ein hagerer Mann, der mit ernstem Gesicht die Umgebung musterte. Erstaunlich jung war der Kaiser, gemessen an der Last und Verantwortung, die seine schmalen Schultern, über die er einen Umhang gelegt hatte, zu tragen hatten.

„Vivant! Vivant!"

Die Menge hatte ihn sofort erkannt. Franz II. war der Kaiser des nun schon seit fast tausend Jahre währenden Heiligen Römischen Reiches Deutscher Nation und damit einer der Nachfolger so mächtiger Kaiser wie Karl dem Großen, Otto dem Großen oder Friedrich II. aus dem Hause der Staufer. Die Frau an seiner Seite musste die Kaiserin sein. Keine Schönheit vor dem Herrn, aber wohl eine herzensgute Gemahlin, die für ihr Volk sogar ein mildes Lächeln übrig hatte.

Majestätische Würde strahlte auch ein anderer Mann aus, der ebenfalls der kaiserlichen Kutsche entstiegen war. Da er unmittelbar nach dem Kaiser und dessen Gemahlin auf die Treppe des Schlosses zuschritt, konnte es sich nur um den preußischen König Friedrich Wilhelm II. handeln.

Im Gegensatz zum Kaiser strotzte dieser Mann nur so vor Leibesfülle. Wegen des Regens hatte er ein klein wenig das Genick eingezogen. Nach ihm schritt ein gutes Dutzend Vertrauter des Kaisers die Schlosstreppe hinauf.

„Wahrscheinlich entleeren sämtliche Demokraten Frankreichs gerade ihre Nachttöpfe."

Gisbert fuhr herum. Der Mann hinter ihm, der diesen seltsamen Satz gesagt hatte, schaute in die grauen Wolken und verzog trotz der dicken Regentropfen, die auf ihn niederfielen, seinen Mund zu einem spöttischen Grinsen. Seiner Kleidung nach zu urteilen, gehörte er der Oberschicht der Stadt an, obwohl er ziemlich weit hinten in der Menge des Volkes stand. Gisbert wagte nicht, ihn zu fragen, was er damit gemeint habe und ob er den Kaiser und die Kaiserin vielleicht beleidigen wolle. Vielleicht plante er sogar ein Attentat, aber dafür, das sah Gisbert sofort ein, stand er viel zu weit weg vom Geschehen um die Mächtigen der Stadt und des Reiches.

„Vivant! Vivant!"

Auch am allgemeinen Jubelruf der Zuschauer beteiligte sich dieser Mann – er war höchstens Mitte dreißig – nicht. Um seine Lippen spielte weiterhin ein spöttisches Grinsen, das Gisbert irritierte.

Der Kaiser, die Kaiserin und der preußische König hatten jetzt das Ende der Schlosstreppe erreicht, wo der Mainzer Erzbischof, Kurfürst Friedrich Carl Joseph von Erthal, mit seinen engsten Vertrauten bereits warteten. Der Kurfürst war ein würdevoller Mann von über siebzig Jahren, mit einer markanten Nase. Vor zwanzig Jahren war er zum Erzbischof und Kurfürsten gewählt worden. Damit war er auch zum Erzkanzler des Deutschen Reiches geworden. Nach dem huldvollen Begrüßungszeremoniell schloss sich das Tor.

Jetzt verstummte die Menge vor dem Schloss und verharrte in gespannter Erwartung. Und in der Tat wurde ihre Geduld nicht enttäuscht. Nach einer Weile öffnete sich am prächtigen Balkon des Schlosses die Tür, und zusammen mit dem Fürsterzbischof traten die Mächtigen des Reiches auf den Balkon, um die Huldigungen ihres Volkes entgegenzunehmen. In der ersten Reihe vor dem Schloss stand die vornehme Bürgerschaft der Stadt, dahinter das einfache Volk, darunter auch Gisbert und Friedel und eben jener seltsame Vogel, den die feierliche Atmosphäre nur wenig zu scheren schien.

Erneut ertönte eine ganze Reihe von Kanonenschlägen, und noch einmal stimmten Volk und Bürgerschaft ein lautes „Vivant!“ an. Der Kaiser und seine Gemahlin winkten noch einmal, dann verließen alle den Balkon.

„Wahrscheinlich schmieden sie jetzt an ihren Kriegsplänen gegen das revolutionäre Frankreich. Den französischen Adligen gewährt die Stadt ja schon seit langem Asyl.“

Wieder war es dieser seltsame Mann, der Gisbert mit seinen geheimnisvollen und respektlosen Äußerungen irritierte. Was wollte dieser Mensch?

„Wieso schaut Ihr mich so entgeistert an, guter Mann?“, sagte er jetzt, als hätte er Gisberts Gedanken erraten. „Habt Ihr noch nicht gehört, was in Frankreich geschehen ist?“

Gisbert zuckte nur wortlos mit den Schultern. Warum redete dieser Vogel ausgerechnet mit ihm? Sah er etwa aus wie ein Ratsherr oder ein kurfürstlicher Sekretär? Er war doch nur ein einfacher Weinwirt.

„In Frankreich hat die Revolution gesiegt, und jetzt wollen die da oben das revolutionäre Feuer löschen. Mit Sicherheit werden sie ein entsprechendes Communique verabschieden. Wenn sie sich damit mal nicht verrechnen."

Gisbert wusste immer noch nicht, worauf der Fremde überhaupt hinaus wollte. Natürlich hatte auch Gisbert davon gehört, dass in Frankreich König und Königin (Gisbert wusste noch nicht einmal ihre Namen) zum Teufel gejagt worden waren. Das war aber auch schon alles. Er hatte eine fünfköpfige Familie zu ernähren und konnte sich nicht um die Angelegenheiten fremder Länder kümmern. Die Weinstube garantierte ihnen ein Einkommen, mit dem sie gerade so über die Runden kamen. Und jetzt kam dieser Mensch daher und wollte mit ihm über die große Politik diskutieren. Vielleicht führte er auch nur Selbstgespräche.

„Die werden sich noch wundern", murmelte der Fremde jetzt, lüftete kurz seinen Hut und zog unverrichteter Dinge von dannen.

„Wer war das, Vater?"

„Keine Ahnung, mein Sohn, ich hab wirklich keine Ahnung."

Für die Rückkehr zur Weinstube nahmen Vater und Sohn nicht den direkten Weg. Gisbert führte Friedel an der Mühlpforte (seit vielen Jahrhunderten eines der wichtigsten Tore zur Stadt) vorbei zur Schlosskapelle und zur Reichskanzlei. Beide Gebäude, prächtig anzuschauen, waren vor mehr als zweihundert Jahren errichtet worden. Von dort gingen sie weiter am Deutschhaus vorbei, dessen Hauptfassade wie die des Schlosses zum Rhein hin ausgerichtet war. Auch in dieses erzbischöfliche Palais hatte der Steinacker oft Wein geliefert (Gisbert neidete es seinem Freund manchmal, dass er als Weinhändler so viele lukrative Aufträge einheimste; er hatte sich schon oft gefragt, ob mit dem Verkauf von Wein nicht mehr Geld zu verdienen wäre als mit dem Ausschank). Steinacker hatte ihm von den prächtigen Gemälden im Innern des Deutschhauses erzählt, von Engeln und edlen Rittern, die die Decken des prächtigen Gebäudes zierten.

Der Regen hatte in der Zwischenzeit aufgehört, und so wandelten vor dem Deutschhaus zahlreiche Mainzer genau an der Stelle, wo sich vor siebzig Jahren ein furchtbares Unglück ereignet hatte. Eine Scheune war damals abgebrannt und mit ihr das alte Zeughaus. Das dort gelagerte Schießpulver war in mächtigen Schlägen explodiert, die weit über die Stadtgrenzen zu hören gewesen waren. Tote und Verletzte hatte es gegeben.

Im Volksmund hieß der Platz vor dem Deutschhaus auch „uff de Schweinsmiste“, denn hier hatten im Mittelalter die Metzger ihre Schweine grasen lassen. Damals hatte der Bereich weit außerhalb der Stadtgrenzen gelegen. Hier hatten auch die Gerber ihre Hütten. Wegen des Gestanks, der aus ihren Werkstätten drang, waren sie in der Stadt nicht unbedingt gern gesehen.

Vom Deutschhaus war es nicht weit bis zur Schiffsbrücke, die über den mächtigen Rhein nach Kastel führte, einem kleinen Dorf und ehemaligen Römerlager, das auf der rechten Flussseite genau gegenüber von Mainz lag. Vor zehn Jahren, als Friedels jüngerer Bruder Anton noch nicht auf der Welt war, hatten die Weinels zur Johannisnacht einmal einen Ausflug über die Brücke zur Maaraue auf der anderen Rheinseite unternommen. Die Maaraue wurde vom Rhein einerseits und vom Main andererseits umrahmt. Ein Verbindungsarm zwischen Main und Rhein, Laache genannt, hatte die Maaraue schon vor langer Zeit zur Insel werden lassen. Grüne Wiesen voller Blumen und ein lichter Wald bedeckten dieses Fleckchen Erde, das schon die Herrscher früherer Jahrhunderte zu schätzen wussten. Die Weinels hatten sich im Gras niedergelassen und sich die Silhouette von Mainz angeschaut. Später hatte Gisbert die Geschichte von den Helden aus dem Nibelungenlied erzählt und alle hatten sich vorgestellt, wie die mutigen Könige und ihre Ritter gegen Verrat und Hinterhalt kämpften.

Gisbert und Friedel waren bereits seit mehr als zwei Stunden wieder in der Weinstube, als Hufgetrappel in der engen Gasse, in der die Weinstube am Dom stand, das Kommen ihres norddeutschen Gastes ankündigte. Zur Begrüßung hatten sich die Weinels und sogar die beiden Küchenmägde (Klara hatte sie vorsorglich am Vormittag zum Baden geschickt) vor dem Eingang aufgestellt. Der Doppelspänner hielt an, der Kutscher (der auch gleichzeitig der Diener des Grafen war) stieg ohne große Eile von seinem Bock herunter und öffnete den Schlag.

„Graf Rosenberg von Emslohe“, sagte er mit lauter Stimme und erstarrte.

Die Weinels und ihre beiden Küchenmägde senkten leicht die Köpfe.

„Sie mögen sich keine Umstände machen. Ich bin nicht der Kaiser, nicht der König und noch nicht einmal ein Fürst“, hörten sie eine angenehme, leicht näselnde Stimme. Augenblicklich hoben alle wieder ihre

Köpfe. Der Graf wirkte freundlich und lächelte gütig. Er hatte etwa Gisberts Größe, war also von mittlerer Gestalt und schien gutem Essen nicht abgeneigt zu sein. So füllig sein Leib, so licht war dagegen das bereits weiß gewordene Haupthaar. Mit Sicherheit hatte er die fünfzig längst überschritten. Klara Weinel warf ihrem Mann einen schnellen Blick zu. Der bemächtigte sich sofort des erstbesten Koffers, den der Diener auf dem Pflaster abgestellt hatte. Drei weitere Koffer waren noch auf der Kutsche verstaut.

„Eure gräfliche Herrschaft ...", wollte Klara ein wenig hilflos beginnen, doch der Angesprochene fiel ihr sofort ins Wort.

„Graf Georg reicht völlig", sagte er. „Nur die Tatsache, dass meine Familie bereits Kaiser Karl dem Vierten gedient hat, und das ist schon ein paar Jahrhunderte her, verschafft mir das Privileg, bei diesem Kongress dabei zu sein, wenngleich ich mir nur als Staffage vorkomme."

Klara nickte erleichtert. Dieser Mann schien trotz seines hohen Standes ein umgänglicher Mensch zu sein. „Es ist alles vorbereitet, Graf Georg. Wir hoffen, dass Ihr Euch in unserer bescheidenen Gaststube wohl fühlen werdet."

„Bestimmt, bestimmt", entgegnete der Graf und ließ sich von seiner Gastgeberin den Weg zeigen. Der Diener, ein hochgewachsener Mensch mit verschlossenem Gesicht und höherem Alter als sein Herr, wich ihm nicht von der Seite. Im Gegensatz zu seinem Herrn musterte er das Innere der Weinstube mit kritischen Blicken. Ihnen folgten Gisbert und sein ältester Sohn, die sich mit den Koffern des gräflichen Gastes abrackerten.

Gisbert sollte Recht behalten. Den Grafen bekamen sie kaum zu Gesicht. Immerhin hatte er anerkennend genickt, als Klara ihm die Tür der großen, aber bescheiden eingerichteten Kammer, die direkt über der Gaststube lag, geöffnet hatte. Sofort hatte er sich mit fast kindlicher Begeisterung über die Kirschen hergemacht, nicht ohne vorher Anton, dem Jüngsten der Weinels, noch einmal über dessen blonden Haarschopf zu streichen. Wenig später war er wieder von seinem Diener mit der Kutsche abgeholt worden. Die war kaum um die Ecke verschwunden, als es an der Tür klopfte. Klara verzog den Mund und öffnete. Mit einer kurzen Bemerkung wollte sie den vermeintlichen Gast wegscheuchen, doch der Mann, der vor der Tür des

Schankraumes stand, machte überhaupt keine Anstalten, einzutreten. Gisbert, der sich ebenfalls im Gastraum aufhielt, zog verdutzt die Augenbrauen hoch. Vor der Weinstube stand dieser seltsame Vogel, der bei der Ankunft der Adligen am Schloss dieses wirre Zeug geredet hatte.

„Ich kam zufällig vorbei, als ich sah, welch hohen Gast ihr beherbergt", fing er unvermittelt und ungefragt an. Dabei ließ er völlig offen, ob er sich noch an Gisbert und seinen Sohn Friedel erinnerte. Bevor die Weinels etwas entgegnen konnten, redete er ununterbrochen weiter. Er missbillige das, was sich in Mainz zusammenbraue, zutiefst. Die Zusammenkunft der Potentaten sei nicht mehr als eine absolutistische Machtdemonstration. „Wusstet ihr, dass August der Starke von Sachsen 1728 eine Schlittenfahrt mit einer seiner zahlreichen Mätressen unternehmen wollte", raunte er wissend. „Dummerweise setzte vorher Tauwetter ein, und seine Majestät hatte nichts Besseres zu tun, als dreihundert Bauern damit zu schikanieren, Tausende von Fuhren Schnee herbeizuschaffen. Im Fürstentum Anhalt-Bernburg wurde acht Jahre später eine Küchenmagd hingerichtet. Ihr Verbrechen war, dass sie ihrem hochwohlgeborenen Herrn einen Teller stahl, den sie verkaufen wollte, um ihre Kinder zu ernähren. Natürlich könnt ihr das nicht wissen, denn ihr seid einfache Leut'. Aber euren hohen Gast könnt ihr einmal danach fragen, ob er darüber Bescheid weiß, wie sich Leute seines Standes gebärden."

Die Weinels schauten sich entgeistert an, bis Klara dem Kerl kurzentschlossen die Tür vor der Nase zuschlug. Eine Weile hörten sie noch sein Gemurmel, dann wurde es still auf der Gasse.

„Wer zum Teufel war das?", fragte Klara entsetzt.

Ihr Mann zuckte mit den Schultern. „Ich kann's dir wirklich nicht sagen. Ich hab ihn bereits am Schloss getroffen, aber er hat sich mir nicht vorgestellt. Auch da hat er schon blödes Zeug geredet. Jetzt brauch ich erst einmal einen Schoppen."

Am Abend hatte das schwere Unwetter, das sich am Nachmittag noch zusammengebraut hatte, endlich nachgelassen. Jetzt konnte sich das goldene Mainz, das sich für seine herrschaftlichen Gäste besonders herausgeputzt hatte, von seiner schönsten Seite zeigen. Stadtknechte hatten in stundenlanger Arbeit die Wege, Straßen und Plätze gesäubert. Die vornehmen Familien hatten ihre Häuser mit Fahnen, Wimpeln und Blumen geschmückt. Den Bettlern war es untersagt worden, sich in der Stadt herumzutreiben. Wollten sie nicht riskieren, in Gewahrsam genommen zu werden, sollten sie sich lieber verkrümeln, war ihnen von den Ausschellern beschieden worden. Nach Einbruch der Dunkelheit zog ein Tross von nicht weniger als zweihundert Wagen durch die festlich illuminierten Straßen der Stadt.

Graf Georg Rosenberg von Emslohe war erst weit nach Mitternacht in die Weinstube zurückgekehrt, und er war sichtlich angeheitert. Seinen Diener hatte er zum Schlafen geschickt, er selbst jedoch schien noch nicht gewillt zu sein, sich zur Ruhe zu begeben.

„Ihr habt einen ausgezeichneten Wein hier in der Gegend, mein lieber Weinel“, sagte er aufgeräumt und klopfte Gisbert wohlwollend auf die Schultern. „Ich hätte nicht übel Lust, mir noch einen Krug zu gönnen.“ Er schnippte mit den Fingern. „Weinel, noch einen Krug Wein! Den besten, den Ihr habt.“

Gisbert machte große Augen und schaute schnell zu seiner Frau und seinen beiden ältesten Kindern hinüber, die eigentlich dem gräflichen Gast eine gute Nacht wünschen wollten. Dass dieser jetzt noch eine Runde zechen wollte, hatten sie nicht eingeplant. Doch was der Graf verlangte, das musste er auch bekommen.

Friedel hastete auf das energische Nicken seiner Mutter hin in die Küche, um einen Krug mit seinem besten Wein zu füllen. Der war zwar nicht so gut wie der Wein, der im Schloss gereicht worden war, musste sich aber nicht verstecken.

Graf Georg setzte den fast randvoll gefüllten Becher an und trank ihn in einem Zug leer. Zufrieden schnalzte er mit der Zunge und blickte Gisbert ins Gesicht. „Jetzt bin ich auf den Geschmack gekommen. Setzt Euch zu mir, Weinel, und trinkt mit mir. Euer Sohn soll uns ebenfalls Gesellschaft leisten. Ihr seid ein lustiges Völkchen, ihr Mainzer, nicht so steif und hochnäsig wie meine Landsleute.“

Gisbert sah nur noch, wie sein Weib die Augen verdrehte, da hatten er und sein Sohn auch schon einen vollen Becher in der Hand. Plötzlich stand der Graf auf und schien zu einer Rede ansetzen zu wollen. Zwar schwankte er bedenklich, doch er schaffte es, sich auf den Beinen zu halten. „Es jubeln Germaniens Völker“, rief er mit kraftvoller Stimme und hob den Weinbecher hoch. „Der Donaustrand preiset sein Glück, und von den Gestaden des Rheins tönt gleichlautender Jubel zurück. Das haben wir heute unserem Kaiser gesungen. Es lebe Kaiser Franz der Zweite!“

Er plumpste zurück auf seinen gräflichen Hosenboden und rülpste laut. Zwei Stunden später war das eingetreten, was Klara befürchtet hatte. Mit halb geschlossenen Augen saß Graf Georg in der Ecke des Gastraumes, unfähig, auch nur den kleinen Finger zu rühren. Friedel hatte den Kopf zurückgelegt und schien zu schlafen.

„Das hast du ja fein hingekriegt." Klara hatte die Fäuste in die Seiten gestemmt und schaute ihren Mann tadelnd an, der ebenfalls einen glasigen Blick hatte. Gisbert wollte zu einer Entgegnung ansetzen, doch bevor er den Mund aufmachen konnte, schlug sein Kopf auch schon auf dem Tisch auf. Wenige Augenblicke später schnarchten der Graf und der Wirt in einträchtigem Rhythmus.

Elisabeth scheuchte ihren Bruder und den Vater wenige Stunden nach Sonnenaufgang aus den Betten. Gisbert saß erst einmal eine ganze Weile auf der Bettkante und kratzte sich am Kopf. Ihm war, als hätte er für nur wenige Augenblicke die Augen geschlossen. Auch beschäftigte ihn ein seltsamer Traum, an den er sich nur bruchstückhaft erinnern konnte.

„Was macht der Graf?", war alles, was er nach einer Weile herausbrachte, während Elisabeth das Zimmer und das Bettzeug lüftete. Die von der Gasse aufsteigenden Geräusche (laut rufende Handwerker, keifende Mägde und das Gerumpel eines Karrens) drangen kaum in Gisberts Kopf. Inständig hoffte er, dass es dem Grafen nicht ganz so schlecht ging, obwohl schließlich der es gewesen war, der die nächtliche Sauferei angezettelt hatte. Keiner konnte ihm also einen Vorwurf machen.

„Der Graf sitzt seit einer Stunde mit einem dicken Kopf auf dem Prive", entgegnete die Tochter mit einem spitzbübischen Gesichtsausdruck. „Drei Kannen Wein und eine Schüssel Kirschen vertragen sich nun einmal nicht so gut."

Gisbert schloss die Augen, weil ihn ein Schwindelgefühl übermannte. Dieser Tag fing ja gut an. Als er kurze Zeit später über den Hof ging, hörte er ein unterdrücktes Stöhnen und andere allzu menschliche Geräusche. Rasch ging er weiter. Vielleicht war es doch keine so gute Idee gewesen, dem Grafen eine Schüssel mit frisch gepflückten Kirschen hinzustellen. Aber wer konnte schon ahnen, dass dem Norddeutschen der Mainzer und der Rheingauer Wein so gut schmeckten? Klara stand am Waschtrog und schrubbte einen Berg Wäsche. Als ein erneutes Stöhnen aus dem Verschlag drang, schüttelte sie nur den Kopf.

„Da haben wir uns ja was schönes eingebrockt", tadelte sie. „Nehmen einen Grafen als Gast auf und sorgen dafür, dass er mit Dünnschiss nicht vom Topf runterkommt. Na ja, bis zum Abend ist ja noch Zeit. Bis dahin hat sich sein Magen bestimmt wieder beruhigt."

Jetzt fiel es auch Gisbert ein. Am Abend sollte in der Favorite ein glanzvoller Ball stattfinden. Alle in der Stadt anwesenden Adligen gaben den beiden Majestäten, dem Kaiser und dem König, die Ehre. Der Diener des Grafen hatte am Abend eine Bemerkung darüber gemacht und angekündigt, dass er zur Nachmittagsstunde kommen werde, um seinen Herrn anzukleiden.

Doch der Zustand des Grafen besserte sich nicht. Um die Mittagszeit öffneten sich noch einmal alle Schleusen, und alles, was der hohe Herr am Tag davor zu sich genommen hatte, bahnte sich seinen Weg nach draußen. Elisabeth und die beiden Küchenmägde kümmerten sich zusammen mit dem Diener, sein Name war Leopold, um den Leidenden. Immer wieder flößten sie ihm von einem kräftigen Kräutersud ein. Mit schwacher Stimme rief der Graf schließlich Gisbert zu sich. Der Kaiser und der König und ihre engsten Vertrauten wollten sich noch einmal in der Stadt zeigen. Gisbert solle gehen und sich das Ereignis ansehen und dem Grafen dann darüber berichten.

Gisbert runzelte die Stirn, lehnte den Wunsch seines hohen Gastes allerdings nicht ab. Er versprach, alles zu tun, was der Graf von ihm wolle.

Zwei Stunden später machten sich Gisbert und Klara auf den Weg. Sie wussten, dass sich der Graf in guten Händen befand und dass es nur eine Frage der Zeit war, bis er sich wieder besser fühlte. Auf der Straße hatte sich allerlei Volk eingefunden. Es musste sich wie ein Lauffeuer herumgesprochen haben, dass sich die Majestäten bald einfinden würden. Gisbert und Klara schlenderten am Dom vorbei und erreichten bald die Dompropstei. Die Residenz des Mainzer Dompropstes war erst wenige Jahre zuvor fertig gestellt worden. Zwei eingeschossige Flügelbauten rahmten das Hauptgebäude. Auch vor der Dompropstei wandelten hohe Herrschaften und angesehene Bürger der Stadt, Offiziere präsentierten sich stolz auf edlen Rössern. Wenn der Kaiser und der König sich auf der Straße zeigen wollten, dann kamen sie mit Sicherheit hier vorbei. Tatsächlich fanden sich im Laufe der folgenden Stunde immer mehr Mainzer ein. Gelehrte, Bürger, Handwerker und Bauern wollten die Majestäten sehen und ihnen zujubeln. Gisbert und Klara fielen auch die Soldaten auf, die sich unter das Volk gemischt hatten. Die Sicherheit des Kaisers und des preußischen Königs war oberstes Gebot.

Immer dichter wurde das Gedränge, das von den Soldaten nun zu einem breiten Spalier geordnet wurde. Gisbert und seine Klara mussten ordentlich den Hals recken, um einen Blick auf die freie Gasse werfen zu können, wo jeden Augenblick die Majestäten und ihre hochherrschaftlichen Gäste erwartet wurden. Freudige Jubelrufe gingen durch die Menge, als die ersten Kutschen die Dompropstei passierten. Die Herrschaften, die darin saßen, trugen trotz der Wärme an diesem Julitag samtene Gewänder und bunte Kniestrümpfe und dazu unter den schwarzen Hüten weiß gepuderte Perücken. Das mussten die mächtigsten Fürsten des Reiches sein.

Die Begeisterungsrufe hatten inzwischen auch Klara angesteckt, deren Augen freudig leuchteten. Und wie selbstverständlich fiel sie in den allgemeinen Jubel ein. Endlich kamen die beiden prächtigen Kutschen in Sicht, in denen nur der Kaiser und der König sitzen konnten. Beide waren noch ein gutes Stück weit entfernt, doch Klara und Gisbert konnten schon deutlich die huldvollen Gesten erkennen, die die beiden ihren Untertanen zukommen ließen.

Plötzlich stieß Klara ihrem Mann in die Seite. „Siehst du den Kerl da drüben?"

Gisbert schaute sich suchend um, konnte allerdings nicht erkennen, wen seine Frau meinte. Klara deutete schräg nach vorne. „Der Kerl, der zu uns an die Weinstube kam und dieses wirre Zeug geredet hat. Da vorn steht er. Direkt in der ersten Reihe."

Jetzt konnte auch Gisbert ihn sehen. Ja, es war eindeutig dieser seltsame Kauz, und er trug etwas unter seinem Mantel. Ganz deutlich sah Gisbert die Ausbeulung. „Was hat der vor?", schrie er seiner Frau zu, um den Lärm zu übertönen. „Der ist doch bestimmt nicht gekommen, um dem Kaiser und dem König zuzujubeln."

Klara reckte sich, und stieß dabei einem klein gewachsenen Mann in die Seite, der seinem Ärger durch lautes Fluchen Luft machte. Doch die Wirtin achtete nicht darauf und fing an heftig zu japsen. „Dieser Simpel hat einen Kohlkopf unter seinem Mantel", rief sie laut. „Ich hab's genau gesehen. Einen Kohlkopf! Jetzt weiß ich, was der vorhat!"

Auch Gisbert konnte zwei und zwei zusammenzählen. Dieser Wirrkopf, der einen unerklärlichen Hass gegen alles Adlige zu haben schien, plante ein Attentat auf seine Majestät, wenn nicht gar auf Kaiser und König. Nur Gott wusste, was er noch unter seinem weiten Mantel verbarg. Hilflos schaute Gisbert seine Frau an. Ausgerechnet in dieser Ecke war kein Soldat zu sehen. Auch schien keiner in der unmittelbaren Umgebung des Attentäters dessen Absicht zu bemerken.

„Wir müssen etwas unternehmen", rief Klara und bahnte sich auch schon ihren Weg durch die Menge. Ohne Rücksicht stieß sie Männer, Frauen und Kinder zur Seite. Gisbert wusste, wenn seine Frau einmal in Rage war, konnte sie so schnell keiner stoppen. Erleichtert sah er, dass Klara den Missetäter fast erreicht hatte. Jetzt waren auch einige Soldaten auf den Tumult aufmerksam geworden. Doch bevor sie einschreiten konnten, hatte sich Klara auf den Kerl geworfen und ihm den Kohlkopf (ein besonders großes Exemplar, das schon halb durchgefault war) entrissen. Triumphierend hielt sie ihn in die Höhe. In diesem Moment hatten fünf Soldaten sie auch schon eingekreist. Was Gisbert nun mit ansehen musste, trieb ihm das Blut aus dem Gesicht. Mit in Anschlag gebrachten Gewehren zwangen die Soldaten Klara und den eigentlichen Attentäter zur Seite, weg von den nun vorbeifahrenden Kutschen, in denen der Kaiser, der König und der Kurfürst saßen. Keiner der hohen Herrschaften hatte etwas von dem Zwischenfall mitbekommen. Nur Gisbert musste erleben, wie seine Frau unter dem Beifall der Umstehenden abgeführt wurde. Den Unschuldsbeteuerungen, die die völlig verblüffte Klara ganz offensichtlich ausstieß, schenkten sie keinen Glauben.

„Ihr werdet sehen, mein guter Weinel, dieser unglückliche Irrtum wird sich schnell aufklären. Euer mutiges Weib hat den Kaiser sogar vor Schlimmem bewahrt. Man stelle sich das einmal vor: Kaiser Franz, der mächtigste Mann dieses Kontinents, von einem faulen Kohlkopf getroffen. Dass Euer Weib das verhindert hat, muss belohnt werden. Ihr werdet sehen, bald liegt hier auf dem Tisch ein großes Säckchen, in dem munter die Münzen klimpern."

Die Zuversicht des Grafen konnte Gisbert allerdings nicht beruhigen. Atemlos hatte er erzählt, was vor der Dompropstei vorgefallen war. Während Elisabeth und Friedel das Ganze eher als ein Abenteuer ansahen, hatte Anton mit vor Schrecken geweiteten Augen auf den Bericht des Vaters reagiert. Nur mit Mühe konnte Gisbert seinen Jüngsten überzeugen, dass die Mutter nicht am Galgen enden werde.

Jetzt war der Graf, der noch immer das Bett hütete, allerdings nachdenklich geworden. Was, wenn die Zeugen nicht zu Klara Weinels Gunsten aussagen sollten, fragte er mehr sich selbst. Den Worten des Ehemannes, der für sein Weib bestimmt nur Gutes wolle und dafür auch gern die Wahrheit verdrehe, werde man kaum Glauben schenken. Gisbert fühlte, wie er erneut blass wurde. Auch in Friedels und Elisabeths Gesichtern war jetzt die Angst um ihre Mutter deutlich zu sehen. Für die Soldaten musste es so ausgesehen haben, als hätten Klara und dieser Wirrkopf das Attentat gemeinsam ausführen wollen. Nur dieser Sonderling, von dem sie nicht einmal den Namen kannten, konnte für Klara Weinel aussagen, die mit Sicherheit bereits in der Mainzer Festung verhört wurde.

„Und Ihr wisst wirklich nicht, wer dieser Mensch war?“, fragte der Graf ein weiteres Mal. „Ich könnte dann nämlich Erkundigungen einholen lassen.“

Gisbert schüttelte den Kopf und erzählte erneut, wo er ihn zum ersten Mal getroffen hatte.

„Bestimmt so ein revolutionärer Wirrkopf, der sich von den schlimmen Ereignissen in Frankreich hat anstecken lassen“, sagte Graf Rosenberg kopfschüttelnd. Dann erzählte er den Weinels, was sich vor nunmehr drei Jahren in Frankreich zugetragen habe: Im Juni 1789 habe sich der dritte Stand der Ständeversammlung zur Nationalversammlung, also zur alleinigen Vertretung des französischen Volkes erklärt. König Ludwig der Sechzehnte und seine Gattin Marie Antoinette, übrigens die Schwester des vorherigen Kaisers Leopold der Zweite, seien abgesetzt worden. „Ein ungeheuerlicher Vorgang“, brauste der Graf auf, worauf ihn sein Diener beruhigen musste. Seit einiger Zeit herrschte zwischen dem revolutionären Frankreich und den Mächten Europas Krieg. Zahlreiche Adelige hatten Frankreich fluchtartig verlassen und im Ausland Zuflucht gefunden, so auch in Mainz.

Die Bemühungen, vom Boden des Deutschen Reiches aus eine Gegenrevolution auszurufen, hatten im Juni 1791 einen heftigen Dämpfer erhalten. Vor einem Jahr war nämlich ein Fluchtversuch der königlichen Familie gescheitert; sie war wieder nach Paris in sicheres Gewahrsam zurückgebracht worden.

Als der Graf seinen Bericht beendet hatte, schauten sich Gisbert und seine Kinder betreten an. Weit entfernt von Mainz waren ein König und seine Königin zum Teufel gejagt worden, was einem Wirrkopf in

Mainz nur zu gut gefiel. Und das musste nun ausgerechnet die Wirtsfamilie Weinel ausbaden.

Wenig später bekamen sie Nachricht von der Mainzer Kommandantur. Sie erfuhren, dass es sich bei dem Attentäter um einen Mann namens Armin Rulf handelte, Sohn eines reichen Mainzer Fabrikanten. Rulf sei schon früher aufgefallen, weil er – wenn auch vergeblich – dagegen angegangen war, dass die Arbeiter in der väterlichen Fabrik zur Verspinnung von Wolle, Baumwolle, Flachs und Hanf täglich von sechs Uhr morgens bis zehn Uhr in der Nacht arbeiten mussten. Oft hätten sie nur angefaulten Kohl zu essen, deshalb habe er einen solchen Kohl auf den Kaiser werfen wollen. Zur Rolle der Klara Weinel, so wurde weiter berichtet, schweige er sich beharrlichen aus, daher sei diese weiter in Untersuchungshaft zu halten. Weitere Entscheidungen würden erst nach dem Kongress getroffen.

„Ich werde beim Ball heute Abend für Euch und Euer Weib intervenieren, werter Freund." Graf Rosenberg, der den Bericht durch die offene Kammertür mit angehört und Gisbert zu sich gerufen hatte, wollte sich energisch aufrichten, doch ein heftiger Krampf warf ihn wieder auf das Bett zurück.

Leopold gab ihm mit einem warnenden Blick zu verstehen, was er davon hielt. „Ich werde es nicht zulassen, dass Ihr Euch in diesem Zustand erhebt", widersprach der Kammerdiener in einem Ton, der Gisbert verwundert aufhorchen ließ. Wer war denn hier der Graf und wer der Diener? Graf Rosenberg wollte zu einer Entgegnung ansetzen, doch ein weiterer Krampf ließ ihn endgültig verstummen. Erst nach einer Weile und einigen Schlucken des Suds, der dampfend auf dem Tisch neben der Bettstatt stand, konnte er wieder sprechen.

„Ich fürchte, mein guter Diener hat Recht. Ob ich zum Ball gehen kann, ist mehr als fraglich. Doch ich muss meinen Verpflichtungen nachkommen. Ein solcher Ball, mein lieber Weinel, ist nämlich immer auch ein gesellschaftliches Ereignis allerhöchster Verpflichtung. Da darf auch ein nicht gerade reich begüterter Graf nicht fehlen. Wann wird unsereiner noch einmal den Kaiser und den König zu Gesicht bekommen, frag ich euch."

Gisbert machte ein unglückliches Gesicht. Warum hatte er nicht daran gedacht, dass Kirschen und Wein den Darm eines jeden, auch den eines Grafen, in gewaltigen Aufruhr versetzen? Und warum mussten ausgerechnet er und sein Weib diesem aufrührerischen Wirrkopf über den Weg laufen? Von Politik verstand er, der einfache Wirt einer Weinstube, nicht das Geringste.

Graf Georg hatte sich ein wenig aufgerichtet. In seinem Blick stand Entschlossenheit. „Ihr müsst mich heute Abend beim Ball vertreten, mein lieber Weinel."

Gisbert und Leopold schauten sich entgeistert an. In ihren Gesichtern stand unausgesprochen die Frage, ob der Graf noch recht bei Sinnen war.

Noch bevor einer von ihnen zu einer Entgegnung ansetzen konnte, hatte Graf Georg bereits die Hand gehoben. „Wir beide, mein lieber Weinel, Ihr und meine Wenigkeit, befinden uns in einer misslichen Lage. Aber wir können den Karren gemeinsam aus dem Dreck holen, auch wenn es nicht einfach sein wird. Aus Euch optisch einen Grafen zu machen, dürfte nicht schwierig sein. Dass Ihr Euch benehmt und verhaltet wie ein Graf ..." Er ließ den Rest des Satzes unausgesprochen.

Als Gisbert die Kammer verlassen hatte, winkte Graf Georg nur ab. „Erspar mir deinen Kommentar, werter Leopold. Aber wat mot, dat mot."

„Du sollst was?"

Elisabeth wollte gar nicht glauben, was der Vater ihr und ihrem Bruder Friedel vorgetragen hatte. Ausstaffiert mit den teuren Kleidern des Grafen, die Gisbert sogar passen würden, sollte er, ein unbescholtener Wirt, auf dem Ball erscheinen – als Graf Rosenberg von Emslohe.

„Ihr seid beide nicht mehr bei Verstand, Vater", polterte jetzt Elisabeth und war dabei ganz die Tochter ihrer inhaftierten Mutter. „Du bist kein Graf, du bist ein einfacher Wirt. Wie willst du den Herrschaften vorgaukeln, dass du einer der ihren bist? Wie willst du dich mit ihnen unterhalten? Wenn sie dich erwischen, und das werden sie, landest du ebenfalls in der Festung, und wir sehen dich und Mutter vielleicht nie mehr wieder."

Gisbert schaute seinen Sohn an. „Was denkst du darüber?"

Friedel machte ein unbekümmertes Gesicht. „Für einen Abend den Grafen spielen? Warum nicht?"

Elisabeth winkte ab. „Klar, wenn man dich fragt, kommt keine gescheite Antwort raus. Du würdest sich sogar für den Kaiser ausgeben, wenn man dich ließe, Kindskopf."

Gisbert hatte sich inzwischen einen Schoppen eingeschenkt, den er in einem Zug austrank. „Ich werde es tun und dabei für eure Mutter sprechen."

Als ihm ein lauter Rülpser entfuhr, konnte selbst Elisabeth nicht anders und fing schallend an zu lachen. „Wenn dir das heute Abend passiert, haben sie dich sofort am Kragen, mein werter Graf."

Zu einer Antwort kam er nicht mehr, denn inzwischen war Leopold im Türrahmen erschienen. In seinen Händen hielt er die gräflichen Kleider.

Das war sie also, die Favorite. Gisberts Herz schlug ihm bis zum Hals. Er fuhr mit der Kutsche tatsächlich an jenem Lustschloss vor, das er nur vom Hörensagen kannte und von dem er nicht im Traum gedacht hätte, dass er es jemals zu Gesicht bekommen würde. Zwei Stunden hatte es gedauert, bis aus dem Wirt Gisbert Weinel der Graf Georg Rosenberg von Emslohe geworden war. Glücklicherweise war auch Gisbert nicht gerade ein dünner Schlacks. Dennoch war der gräfliche Oberrock eine Spur zu weit, was Leopold aber mit einigen Nadelstichen korrigiert hatte. Die Beinkleider mussten nicht angepasst werden, die Schuhe aus feinstem geschmeidigem Leder waren eher eine Nummer zu groß.

Schlimmer als die ungewohnte Kleidung war jedoch, was Leopold ihm auf seinem Kopf verankert hatte: An die weiß gepuderte Perücke und den unförmigen Hut würde sich Gisbert nie gewöhnen, und wenn er bis an sein Lebensende als Adliger über diese Welt wandeln sollte. Ständig musste er das Verlangen unterdrücken, sich am Kopf zu kratzen, obwohl es schier unerträglich juckte. Auch wurde ihm immer wärmer. Bald würde der Schweiß in Strömen das Gesicht hinunterlaufen.

Gisbert schüttelte unwillkürlich den Kopf. Sein noch immer ans Bett gefesselter Gast hatte begeistert in die Hände geklatscht, als Leopold ihn ihm vorzeigte. Seine drei Kinder hatten unterschiedlich reagiert. Elisabeth, deren Wut noch immer nicht verraucht war, hätte ihn am liebsten in der Kammer eingesperrt und den Schlüssel weggeworfen, während Friedel ihm aufmunternd auf die Schulter geklopft hatte. Anton hatte sowieso seine Freude an der Maskerade seines Vaters. Er verabschiedete Gisbert mit Tönen aus seiner Kindertrompete. Für ihn war das Ganze ein Spaß, der an das Treiben zur Fastnachtszeit erinnerte.

Schon die Fahrt durch die Mainzer Straßen war ein Erlebnis, das Gisbert nicht so schnell vergessen würde. Noch nie hatte er die Stadt aus dieser Perspektive gesehen. Die Menschen machten bereitwillig Platz, wenn die Kutsche sich näherte. Manche winkten ihnen sogar freundlich zu, ständig liefen Kinder begeistert neben der Kutsche her. Jetzt hatten sie endlich die Favorite erreicht. Leopold ließ die Kutsche mit nur mäßigem Tempo über die breiten, mit feinem Kies ausgelegten Wege rollen. Somit hatte Gisbert ausreichend Zeit, sich dieses Wunder der Mainzer Baukunst und Gartengestaltung genau anzuschauen.

Aus dem Fenster konnte der Wirt drei Gärten erkennen, die sich auf ausladenden Terrassen entfalteten. Gisbert erkannte Bassins mit munteren Wasserspielen und malerischen Grotten. In den Gärten der Favorite standen sorgsam getrimmte Kastanienbäume und Buchen. Manche Büsche waren kegelartig, andere wellenartig zugeschnitten. Überall sprudelte Wasser aus Springbrunnen, die in blumenreichen Beeten standen. Um diese Jahreszeit waren die Gärten der Favorite ein Farbenspiel, das die Sinne betörte. Gisbert versuchte sich auszumalen, wie sich dieses Farbenspiel in wenigen Wochen änderte, wenn der Herbst, den er über alles liebte, Einzug hielt.

Eines der zahlreichen Gebäude (Gisbert erfuhr später, dass es sich dabei um das älteste der Schlossanlage handelte) war winkelförmig konstruiert, wobei ein Flügel direkt dem Rhein zugewandt war. Gisbert erkannte noch das kunstvoll bearbeitete und reich verzierte Portal, als eine kleine Kapelle in sein Blickfeld rückte. Auch bei der Gestaltung der Gebäude herrschte eine Farbenpracht, wie sie Gisbert nirgendwo sonst gesehen hatte. Mit einem Mal kam ihm seine vertraute Weinstube farblos und grau vor. Gisbert lehnte sich zurück und schloss die Augen. Ganz gleich, wie dieses Abenteuer für ihn ausgehen sollte, schon das eben Gesehene würde er bis an sein Lebensende nicht vergessen.

Plötzlich hielt die Kutsche. Gisberts rutschte das Herz in die Hose. In wenigen Augenblicken musste er aus der Kutsche aussteigen und in einer Welt bestehen, die fremder nicht sein konnte. Bislang hatte ihn die Kutsche geschützt, daher sträubte sich alles in seinem Innern dagegen, sie zu verlassen. Wem würde er in den nächsten Stunden alles begegnen? Der Kaiser und der König würden mit Sicherheit keine Sekunde an ihn verschwenden, wahrscheinlich würden sie ihn keines Blickes würdigen. So hatte es ihm Graf Georg gesagt. Doch was war mit den anderen Grafen, Sekretären und Leibdienern? In der Weinstube verkehrten meist einfache Leute, ab und zu ein niederes Mitglied des Domkapitels, selten einer aus der Mainzer Gerichtsbarkeit. Meist redeten die Gäste über das, was sie zu Hause, an der Werkbank oder auf dem Feld beschäftigte. Und sie waren an derbe Worte und saftige Flüche gewöhnt. Manchmal sangen seine Gäste lautstark Lieder, manchmal kam es auch zu Raufereien wegen irgendwelcher Eifersüchteleien oder sonstiger Kleinigkeiten.

Doch über was unterhielten sich zwei Fürsten? Tauschten sie ihre Jagderlebnisse aus? Unterhielten sie sich über die Arbeit ihrer Bediensteten? Konnte es sein, dass einer dem anderen anvertraute, er habe sich schon lange nicht mehr mit seiner Mätresse vergnügt? Oder dass er seines Weibes überdrüssig sei? Gisbert verzog das Gesicht und schüttelte unwillkürlich den Kopf. Über solche allzu menschliche Dinge schwiegen die hohen Herrschaften sich mit Sicherheit diskret aus. Ganz gleich, um welches Thema es ging, Gisbert musste auf alle Fälle den Mund halten und sich auf seine vorgetäuschte Halsentzündung berufen. Diesen Plan hatten sie ausgeheckt, um Gisberts Maskerade nicht gleich zu Beginn des Abenteuers auffliegen zu lassen. Denn wer bei Hofe kein Wort Französisch sprach oder verstand, der wäre sofort verdächtig gewesen. Vorsichtshalber hüstelte er und allein wegen der Aufregung, die ihn ergriffen hatte, brachte er nur ein Krächzen heraus.

Leopold öffnete den Schlag. Wie durch einen dichten Nebel hörte Gisbert, wie „sein" Diener ihn gemäß des Protokolls vorstellte. Er zwang sich, mit langsamen Bewegungen und erhobenen Hauptes die Kutsche zu verlassen und den draußen stehenden Personen keinen Gruß zu entrichten, ihnen noch nicht einmal ins Gesicht zu schauen. Es waren ausschließlich niedere Lakaien, die sich nur gewundert hätten, wenn ein Adliger auch nur ein Wort an sie gerichtet hätte.

Er hörte, wie Leopold sich räusperte. Er konnte jetzt nicht einfach stehen bleiben und darauf warten, dass ihm einer half oder einen Rat gab. Er musste jetzt die weit ausladende Treppe hinauf in das Gebäudeinnere gehen. Er durfte sich nicht umdrehen und Leopold einen hilflosen Blick zuwerfen, obwohl alles in ihm danach drängte. Gisbert fühlte, wie eine Schweißperle in sein rechtes Auge rollte. Mit einer schnellen Bewegung wischte er sie weg. Dennoch brannte es fürchterlich. Daran war nur dieser weiße Puder schuld, der sich mit dem Schweiß vermischt hatte.

Das Nächste, was Gisbert sah, war ein galerieartiger Raum, eine Art Wandelhalle, die zur einen Seite hin den Blick auf einen der prächtigen Gärten der Favorite freigab. Die Decke war mit prächtigen Gemälden verziert. Mit einem kurzen Blick erkannte Gisbert holde Jünglinge und liebliche Frauen.

Mit Verwunderung nahm er zur Kenntnis, dass in dieser Halle einige Fenster nur aufgemalt waren. Auch jetzt musste er den Impuls unterdrücken, Leopold, der ihm in angemessener Entfernung folgte, lachend darauf aufmerksam zu machen. Was ein einfacher Wirt verwunderlich fand, durfte bei einem weit gereisten Grafen keine Verwunderung auslösen, zumindest durfte er sie sich nicht anmerken lassen.

Ein freundlich lächelndes Gesicht tauchte vor Gisbert auf.

„Darf ich Graf Georg Rosenberg von Emslohe vorstellen?“, hörte er Leopold sagen.

„Graf von Dettingen-Wallenstein“, hörte Gisbert eine Stimme antworten, die nicht zu dem freundlichen Gesicht gehörte.

„Darf ich mir erlauben, darauf aufmerksam machen, dass Graf Georg Rosenberg von Emslohe an einer akuten Halsentzündung laboriert, die ihn unglücklicherweise am Sprechen hindert. Seine gräfliche Herrschaft wollte aber trotz seiner Unpässlichkeit den Ball auf keinen Fall versäumen.“

Gisbert nickte leicht mit dem Kopf und gab ein krächzendes Räuspern von sich.

„Lasst es gut sein, werter Freund“, sagte jetzt der Graf mit leicht polternder Stimme und hob eine Hand. „Auch mich plagte jüngst ein schlimmer Katarrh. Daher weiß ich nur zu gut, was Ihr durchmacht. Ich bin höchst erfreut, dass wir uns nach so vielen Jahren endlich wieder einmal begegnen. Ich hoffe, mein werter Freund, Ihr habt unser letztes Treffen in ebenso angenehmer Erinnerung, wie ich es habe. Ihr habt Euch seitdem kaum verändert.“

Jetzt konnte sich Gisbert nicht verkneifen, Leopold einen schnellen Blick zuzuwerfen. Der nickte unmerklich mit dem Kopf. Auch Gisbert nickte und warf seinem Gegenüber einen verlegenen Blick zu.

„Nun, mein lieber Freund“, setzte Graf von Dettingen-Wallenstein die einseitige Unterhaltung fort. „Widmen wir uns den heutigen Verpflichtungen. Das Protokoll sieht leider nicht vor, dass wir zum Speisen an der Tafel nebeneinander sitzen.“

Gisbert hörte, wie Leopold unwillkürlich aufatmete. Ein längeres Zusammensein mit diesem Mann hätte wohl schnell zu peinlichen Verwicklungen führen können. Auch Gisbert konnte seine Erleichterung nicht verhehlen. Die erste Hürde hatte er mit sehr viel Glück gemeistert.

Etwa eine Stunde später – Gisbert war die Zeit wie eine Ewigkeit vorgekommen – saß er endlich auf seinem Platz an der lang gestreckten Tafel. Obwohl es in dem Schloss weniger warm war, als er befürchtet hatte, schwitzte er wie noch nie zuvor in seinem Leben. Die ungewohnte Kleidung und besonders die kratzige Perücke taten bei aller Aufregung das Übrige. Ein gutes Dutzend Mal hatte Leopold ihn vorgestellt, und dabei immer auf die schlimme Halsentzündung hingewiesen, was Gisbert stets mit einem krächzenden Räuspern untermalt hatte. Mittlerweile war seine Kehle so trocken, dass er das Krächzen gar nicht mehr vortäuschen musste.

Jetzt einen Schoppen Wein, schoss ihm das Verlangen durch den Kopf. Doch die Gläser an seinem Platz blieben vorerst leer.

Wieder spürte er, dass ihm das Herz bis zum Hals schlug. Der Schweiß rann ihm in Strömen den Rücken hinunter. Leopold hatte ihm vor der Abfahrt von der Weinstube eingeschärft, dass ihm lediglich ein leichtes Tupfen gestattet sei, um den Schweiß von der Stirn zu wischen. Dafür musste er das seidene Tüchlein benutzen, das Leopold ihm eingesteckt hatte und das so angenehm roch.

Gisbert unterdrückte den Wunsch, sich umzuschauen. Von jetzt an war er auf sich allein gestellt. Nur wenn er tot vom Stuhl fiele, wäre es Leopold gestattet, den Saal zu betreten. Erst jetzt fiel Gisbert auf, wie bequem der Stuhl war, auf dem er saß. Das weiche, dunkelrote Polster nahm ihm ein klein wenig die Aufregung, und auch der Schweiß ließ etwas nach.

Gisbert gelang es gerade, sich ein wenig zu entspannen, als der Tischnachbar zu seiner Linken in einer fremden Sprache auf ihn einredete. Als Gisbert nur verlegen lächelte, nestelte der andere fahrig an seinem Monokel und wechselte ganz offensichtlich die Sprache, die Gisbert allerdings ebenfalls nicht verstand. Erneut schlug dem Wirt das Herz bis zum Hals. Diese Maskerade musste auffallen. Jeder Idiot musste merken, dass hier kein Graf, sondern nur ein Depp von Weinwirt, ein Betrüger saß. Wahrscheinlich war es nur eine Frage der Zeit, bis er entlarvt und abgeführt wurde. Mit Schimpf und Schande würden sie seine Kinder aus der Stadt jagen. Und selbst wenn er diese Komödie unbemerkt durchstehen konnte, wie und bei wem sollte er hier für seine Frau Klara sprechen? Sollte er aufstehen, sich räuspern und den Kaiser bitten, ihm einige Augenblicke zuzuhören? Er, der Graf, der eben noch wegen einer Halsentzündung kein Wort heraus gebracht hatte, wolle um Gnade für das Weib eines Mainzer Weinwirts bitten? So, wie es auf der Straße vor der Dompropstei aussah, ist es nicht gewesen, Majestät. Er selbst könne das bestätigen, denn er wohne bei den Wirtsleuten, und das Weib sei eine herzensgute Frau, die keiner Fliege, aber wohl ein paar hitzig gewordenen Zechern etwas zuleide tun könne. Grimmig lachte er in sich hinein. Diese Geschichte klang so fadenscheinig, dass auch er sie nicht glauben würde.

Ich muss völlig wahnsinnig gewesen sein, mich auf diese Sache hier einzulassen, ging es Gisbert durch den Kopf.

Plötzlich ging ein Raunen durch den Saal. Da alle aufstanden, erhob sich auch Gisbert augenblicklich von seinem Stuhl. Er ahnte, was jetzt bevorstand. Und tatsächlich, in mehreren Sprachen verkündete ein Diener das Kommen Ihrer Majestäten. Da Gisbert am unteren Ende der Tafel saß, konnte er kaum etwas erkennen. Auf ein Zeichen des Kaisers hin setzten sich alle wieder. Wie auf ein geheimes Kommando erschienen nun Diener des Schlosses, die damit begannen, Speisen und Getränke aufzutragen.

Wenigstens muss ich nicht hungrig oder durstig ins Gefängnis, schoss es Gisbert durch den Kopf, als ihm ein Diener etwas auf den Teller legte, was er noch nie in seinem Leben gesehen hatte. Wenigstens bekam er endlich einen Wein eingeschenkt.

Erst drei Stunden später wurde die Tafel aufgehoben. Wieder tat es Gisbert den Übrigen nach. Er erhob sich und bewegte sich mit dem breiten Strom der Gäste aus dem Saal. Mittlerweile kam es ihm wie ein Wunder vor, dass er noch immer hier war. Was er gegessen hatte, wusste er nicht. Auch nicht, ob er in seiner Aufregung alles so gemacht hatte, wie es ihm Leopold vorher eingeschärft hatte. Leopold hatte ihm nämlich geraten, sich an seinem Tischnachbarn (der bereits erwähnte Ausländer zu seiner Linken und eine beleibte Frau zu seiner Rechten, die glücklicherweise ununterbrochen mit ihrem Begleiter schwatzte) zu orientieren. Da er sich daran gehalten hatte, konnte im Prinzip nichts falsch gelaufen sein. Nur bei diesem roten, seltsamen Zeug, das irgendwann auf seinem Teller lag, hatte er sich überwinden müssen. Zu Unrecht, denn das Fleisch war schlicht fade und schmeckte nach gar nichts. Fünf verschiedene Weine waren zu dem alles in allem durchaus schmackhaften Essen, das in fünf Gängen serviert worden war, gereicht worden. Und zu diesen Weinen hätte er wirklich etwas sagen können. Nie in seinem Leben hatte Gisbert vorzüglichere Tropfen genießen dürfen.

Unauffällig bewegte sich Gisbert von größeren Gruppen weg. Was draußen auf der Straße während der Ankunft der Adligen und Majestäten praktiziert worden war, geschah auch hier im Inneren des Schlosses fast automatisch: je niederer ihr Stand, desto weiter hielten sich die Adligen von den Majestäten entfernt. Durch Zufall hatte Gisbert aufgeschnappt, dass sich Gesandte anderer europäischer Könige in der Favorite aufhielten, ein Marquise de Circello beispielsweise, seines Zeichens bevollmächtigter Minister des Königs von Neapel, und auch verschiedene Kursächsische Botschafter. Sie alle hielten sich in unmittelbarer Nähe von König und Kaiser auf.

Plötzlich sorgte das feine Geläut kleiner Glocken dafür, dass augenblicklich Ruhe einkehrte. Lakaien öffneten zwei hohe Türen, die den Blick auf eine weit ausladende Gartenterrasse freigaben, wo sich eine Gruppe schwarz gekleideter junger Herren formiert hatte. Einige hatten eine Pauke oder eine Trompete bei sich. Die anderen trugen eine brennende Fackel in der rechten Hand, was bei der mittlerweile eingebrochenen Dunkelheit für eine ganz besondere Atmosphäre sorgte. Ein leises Summen deutete an, dass die Herren ein Lied vortragen wollten. Und tatsächlich, mit festen Stimmen machten sie dem Kaiser ihre Aufwartung: „Wir sahen Ihn, frohlocket deutsche Brüder! Den deutschen Kaiser sahen wir. Er blickte sanft auf uns hernieder! Auf uns, und ach, was fühlten wir."

Mehrere Strophen ging das so weiter. Gisbert gähnte, die einzige menschliche Schwäche, die er sich erlauben durfte. Allerdings musste er das seidene Tüchlein vor den Mund halten und nicht zu ausgiebig gähnen. Nach einem donnernden „Vivant! Vivant!" folgte der dezente Applaus der Majestäten, dem sich die Gäste anschlossen. Jetzt öffnete sich wieder die Tür zu dem Saal, in dem vorher gespeist worden war. Gisbert staunte nicht schlecht, als er sah, dass in der kurzen Zeit unsichtbare Geister den Speisesaal in einem festlichen Ballsaal verwandelt hatten. Auf einer Empore hatten Musiker eines Orchesters Platz genommen.

Bevor Gisbert den Saal betreten konnte, wurde er auf ein Wortgefecht, das zwei Diener nicht weit von ihm führten, aufmerksam. Unauffällig ging er ein paar Schritte näher – hörte neugierig zu – und plötzlich musste er lächeln ...

„Du hast tatsächlich mit dem Kaiser und dem König gespeist? Du hast dich den ganzen Abend und die halbe Nacht auf dem kaiserlichen Ball rumgedrückt, und keiner hat etwas bemerkt?“

Elisabeth konnte es immer noch nicht fassen. Seit zwei Stunden saßen sie an diesem Morgen nun schon alle zusammen – auch die Mutter war Gott sei Dank wieder dabei. Es war der plötzlichen Aussage des Kohlkopfattentäters zu verdanken, dass sie ohne viel Federlesens am frühen Morgen nach Hause entlassen worden war.

Auch Graf Georg saß mit am Tsich und verfolgte Gisberts Bericht mit einem leicht wehmütigen Blick. Immer wieder musste Gisbert von seinen Erlebnissen berichten und auch darüber, dass er den Sommelier der Favorite vor Schimpf und Schande gerettet hatte. Denn wie sehr hatte sich Kaiser Franz darüber echauffiert, als er in seinem Weinglas, in dem ein 1781er Schloss Johannisberger funkelte, feine Kristalle vorfand. Darum war es bei der heftigen Diskussion der beiden Diener gegangen, die Gisbert mitangehört hatte.

„Ich hab meine Halsentzündung kurzerhand vergessen und einfach gesagt, dass Weinstein so etwas wie den Edelstein des Weines darstelle. Das muss sogar den Kaiser beeindruckt haben, wie mir später gesagt wurde.“

Leopold, der ebenfalls am Tisch saß, nickte. „Er hat Recht. Denn ich habe gehört, dass der Kaiser und die Kaiserin darauf bestanden haben, dass ihnen gleich mehrere Kisten dieses Weines nach Wien geschickt werden.“

Graf Georg klatschte begeistert in die Hände. „Dann war der Abend ja doch nicht ganz umsonst gewesen, mein lieber Weinel.“

Gisbert und Elisabeth zogen fast gleichzeitig die Luft ein. „Einige Male habe ich mich schon in der Festung einsitzen sehen“, gab Gisbert zu. „Es kommt mir alles wie ein Traum vor, ein abenteuerlicher Traum.“

Der Graf winkte ab. „Werter Freund, es war Euch gestattet, für kurze Zeit eine Tür zu einer Welt zu öffnen, die für Euresgleichen immer verschlossen war und jetzt wieder verschlossen bleiben wird. So ist nun einmal die Ordnung. Es wird immer die Welt der Kaiser, Könige und Fürsten geben, die mit der Welt des Volkes nicht viel gemein hat. Ich hoffe, Ihr habt es wenigstens ein klein wenig genießen können, werter Weinel."

„Wir sind froh, dass es Euch wieder besser geht, Graf Georg", wechselte Klara das Thema, zumal Leopold bereits mit der Kutsche vorgefahren war und inzwischen auch schon die Koffer verstaut hatte.

Der Angesprochene nickte und stand auf ein Zeichen seines Dieners hin auf. „Ich darf gar nicht mehr daran denken, was ich durchmachen musste." Bevor er in die Kutsche stieg, drückte er Gisbert und Klara noch einmal ganz fest die Hand. „Die Tage bei euch werde ich bis an mein Lebensende nicht vergessen", sagte er mit einem Augenzwinkern. „Aber sollte ich noch einmal zu Besuch vorbeikommen, werde ich die Finger von jeglichem Obst lassen und stattdessen nur von eurem vorzüglichen Wein trinken."

Er winkte seinen Gastgebern noch ein letztes Mal zu, bevor sein Diener mit einem festen Druck die Tür der Kutsche schloss. Mit wehmütigen Blicken schauten die Weinels der Kutsche nach, bis sie um die nächste Ecke bot.

Jetzt drückte Klara ihren Mann Gisbert ganz fest an sich. „Nun hat uns das normale Leben wieder. Die Herrschaften reisen aus Mainz ab, und heute Abend öffnen wir unsere Weinstube wieder für unsere normalen Gäste. Und dass du mir keinem erzählst, wie du in der Favorite den Grafen gespielt hast!"

Gisbert nickte. „Und ich behalte für mich, dass meine Frau als Attentäterin verhaftet und eingesperrt war."

Jetzt mussten beide herzhaft lachen. Endlich konnte das Leben wieder seinen normalen Gang gehen.

Chronik:

Im Herbst 1792 rücken französische Truppen auf Mainz vor. Anfang Oktober 1792 flüchtet Fürsterzbischof Friedrich Carl Joseph von Erthal samt Hofstaat aus der Stadt nach Aschaffenburg. Er stirbt am 25. Juli 1802 und wird in der Stiftskirche von Aschaffenburg beigesetzt. Am 18. Oktober 1792 erreicht ein zwanzigtausend Mann starkes Franzosenheer Mainz, das drei Tage später kampflos kapituliert. Im März 1793 wird in der Stadt die „Mainzer Republik" ausrufen. Kurz danach umschließen preußische

Koalitionstruppen Mainz und legen es unter wochenlangen Dauerbeschuss. Die Kurfürstliche Residenz Favorite, die Dompropstei, viele Kirchen und andere Gebäude werden unwiederbringlich zerstört. Am 23. Juli 1793 kapitulieren die Franzosen.

In Frankreich schwingt sich Napoleon Bonaparte zum Herrscher auf und krönt sich 1804 in Paris zum Kaiser. Am 6. August 1806 legt Franz II. auf Druck des französischen Herrschers die deutsch-römische Kaiserkrone nieder. Das Heilige Römische Reich Deutscher Nation hat aufgehört zu existieren.

Nach dem Tod seines Vaters übernimmt Friedel Weinel 1812 die Weinstube. Seine Mutter Klara erliegt 1815 einem Hirnschlag. Elisabeth Weinel heiratet 1799 einen begüterten Kaufmannsohn, mit dem sie wenige Jahre später nach Amerika auswandert. Anton Weinel stirbt 1815 kinderlos. 1820 folgt ihm sein Bruder. Er hinterlässt die Weinstube ebenfalls ohne Nachfolger. Eine neue Familie zieht in die „Weinstube am Dom“ ein: Erwin und Katharina Reichert mit ihrem Sohn Hermann.

In den Wirren der Revolution

März bis Mai 1848

Chronik:

Zu Beginn des 19. Jahrhunderts zieht Napoleon mit seinen Truppen eine blutige Spur durch Europa und kann erst durch eine Koalition von Russland, England, Preußen, Schweden und Österreich bezwungen werden. Nach dem Sieg über Napoleon ordnet der Wiener Kongress 1814/1815 das europäische Staatengebilde neu. Nach dem Abschluss des Staatsvertrages zwischen Preußen, Oberösterreich und Hessen-Darmstadt am 30. Juni 1816 wird Mainz an das Großherzogtum Hessen übergeben. Mainz wird zur deutschen Bundesfestung ausgebaut, was die Entwicklung der Stadt drastisch einschränkt. Der Deutsche Bund setzt sich aus insgesamt 39 souveränen Staaten zusammen, in denen konservative und liberale Stimmungen aufeinander prallen. Doch der Absolutismus Preußens, dessen Einflussgebiet nach dem Wiener Kongress von Aachen bis Tilsit reicht, unterbindet mit seiner straffen Militärmacht, die auch in Mainz übermäßig präsent ist, zunächst alle revolutionären und freiheitlichen Regungen. 1830 schwappt nach der Julirevolution von Paris die revolutionäre Welle auch nach Deutschland über. Die Deutschen erhalten von ihren Fürsten liberale Zugeständnisse in Form von Verfassungen und Landtagen. Eine dramatische Landflucht vergrößert das Elend in den Städten und erzeugt eine Nationalbewegung, die von Studenten, demokratisch gesinnten Handwerkern und einem liberalen Bürgertum getragen wird. 1840, als sich in Frankreich wieder Expansionsbestrebungen Richtung Rhein regen, gewinnt die nationale Einheitsidee in Deutschland an Schwung. Vielerorts werden Turn- und Gesangsvereine gegründet, die ein Sammelbecken für nationale Enthusiasten bilden. Am 10. Oktober 1847 treffen sich in Heppenheim deutsche Nationalisten, um einen Bundesstaat zu fordern. Am 24. März 1848 kommt aus Paris erneut eine Nachricht, die sich in den deutschen Städten wie ein Lauffeuer verbreitet: Der König ist abgesetzt.

Die beiden Männer hatten in nur einer Stunde mehr als vier Liter Wein getrunken und waren jetzt sturzbesoffen.

„Ich hab's immer gewusst", lallte der eine, fuhr sich durch sein schütteres Haar und kratzte sich an der leuchtend roten Narbe auf seiner Stirn. Er allein hatte drei der vier Krüge Rebensaft intus und lag längst mit dem Oberkörper auf dem Tisch. „Ich hab's immer gewusst."

„Ja, ja, ich weiß, du hast es gewusst", sagte sein Saufkumpan beschwichtigend. Er hatte nicht ganz so viel in sich hineingeschüttet, konnte allerdings ebenfalls kaum noch den Kopf heben.

Augusta warf den beiden einen missmutigen Blick zu und schaute ihren Vater fragend an. Doch Hermann Reichert zuckte nur mit den Schultern. Solange die beiden nicht handgreiflich wurden und andere Gäste belästigten, brauchte man nicht einzugreifen. Volker, Augustas jüngerer Bruder, stand hinter der Theke und behielt die beiden durch die rauchgeschwängerte Luft im Auge. Er war kräftig genug, jeden Randalierer (und davon gab es in diesen Zeiten weiß Gott genug) hochkant aus der Weinstube zu werfen, wenn es nötig sein sollte.

Meist waren es die preußischen Soldaten, die nach ein paar Bechern Wein die übrigen Gäste anpöbelten. Hermann Reichert hatte bereits zweimal erleben müssen, wie Preußen mit blank gezogenen Säbeln auf unschuldige Zivilisten losgegangen waren. Und das in seiner Weinstube, die ja nun wirklich kein Nest renitenter Zellen war. Fast war es ein Wunder, dass noch keiner verletzt worden war.

Um diese Uhrzeit, es war früh am Abend, kurz nach Sonnenuntergang, war jeder Platz in der Weinstube am Dom besetzt. Die Gäste diskutierten, lachten oder sangen Lieder. Viele hatten romantische Texte, manche handelten aber auch von der Freiheit. Hermann Reichert hoffte, dass an diesem Abend keine Soldaten kommen würden.

Der revolutionäre Funke, aufgestoben aus dem Feuer in Frankreich, wo der Bürgerkönig Louis Philippe wenige Tage zuvor gestürzt worden war, hatte in diesen ersten Märztagen des Jahres 1848 in Windeseile auch Mainz erreicht. Die Menschen wollten sich nicht länger von der Obrigkeit gängeln lassen und begehrten auf.

Hermann Reichert blickte zu den beiden Saufkumpanen. Jetzt stand der mit der Narbe an der Stirn auf. Er wankte bedenklich, schaffte es aber, stehen zu bleiben. „Diese verdammten Dampfschiffe sind an allem schuld. Stimmt's, Kurt?", schrie er lauthals und deutete mit dem Finger durch die Luft in die Richtung, wo er den Rhein vermutete.

Die übrigen Gäste der Weinstube am Dom drehten sich missmutig zu ihm um, die Lieder verstummten. Die meisten wussten, was nun folgen würde: Schimpftiraden gegen die Ungerechtigkeiten dieser Welt. In diesen Zeiten wurde viel öffentlich lamentiert. Dem einen reichte dazu eine Straßenecke in der Altstadt, der andere tat es am liebsten in Wirtshäusern.

„Sie haben uns um Lohn und Brot gebracht", grölte der Narbengesichtige, seiner Kleidung nach zu urteilen ganz offensichtlich ein Segelschiffer, der wohl seine Arbeit verloren hatte. In seinem Alter würde er auch keine neue finden. Sein gleichaltriger Kumpel machte ebenfalls einen heruntergekommenen Eindruck. „Diese verfluchten Dampfschiffe. Sie haben uns um unseren Lohn und unser Brot gebracht."

Er ließ sich wieder auf seinen Stuhl fallen und griff nach dem Weinkrug. Diesmal ging der Griff allerdings daneben und der Krug fiel um. Der Wein breitete sich auf der Tischplatte aus und tropfte auf den Boden aus groben Holzbohlen. Augusta war sofort mit einem Lappen am Tisch und wischte das Verschüttete auf.

„Es langt jetzt!", zischte sie.

„Darf man hier nicht einmal laut seine Meinung sagen?", lallte der andere. „Sind wir hier etwa bei den Preußen?" Er lachte dröhnend, doch von einer Sekunde auf die andere wurde er wieder ernst. „Mein Freund kann seine Familie nicht mehr ernähren. Und ich werd auch bald auf der Straße stehen."

„Aber eure Schoppen, die könnt ihr noch saufen", sagte Augusta kopfschüttelnd. Sie hatte inzwischen die Tischplatte trocken gewischt. „Aber jetzt habt ihr beiden genug. Ihr zahlt, und dann raus mit euch! Wenn ihr nicht spurt, lasse ich euch von Volker vor die Tür setzen."

Mit ihrem rechten Daumen deutete sie in Richtung ihres Bruders.

Brummend legte der weniger Betrunkene eine Hand voll Münzen auf den Tisch. „Komm, Schambes, geh'n wir zum Grünewald. Da ist wenigstens was los. Vielleicht sind ja ein paar Preußen da, die wir verprügeln können. Schlagt die Preußen tot!", rief er, doch Augustas Blick brachte ihn schnell wieder zum Schweigen.

Die beiden Zecher erhoben sich schwerfällig und wankten auf den Ausgang zu. Augusta schaute ihnen kopfschüttelnd nach. „Brauchst gar nicht den Kopf zu schütteln", hörte sie ihren Bruder Volker sagen. „Sie haben Recht."

„Wie meinst du das?"

„Sie haben ihre Arbeit verloren und sind verzweifelt."

Augusta seufzte. Auch Volker war offenbar von diesen freiheitlich-revolutionären Strömungen angesteckt worden, die nicht nur Mainz, sondern ganz Rheinhessen, ja sogar ganz Deutschland erfasst hatten. Doch damit konnte Augusta nichts anfangen. Überall in der Stadt kam es zu Treffen, bei denen die Redner Presse- und Meinungsfreiheit forderten. Augusta fragte sich, warum sich die Welt dadurch ändern, sogar besser werden sollte. Sie hatte ihre Arbeit in der elterlichen Weinstube. Sie und ihre Geschwister waren die dritte Generation der Reicherts in der „Weinstube am Dom". Großvater Erwin hatte immer erzählt, dass es die Weinstube bereits seit vielen Jahrhunderten gab, dass sie zwar immer wieder umgebaut wurde und einmal sogar fast abgebrannt war, doch dass es im Grunde immer dieselbe Weinstube war. „Anno 1631" stand in einem der Holzbalken noch heute zu lesen.

Für Kinder war Augusta mit ihren zweiunddreißig Jahren zu alt, wahrscheinlich auch zu alt für einen Mann. Was also hatte sie von mehr Freiheiten zu erwarten? Bestimmt nicht viel. Seit dem Tod der Mutter vor vier Jahren hielt sie die Weinstube in Schwung und die Familie zusammen.

„Sie haben allen Grund zur Verzweiflung."

Augusta und Volker drehten sich um. An dem kleinen Tisch in der Ecke saß ein junger Mann, etwa Mitte zwanzig und von sehr gepflegtem Äußeren. Er hatte ein paar Blätter Papier vor sich liegen und hielt einen Bleistift in der Hand. Augusta runzelte fragend die Stirn.

„Sie haben allen Grund zur Verzweiflung", wiederholte der Mann. „Aber immerhin können sie jetzt ihre Verzweiflung frei herausschreien, auch wenn es ihnen in ihrem Fall nicht viel nützen wird."

Augusta und Volker sahen sich fragend an. Augusta glaubte sich zu erinnern. Der junge Mann war in den vergangenen Monaten schon öfter in der Weinstube gewesen. Jedes Mal hatte er bei einem Glas Rotwein über seinen Papieren gebrütet, geschrieben, nachgedacht und wieder geschrieben. Nie war jemand bei ihm gewesen, seine Umgebung schien er nicht wahrzunehmen, selbst wenn Gäste der Weinstube lautstark lachten oder ihre Lieder anstimmten. Augusta erinnerte sich, dass ihre Schwester Henrietta sie schon vor ein paar Wochen auf ihn aufmerksam gemacht hatte. Er wirke so gebildet und nicht so derb wie die meisten Revolutionäre oder so tumb wie die Preußen, hatte Henrietta gesagt und dabei verzückt die Augen verdreht. Seiner Kleidung nach zu urteilen schien er nicht gerade aus ärmlichen Verhältnissen zu kommen und er war offensichtlich nicht verheiratet. Henrietta, im Januar gerade achtzehn geworden und damit das jüngste Kind der Familie, sah in ihm wohl einen geeigneten Heiratskandidaten. Da sie heute zusammen mit Heinrich, dem ältesten Sohn der Familie, in der Küche stand, konnte sie nicht sehen, dass dieser seltsame Schreiberling das Gespräch angefangen hatte. Wahrscheinlich hätte sie vor Verzückung weiche Knie bekommen.

„Gehst du diese Woche zur Versammlung?“, fragte Augusta ihren Bruder, als sie sah, dass sich der junge Mann wieder seinen Notizen zugewandt hatte.

„Ja, morgen Abend, beim Hellmeister in der Grebenstraße“, nickte Volker begeistert. „Unser demokratischer Abgeordneter Doktor Zitz wird ebenfalls kommen.“

„Wie alt sind Sie, junger Freund?“, fragte der junge Mann unvermittelt dazwischen und legte seinen Bleistift beiseite.

Volker stutzte einen Moment. „Ich werde im Juni zwanzig, Herr. Warum fragen Sie?“

„Entschuldigt meine Neugierde, aber ich fange Stimmen und Stimmungen aus dem Volk ein. Ich bin Redakteur, eigentlich Jurist, aber man kann heutzutage bedeutend mehr gegen die Ungerechtigkeit unternehmen, wenn man für eine Zeitung schreibt. Ich schreibe für die Mainzer Zeitung. Genauer gesagt, habe ich gerade erst damit angefangen.“

Augusta seufzte erneut und schüttelte den Kopf. Hier schienen sich zwei gesucht und gefunden zu haben. Auch Volker redete in letzter Zeit viel von Gerechtigkeit und Freiheit. Der Rest der Familie tat sein Gerede meist als jugendlichen Unfug ab.

„Gestatten Sie, dass ich mich vorstelle“, fuhr der Unbekannte fort und erhob sich kurz von seinem Stuhl. „Bamberger, Ludwig Bamberger.“

Augusta und Volker nickten unsicher. Sie hatten nicht erwartet, dass dieser immer so beschäftigt wirkende Mann mit ihnen ein Gespräch anfangen würde. „Ich bin Volker Reichert, Sohn des Wirtes Hermann Reichert. Das ist meine Schwester Augusta.“

Ludwig Bamberger nickte. „Warum setzen Sie sich nicht zu mir, Volker?“

Volker riss die Augen auf. Dieser gebildete Herr, ein studierter Jurist, von denen wahrlich nicht viele in der „Weinstube am Dom“ einkehrten, hatte vor, sich mit ihm zu unterhalten. Er wollte sich schon den Stuhl heranziehen, als ihn ein warnendes Räuspern seiner Schwester aufblicken ließ. Mit ihren Augen deutete sie zur Theke hinüber, wo ihr Vater bereits verärgert die Arme in die Hüfte gestemmt hatte. Er sah es nicht gern, dass mit den Gästen herumscharwenzelt wurde, wenn die Stube voller Gäste war.

„Ich verstehe", nickte Bamberger. „Nun, wie ich mitbekommen habe, sehen wir uns ja morgen beim Hellmeister wieder."

„Sie werden auch kommen?"

„Natürlich, mein Freund. Es liegt was in der Luft, das kann nicht unkommentiert bleiben."

Als sich Volker in der Dunkelheit der tiefen Nacht durch die Gaststube in seine Kammer schleichen wollte, hörte er plötzlich ein Räuspern. Seine Schwester Augusta hatte auf ihn gewartet.

„Spät kommst du, ist schon weit nach Mitternacht", mäkelte sie mit verhaltener Stimme und zündete eine Kerze an. „Wo warst du so lange?"

Volker machte ein trotziges Gesicht. „Ich habe es dir und Vater heute Nachmittag doch gesagt. Ich war auf der Volksversammlung. Hat eben etwas länger gedauert."

Augusta seufzte. „Volker, ich bin nicht Mutter, und ich will dir auch nicht unsere Mutter ersetzen. Aber ich mache mir Sorgen. Du steigerst dich da in etwas hinein, aus dem du später vielleicht nicht mehr herauskommst."

„Wer sagt denn, dass ich rauskommen will?", entgegnete Volker noch trotziger.

Als er im Kerzenlicht das Gesicht seiner älteren Schwester sah, wurde er etwas versöhnlicher. „Du kannst dir das eben nicht vorstellen, Schwesterherz. In der Stadt herrscht ein ganz bestimmter Geist, der Geist der Freiheit. Du hättest heute Abend dabei sein sollen. Hunderte, ach, was sag ich, Tausende sind zur Volksversammlung gekommen."

Augusta wusste, dass ihr Bruder gern maßlos übertrieb. Dennoch ging sie weiter darauf ein. „Und was wollten die alle dort?"

„Sie alle sind gegen diesen anmaßenden Beamtenstand, der in Darmstadt sein Nest hat. Und sie sind gegen das stehende Heer, diesen fressenden Krebs des Staatseinkommens. Und sie sind für die Freiheit der Presse."

Augusta hatte mit offenem Mund zugehört. So hatte sie ihren kleinen Bruder noch nie sprechen gehört. Doch eines wusste sie nur zu genau: Das waren nicht die Worte von Volker Reichert, der noch keine zwanzig war und in der Schule oft genug versagt hatte, und der noch nie in seinem Leben irgendeine Verantwortung getragen hatte. Augusta kannte ihren jüngeren Bruder nur zu gut. Er war tüchtig in der Weinstube, aber ansonsten ein Luftikus. Wenn ihm ein Mädchen aus der Nachbarschaft gefiel, umgarnte er es, bis es ihm zu Willen war. Wie viele Herzen er auch in den letzten Jahren auf diese Weise schon gebrochen haben mochte, und es waren etliche, gestört hatte es ihn nie. Und jetzt plötzlich solch hochtrabenden Worte aus seinem Mund!

Doch dann dämmerte es ihr. „Hast du auf der Volksversammlung tatsächlich diesen sonderbaren Schreiberling getroffen? Wie heißt er noch gleich?"

„Ach, du meinst Herrn Bamberger", kam es gleich wie aus der Pistole geschossen. „Stell dir vor, wir liefen uns in der Menschenmenge doch tatsächlich über den Weg. Er hat mich gleich wieder erkannt. Ein sympathischer Mensch. Aber du hast ihn ja auch kennen gelernt. Er hat mir einiges über sich erzählt. Er ist Mainzer wie du und ich und hat in Heidelberg, das liegt gar nicht so weit von Mainz weg, studiert. Als er das von dem Umsturz in Frankreich hörte, ist er sofort nach Straßburg gefahren, um sich vor Ort zu informieren. Kannst du dir das vorstellen? Fährt einfach so nach Straßburg. In Mainz will er jetzt seinen Beitrag für die Bewegung leisten."

„Und, wirst du ihn wieder sehen?"

„Ich denke schon. Heute oder morgen Abend wird er bestimmt wieder in unserer Weinstube erscheinen. Zurzeit, so erzählte er mir, schreibt er an einem Artikel für die Zeitung. Einen ganz besonderen Artikel, den Leitartikel."

Augusta seufzte erneut. Dieser Bamberger, so sympathisch er ihr in der Tat vorgekommen war, schien ein gewiefter Agitator zu sein, der in ihrem Bruder Volker ein leichtes Opfer gefunden hatte. Der Junge war begeistert von den Strömungen der Zeit, denen Augustas so gar nichts abgewinnen konnte.

„Wie geht es weiter?", fragte sie. „Wirst du jetzt jeden Abend auf diese Volksversammlungen gehen, dich dort mit diesem Bamberger treffen und vielleicht sogar Reden halten? Vater wird davon nicht begeistert sein. Er will nicht, dass sich diese Revoluzzer in unserer

Weinstube breit machen. Ich hoffe, er schläft schon und bekommt nicht mit, dass du hier erst morgens um drei Uhr antanzt. Wenigstens hast du nichts getrunken. Und wegen Heinrich brauchst du dir keine Gedanken zu machen. Er hat nur die Weinstube im Kopf. Alles andere ist ihm ziemlich schnuppe. Aber auch er hat mich schon gefragt, was mit dir los ist."

Volker konnte seine Schwester beruhigen. „Ach was, jeden Abend gehe ich bestimmt nicht auf Versammlungen. Heute haben wir erst einmal unsere Forderungen bekräftigt. Die Provinzregierung in Darmstadt hat vier Tag Zeit bekommen, sie zu erfüllen. Wenn nicht ..."

„Was heißt, wenn nicht?", fragte Augusta besorgt.

„Dann ziehen wir nach Darmstadt."

Augusta schwante, was kommen würde. „Und du willst dabei sein."

Volker nickte begeistert. „Natürlich, werde ich dabei sein. Wir werden diesen Bürokraten schon zeigen, was wir hier in Mainz auf die Beine stellen können. Wir werden ..."

„Und wann wirst du es Vater sagen? Vor allen Dingen, wie wirst du es ihm beibringen, dass du hier alles stehen und liegen lassen willst und nach Darmstadt ziehst?", unterbrach ihn seine Schwester ruhig, aber mit unüberhörbar spöttischem Unterton.

Volker lächelte unsicher und blinzelte mit den Augen. „Na ja, ich habe gedacht, dass du vielleicht ..."

Augusta schaute ihrem Bruder in die Augen, sagte aber zunächst nichts. „Soso, du hast gedacht", sagte sie nach einer Weile spöttisch. „Wenn du dich da mal nicht verrechnet hast."

Sie stand auf, gähnte und gab Volker einen Klaps auf den Hinterkopf. „Ich geh in meine Kammer. Ich bin hundemüde. Wir reden demnächst noch einmal darüber, du Möchtegernrevolutionär."

Bürgermeister, Gemeinderäthe und die unterzeichneten Bürger der Stadt Mainz erklären hiermit, daß sie sich folgenden, in der von einer großen Anzahl von Mainzer Bürgern unterzeichneten, bereits ihren Abgeordneten unterm 2. März überreichten Adresse gestellten unabweislichen Forderungen anschließen und diese Betrittserklärung sofort den Deputierten der Stadt Mainz zur Einbringung an die Kammer der Stände überreichen werden:

Unbedingt freie Presse

Erhaltung unserer bisherigen rheinischen Gesetzgebung

Zurücknahme des bereits publizierten Polizeistrafgesetzbuchs
Möglichste Verminderung des stehenden Heeres
Sofortige Beeidigung des Militärs auf die Verfassung
Allgemeine Volksbewaffnung mit freier Wahl der Offiziere
Volle Gleichstellung aller Religionsschulen
Zeitgemäße Revision der Verfassungsurkunde und Gemeindeordnung
Freie Gemeindeverwaltung, ohne die alles beengende Bevormundung durch Beamte
Freie Berathung öffentlicher Interessen in allgemeinen Versammlungen und unverkümmertes Recht, die Wünsche des Volks durch Collectivpetitionen ihren Vertretern vorzutragen
Ein allgemeines deutsches Parlament
Mainz, den 3. März 1848

Volker hatte sich nicht getäuscht. Am Abend des übernächsten Tages, es war der 6. März, kam Ludwig Bamberger tatsächlich wieder in die „Weinstube am Dom". Und wieder hatte er einen Stoß Notizen unter dem Arm. Gut gelaunt grüßte er Volker, und auch für dessen Schwestern hatte er ein freundliches Winken übrig. Henrietta bekam glänzende Augen und schnappte sich sofort ein Glas für den Rotwein, den Bamberger immer trank. Mit leicht zitternder Hand schenkte sie ein. Hermann Reichert und sein Sohn Heinrich schauten sich fragend an und zuckten fast gleichzeitig mit den Schultern. Auch ihnen war dieser gebildet wirkende junge Mann schon aufgefallen. Bürger aus den etwas besseren Kreisen der Stadt verirrten sich nicht allzu oft in die „Weinstube am Dom".

Bamberger setzte sich wieder an den kleinen Tisch in der Ecke und dankte Henrietta, die ihm unaufgefordert das Glas Rotwein gebracht hatte, mit einem Kopfnicken. „Wenn der Volker einmal kurz Zeit hat, möchte er doch bitte an meinen Tisch kommen", bat er das Mädchen, das etwas enttäuscht das Gesicht verzog. An ihr hatte er wohl kein Interesse. Beflissen zog sie wieder von dannen und gab ihrem Bruder einen Wink. Volker vergewisserte sich, dass Heinrich und sein Vater abgelenkt waren und eilte an Bambergers Tisch.

„War ganz schön was los, bei der Volksversammlung", bemerkte Bamberger nach einer freundlichen Begrüßung und lächelte süffisant.

Volker nickte. „Hat mich mächtig beeindruckt. Ich hätte nie gedacht, dass so viele Leute sich für dasselbe begeistern können."

Bamberger wiegte nachdenklich den Kopf. „Das ist das Wichtigste bei einer Revolution, mein junger Freund. Ein einziger Gedanke muss die Massen sofort entzünden und begeistern."

„Erleben wir tatsächlich eine Revolution, Herr Bamberger?", fragte Volker entgeistert.

„Natürlich, mein junger Freund, was haben Sie denn geglaubt. Ausgerechnet von Mainz aus, aus dieser einst von der blühenden Metropole des längst vergangenen Heiligen Römischen Reiches Deutscher Nation zum Provinznest degradierten Stadt wird der Gedanke der Revolution durch Deutschland getragen. Wer hätte das gedacht. Mainz ist die revolutionärste Stadt Deutschlands. Die in Berlin können sich von uns eine Scheibe abschneiden. Und die in Darmstadt sollten auf der Hut sein. Die Mainzer und die Rheinhessen sind zu allem entschlossen. Auf dem Weg hierher in die Weinstube habe ich schon wieder erleben müssen, wie preußische Soldaten einfache und unbescholtene Bürger schikaniert haben. Irgendwann schlägt das Pendel nach der anderen Seite aus."

Volker hatte staunend zugehört. Wie gebildet dieser Mann doch war. Fast schämte er sich, dass er so wenig Ahnung von den politischen Hintergründen hatte. Er hatte etwas aufgeschnappt von einem französischen König, den man aus dem Amt gejagt hatte. Irgendwie hatte das, was im fernen Paris geschehen war, auch die Menschen in Deutschland in ihren Bann geschlagen.

„Volker! Verflucht noch mal!"

Die schneidende Stimme seines Vaters riss ihn aus seinen Gedanken. Mit zusammengekniffenen Lippen und einer Zornesfalte auf der Stirn stand Hermann Reichert hinter der Theke, die Hände in die Seiten gestemmt. Sein Blick sprach Bände. Volker nickte Bamberger entschuldigend zu und eilte mit schnellen Schritten zu seinem Vater.

„Vielleicht erinnerst du dich daran, dass du hier auch etwas zu schaffen hast? Los, geh du zu deinen Schwestern in die Küche und schaff mir fünf Portionen Handkäs' mit Musik und einmal Spundekäs' bei!", zischte Hermann Reichert und stieß seinen Sohn mit der rechten Hand unsanft in Richtung Herd. „Aber ein bisschen plötzlich. Und wenn du das erledigt hast, holst du aus dem Keller von dem Laubenheimer Weißwein hoch. Und das auch ein bisschen plötzlich!"

Während Volker mit eingezogenem Genick in die Küche rannte, verzog Heinrich das Gesicht. Kopfschüttelnd hatte er alles beobachtet.

„Mit ihm sehe ich schwarz“, winkte er ab und entkorkte zwei Flaschen Rotwein. „Von mir aus, mir kann es egal sein. Ich komm auch ohne ihn zurecht.“

Sein Vater nickte nachdenklich. „Mutter ist viel zu früh gestorben“, sagte er leise. „Ohne Augusta wären wir alle verloren. Aber sie kann nun einmal keine Mutter ersetzen. Ich hoffe nur, der Bub gerät nicht auf die schiefe Bahn.“

„Wir brauchen dringend Nachschub beim Rotwein“, wechselte Heinrich abrupt das Thema. „Ich werde gleich morgen Vormittag die Kutsche nach Ingelheim nehmen und beim Menke einen ordentlichen Vorrat ordern. Er macht uns immer noch den besten Preis. Von dort aus kann ich gleich weiter nach Gau-Algesheim fahren zum Bettenheimer und dort ebenfalls Nachschub bestellen. Dann hätt ich alles auf einmal geschafft. Werde bis zum Abend hoffentlich wieder zurück sein.“

Hermann Reichert nickte abwesend. Sein Ältester steckte seine ganze Energie in die Weinstube, rackerte von früh bis spät, besonders jetzt. In diesem Jahr war zu aller Gastwirte Unglück in Mainz die Fastnacht abgesagt worden. Der Ernst der Zeit sei dem lustigen Treiben nicht angemessen, hatte man gesagt. Reichert verzog unwillkürlich das Gesicht. Gerade an Fastnacht brummte in der „Weinstube am Dom“ jeden Abend das Geschäft. Rund um die Uhr könnten sie geöffnet haben, um die durstigen Zecher zufrieden zu stellen. Doch diese so genannten Freidenker, die angeblich die Rechte jedes einzelnen Bürgers als das wichtigste Gut ansahen, verdarben ihm in diesem Jahr gründlich das Geschäft, indem sie sämtliche Fastnachtsaktivitäten kurzerhand abgeblasen hatten.

Bereits im vergangenen Jahr war der Rosenmontagszug ausgefallen, was den Weinstuben und Gaststätten in der Stadt einen erheblichen Verlust beschert hatte. Hermann Reichert musste an allen Ecken und Enden sparen, um seine Familie in diesen unruhigen Zeiten über Wasser zu halten. Manchmal betrachtete er nachdenklich die eingeritzte Jahreszahl 1631 auf einem der freiliegenden Holzbalken. Was mochte die Menschen, die vor mehr als zweihundert Jahren in der Weinstube ein- und ausgegangen waren, bewegt haben? Waren sie damals freier als die Menschen heutzutage?

Alle reden von der Freiheit der Gedanken, dachte er sarkastisch. Doch wer denkt an unsereinen?

Ein Poltern an der Tür lenkte ihn ab. Vier preußische Soldaten standen im Türrahmen und schauten sich suchend nach einem freien Tisch um. Augenblicklich wurden sämtliche Gespräche leiser. Die Gäste schauten die vier Soldaten mit einer Mischung aus Verachtung und Unbehagen an. An den Tischen, wo sonst jedem neuen Gast sofort Platz angeboten wurde, machten sich die Männer und Frauen demonstrativ breit. Einige setzten sich mit ihren dicken Hintern gleich auf zwei Stühle.

„Kein Platz mehr, alles voll", tönte eine laute Stimme aus der Menge. „Verschwindet in eure Kaserne!", rief ein anderer aus einer dunklen Ecke heraus.

Die Preußen schauten finster drein und unterhielten sich leise. Anscheinend wussten sie nicht, wie sie auf die Anfeindungen reagieren sollten. Sie blieben noch einen Augenblick stehen und verließen schließlich wortlos die Weinstube. Sofort brach schallendes Gelächter aus und die Gespräche setzten wieder ein. Hermann Reichert atmete erleichtert auf. Diesmal war es noch glimpflich ausgegangen.

„Schlagt die Preußen tot!", rief plötzlich ein Einzelner, und sofort stimmte die Menge in der verrauchten Weinstube ein. „Schlagt die Preußen tot! Schlagt die Preußen tot!"

Ein lautes Geräusch an der Tür ließ ihn erneut erschrecken; das Geschrei verstummte abrupt. Waren die Preußen mit Verstärkung zurück gekommen? Doch es war nur ein dicker Zimmermann, der sich schnaufend an den Türrahmen lehnte und nach Atem rang. Mit einigen Handzeichen verschaffte er sich Ruhe.

„Kommt schnell!", rief er laut, als er sich gesammelt hatte. „Kommt alle zum Theater. Es heißt, Zitz wird eine Rede halten."

Sofort brach ein Tumult aus. Die meisten schrieen nach dem Wirt, weil sie auf der Stelle zahlen wollten. Andere warfen ein paar Münzen auf den Tisch und stürzten aus der Weinstube. Einige nutzten frech die Gunst der Stunde, prellten die Zeche und verschwanden im allgemeinen Getümmel. Am Schluss saßen nur noch vier Gäste in der Weinstube, darunter Ludwig Bamberger. Die anderen drei waren so in ihr Würfelspiel vertieft, dass sie noch nicht einmal aufgeschaut hatten.

„Ruhe ist die erste Bürgerpflicht, auch bei der Revolution – gerade bei der Revolution", sagte Bamberger und drückte Volker ein paar Geldstücke in die Hand. „Ich muss zum Theater. Wenn Zitz öffentlich spricht, muss es wichtig sein. Kommst du mit, junger Freund?"

Volker warf seinem Vater einen Blick zu. Hermann Reichert, der kopfschüttelnd mit angesehen hatte, wie seine Gäste fast fluchtartig davon gestürzt waren, verzog das Gesicht, nickte aber kaum merklich. Volker ballte jubelnd die Fäuste und wandte sich freudestrahlend an Bamberger.

Der machte eine Bewegung mit dem Kopf. „Na dann, auf zum Theater. Bin gespannt, was Zitz zu sagen hat."

Augenblicke später hatten sie das prächtige Gebäude erreicht, das nur einen Steinwurf vom „Weinhaus am Dom" entfernt stand. Ganz Mainz schien in dieser Nacht auf den Beinen zu sein. Viele trugen Fackeln, einige hatten sich mit Mistgabeln und anderen Gerätschaften bewaffnet. Dass Zitz zur Bevölkerung sprechen wollte, hatte sich wie ein Lauffeuer herumgesprochen. Viele tausend waren gekommen, und in allen Gesichtern leuchtete die freudige Erwartung. Volker war etwas mulmig zumute. Er blickte zu Bamberger. In seinem Gesicht war abzulesen, dass er einen Zusammenstoß mit preußischen Soldaten befürchtete. In der Tat war die Stimmung vor dem Theater aufgeladen, wie es Volker noch nie erlebt hatte. Die Menge schrie wild durcheinander. Manchen sah man deutlich an, dass sie vorher reichlich Wein und Bier getankt hatten. Volker hörte aus dem Geschrei die Forderung, sofort nach Darmstadt zu ziehen, um es diesen Bürokraten dort zu zeigen. Er und Bamberger versuchten, möglichst nahe an das Theater heranzukommen, wo in diesem Moment auf dem Balkon eine Gestalt erschien: Es war tatsächlich der Mainzer Deputierte Franz Zitz. Als das Volk Zitz sah, schwoll das Geschrei nochmals an. Erneut konnte Volker nur einzelne Satzfetzen verstehen. Doch immer ging es darum, sofort nach Darmstadt aufzubrechen.

„Das Volk hat kein Vertrauen mehr, und das Bürgerkomitee weiß das sehr genau", rief Bamberger mit lauter Stimme, um sich verständlich zu machen.

„Ich fürchte, heute Nacht wird es noch zu einem Aufruhr kommen. Spürst du, wie aufgeheizt die Stimmung ist? Der kleinste Funke genügt, und das Mainzer Pulverfass explodiert."

Auch Zitz hatte Mühe, sich gegen diese fast schon hysterische Menschenmasse Gehör zu verschaffen. Kerzengerade stand er auf dem Balkon des Theaters, eine Hand in der Hosentasche. Als er redete, konnte Volker wiederum nur Fetzen verstehen.

„... von der großherzoglichen Regierung in Darmstadt alles bewilligt worden ...“, war einer der Fetzen, und er löste erneut einen Sturm der Emotionen aus. Die Menschen, die ganz vorn standen und Zitz verstehen konnten, jubelten laut und erzählten es nach hinten weiter. Die Provinzregierung in Darmstadt hatte die Forderungen der Volksversammlung tatsächlich angenommen.

„Gebt dem Volk, was das Volk will!“, kommentierte Bamberger trocken. „Hör zu, Volker. Ich muss versuchen, an Zitz heranzukommen. Er wird mir ein Gespräch nicht verweigern können. Sei mir deshalb nicht böse, wenn ich dich hier einfach stehen lasse. Wir sehen uns bald wieder in eurer Weinstube. Bis dann, junger Freund.“ Er gab Volker die Hand und verschwand in der Menge.

Am nächsten Tag sprach sich die Ankündigung von Zitz bis in den letzten Winkel der Stadt herum. Am Morgen des 8. März läuteten vom Dom die Glocken, Choräle ertönten von den Türmen, die sogar bis in die Weinstube der Reicherts zu hören waren. Bis zum Abend hatte sich die überschwängliche Stimmung der Bevölkerung so weit gesteigert, dass sich erneut ein Fackelzug formierte. Vor dem Standbild des Gutenberg, das dem Theater genau gegenüber stand, stimmte die begeisterte Menge ein frenetisches „Heil dir, Moguntia!“ an.

Die Begeisterung über den ersten Erfolg der Revolution hatte alle in einen freudigen Taumel versetzt. Und diejenigen, die es erlebt hatten, erzählten es weiter: Zitz sei vor dem Gutenberg-Denkmal auf die Knie gefallen und habe laut das Gelöbnis geäußert, für die Freiheit zu leben und nötigenfalls auch für sie zu sterben. Später seien sich er und Bürgermeister Nack in die Arme gefallen und hätten ein Hoch auf die Freiheit und die Ordnung ausgerufen, hieß es.

Es wurde sogar beschlossen, den Mainzer Abgeordneten, der aus einfachen Verhältnissen stammte, mit einer Tafel, angebracht am Mainzer Stadthaus, zu ehren.

In der „Weinstube am Dom“ geriet Volker noch an diesem Abend mit seinem Vater in einen heftigen Streit. Die Weinstube war wie ausgestorben, und Volker hatte sich schon seinen Mantel geschnappt, weil auch er zum Theaterplatz wollte. Da stellte sich ihm sein Vater in den Weg.

„Diesmal gehst du nicht!“, sagte er hart.

„Warum nicht, Vater?“ Volker verstand die Welt nicht mehr. „Die Weinstube ist leer, und an einem Abend wie diesem werden nicht viele

Gäste kommen, wenn überhaupt. Sie sind alle am Theaterplatz. Warum soll ich hier Däumchen drehen?"

„Weil ich es so will", herrschte ihn sein Vater an. „Seit Tagen verdrehen dir diese so genannten Revolutionäre und Freidenker Kopf und Verstand. Und dieser Bamberger ist der Schlimmste von ihnen. Dieser Schreiberling setzt dir nur Flausen in den Kopf. Ich hätte nicht übel Lust, ihn das nächste Mal, wenn er hier aufkreuzt, geradewegs an die Luft zu setzen. Wo soll das noch hinführen? Willst du dich am Ende vielleicht auch noch bei der Bürgerwehr melden?"

„Warum nicht, Lust hätte ich schon." Volker machte einen Schritt vorwärts, sein Vater ebenfalls. „Du bleibst hier, Volker!", befahl er nochmals. „Wenn deine Mutter noch lebte, würde sie dir jetzt gehörig die Ohren lang ziehen."

Volker atmete tief durch. „Du wirst das nie verstehen, Vater." Er packte ihn an den Schultern und schob ihn mühelos beiseite. „Aber ich muss gehen, ich muss." Er öffnete die Tür und verschwand im Dunkeln der Gasse.

„Er taugt nichts, er wird es nie zu etwas bringen." Hermann Reichert hörte die abfällige Stimme seines ältesten Sohnes, der alles beobachtet hatte, wie durch einen dichten Nebel, sagte jedoch nichts. Sein eigener Sohn hatte sich einfach über ihn hinweggesetzt.

Ludwig Bambergers erster Leitartikel erschien am 10. März 1848. Er trug die Überschrift „Die französische Revolution und die Stimme in Deutschland".

Hermann Reichert hatte sich schnell wieder beruhigt. An den folgenden Tagen verliefen die Geschäfte in der „Weinstube am Dom" wieder im gewohnten Gang. Am 20. März statteten Erbgroßherzog Ludwig und seine Gemahlin Mathilde der Stadt ihren Besuch ab. Von der Bevölkerung wurde das Paar begeistert empfangen.

Am Abend des 22. März war es mit dem Frieden allerdings wieder vorbei. Der Mann, der kurz nach Einbruch der Dunkelheit in die Weinstube der Reicherts getaumelt kam, war völlig außer Atem und blutete am linken Oberarm. Seine rechte Hand hatte er auf die Wunde gepresst, seinen Oberkörper hielt er nach vorn gebeugt. Seine schlimme Verletzung war nicht das Einzige. Er schien auch schwer misshandelt worden zu sein. Sein Gesicht und sein Hals waren voller blauer Flecken und Blutergüsse. Der Verletzte schnappte nach Luft und ließ sich auf den nächsten freien Stuhl fallen. Seinem Äußeren nach war er ein Kohlenschiffer. Warum er mit dieser schlimmen Verletzung ausgerechnet die Weinstube der Reicherts aufsuchte, wusste wahrscheinlich nur der Herrgott. Henrietta schnappte sich sofort einen Strick und ein halbwegs sauberes Stück Stoff und begann, den Verletzten zu versorgen. Ihr Bruder goss Wasser in einen Becher.

„Diese verdammten Hunde", röchelte der Verletzte und trank gierig den Becher in einem Zug leer.

In der Weinstube war es augenblicklich still geworden. Alle waren aufgestanden und hatten sich um den Kohlenschiffer geschart.

„Diese verdammten preußischen Hunde."

Nur nach und nach kamen die Sätze aus seinem Mund. Langsam setzte sich alles zu einem Bild zusammen. In einem Wirtshaus nicht weit von der „Weinstube am Dom" entfernt hatten sich Bürger den Scherz erlaubt, den preußischen König in fastnachtlicher Manier zu veralbern. Fastnacht war in diesem Jahr bekanntlich ausgefallen, und wahrscheinlich steckte in vielen noch der Narr, der sich diesmal nicht austoben konnte.

Immer mehr Gäste waren in den Spottgesang eingefallen, und die meisten hatten gar nicht darauf geachtet, dass in einer Ecke des Wirtshauses eine Gruppe preußischer Reservisten saß. In wilder Wut über die Beleidigungen ihres Königs waren die Preußen plötzlich aufgesprungen, hatten Stühle und Tische samt Biergläsern umgeworfen und angefangen zu randalieren. Mit den Fäusten hatten sie saftige Schläge ausgeteilt. Als einige unbewaffnete Mitglieder der Bürgerwehr die Tobenden zur Räson bringen wollten, hatten die plötzlich die Säbel gezogen.

„Ehe ich wusste, wie mir geschah, hatte mir einer der Sauhunde schon einen Stich verpasst", keuchte der Kohlenschiffer mit schmerzverzerrtem Gesicht.

Die Gäste der Weinstube stießen wilde Flüche aus. Einige forderten entrüstet, sofort das Wirtshaus aufzusuchen und den preußischen Lumpen, falls sie noch dort waren, gehörig den Arsch zu versohlen. Diejenigen, die schon einige Gläser Wein intus hatten, stießen ein grölendes Gelächter aus. Hermann und Heinrich beobachteten die Entwicklung mit sorgenvollen Mienen. Auch Volkers Nerven waren bis auf das Äußerste angespannt. Die Stimmung in der Weinstube geriet langsam außer Kontrolle.

„Bürger heraus! Bürger heraus!“

Der Ruf kam von außerhalb der Weinstube. Heinrich und sein Vater schoben die Gardine zur Seite und spähten durch die beschlagenen Scheiben nach draußen. Dort zogen Dutzende Bürger vorbei, denen die Wut deutlich im Gesicht geschrieben stand. Sie trugen Fackeln, manche hatten Mistgabeln, Äxte und Stangen geschultert. Anscheinend hatte sich der Zwischenfall bereits in der Stadt herumgesprochen.

„Sie ziehen in Richtung Ludwigsstraße. Bestimmt sind da die Preußen aufmarschiert“, rief einer der Gäste und riss die Tür auf. „Los, wir schließen uns ihnen an. Wir werden den Preußen zeigen, wer hier der Herr im Haus ist.“

Sofort drängte ein gutes Dutzend der Gäste auf die Straße. Auch der verwundete Kohlenschiffer erhob sich mühsam. „Ich muss wieder zurück“, rief er und schüttelte Henrietta ab, die ihn aufhalten wollte.

„Was ist bloß in die Menschen gefahren?“, murmelte sie entsetzt. Erschrocken hielt sie Volker, der ebenfalls zur Tür wollte, an der Hand fest. „Geh nicht!“, flehte sie. „Die sind zu allem fähig.“

Volker sah seiner Schwester in die Augen und nickte. Diesmal blieb er in der Weinstube. Doch in seinem Innersten tobte ebenfalls die Wut über die preußische Gängelei.

Am übernächsten Tag lasen er und seine Familie fassungslos in der Zeitung, was sich in der Nacht noch abgespielt hatte. Die Mainzer waren an der Ludwigsstraße tatsächlich auf preußische Soldaten gestoßen. Sofort hatte sich ein Tumult entwickelt, in dessen Verlauf mehrere Offiziere von den Bürgern eingekreist wurden. Heftige Schläge hatten sie einstecken müssen und sich mehr als nur blutige Nasen geholt.

Da die Bürger in der Überzahl waren, blieb den Soldaten keine andere Wahl, als geladene Kanonen aufzufahren. Trotz der Gefahr, in der sie alle schwebten, zerstreute sich die zornige Menge nur zögerlich. Die Ruhe war wieder hergestellt, doch die Atmosphäre war vergiftet. Wo auch immer preußische Soldaten durch die Straßen patrouillierten, wurden sie von den Bürgern verhöhnt und verspottet. Diese ließen sich die Provokationen zähneknirschend gefallen, denn sie hatten ihre eindeutigen Befehle: Keine Übergriffe auf Zivilisten. Doch es konnte nur eine Frage der Zeit sein, bis dieses Pulverfass explodierte.

Die Zusammenstöße und Unruhen waren auch noch an diesem Abend Thema der Gäste in der Weinstube. Einer erzählte lautstark von einem Bäcker, dessen Haus von den Preußen regelrecht besetzt worden sei. Ein anderer berichtete von rheinhessischen Freischärlern, die spontan nach Mainz gekommen waren, um den bedrängten Bürgern Hilfe anzubieten. Erst als sie einsahen, dass sie nur neuerliche Unruhe stiften würden, zogen sie wieder aus der Stadt ab. Eintausend Gewehre und fünftausend Patronen, so wurde berichtet, seien aus Darmstadt für die Mainzer Bürgerwehr geliefert worden. Und der Festungsgouverneur habe dies, obwohl er erst im nachhinein unterricht worden sei, hingenommen.

Volker konnte sich genau an die Uniform der Bürgerwehr erinnern: blaue Blusen und Zwillichhosen, schwarze Gürtel mit Patronentasche und Bajonettschneide. Die Unteroffiziere trugen Säbel, die Offiziere schwarz-rot-goldene Schärpen. Und der Oberst der Bürgerwehr war kein Geringerer als Franz Zitz.

Noch einmal ging ein Aufschrei der Entrüstung durch die Stadt, als am 26. März der Frankfurter Hof, wo die Volksversammlungen stattgefunden hatten, in Flammen aufging. Mit dem Frankfurter Hof brannte auch ein Symbol Mainzer Lebensfreude aus.

Dieser Frankfurter Hof, in der Mainzer Altstadt zwischen der Augustinerstraße und der Schönbornstraße gelegen, war erst im Jahr 1841 fertig gestellt worden. Der Saal war vierzig Meter lang und zwanzig Meter breit. Viele hundert Menschen passten hinein, und gerade in diesen Zeiten platzte er bei den Volksversammlungen aus allen Nähten. Der Frankfurter Hof war auch die Mainzer Narhalla, wo die Narren der Stadt Fastnacht feierten. 1844 hatte der Kapellmeister des Mainzer Carneval-Vereins, Karl Zulehner, dort seinen berühmten Marsch „Rizzambaa" uraufgeführt. Schnell wurde der Marschgesang zur karnevalistischen Hymne der Mainzer Narren.

„Das Auge schweift mit Wohlgefallen über diese an Lust, Lebensmut und Torheit überreichte Versammlung, man sieht nur einen Strom himmelklarer Heiterkeit, ausgegossen über einen ungeheuren Raum voll Laune und Leben", schrieb ein Zeitgenosse über das fastnächtliche Treiben im Frankfurter Hof. In den Jahren 1843 und 1844 hatte der Abgeordnete Franz Zitz die Präsidentschaft über die Narhalla im Frankfurter Hof.

Der Brandanschlag traf somit die Mainzer an einer ihrer empfindlichsten Stellen. Das Gebäude, das nach dem Feuer schnell wieder hergerichtet wurde, war nicht nur Hochburg der Fastnacht, sondern auch eines der revolutionären Zentren der Stadt. Eine Verbindung zu den preußischen Soldaten, die immer wieder öffentlich gedroht hatten, die ganze Stadt anzuzünden, konnte allerdings nicht hergestellt werden. Was blieb, war eine ständig steigende Verbitterung des Mainzer Volkes.

Unter der Überschrift „Die Freiheit – zwei Worte zur Verständigung“ erschien Ludwig Bambergers nächster Leitartikel.

„Wir haben es uns oft schon vorsingen lassen, das Klagelied von der verführten Unschuld von 1813. Unsere Eltern haben uns so oft gewarnt, ein Exempel an ihnen zu nehmen und den Versprechungen der fallenden Männer nicht zu trauen, dass wir vor lauter Zuversicht in unsere gewitzte Tugend uns preiszugeben imstande wären. Es ist wahr, dass wir noch stark sind, aber so bedenke man doch, woher unsere Stärke entsprang und suche, ihre Quelle offen zu halten.“

Mit staunenden Gesichtern lauschten die Gäste der Weinstube am Dom dem jungen Mann, der auch an diesem Abend zunächst eher unbeteiligt in einer Ecke gesessen hatte. Ludwig Bamberger hielt an diesem 30. März spontan eine Rede, nachdem ihn etliche Gäste erkannt und dazu aufgefordert hatten. Im Gegensatz zu seiner Ankündigung hatte Hermann Reichert Bamberger keineswegs vor die Tür gesetzt. Er hatte sich damit abgefunden, dass sein Stammgast zu einer der prominentesten Persönlichkeit der Stadt aufgestiegen war. Bambergers Leitartikel avancierten binnen weniger Tage zum begehrtesten Lesestoff der liberalen und revolutionären Kreise der Stadt. Mittlerweile gab es keine Versammlung, bei der nicht auch Bamberger das Wort ergriff. Einen solchen Gast konnte man nicht aus der Weinstube schmeißen. Das hätte nur Aufsehen erregt und dem Geschäft geschadet. Das wusste der Kaufmann im alten Reichert ganz genau. Heinrich hatte sich aus allem herausgehalten.

„Vor dem Umschwung der Dinge waren wir in den Händen unserer Feinde“, fuhr Bamberger fort. „Wir wussten das, und wir konnten uns ihnen doch nicht entwinden. Plötzlich waren wir Sieger. Gesiegt haben wir nur durch das Ungestüm unseres heftigen und von allen Seiten ausgesprochenen Willens. Dieser unserer lebhaften und ernsten Entschlossenheit verdanken wir alles.“

Bamberger nickte leicht mit dem Kopf. Er setzte sich und nippte an seinem Rotwein. Volker Reichert klatschte begeistert in die Hände. Nach und nach fielen sämtliche Gäste der Weinstube in den Applaus ein. Sogar Hermann Reichert konnte sich ein anerkennendes Nicken nicht verkneifen. Ludwig Bamberger nahm die Ovationen mit beschwichtigenden Handbewegungen hin. Ihm waren die Beifallsbekundungen ganz offensichtlich unangenehm.

Stunden später saßen die Familie Reichert und Ludwig Bamberger zusammen an einem Tisch. Hermann Reichert hatte seine letzten Ressentiments abgelegt und dem Journalisten anerkennend auf die Schultern geklopft. Sein ältester Sohn Heinrich beäugte den zur zweiten Stimme der Bewegung aufgestiegenen Bamberger zwar immer noch mit einer gehörigen Portion Misstrauen, sagte allerdings nichts. Henrietta stand die Begeisterung sowieso im Gesicht geschrieben. Mittlerweile genoss Bamberger ihr offenkundiges Schwärmen mit einer Mischung aus Geschmeicheltsein und distanzierter Gelassenheit.

„Was bedrückt dich, Ludwig?“, fragte Volker besorgt. Er hatte ihm angesehen, dass seine Stimmung alles andere als siegessicher war.

Bamberger nahm einen tiefen Schluck Rotwein. „Als vor wenigen Tagen das deutsche Banner auf den Mainzer Wällen aufgezogen wurde, bin ich ebenfalls in die allgemeinen Hurrarufe eingefallen“, sagte er nachdenklich. „Ihr habt selbst die überschäumende Stimmung in der Stadt erlebt. Doch dann der Brand des Frankfurter Hofes ...“

„Glaubt du auch, es war Brandstiftung durch die Preußen?“, hauchte Volker entsetzt. Sogar Henrietta hielt sich die Hand vor den Mund.

Bamberger zuckte mit den Schultern. „Wer weiß. Tatsache ist, dass die kurze Hoffnung einer herben Enttäuschung weichen musste.“

Schweigend hingen alle ihren Gedanken nach. Erst nach einer Weile seufzte Bamberger. „Hier kann ich es ja sagen. Ich werde für das Frankfurter Parlament kandidieren.“

Volker und Henrietta gaben einen überraschten Laut von sich. Du willst Mainz verlassen?“, fragte Volker überrascht.

Bamberger legte ihm die Hand auf den Arm. „Frankfurt ist nicht Berlin, junger Freund. Aber ich werde nicht mehr ständig in Mainz sein können. Das ist richtig.“ Er lächelte. „Bestimmt gibt es auch in Frankfurt gute Weinstuben, wenngleich ich diesen ausgezeichneten Rotwein jetzt schon vermisse. Ich werde mich wohl an Apfelwein gewöhnen müssen.“

Er hob das Glas und prostete seinen Gastgebern zu. Die Reicherts prosteten zurück. Doch in den Gesichtern von Volker und Henrietta stand die Enttäuschung. Es war, als verlören sie einen guten Freund für immer.

Brüder und Arbeiter!

Wollen wir nicht abermals die Meistbetrogenen sein, nicht ferner auf eine lange Reihe von Jahren hinaus durch eine kleine Zahl ausgebeutet, verachtet und niedergetreten werden, so dürfen wir keinen Augenblick verlieren, keine Minute in Unthätigkeit verstreichen lassen.

Vereinzelt, wie bisher, sind wir schwach, obgleich wir Millionen zählen. Vereinigt und organisirt werden wir dagegen eine unwiderstehliche Macht bilden. Drum, Brüder, überall in Städten und Dörfern Arbeitervereine gebildet, in denen unsere Verhältnisse erörtert, Maaßregeln zur Abänderung unserer jetzigen Lage vorgeschlagen, Vertreter aus der Arbeiterklasse ins deutsche Parlament namhaft gemacht, erwählt und alle übrigen Schritte getan werden, die zur Wahrung unserer Interessen nöthig sind. Sämtliche Arbeiter-Vereine Deutschlands müssen ferner so schnell als möglich mit einander in Verbindung treten und drin bleiben.

Wir schlagen Euch vor, Mainz vorläufig zum Mittelpunkte für sämmtliche Arbeiter-Vereine zu wählen und mit dem unterzeichneten Vorstände in Korrespondenz zu treten, damit wir uns über einen gemeinsamen Plan verständigen und sobald als möglich auf einer Zusammenkunft von Abgeordneten aller Vereine den Sitz des General-Comites definitiv bestimmen zu können.

Wir erwarten die Briefe unfrankirt , wie wir unsererseits an die Vereine unfrankirt schreiben werden.

Mainz, den 5. April 1848

Der Bildungsverein für Arbeiter in Mainz

Im revolutionären Mainz schossen Mitte des 19. Jahrhunderts die politischen Vereine wie Pilze aus dem Boden. Das Bürgerkomitee hatte sich gleich zu Beginn der revolutionären Strömungen in der Stadt gebildet, um den geplanten Marsch nach Darmstadt vorzubereiten. Zum Vorsitzenden des Bürgerkomitees wurde Dr. Georg Strecker gewählt. Das Komitee beanspruchte bald ein Mitsprache- und Mitentscheidungsrecht bei städtischen Beschlussangelegenheiten. Unterschiedliche Auffassungen unter den Mitgliedern über die künftige Staats- und Regierungsform führten jedoch schnell zu Meinungsverschiedenheiten, sodass das Bürgerkomitee bereits am 18. April seine Tätigkeit einstellte. Bei darauf folgenden Neuwahlen siegte die demokratische Strömung innerhalb des Bürgerkomitees, das sich jedoch bald in zwei Lager spaltete. Während eine Mehrheit forderte, in das öffentliche

Leben eingreifen zu können, nahm eine Minderheit lediglich in Anspruch, eine politische Bewegung zu sein. Als zahlreiche Mitglieder aus dem Bürgerkomitee austraten und eine für den 30. April geplante Volksversammlung nicht zu Stande kam, war dies das endgültige Ende des Bürgerkomitees.

Ende April 1848 liefen die Vorbereitungen zur Gründung eines demokratischen Vereins in Mainz auf Hochtouren. Die Gründung fand schließlich am 11. Mai im Frankfurter Hof statt. Zum Vorsitzenden wurde Philipp Jakob Schöppler gewählt, der Ludwig Bamberger damit beauftragte, eine Satzung zu entwerfen. Paragraph 2 der Satzung lautete: „Die wesentliche Aufgabe des Vereins soll in der Verwirklichung der Grundsätze der Volkssouveränität im Staate und in der Gesellschaft bestehen." Ziel des Vereins war die „Soziale Republik". Anfang 1849 hatte der Demokratische Verein ca. zweitausend Mitglieder, darunter auch Franz Zitz. Aus dem Demokratischen Verein wurden zahlreiche Mainzer zwischen 1849 und 1851 in den Darmstädter Landtag gewählt.

Als Gegenpol zum Demokratischen Verein wurde der Bürgerverein gegründet, der am 22. Juli 1848 seine konstituierende Versammlung abhielt, zu der rund vierhundert Mainzer kamen. Der Bürgerverein schrieb sich die Einführung einer konstitutionellen Monarchie und ein geeintes Deutschland auf die Fahnen. Auch für Presse- und Versammlungsfreiheit setzten sich die Mitglieder ein. Im Bürgerverein sammelten sich liberale, konservative und nichtklerikale Strömungen.

Der „Pius-Verein für religiöse Freiheit" wurde von Domkapitular Adam Lennig ins Leben gerufen und gründete sich am 23. März 1848. Der Pius-Verein verstand sich als katholischer Zentralverein für die Mainzer Diözese. Die Vereinsarbeit basierte auf den Grundsätzen der religiösen Freiheit, die auch die politische Arbeit nicht ausklammerte. Rund fünfhundertfünfzig Mitglieder zählte der Pius-Verein bald, die sich aus Arbeiterschaft und dem Mittelstand zusammensetzten. Im August 1848 regte Lennig eine Generalversammlung aller Katholiken Deutschlands an. Dieser erste deutsche Katholikentag fand vom 3. bis 6. Oktober in Mainz statt.

Am 19. Mai spitzten sich die Streitigkeiten in den Wirtshäusern zu. Auch das „Weinhaus am Dom" blieb davon nicht verschont.

Als die fünf Fremden die Gaststube am frühen Abend betraten, schwante Hermann Reichert, dass es Streit geben würde. Aus ihren laut geführten Gesprächen war unschwer zu erkennen, dass es sich um rheinhessische Freischärler handelte. Sie waren gerade aus Schleswig-Holstein zurückgekehrt, wo sie eine empfindliche Niederlage gegen die Dänen hatten hinnehmen müssen. Zwei von ihnen trugen Verletzungen im Gesicht, einer von ihnen hatte nur noch eine Hand. Die fünf Männer, denen die Strapazen der vergangenen Wochen und Monate deutlich im Gesicht geschrieben standen, bestellten mehrere Krüge Wein und gleich sieben hausmacher Schlachtplatten. Aus ihren Gesprächen war auch zu entnehmen, wie sehr sie noch mit der Niederlage gegen die Dänen haderten.

Das Unheil nahm seinen Lauf, als eine halbe Stunde später die Tür der Weinstube aufging und drei preußische Soldaten hereinkamen. Zielstrebig gingen sie auf einen der freien Tische zu und setzten sich.

„Einen Krug Wein, Wirt", rief einer von ihnen und streckte sich. Die beiden anderen ließen demonstrativ die Säbel klirren. Volker, der sich kurz zu Kurt und Schambes, zwei Stammgästen der Weinstube am Dom, an den Tisch gesetzt hatte, blickte auf. Auch ihn beschlich ein ungutes Gefühl. Es war nicht zu übersehen, dass sich die Preußen und die rheinhessischen Freischärler gegenseitig belauerten.

„Nur die Ruhe, Volker", schaltete sich Schambes ein. „Solange sie nur essen und trinken, brauchst du dir keine Gedanken zu machen. Sie sind müde und wollen nach Hause zu ihren Familien."

Volker schüttelte seine Hand ab. „Das gefällt mir nicht", zischte er. „Das gefällt mir ganz und gar nicht."

Auch Augusta hatte längst bemerkt, dass sich etwas zusammenbraute. In ihren Augen stand ein gefährliches Leuchten. Der Rest der Reichert-Familie behielt die Szenerie ebenfalls im Auge.

„Ich sage dir, Kalle, dieser Friedrich Wilhelm ist ein Schwachkopf wie er im Buch steht", sagte plötzlich einer der Freischärler laut und deutlich.

Seine vier Kameraden lachten schallend, und auch einige der übrigen Gäste fielen in das Lachen ein. Nur die preußischen Soldaten, an deren Adresse die Provokation ganz offensichtlich gerichtet war, blieben stocksteif sitzen.

„Welcher Friedrich Wilhelm?", fragte der angesprochene Kalle, der sich mit Absicht dumm stellte.

„Na, Friedrich Wilhelm der Vierte, natürlich. Der Schwachkopf, der sich preußischer König nennt."

Erstaunlicherweise blieben die preußischen Soldaten auch jetzt noch ruhig auf ihren Stühlen sitzen. Sie schwiegen und starrten mit verkniffenen Gesichtern in ihre Weingläser. Es war offensichtlich, dass es in ihren Köpfen brodelte. Kurt und Schambes sahen sich an und warfen Volker, der sich mittlerweile hinter der Theke postiert hatte, einen schnellen Blick zu. Wir stehen dir bei, sollte dieser Blick bedeuten. Volker nickte kaum merklich. Er befürchtete, dass er diese Hilfe auch dringend brauchen würde.

Der vorlaute Rheinhesse war in der Zwischenzeit aufgestanden. „Seht ihr die Wunde auf meiner Stirn?", rief er und rülpste laut. „Die Dänen haben sie mir zugefügt. Und hier, seht euch Friedhelm an. Einfach die Hand abgeschlagen. Und wir hatten noch Glück. Die meisten von uns haben ihr Leben verloren. Wir haben tapfer gekämpft, aber die Dänen waren in der Mehrheit. Und warum waren sie in der Mehrheit? Weil dieser preußische Schwachkopf, der mit seinem fetten Arsch in Berlin sitzt, es nicht für nötig hielt, uns Verstärkung zu schicken."

Jetzt sprang einer der Soldaten auf. In seinen Augen loderte die Empörung. „Wen nennst du einen Schwachkopf, du Lump, du verfluchter?"

„Den preußischen König Friedrich Wilhelm nenn ich einen Schwachkopf", entgegnete der Freischärler ruhig. „Einen Schwachkopf und einen Fettarsch. Er ist schuld, dass die Dänen uns abgeschlachtet haben."

„Du Wahnsinniger", schrie jetzt der Soldat außer sich vor Wut. „Das ist Majestätsbeleidigung."

Bevor Volker dazwischen gehen konnte, hatte der Soldat sein leeres Weinglas nach dem Wortführer der Rheinhessen geschleudert. Am Kopf getroffen, brüllte dieser laut auf. Blut rann an seiner Schläfe hinunter. Die Kameraden des Preußen griffen jetzt ebenfalls nach ihren Gläsern und warfen sie nach den Rheinhessen, die augenblicklich in Deckung gingen. Innerhalb weniger Augenblicke hatte sich die Weinstube in ein Tollhaus verwandelt.

Mit einem Satz sprang Volker über die Theke und stellte sich vor die Soldaten, um ihrem Toben Einhalt zu gebieten. Doch gegen die drei kräftigen Kerle hatte er keine Chance. Der größte von ihnen packte Volker und schleuderte ihn brutal zur Seite. Volker fiel über einen Stuhl, prallte gegen die Wand und blieb benommen liegen. Sofort kümmerten sich Kurt und Schambes um den Angegriffenen, während sich jetzt auch die meisten Gäste in den Streit einmischten. Sie griffen nach allem, was auf den Tischen vor ihnen stand und bombardierten damit die Soldaten. Gläser, Weinflaschen, Teller und sogar Handkäse und Wurstbrote flogen den Preußen entgegen, die unter dem Gejohle der Gäste den Tisch umwarfen und dahinter Schutz suchten.

Hermann Reichert beobachtete mit vor Entsetzen geweiteten Augen, was sich in seiner Weinstube abspielte, wagte aber nicht einzugreifen. Auch seine zwei Töchter standen wie zur Salzsäule erstarrt. Heinrich versuchte vergeblich, die aufgebrachten Gäste zu beruhigen. Auch er landete unsanft auf seinem Hosenboden.

Die fünf Rheinhessen sprachen sich mit knappen Worten ab und gingen nun ihrerseits auf die Preußen los. Da der Geschosshagel in der Zwischenzeit aufgehört hatte, lugten die drei Soldaten vorsichtig hinter dem Tisch hervor. Als sie sahen, dass die fünf Freischärler ihnen zu Leibe rücken wollten, verständigten sie sich mit kurzen Blicken, schoben den Tisch beiseite und zogen die Säbel blank. Das war eindeutig: Jetzt war es kein Spielchen mehr.

Die fünf Rheinhessen schnappten sich Stühle und versuchten, damit auf die Soldaten einzuschlagen. Einer von ihnen zog unter seinem Mantel einen Knüppel hervor und schwang ihn drohend über seinem Kopf. Doch die Preußen waren im Nahkampf besser erprobt. Außerdem machten sich die Verwundungen und die Müdigkeit der Freischärler bemerkbar. Ihr Kampfeswille war im Krieg gegen die Dänen gebrochen. Da sie trotzdem nicht abließen, machten die Soldaten ernst. Mit den Säbeln schlugen sie auf ihre Gegner ein. Blut floss, Schmerzensschreie gellten durch die Weinstube. Obwohl sie in der Minderheit waren und drei weitere Gäste den Rheinhessen beistanden, gelang es den Soldaten, ihre Gegner zurückzudrängen.

Volker, der inzwischen wieder zu sich gekommen war, öffnete die Tür und schob mithilfe von Schambes und Kurt den kämpfenden Menschenknäuel nach draußen auf die Gasse. Dort waren bereits gut zwei Dutzend Mainzer auf den Lärm in der Weinstube aufmerksam geworden und hatten neugierig versucht, durch die Fenster einen Blick in das Innere der Weinstube zu erhaschen.

Als plötzlich die Tür aufging und zuerst acht Zivilisten und nach ihnen drei Preußen ins Freie stolperten, begriffen sie sofort, was zu tun war. Binnen weniger Sekunden verteilten sie sich und schnappten sich Knüppel, Tischbeine und Stühle aus der Weinstube. Mit Geschrei und

Gezeter gingen Preußen und Zivilisten nun auf der Gasse vor der Weinstube aufeinander los. Plötzlich erschienen vier weitere Soldaten, was den Streit zusätzlich verschärfte. Flüche und Schreie hallten in der engen Gasse wider, und es war nur eine Frage der Zeit, bis der erste Tote in den Staub sank.

Doch plötzlich ertönte Hörnerschall. Zwanzig bewaffnete Männer der Bürgerwehr kamen herbeigelaufen und trennten mühsam die Streithähne. Unter den Beschimpfungen der Bürger, von denen viele schlimme Blessuren davongetragen hatten, zogen die Soldaten schließlich ab.

In der Weinstube versuchten Augusta und Henrietta inzwischen, das heillose Durcheinander wenigstens halbwegs wieder in Ordnung zu bringen. Heinrich Reichert schüttelte nur den Kopf.

„Jetzt hat sich diese verdammte Revolution auch in unserer Weinstube breit gemacht", fluchte er.

„Und sie hat ein Leben gekostet", murmelte Volker.

Am Morgen des 21. Mai – es war ein Sonntag – wurde Augusta Reichert, ehe noch die Glocken der Frühmesse im Dom geläutet hatten, plötzlich wach. Das rhythmische Geräusch, das sie geweckt hatte, machte sie neugierig. Sie öffnete gähnend die Fensterläden ihrer Kammer über der Weinstube und schaute auf die Gasse. Draußen marschierte gerade die Bürgerwehr vorüber.

Bestimmt sind sie auf dem Weg zum Exerzieren im Großen Sand, dachte sie bei sich.

Augusta Reichert warf einen kurzen Blick auf ihre schlafende Schwester, dann auf die Domuhr, verschloss die Läden und legte sich wieder ins Bett. Den ganzen Samstag hatten sie damit verbracht, die Weinstube wieder auf Vordermann zu bringen. Mittags wollten sie geöffnet haben, und bis dahin wollte Augusta wenigstens noch ein paar Stunden schlafen. Sie fühlte sich völlig erschöpft. Bis zum Hauptamt im Dom war glücklicherweise noch viel Zeit.

Stunden später saß die gesamte Familie bei Tisch. Augusta und Henrietta hatten Kartoffeln mit Sülze zubereitet, und die jüngere Schwester schwatzte wie immer vergnügt. Der Rest der Familie gab sich schweigsam. Der Schock der Schlägerei vom Freitag saß allen noch in den Knochen. Hermann Reichert hatte grob überschlagen, dass die gesamten Einnahmen des Monats Mai für das neue Mobiliar draufgehen würden. Er hoffte inbrünstig, dass sich eine derart wüste Schlägerei nicht noch einmal in seiner Weinstube wiederholte.

In Momenten wie diesen hatte er das Gefühl, als verliere er den Boden unter den Füßen. Seine Frau fehlte an allen Ecken und Enden. Oft hatte er daran gedacht, sich wieder nach einer anderen Ehefrau umzuschauen. Doch nie hatte er den Gedanken, noch einmal zu heiraten, zu Ende gedacht. Eine erneute Heirat war nie offen Thema in der Familie gewesen. Hermann Reichert war sich sicher, dass zumindest seine Töchter dagegen waren. Zu sehr vermissten sie ihre Mutter, die 1843, während einer ganz besonders schlechten Zeit, an Typhus gestorben war. Mehrere aufeinander folgende Missernten hatten in diesen Jahren viele Familien in die Armut getrieben, und auch in der Weinstube der Reicherts hatte oft gähnende Leere geherrscht. Als dann noch die Mutter starb, war es, als senkte sich die Nacht über Hermann Reichert. Aber irgendwie hatten sie es doch geschafft, was zum größten Teil das Verdienst seiner ältesten Tochter gewesen war. Ohne ihr energisches Auftreten, mit dem sie ihren Vater mehr als einmal aus seiner Lethargie reißen konnte, wäre die Familie mit Sicherheit zugrunde gegangen.

Er zuckte zusammen, als plötzlich die Tür der Weinstube aufflog. Es war Schambes, dem die Betroffenheit im Gesicht geschrieben stand. „Sie randalieren wieder", sagte er nur, und jeder wusste, wer gemeint war.

Volker ließ Messer und Gabel fallen. „Wo sind sie?", fragte er mit vollem Mund.

„Im Goldstein. Wir müssen sofort hin."

Volker stand auf und blickte nur kurz zu seinem Vater. Der erwiderte den Blick und nickte unmerklich. Heinrich dagegen schaute demonstrativ zur Seite.

Vor der Tür wartete Kurt. Zusammen machten sie sich auf dem Weg zum Goldstein, einem beliebten Bierbrauhaus in der Nähe des Kirschgartens. Unterwegs ließ sich Volker von seinen Freunden instruieren.

„Die Preußen sind zu allem entschlossen, haben wir gehört", sagte Kurt. „Kannst du dir vorstellen, Volker, was ein Unteroffizier gesagt haben soll?"

Als Volker nur mit den Schultern zuckte, fuhr Kurt erregt fort. „Wenn Bürger etwas über euch oder das preußische System sprechen, dann steckt es nicht ein, sondern wahret eure militärische Ehre und duldet nicht, dass euer Herr und König geschwächt wird. Das soll dieser fiese Hund wortwörtlich gesagt haben, eine Provokation ohnegleichen. Und derselbe Unteroffizier soll außerdem gefordert haben, die Bürgerwehr zu entwaffnen. Die Bürgerwehr soll so lange gereizt werden, bis sie die preußischen Soldaten angreift."

Volker hatte aufmerksam zugehört. Das musste Ludwig Bamberger erfahren, wenn er es nicht schon wusste. Bamberger hatte die Mittel, dagegen anzugehen, als Redner und als Verfasser seiner Leitartikel. Es war schon einige Zeit her, dass er sich in der Weinstube hatte blicken lassen. Volker überlegte, ob er ihn in seiner Wohnung aufsuchen sollte.

Inzwischen hatten die drei das Brauhaus Goldstein erreicht. Volker zählte ungefähr fünfzig Mann der Bürgerwehr, die sich vor dem Haus postiert hatten. Das schien auch notwendig zu sein, denn die Scheiben des Wirtshauses waren fast alle durch Kampfgetümmel zerbrochen. Herbert Stangel, der Wirt vom Goldstein, fegte lamentierend die Scherben in den Rinnstein.

„Da braucht man gar nicht nachzufragen, wer dafür verantwortlich ist", zischte Schambes.

Volker schaute sich suchend um. In diesem Teil der Altstadt waren keine Soldaten zu sehen. Dafür hunderte Bürger, die lautstark diskutierten und die Preußen verfluchten. Manche machten ihrem Ärger mit wüsten Beschimpfungen über König Friedrich Wilhelm und die Soldaten Luft.

„Wie ist das passiert, Stangel?", rief Volker dem dickleibigen Wirt zu, den er schon seit vielen Jahren kannte. Er und sein Vater waren gute Freunde.

Stangel schnaufte empört. „Diese Drecksäcke kamen bereits am frühen Morgen. Hatten ihre gesamte Löhnung dabei, die sie auf der Stelle versaufen wollten. So weit so gut. Doch keine Stunde später fing der Radau an. Das Ergebnis seht ihr ja. Ich kann meinen Laden dicht machen, wenn das noch einmal passiert."

Volker nickte mitfühlend. Er schaute Kurt und Schambes an und machte eine Daumenbewegung. „Dort drüben beim Grünewald scheint noch alles heil zu sein. Lasst uns ein Bier trinken und eine Bockwurst essen. Dort können wir in Ruhe reden."

Stunden später saßen sie noch immer im Grünewald, wo es brechend voll war. Die Gäste diskutierten lauthals, verlasen Communiques, zitierten Reden von Zitz und Bamberger und ließen die neue

Freiheit hochleben. Zahlreiche Freunde von Kurt und Schambes hatten sich zu ihnen an den Tisch gesetzt, und Volker hatte völlig die Zeit vergessen.

Plötzlich sprang er auf. „Ich muss zur Weinstube, Freunde, es ist schon fast sieben."

Schambes und Kurt schüttelten protestierend die Köpfe. „Bleib noch, dein Vater und dein Bruder kommen auch ohne dich aus. Wir wollen noch ..."

„Die Preußen!"

Der gellende Schrei von draußen ließ im Brauhaus jegliches Gespräch verstummen. „Die Preußen sind im Anmarsch."

Volker und seine Freunde waren die Ersten, die vor die Tür stürzten. Volker stockte der Atem. Wie auf einen geheimen Befehl hin hatten sich unzählige Soldaten in der Gasse versammelt. Volker schätzte ihre Zahl auf mindestens vierhundert.

„Das gibt Ärger", murmelte er.

Die Soldaten zogen pöbelnd zum Goldstein, von wo die Bürgerwehr bereits vor Stunden abgerückt war. Zu früh, wie sich jetzt herausstellte. Laut grölend drangen sie in das Wirtshaus ein. Aus den Lärm war unschwer herauszuhören, dass sie die gesamte Einrichtung demolierten. Stangel und seine Frau Berta kamen schreiend aus der Gaststube gelaufen. Hilflos mussten sie mit ansehen, wie die Preußen Kleinholz aus ihrer Gaststätte machten.

Ein einzelnes Mitglied der Bürgerwehr, zur Sondierung der Lage in der Nähe vom Goldstein postiert, ließ sich nicht davon abhalten, die Lage in der Gaststätte, aus der immer noch ein Höllenlärm drang, zu erkunden. Doch schon wenige Augenblicke später taumelte er auf die Gasse zurück. In seiner rechten Schulter klaffte eine heftig blutende Stichwunde. Wieder hatten die Preußen von ihren Bajonetten Gebrauch gemacht. Die Bürger auf der Gasse schrieen entsetzt auf.

„Diese Wahnsinnigen", stammelte der Verwundete entsetzt und sank auf die Knie. „Alarmiert sofort die Bürgerwehr!"

Zwei Frauen kümmerten sich um den Verletzten, während sich drei Männer auf den Weg machten. Vor dem Goldstein herrschte jetzt ein heilloses Durcheinander. In der großen Gaststube, wo sonntags abends gewöhnlich rund hundertfünfzig Gäste aßen und tranken, randalierten noch immer die meisten der angerückten Preußen, viele von ihnen im Vollrausch. Einige gingen jetzt auch auf die Mainzer los, die sich vor dem Wirtshaus aufhielten. Nur durch ein Wunder kam es nicht zu ernsthafteren Verletzungen. Schambes und Kurt versuchten sich als Schlichter, verteilten hier und da kurze, aber schmerzhafte Hiebe und konnten so manchen Übergriff der Preußen verhindern. Inzwischen waren auch einige Dutzend Mitglieder der Bürgerwehr erschienen. Doch statt einzugreifen, verhielten sie sich abwartend und sondierten die Lage.

Plötzlich quoll die Masse der Preußen aus dem Goldstein. Wie auf ein geheimes Kommando hin stürzten sie auf den Eingang zum Grünewald zu, wo sich ihnen die Bürgerwehr entgegenstellte. Die beiden Parteien prallten mit Getöse und Geschrei aufeinander. Einige der sturztrunkenen Soldaten gingen zu Boden und fingen sich noch im Fallen schmerzhafte Tritte der wütenden Mainzer ein. Die Bürgerwehr nutzte die Trunkenheit der Soldaten aus und griff gezielt diejenigen an, die am stärksten betrunken waren.

Jetzt zogen die anderen Soldaten ihre Säbel und gingen auf die Bürgerwehr und die übrigen Mainzer mit blanker Waffe los. Die Zivilisten sahen schnell ein, dass sie gegen die Waffen der Preußen auf verlorenem Posten standen. Rückwärts gehend zogen sie sich bis in den Kirschgarten zurück, wo sich bereits eine neugierige Menge versammelt hatte.

Als die sahen, dass die Preußen noch lange nicht genug hatten, griffen sie nach allem, was sich irgendwie als Waffe eignete. Erneut gingen Zivilisten und Soldaten laut schreiend aufeinander los. Mitten im Kampfgetümmel steckten Schambes, Kurt und Volker, die einsahen, dass hier nur das Faustrecht zählte. Das war keine Keilerei mehr, das war Bürgerkrieg. Volker schnappte sich einen Knüppel, den ein verletzter Mainzer fallen gelassen hatte, und schlug einem Preußen damit den Säbel aus der Hand. Als sich der Uniformierte auf ihn stürzen wollte, versetzte er ihm damit einen Schlag in die Magengrube. Der Preuße japste nach Luft und spie mit einem dicken Strahl den Inhalt seines Magens aus.

Volker hatte kaum Zeit, sich über seinen Triumph zu freuen. Ein anderer Preuße wartete bereits mit gestrecktem Säbel auf ihn. Auch hier hatte es Volker nur seiner Wendigkeit zu verdanken, dass er nicht verletzt wurde. Kurt und Schambes hatten sich in der Zwischenzeit ebenfalls mit Stöcken bewaffnet, mit denen sie auf die Preußen losgingen. Es wäre ein ungleicher Kampf gewesen, wenn die Soldaten nicht so viel getrunken hätten. Die meisten von ihnen konnten kaum ihre Säbel gerade halten und gingen schon beim ersten Treffer zu Boden.

Als immer mehr Bürger aus ihren Häusern gelaufen kamen und sich sofort mit allem, was sich als Waffe eignete, auf die Preußen stürzten, ergriffen die ersten die Flucht.

„Schlagt die Preußen tot!"

Wie ein Schlachtruf tönte es durch die Gassen.

„Schlagt die Preußen tot!"

Und die bekamen es nun wirklich mit der Angst zu tun. Hals über Kopf sammelten sie sich notdürftig, suchten aber schließlich das Weite. Die Mainzer jubelten und lagen sich in den Armen. Doch nicht alle hatten Grund zur Freude. Als die Soldaten weg waren und sich der Tumult allmählich legte, wurde erst richtig deutlich, wie ernst die Lage war. Etliche Zivilisten hatten schwere Verwundungen davongetragen. Einem Mitglied der Bürgerwehr fehlte ein Auge, ein anderes hatte eine gewaltige Schnittwunde an der Brust. Auch unter den Zivilisten, die sich in den Kampf eingemischt hatten, gab es zahlreiche Verletzte, allerdings keine Toten, wie Volker erleichtert feststellte. Er selbst und Schambes waren wie durch ein Wunder unverletzt geblieben. Kurt hatte sich im Nahkampf mit einem Preußen den Fuß verletzt, brauchte aber keine ärztliche Versorgung.

Plötzlich ertönte ein dumpfer Knall. Als er den Schuss hörte, wusste Volker, dass es noch nicht zu Ende war.

„Zum Theater", rief eine Stimme. „Sie sind am Theater."

„Jeder, der unverletzt ist, kommt mit zum Theater", schrie ein anderer.

Volker und Schambes schauten sich an und seufzten gleichzeitig. Sie mussten zum Theater, daran führte kein Weg vorbei. In dieser angespannten Situation konnten sie nicht einfach nach Hause gehen, als sei nichts geschehen.

Wo der Deputierte Zitz vor mehr als zwei Monaten eine flammende Rede gehalten hatte, und wo seit einiger Zeit die Hauptwache der Bürgerwehr untergebracht war, bot sich ein chaotisches Bild. Mitglieder der Bürgerwehr und Zivilisten lieferten sich mit den preußischen Soldaten eine regelrechte Schlacht. Die Mainzer hatten sich mit Dreschflegeln und Knüppeln bewaffnet und prügelten auf die Soldaten ein, was das Zeug hielt. Ihre schwächere Bewaffnung machten sie dadurch wett, dass sie ohne jede Rücksicht auf ihre Gegnern eindroschen. Selbst die wehrlosen Soldaten, die flehentlich ihre Hände vor das Gesicht hielten, wurden verprügelt, bis sie keinen Laut mehr von sich gaben. Einen solch blinden Hass hatte Volker noch nie erlebt. Auch Schambes und Kurt war das Entsetzen ins Gesicht geschrieben.

Aber die meisten Preußen gingen ebenfalls nicht zimperlich mit den Mainzern um. Sie machten allesamt von ihren Säbeln Gebrauch und fügten ihren Gegnern zum Teil schlimme Stichverletzungen zu. Überall an den Häuserwänden rund um das Theater kauerten Verletzte, von denen viele für den Rest ihres Lebens gezeichnet sein würden.

Keinen Meter von Volker entfernt schlug ein kräftiger Handwerksbursche einem unbewaffneten Soldaten den Knüppel ins Gesicht, dass die Zähne splitterten. Obwohl der Getroffene sofort zu Boden ging und sich schützend die Arme über den Kopf hielt, schlug ihm der Bursche noch einmal mit voller Wucht auf den Schädel, dass es krachte. Besinnungslos blieb der Preuße liegen, möglicherweise war er sofort tot.

Als Volker sah, dass sich drei Preußen von hinten an Schambes heranmachten, blieb ihm keine andere Wahl. Mit einem kurzen Pfiff warnte er seinen Freund und stürzte sich mit seinem blutbeschmierten Knüppel erneut ins Kampfgetümmel. Zusammen mit Schambes gelang es ihm, die drei Preußen in die Flucht zu schlagen, als plötzlich erneut ein Schuss fiel. Doch nicht die Preußen hatten von der Schusswaffe Gebrauch gemacht, es war ein Unteroffizier der Bürgerwehr. Und er hatte getroffen. Einer der Soldaten sackte zusammen und blieb regungslos auf dem Kopfsteinpflaster liegen. Eine Blutlache breitete sich langsam unter seinem zusammengekrümmten Körper aus. Sofort brach das Kampfgeschrei ab und lähmendes Entsetzen machte sich breit. Sekunden später ertönte der Generalmarsch – für die preußischen Soldaten das Zeichen zum sofortigen Rückzug in ihre Kasernen. Volker sah auf den ersten Blick, dass dem Unglückseligen in seiner Blutlache nicht mehr zu helfen war. Wie viele Tote musste es noch geben, bis dieser Wahnsinn endlich ein Ende hatte?

Volker atmete tief durch. „Es ist noch lange nicht vorüber“, keuchte er.

„Wie meinst du das?“, fragte Schambes. „Wir haben sie doch in die Flucht geschlagen.“

„Für diesen Augenblick haben wir sie in die Flucht geschlagen. Aber was wird jetzt geschehen? Glaubst du ernsthaft, dass der Festungskommandant untätig bleibt. Schlimmstenfalls wird über die Stadt der Ausnahmezustand verhängt."

In Schambes Gesicht war die triumphierende Freude dem Entsetzen gewichen. Aber Volker hatte Recht. Die Bürgerwehr hatte den Preußen eine empfindliche Niederlage beigebracht, aber dadurch den Belagerungszustand provoziert. „Na dann, prost Mahlzeit", war alles, was Schambes dazu einfiel.

Mittlerweile hatten auch Schambes Freunde bemerkt, dass die beiden keine Siegesstimmung verbreiteten. Doch auch ihnen leuchtete Volkers Erklärung ein.

Sofort entbrannten hitzige Diskussionen. Die einen wollten sofort die Waffen niederlegen und nach Hause gehen, andere wollten auf der Straße bleiben und jedem Preußen, der sich in den Straßen blicken ließ, sofort den Hintern versohlen.

Volker machte eine beschwichtigende Handbewegung. „Freunde, hört mir doch zu!", rief er mehrmals, bis sich endlich alle beruhigt hatten. „Wir zerstreuen uns und treffen uns morgen früh in der Weinstube. Die Tür wird verschlossen sein. Klopft deshalb dreimal kräftig dagegen. Nur dann wird euch geöffnet."

Er erntete allgemeine Zustimmung und klopfte Schambes und Kurt auf die Schulter. „Wir haben uns wacker geschlagen. Aber für heute ist Schluss. Wir sehen uns morgen früh."

Schambes war der Erste, der um acht Uhr gegen die Tür der Weinstube klopfte. „Du hast Neuigkeiten?" fragte Volker, nachdem er ihn begrüßt hatte.

Schambes nickte. „Hab Geduld, bis die anderen da sind."

Eine halbe Stunde später konnte Schambes endlich berichten. Er sei nicht sofort nach Hause gelaufen, sagte er, sondern habe sich noch bis in die Nachtstunden an der Hauptwache herumgedrückt. Deshalb habe er auch die Proklamation des Festungskommandanten mitbekommen. „Die Bürgerwehr musste sämtliche Waffen niederlegen und ist praktisch aufgelöst", berichtete er unter dem Geraune der fünf Freunde, die sich in der Weinstube versammelt hatten. „Öffentliche Versammlungen sind verboten. Es wurde sogar gedroht, die Stadt von der Festung aus zu beschießen. Ein Offizier der Bürgerwehr will gesehen haben, wie auf der Zitadelle die Kanonenkugeln zum Glühen gebracht wurden. Was sagt ihr dazu?"

Sofort brannten die Gespräche auf. Wenn sie das gewusst hätten, waren sie sich einig, wären sie gestern nicht nach Hause gegangen, sondern hätten weitergekämpft.

Volker schüttelte den Kopf und schlug mit der flachen Hand auf den Tisch. „Ja, versteht ihr denn nicht?“, rief er. „Genau das haben die Preußen doch erwartet. Nur ein kurzes Scharmützel mit einem Haufen Soldaten und sie hätten die Stadt in Schutt und Asche geschossen. Wärt ihr dann zufrieden?“

Kleinlaut mussten nun die anderen einsehen, dass Volker Recht hatte. Die Stadt war in dieser Nacht nur knapp einer Katastrophe entronnen. Da die meisten Bürger schliefen, und die Bürgerwehr kaum Waffen besaß, konnte der Anordnung Folge geleistet werden. Die Kommandantur hatte keine Handhabe mehr, die sie berechtigte, die Stadt unter Beschuss zu nehmen.

Als es dreimal an der Tür klopfte, reagierte Volker zunächst gar nicht. Zu sehr stand er unter dem Eindruck dessen, was in den vergangenen Stunden geschehen und was – Gott sei Dank – nicht geschehen war. Als er die Tür öffnete, kam Johann, ein Kohlenschiffer, herein. „Sie haben die Rheinbrücke eingefahren“, sagte er statt einer Begrüßung. „Die Stadttore sind verschlossen und werden mit scharfen Kanonen bewacht. Vier Preußen sollen übrigens gestern Nacht getötet worden sein, berichtet man hinter vorgehaltener Hand.“

Schambes ballte die Fäuste. „Wir haben den Preußen letzte Nacht gehörig den Arsch versohlt, aber sie haben trotzdem gewonnen.“

Johann räusperte sich und schaute Volker in die Augen. „Die Weinstube muss, wie alle Wirtshäuser und Gaststuben, ab neun Uhr abends geschlossen sein. Ebenfalls Anordnung der Festungskommandantur.“

Hermann und Heinrich Reichert, die inzwischen ebenfalls hinunter in die Gaststube gekommen waren, winkten resigniert ab. „Was soll's, kommen ja sowieso keine Gäste mehr.“

Volker ballte kämpferisch die Fäuste. „Wir lassen uns nicht unterkriegen, Vater.“ Er wandte sich an seine Freunde, forderte sie auf, am nächsten Morgen wiederzukommen. „Wir werden die Lage sondieren. Irgendwann muss doch das geregelte Leben wieder Einzug in Mainz halten.“

Als endlich alle gegangen waren, trat Volker noch einmal vor die Tür der Weinstube und sog tief die frische Luft ein. Vom Eingang aus konnte er die Zitadelle sehen, die vom fahlen Licht des Mondes beleuchtet wurde und in dieser Nacht als besonders uneinnehmbares Bollwerk erschien. Volker musste daran denken, wie er als junger Bub oft die Nähe der Zitadelle gesucht hatte. Die mächtigen Mauern und tiefen Gräben übten damals eine fast magische Anziehungskraft auf ihn aus. Volker erinnerte sich noch bestens, wie fasziniert er bei seinem ersten Besuch die Schanzen, Zacken und Mauervorsprünge dieses mehr als zweihundertzwanzig Jahre alten Bauwerks bestaunt hatte. Natürlich war es strengstens verboten, sich der Zitadelle zu nähern, doch davor hatte sich Volker nie gefürchtet. Und nie würde er den warmen Septembertag vergessen, als er wieder einmal zur Zitadelle geschlichen war.

Er hatte gerade den Kopf in den Nacken gelegt und ein prächtiges Wappenschild bestaunt, als er plötzlich spürte, wie sich eine schwere Hand auf seine Schulter legte. Er fuhr herum und blickte in das wütende Gesicht eines älteren Mannes, der sofort eine wilde Schimpfkanonade losließ. Was er hier zu suchen habe und ob er nicht wisse, dass es für Kinder bei Prügelstrafe verboten sei, sich hier aufzuhalten, wollte der Mann, der, wie es sich später herausstellte, für den Fuhrpark der Zitadelle verantwortlich war, wissen. Erst nach einer Weile hatte er sich wieder beruhigt und gab sich versöhnlicher. Er nahm Volker sogar an der Hand und führte ihn ein wenig herum. Dabei erfuhr Volker, dass die Zitadelle eigentlich Schweikardsburg hieß, benannt nach dem Mainzer Kurfürst Schweikard von Kronberg, der 1618 die Zitadelle geplant hatte. Die Franzosen hatten ihr die Bezeichnung Zitadelle während der Mainzer Besatzung 1644 bis 1648 gegeben.

„So, jetzt ist es aber genug“, hatte der Alte nach einer Weile gesagt. „Ich muss mich wieder um meine Angelegenheiten kümmern.“

Er nahm Volker das Versprechen ab, dass er sofort nach Hause laufen und sich hier nicht wieder blicken lassen würde. „Es sei denn, du wirst Soldat und dienst deinem Vaterland“, hatte er Volker noch hinterhergerufen. Und Volker hatte begeistert genickt. Ja, Soldat wollte er werden.

Volker musste unwillkürlich lächeln, als er daran dachte, wie er noch am selben Tag seinem Vater von seinen neuen Plänen berichtet hatte. Zuerst hatte sein Vater gelacht, doch dann war er wütend geworden. Er gehöre in die Weinstube und nicht in eine Kaserne, schon gar nicht in die Zitadelle – Schluss und Ende. Jetzt, zehn Jahre später, war die Zitadelle in Volkers Augen ein Bollwerk, das bekämpft werden musste.

Am Morgen des Dienstag trafen sie sich wieder in der „Weinstube am Dom". Nach und nach waren sie diesmal durch den Hinterhof gekommen. Volker hatte vorsorglich die Fensterläden geschlossen. Keiner sollte glauben, dass Hermann Reichert schon morgens unerlaubt Gäste bewirtete.

„Komm, Schambes, kannst Wein ausschenken", rief Volker und füllte einen großen Krug. Der Angesprochene ließ sich nicht lange bitten. Die Becher kreisten, doch die Gespräche wollten nicht richtig in Gang kommen. Zu tief saßen die Eindrücke der vergangenen Tage und Nächte. Viele hatten Blessuren davongetragen, die nur langsam verheilten. Kurt hinkte immer noch, Schambes hatte eine leichte Stichverletzung am rechten Oberarm, die er mit einem Stück Stoff notdürftig versorgt hatte.

Als es dreimal an der Tür klopfte, fuhren Schambes und Volker gleichzeitig hoch. Volker lief an die Tür und schaute trotz des vereinbarten Klopfzeichens erst durch das kleine Fenster. „Es ist Johann", rief er und öffnete die Tür einen Spalt breit.

Der schmächtige Kohlenschiffer zwängte sich durch die Tür. „Auf dem Marktplatz", hechelte er. „Sie sind auf dem Marktplatz und drangsalieren die Frauen. Es sind bestimmt zwanzig Preußen."

„Diese verdammten Hunde", rief Schambes. „Wir müssen hin und sie vertreiben. Sie haben aus der Lektion nichts gelernt."

Volker nickte. „Du hast Recht. Auf zum Marktplatz! Aber keine Ausschreitungen! Wir dürfen die Preußen nicht provozieren. Diesmal muss es friedlich abgehen."

Sie ließen die Knüppel, Werkzeuge und Säbel, mit denen sie in der Nacht zum Montag gegen die preußischen Soldaten gekämpft hatten, unter den Tischen verstaut liegen und verließen die Weinstube. Als sie den Marktplatz erreicht hatten, sahen sie bereits von weitem Dutzende Soldaten, von denen viele mit blank gezogenen Säbeln randalierten. Sie hatten die Stände der Marktweiber umgeworfen, körbeweise Eier zerdrückt, Käseballen zerstochen und Kohlköpfe halbiert. Marktfrauen, die sich ihnen in den Weg stellten, bekamen eine Backpfeife oder einen Tritt in den Hintern. Schambes und Volker sahen sich vielsagend an. Sie hatten keine andere Wahl. Dieser Pöbel in Uniform verstand nur eine Sprache.

„Los, Männer, verteilt euch, aber verjagt sie nur!", rief Schambes, obwohl er kaum daran glaubte, dass es funktionieren würde. Er griff sich einen Holzscheit. Die anderen suchten sich ebenfalls etwas, was sie zwar als Waffe benutzen konnten, was aber bei einer späteren Untersuchung nicht als Waffe ausgelegt werden konnte. Innerhalb weniger Minuten hatten Schambes, Volker und seine Freunde ein gutes Dutzend der Soldaten vermöbelt, die sich jaulend trollten. Schambes teilte die meisten Hiebe aus. Längst hatten die Marktweiber kreischend das Weite gesucht, als plötzlich Schüsse über den Marktplatz peitschten, Befehle gellten. Die Soldaten, die vor einer Stunde noch hilflose Marktfrauen drangsaliert hatten, formierten sich. Rückzug, lautete der Befehl, Rückzug in die Kasernen. Volker und seine Freunde jubelten, und auch die Männer, die sich ihnen spontan angeschlossen hatten, reckten triumphierend ihre Fäuste in die Höhe.

Doch ihr Triumph war nur von kurzer Dauer. Andere Soldaten zogen auf – es waren bestimmt zweihundert – und sperrten die Straßen rund um das Theater und den Dom ab. Die Militärs wollten ganz offensichtlich ein ähnliches Desaster wie in der Nacht zum Montag verhindern.

Auf dem Marktplatz hielten rund achtzig Soldaten die Menge in Schach, die inzwischen auf gut zweihundert Mann angewachsen war. Volker und Schambes, die mit ihren Freunden in der ersten Reihe standen, verständigten sich erneut mit einem kurzen Blick. Die Spannung hier war hochexplosiv. Der kleinste Funke würde genügen, um die Ausschreitungen neu zu entfachen. Dann hätte die Festungskommandantur ihren Vorwand zur Beschießung der Stadt gehabt.

„Ruhig, Leute, verhaltet euch ruhig!“, zischte Schambes und machte ein paar Schritte nach vorn.

„Stehen bleiben!“, gellte sofort der Befehl aus den Reihen der preußischen Soldaten. Als Schambes nicht sofort zurücktrat, peitschte ein Schuss über die Köpfe der Männer hinweg. Die Kugel riss einem Zimmerer, der sich augenblicklich duckte, den Hut vom Kopf. Schambes machte einen schnellen Schritt zurück.

„Die meinen es ernst“, rief er. Doch in dem allgemeinen Wirrwarr konnten nur Volker und Johann ihn verstehen.

„Du hast Recht“, stimmte ihm der Wirtssohn zu. „Diesmal wird es noch mehr Tote geben, wenn wir uns nicht sofort und ohne Tumult zerstreuen.“

„Schlagt die Preußen tot, schlagt das Lumpenpack tot!“ Der Ruf, zunächst von einem Einzelnen angestimmt, wurde in Sekunden von anderen aufgegriffen. „Schlagt die Preußen tot, schlagt das Lumpenpack tot!" Keiner der Soldaten verzog eine Miene. Doch ihre Haltung war eindeutig. Sofort würden sie von ihren Gewehren, die sie auf die Mainzer gerichtet hielten, ohne weitere Warnung Gebrauch machen.

„Ihr verdammten Dreckshunde, euch werd ich aufspießen wie ein Brathuhn!" Der aufgebrachte Mann in der ersten Reihe hatte drohend seine Mistgabel angehoben und machte Anstalten, auf die Soldaten loszugehen. Volker reagierte sofort, und erneut peitschte ein Schuss.

Im offiziellen Untersuchungsbericht hieß es später, die preußischen Soldaten seien gereizt worden. In Ausübung ihrer Pflicht, nämlich Ruhe und Ordnung wiederherzustellen, seien während der Ausschreitungen in der Nacht vom 21. auf den 22. Mai vier preußische Soldaten getötet worden, ein fünfter sei vier Monate später seinen schweren Verletzungen erlegen; namentlich: Gottlieb Rodewald, Joseph Buhl, Heinrich Wegener, Camillo Springer und Carl Wilhelm Westhoff. Fünfundzwanzig Soldaten seien zum Teil schwer verletzt worden.

Auf Seiten der Bürger sei es in dieser Nacht und an den nächsten Tagen ebenfalls zu mehreren Verletzten und auch zu drei Toten gekommen; namentlich: der Schreiner Johann Andreas Henninger, der vierzehnjährige Knabe Jakob Gutzwiller und der Gastwirtssohn Volker Reichert.

Am 23. Mai erschien Bambergers Leitartikel. Er trug die Überschrift „Die Opfer der Revolution klagen an".

Chronik:

Nach den blutigen Zusammenstößen zwischen Bürgerwehr und preußischen Bundestruppen wenden sich viele Mainzer enttäuscht vom revolutionären Gedanken ab. Mainz rückt weitgehend aus dem Blickwinkel der Revolution, die sich auf andere Landesteile verlagert. Auf dem ersten deutschen Katholikentag, Anfang Oktober 1848 in Mainz veranstaltet, fordert Wilhelm Emanuel von Ketteler, der spätere Bischof von Mainz, einen Ausgleich zwischen Besitz und Nichtbesitz. Am 28. März 1849 wählt die Nationalversammlung den preußischen König Friedrich Wilhelm IV. zum Kaiser. Der lehnt die Wahl jedoch ab. Im Sommer erleiden die rheinhessischen Freischärler empfindliche Niederlagen. Am 23. Juli 1849 ergeben sich die Reste der pfälzisch-badischen Revolutionsarmee in der Festung Rastatt. Die Revolution in Deutschland ist gescheitert.

Ludwig Bamberger muss nach dem Zusammenbruch der Revolution 1849 ins Exil. Erst 1866 kehrt er wieder nach Deutschland zurück. Am 3. März 1871 wird er für den Wahlkreis Mainz-Oppenheim in den Reichstag gewählt. Er avanciert zum Berater Bismarcks, wandelt sich aber schnell zum schärfsten Kritiker des Reichskanzlers. Bamberger stirbt am 14. März 1899 in Berlin.

Franz Zitz emigriert 1849 in die USA. Als Zweiundsechzigjähriger kehrt er 1866 wieder nach Deutschland zurück, wo er sich in München niederlässt. Franz Zitz stirbt am 30. April 1877.

Heinrich Reichert übernimmt nach dem Tod seines Vaters 1863 zusammen mit seiner Schwester Augusta die „Weinstube am Dom". Sie bleibt bis 1903 in Familienbesitz. Henrietta Reichert heiratet 1852 einen Hamburger Gewürzhändler und folgt ihm in seine Heimatstadt. Augusta Reichert stirbt 1878 unverheiratet und kinderlos an Lungenentzündung. Auch Heinrich Reichert hinterlässt bei seinem Tod 1903 keine Kinder. Die „Weinstube am Dom" übernimmt der jüdische Kaufmann Samuel Epstein.

Inferno und Zusammenbruch

1933 und 1945 bis 1949

Chronik:

1933 ist Deutschland im dritten Jahr besatzungsfrei, eine Folge der Versöhnungspolitik von Gustav Stresemann. Doch die Weimarer Republik hat zu kämpfen. Die Weltwirtschaftskrise hat auch auf Deutschland übergegriffen, mehr als sechs Millionen Männer und Frauen arbeitslos gemacht und noch mehr in eine bittere Armut getrieben. Am 30. Januar 1933 beruft Reichspräsident von Hindenburg Adolf Hitler zum Reichskanzler eines Kabinetts der „nationalen Konzentration". Überall im Lande feiern braune Horden den Triumph der Nationalsozialisten, die über Deutschland, Europa und die Welt die schlimmste Katastrophe aller Zeiten bringen sollten. Es beginnt mit sanktioniertem Terror, der den Rechtsstaat Deutschland und mit ihm die Demokratie sterben lässt, und es endet in einem Inferno.

1933 war ein Jahr mit einem besonders kalten Winter. Wochenlang war kein Schiff auf dem Rhein zwischen Oppenheim und Mainz zu sehen gewesen. Stattdessen trieben mächtige Eisschollen auf dem Fluss, und eine klirrende Kälte hielt die Stadt fest im Griff. Auch der Rosenmontag, es war der 27. Februar 1933, war ein eiskalter Tag. Und doch hatten sich die Mainzer zu zehntausenden auf den Straßen und Gassen versammelt, um dem närrischen Lindwurm zuzuschauen. „Zug der Zeit" lautete diesem schicksalsträchtigen Jahr das Motto des Rosenmontagszuges, und auf einem der Motivwagen, die die Geschehnisse jener Tage glossierten, wurde angesichts der ungewissen Zukunft des Landes der Reichsapfel gezeigt und dazu die Frage gestellt: „Wohin rollst du, Äpfelchen?"

„Ei, ei Versailles" hieß es auf einem anderen Wagen, der den gallischen Hahn zeigte, gestützt auf Bajonette und Granate.

„Hitler, der große Stratege, führt uns herrliche Zeite entgege. Da krien mir mit dem Kochlöffel gewunke, un könne Fleischworscht in de Kaffee dunke", hatte ein Büttenredner in diesen Tagen gedichtet.

Was damals noch keiner ahnte: Bald sollten solche Äußerungen schwerwiegende Folgen für den Verfasser haben.

Doch in jenem Winter 1933 herrschte eine fast ausgelassene Freude auf den Straßen von Mainz, und nach dem Rosenmontagszug auch in den zahlreichen Wirtshäusern und Weinstuben. Und das, obwohl die schlimme Wirtschaftskrise Land und Leuten noch immer zu schaffen machte. Doch wie in jeder Krise, so gab es auch in dieser Menschen, die versprachen, alles zum Besseren wenden zu können.

In einer Ecke der „Weinstube am Dom" stießen am frühen Abend des 27. Februar 1933 zwei Männer mit einem besonders guten Tropfen an, obwohl ihnen offensichtlich nicht zum Feiern zumute war. Dem einen gehörte die Weinstube seit dreißig Jahren. Er blickte nachdenklich in sein Glas und schien den Tränen nahe zu sein. Dem anderen gehörte die Weinhandlung, die seit fast genau so langer Zeit die Weinstube mit Vorräten belieferte. Der Weinhändler schaute seinen Gegenüber schweigend an, dann blickte er in die ausgelassene Runde. Vielleicht, so hoffte er, hatten die Menschen tatsächlich bald wieder Grund zum Feiern. Der etwas kleinwüchsige Mann, der ihm gegenüber saß, hatte ihn auf keinen Fall.

„Toni, ich mach mir keine Hoffnungen mehr", sagte der Wirt mit leiser Stimme, obwohl ein ohrenbetäubender Krach in der Weinstube herrschte. Zwei der Gäste hatten große Ratschen ausgepackt, die sie nun zur Freude der übrigen Feiernden über den Köpfen kreisen ließen. Ein anderer blies dazu auf einer kleinen Trompete.

„Wenn es tatsächlich so weit kommt, kann ich die Koffer packen. Vor genau drei Jahrzehnten habe ich diese Weinstube übernommen. Dein Vater wird sich noch daran erinnern, wie sehr ich am Anfang zu kämpfen hatte. Doch irgendwann kamen die Leute gern zu mir. Aber seit einiger Zeit schauen mich manche schief an. Glaub mir, ich kann die Bemerkungen genau hören, die sie ihren Tischnachbarn zuraunen. Dass der Jude hier das Geld nur so scheffelt, dass der Jude nur durch Glück zu seinem Wohlstand gekommen ist."

Toni Reimann nickte. „Ich hab's auch schon bemerkt. Was hat du vor, Samuel? Willst du die Weinstube schließen? Ich möchte darauf vorbereitet sein, wenn ich einen meiner Stammkunden verlieren muss."

Samuel Epstein schüttelte den Kopf. „Und von was soll ich leben? Nein, ich will sie nicht schließen. Ich will sie verkaufen, und zwar an dich."

Toni Reimann riss die Augen auf. „Verkaufen? Die Weinstube? An mich?"

„Ja, du hast richtig gehört."

Reimanns Gedanken überstürzten sich. Ja sicher, seine Familie belieferte Epstein seit dreißig Jahren mit Wein. Die beiden hatten im Laufe der Jahre so etwas wie Freundschaft geschlossen. Obwohl Epstein fünfzehn Jahre älter war, duzten sie sich längst und immer wurden die Geschäfte nur mit Handschlag besiegelt. Auch Reimann war die antijüdische Stimmung, die seit einiger Zeit durch die Stadt geisterte, nicht entgangen. Aber deswegen die Weinstube gleich verkaufen?

„Menschenskind, ich kann das nicht. Ich bin kein Wirt. Ich bin jetzt gerade vierzig geworden, ich schaff das nicht mehr."

Epstein lächelte. „Und ich bin fünfundfünfzig. Ich hab in Mainz keine Verwandten mehr. Jetzt wird mir der Abschied noch halbwegs leicht fallen. Wenn du es nur willst, schaffst du es schon. Ich kenn dich, seit du zehn Jahre alt warst. Du bist ein guter Kaufmann, kannst rechnen und kalkulieren. Und du müsstest dich nicht von einem Weinhändler übers Ohr hauen lassen. Du belieferst dich einfach selbst." Spitzbübisch zwinkerte er mit einem Auge. „Und Helga ist eine gute Köchin. Die Gäste würden ihre Freude an ihrem Spundekäs haben. Was verlangst du also mehr?"

Bevor Reimann auf die launige Bemerkung seines Geschäftspartners etwas entgegnen konnte, wurden die beiden wieder abgelenkt. Einer der Gäste in der Weinstube hatte ein Fastnachtslied angestimmt, und alle anderen fielen nach und nach ein.

Epstein beugte sich vor. „Noch lachen und feiern sie, weil sie glauben, alles wende sich zum Guten. Aber es wird noch knüppeldick kommen. Du wirst noch an mich denken. Was ich wissen will: Kann ich auf dich zählen? Hilfst du mir? Wenn es darauf ankommt, kann ich nicht lange nach einem Käufer suchen. Dann muss alles schnell über die Bühne gehen. Dir kann ich vertrauen, Toni. Dir mach ich ein Angebot, das du nicht ablehnen kannst." Seine letzten Worte hatten einen fast beschwörenden Unterton.

„Du willst nicht nur verkaufen und aus Mainz wegziehen. Du willst auch weg aus Deutschland!"

Epstein nickte. „Es ist alles vorbereitet. Spätestens drei Stunden nach der Unterschrift sitze ich im Zug. Das Geld wird nach Frankreich transferiert, wo ich versuchen werde, noch einmal von vorn anzufangen. Du weißt ja, was sie von den Juden sagen. Wir können überall Geschäfte machen. Von Deutschland erwarte ich jedenfalls nichts mehr." Er streckte seine Hand aus. „Kann ich auf dich zählen?"

Reimann schloss die Augen. So weit würde es hoffentlich nicht kommen. Warum sollte einer Grund haben, sich in Deutschland bedroht zu fühlen? Keiner würde so weit gehen, Männer, Frauen und Kinder aus dem Land zu jagen, nur weil sie einem nicht ins Menschenbild passten. Epstein sah viel zu schwarz. In ein paar Monaten, spätestens nächstes Jahr, war der Spuk wieder vorbei. Oder hatte Epstein vielleicht doch Recht?

Reimann schaute seinem Gegenüber in die Augen. Dann schlug er ein.

1945

Es war dunkel und es roch verbrannt. Es war ein fürchterlicher Gestank, der ihn würgen und husten ließ. Aber es war auch der Beweis, dass er noch lebte. Und er hörte diesen gedämpften Lärm. Lärm von Menschen, die durcheinander schrieen.

Das ist nicht der Himmel, und das ist auch nicht die Hölle, dachte er. Ich lebe. Ich bin nicht tot.

Eigentlich hätte ihm diese Erkenntnis Erleichterung verschaffen müssen, doch das tat sie nicht. Er hatte ein Inferno überlebt, und was danach kam, konnte mit Sicherheit nicht schlimmer sein. Er versuchte, seinen Körper abzutasten, was in dieser Enge bei fast absoluter Dunkelheit nicht einfach war. Ihm tat nichts weh, zumindest verspürte er keine großen Schmerzen. Verletzt schien er nicht zu sein, nur sein linkes Fußgelenk und seine rechte Schulter waren eingeklemmt. Sein rechtes, sein lahmes Bein, war ebenfalls eingeklemmt, zumindest schien es ihm so.

Ausgerechnet in diesem Moment fiel ihm eine Geschichte ein, die er irgendwann gehört hatte. Eine Handgranate hatte einem Soldaten die Hand abgerissen. Der Schmerz war erst eine Stunde später wie ein Blitz hereingebrochen. Vielleicht war sein lahmes Bein ja abgerissen. Mühsam tastete er mit einer Hand nach unten. Beide Beine waren heil, kein Blut, kein Schmerz.

Er bewegte sein linkes Bein, Arme, Hände und den Kopf so gut es ging. Alles war soweit in Ordnung, nur am Hinterkopf hatte er eine mächtige Beule, die bei der leisesten Berührung schmerzte. Äußerlich schien er tatsächlich unverletzt. Er dachte nach. Sein Name fiel ihm sofort ein: Toni Reimann, Weinhändler aus Mainz und Wirt der „Weinstube am Dom". Helga! Wo war seine Frau? Er erinnerte sich, dass sie zusammen mit ihrer Schwiegertochter Ilse bei einem ihnen bekannten Bauern, der früher immer in die Weinstube gekommen war, in Weisenau Kartoffeln holen wollte. Sie mussten dort von dem Inferno überrascht worden sein.

Er erinnerte sich an die Durchsage im Radio. Es war irgendwann am Nachmittag gewesen, als ein Kampfverband aus Richtung Bacharach angekündigt wurde. Diesen Fliegeralarm hatte er nicht ernst genommen, wie so viele Fliegeralarme eigentlich nicht ernst genommen wurden. Bis das seltsame Rauschen die Bomben ankündigte. Gerade noch in den Keller hatte er sich retten können, als er die ersten Fliegerbomben hörte. Dann gab es einen furchtbaren Knall, danach ein schwarzes Loch in seinen Erinnerungen. Wie viel Zeit war seitdem vergangen? Eine Stunde, ein Tag?

Sein Herz schlug schneller. Er verspürte den Drang, auf der Stelle nach ihnen zu suchen. Aber wie hätte er das in seiner Lage anstellen sollen? Er musste erst einmal selbst gerettet werden. Hoffentlich hatten seine Frau und seine Schwiegertochter noch rechtzeitig Schutz gefunden.

Er hörte ein Geräusch. Jemand räumte Steine und Schutt beiseite. Wollten sie ihn retten? Oder gruben sie vielleicht viele Meter von ihm entfernt? Er wollte rufen, doch der Staub, den er dabei schluckte, ließ ihn nur jämmerlich krächzen. Er wusste, dass er sich auf keinen Fall allein befreien konnte. Den großen Gesteinsblock, der seine Schulter einklemmte, konnte er keinen Millimeter bewegen. Erneut wollte er nach Hilfe schreien, erneut kam nur Krächzen über seine Lippen.

Plötzlich bewegte sich das schwere Trümmerstück. Jetzt fielen Sonnenstrahlen auf sein Gesicht. Oder war es Lampenlicht? Oder gar Flammen? So warm war es noch nie im Februar gewesen. Der Himmel hatte eine seltsame Färbung, wie er es noch nie gesehen hatte. Geblendet schloss er die Augen. Ein erleichtertes Rufen – „Da ist er! Und er lebt noch!" – signalisierte ihm: Er war gerettet!

Er konnte weder weinen, noch schreien, noch toben. Aber er wollte weinen, schreien und toben. Toni Reimann stand vor den Trümmern seiner Existenz. Der Fliegerangriff an diesem 27. Februar des Jahres 1945, auf den Tag genau zwölf Jahre nach dem schicksalsträchtigen Gespräch mit Samuel Epstein, hatte das Haus mit der Weinstube fast vollständig zerstört. Der erste Stock des mehr als dreihundert Jahre alten Gebäudes war völlig weggerissen, das Erdgeschoss komplett verwüstet. Ein Splittereinschlag hatte ein riesiges Loch in die Mauer gerissen, wodurch auch fast der gesamte Keller, in dem er sich in Sicherheit gebracht hatte, verschüttet worden war. Mehr als fünf Stunden, so wurde ihm gesagt, hatte er im Keller unter den Trümmern gelegen, bevor er befreit worden war. Weitere zwei Stunden hatte er wie apathisch auf der Straße gesessen, konnte keinen klaren Gedanken fassen, während um ihn herum das pure Chaos herrschte. Dass er tatsächlich unverletzt war und nur ein paar Kratzer und eine große Beule abbekommen hatte, grenzte an ein Wunder. Allein in der kleinen Straße, in der die Weinstube stand, hatte es mindestens fünfzehn Tote gegeben, nach Dutzenden Vermissten wurde in den Trümmerbergen noch gegraben. Mit Sicherheit war ein Großteil der armen Verschütteten nicht mehr am Leben. Viele hatten bei den Bombeangriffen vermeintlich Schutz in den Kellern finden können, wo sie dann qualvoll erstickten oder bei Kohlenstaubexplosionen ihr Leben verloren.

Aber wohin hätte man sonst fliehen sollen? Ein Inferno war über die Stadt hereingebrochen und schien überhaupt kein Ende zu nehmen. Ein seltsames Heulen, das an Sturmbrausen erinnerte, schien von überall her zu kommen. Ein fast unangenehm warmer Wind zog durch die enge Gasse, obwohl es hier nirgendwo brannte. Überall hörte man Menschen vor Schmerz und Verzweiflung schreien und stöhnen. Ein solches Durcheinander hatte Toni Reimann noch nie erlebt. Keine zwanzig Meter von ihm entfernt lag ein verkohlter Tierkadaver, eine Katze oder ein kleiner Hund. Obwohl Reimann ahnte, dass tausende, wenn nicht gar zehntausende Menschen an diesem Nachmittag den Tod gefunden haben mussten, tat ihm das Tier leid. Es hatte so schnell kein sicheres Versteck finden können.

Die endlosen Luftangriffe, die die Stadt in diesem unglückseligen Krieg ertragen musste, kamen ihm in den Sinn. Es war eine warme Augustnacht im Jahr 1941 gewesen, als überwiegend die Außenbezirke bombardiert wurden. Die Reimanns hatten schon geschlafen, als um 1.15 Uhr der Alarm losging. Eine gute halbe Stunde später warfen die Bomber ihre todbringende Last ab.

Schwerste Schäden richteten zwei Angriffe genau ein Jahr später an. Die ersten Bomben fielen weiter entfernt, in der Schusterstraße. Aber auch der Bereich, wo die „Weinstube am Dom" stand, wurde nicht verschont. Doch die Reimanns hatten Glück. Zwar griffen die Flammen schnell über, sogar auf den Dom. Die Weinstube blieb unbeschädigt. In Rauch und Flammen jedoch gingen allein fünf Kirchen, vier Schulen und ein Krankenhaus auf. Zerstört wurde auch das wunderschöne Stadthaus, unweit der Weinstube der Reimanns nahe des Rheins gelegen. Viele waren damals schon aus der Stadt geflüchtet, weil sie sich auf dem Land sicherer wähnten. Doch auch Dörfer wie Nieder-Olm und Oppenheim entgingen den Bombenangriffen nicht.

Helga und Toni Reimann waren sich damals schnell einig: Sie wollten in Mainz bleiben, obwohl es immer schlimmer wurde. Doch sogar den schweren Angriff am Abend des 1. Februar 1945 hatten sie heil überstanden. In jener Nacht wurde die Christuskirche getroffen. Tagelang brannte das evangelische Gotteshaus am Rande der Neustadt. Jetzt erschien diese riesengroße Fackel wie ein Vorbote des endgültigen Untergangs der damals schon weidwund gebombten Stadt.

Ilse hatten sie gar nicht erst dazu überreden müssen, in der Stadt zu bleiben. Sie hoffte täglich auf ein Lebenszeichen ihres Mannes Kurt. Der ältere der beiden Reimann-Söhne hatte gleich zu Beginn des Krieges ausrücken müssen und war mittlerweile an die Ostfront versetzt worden. Ostern 1943 hatten sie den letzten Brief von ihm bekommen. Es gehe ihm gut, der Feind sei auf dem Rückzug, und es sei nur noch eine Frage der Zeit, bis die deutschen Soldaten die feindlichen Truppen völlig besiegt hätten, hatte er geschrieben. Als Toni Reimann diese Zeilen las, kamen ihm sofort Zweifel, dass dies die ehrliche Überzeugung seines Sohnes war. Er wusste, dass die Feldpost gelesen wurde, bevor sie den Adressaten erreichte. Kurt hatte keine Möglichkeit, etwas anderes und damit vielleicht die Wahrheit zu schreiben.

Erwin, der jüngste Sohn von Toni Reimann, war 1941 mit gerade einmal neunzehn Jahren an die Westfront eingezogen worden. Auch von ihm hatten sie schon mehr als ein Jahr lang nichts mehr gehört. Toni Reimann schien es, als wäre es gestern gewesen, dass Erwin die Familie verließ. Er sei in ein paar Monaten wieder zurück, hatte er beim Abschied zu ihnen gesagt. Und nicht nur er hatte das damals tatsächlich geglaubt. Doch aus den paar Monaten waren ein paar Jahre geworden. Der überhebliche Stolz war einer grauenvollen Furcht gewichen.

Die Schreie der Feuerwehrleute, die verzweifelt versuchten, die lodernden Flammenherde einzudämmen, rissen Toni Reimann wieder in die Gegenwart zurück. In der Luft hing ein furchtbarer Gestank von Phosphor, Pulver und Staub. Zwei Rettungssanitäter hasteten an ihm vorbei. Auf der Bahre, die sie trugen, lag ein verletzter Mann. Oder war es eine Frau? Die Brandverletzungen waren so schlimm, dass das Gesicht der bedauernswerten Person nicht mehr zu erkennen war. Immerhin schien sie noch am Leben zu sein. Ob sie die nächsten Stunden überleben würde, war jedoch zweifelhaft. In diesem Chaos eine funktionierende medizinische Versorgung zu gewährleisten, war so gut wie ausgeschlossen.

„Toni!", rief plötzlich eine Stimme. „Hier rüber! Du musst uns helfen!"

Es war die Stimme von Werner Bücher, der zwei Häuser weiter eine Schusterei betrieb. Die beiden Männer verband ein freundschaftliches Verhältnis. Früher hatte der Schuster Werner in der Weinstube fast jeden Tag seinen Schoppen getrunken. Toni Reimann sah, dass von Büchers kleiner Werkstatt nichts mehr übrig geblieben war. Der dürre Schuster und drei Frauen, die Reimann nur vom Sehen kannte, schafften mit bloßen Händen die Trümmer beiseite. Dass er wenigstens hier vielleicht helfen konnte, mobilisierte seine letzten Kraftreserven.

Bücher stand die Verzweiflung im staubverschmierten Gesicht geschrieben. „Sie stirbt, wenn wir uns nicht beeilen."

Obwohl Toni Reimann zunächst nicht wusste, was er damit meinte, packte er automatisch mit an. Während er Steine, Holz und Verstrebungen beiseite schaffte, fiel ihm wieder ein, dass der Schuster – er war seit vier Jahren Witwer – eine elfjährige Tochter hatte. Sein Sohn Wilhelm, ein guter Freund von Erwin, war an der Ostfront gefallen. Die kurz und knapp gehaltene Nachricht war ausgerechnet am Todestag von Büchers Ehefrau eingetroffen. Jetzt suchte der Schuster unter den Trümmern seines Hauses nach dem einzigen Menschen, der ihm von seiner Familie noch geblieben war. Nach einer halben Stunde glaubte Toni Reimann, ein Wimmern zu hören.

„Schnell, Werner, ich bin nah dran. Sie lebt noch", keuchte er. Mit vereinten Kräften hatten sie wenige Minuten später so viele Trümmerstücke beseitigt, dass sie den Kopf des Kindes sehen konnten. Büchers Tochter lebte, war aber schwer verletzt. Aus einer großen Wunde über der Stirn sickerte Blut. Doch sie war bei Bewusstsein und schaute ihren Vater mit schmerzerfülltem Gesicht an. Eine der Frauen kletterte den Trümmerberg hinunter und schrie nach Hilfe. In der Tat kamen sofort zwei Sanitäter vom Roten Kreuz angehastet.

„Wir müssen sie in die Domgasse bringen", japste einer der Sanitäter völlig außer Atem. „Dort kann sie operiert werden, wenn es notwendig sein sollte. Ansonsten stirbt sie vielleicht."

Werner Bücher nickte verzweifelt und begleitete die beiden Sanitäter. Toni Reimann setzte sich erschöpft auf einen Stein. Eine der Frauen reichte ihm wortlos einen Apfel. Der Himmel wusste, wo sie ihn in dieser Situation her hatte. Toni Reimann nickte dankbar und biss hinein. Noch nie in seinem Leben hatte ihm ein einfacher Apfel so gut geschmeckt.

Wie viele Opfer dieser Luftangriff gefordert hatte, wusste in dieser Situation wohl keiner. Toni blickte sich um. In der kleinen Gasse, in der seine Weinstube stand, herrschte jetzt eine fast gespenstische Ruhe. Schwere Brände waren hier glücklicherweise keine ausgebrochen. Dafür lag alles in Trümmern. Eine solche Zerstörung hatte Toni Reimann vor diesem Krieg noch nie gesehen. Wie musste es erst im übrigen Land aussehen? Es war klar, dass an ein halbwegs normales Leben in den nächsten Jahren, wenn nicht gar Jahrzehnten nicht zu denken war.

1933

„Ihr könnt euch nicht vorstellen, was ich heute Mittag erlebt habe."

Erwin, Kurt und Helga Reimann schauten den Vater erwartungsvoll an. Sie wussten, dass er in dem rheinhessischen Dorf Staudenheim, eine gute halbe Autostunde von Mainz entfernt, Wein ausgeliefert hatte und gerade erst nach Hause gekommen war. Der Wirt des dortigen Dorfkruges zählte bereits seit vielen Jahren zu den Kunden der Weinhandlung Reimann.

Er habe gerade in den Dorfkrug gehen wollen, berichtete er, als mit quietschenden Reifen zwei große Wagen vorgefahren seien. Etliche junge Männer seien herausgesprungen. „Ihr wisst schon, die mit den braunen Hemden."

Helga Reimann verzog den Mund und nickte. Die SA-Leute waren überall im Land gefürchtet. Wenn sie irgendwo auftauchten, bedeutete das nichts Gutes. Fast atemlos berichtete ihr Mann, dass sie aus einem

Haus nahe dem Dorfkrug einen Mann mittleren Alters herausgeschleppt und in einen der Wagen verfrachtet hätten. Im Dorfkrug habe er schließlich erfahren, dass es sich angeblich um einen Kommunisten gehandelt hätte.

„Den haben sie bestimmt nach Osthofen gebracht." Kurt, der ältere Sohn der Reimanns, hatte bislang schweigend zugehört.

„Woher willst du das wissen?", fragte seine Mutter verwundert.

„Das kannst du heute in der Zeitung nachlesen", antwortete Erwin und schlug die entsprechende Seite des „Anzeigers" auf.

„Tatsächlich", murmelte Toni Reimann erstaunt, nachdem er die Zeilen überflogen hatte. „Hier steht ein Bericht über das Lager in Osthofen, wo sie die Zigeuner, Kommunisten und sonstigen Verbrecher hinschicken. Ja, das liegt knapp dreißig Kilometer von Staudenheim entfernt."

Helga Reimann beugte sich interessiert über die abgebildeten Fotos. „Allzu schlimm kann es in diesen Konzentrationslagern gar nicht zugehen."

„Was ist ein Konzentrationslager?", meldete sich jetzt Erwin, der jüngere der beiden Brüder, zu Wort.

„Das ist wie ein normales Gefängnis, nur viel größer", antwortete seine Mutter. „Und das hat noch keinem Gauner geschadet."

1945

Wieder fielen ihm blitzartig seine Frau und seine Schwiegertochter ein. Was war mit ihnen geschehen? Verzweiflung stieg in ihm hoch. Er hatte es tatsächlich geschafft, in einer Ecke ein paar Stunden zu schlafen. Irgendwo in seinem zerstörten Haus hatte er zwei wollene Decken gefunden und sich in eine Ecke gekauert. Gott sei Dank war die Nacht frostfrei gewesen. Trotz des Lärms um ihn herum, hatte er in diesem Zustand zwischen Schlafen und Wachen so etwas wie friedliche Stimmung verspürt. Doch als er die Augen aufschlug, kam die Leere mit einem Schlag zurück.

Er stand auf und kroch aus der Weinstube, beziehungsweise dem, was davon übrig geblieben war. Die Erkenntnis, dass sein Leben und das Leben aller anderen völlig aus den Fugen geraten war, lähmte seine Sinne.

„Toni!“ Die Stimme seines Nachbarn Theo Siebenhaar riss ihn aus seinen Gedanken. „Wie geht es dir?“

Toni Reimann wusste nicht, was er auf diese Frage antworten sollte. „Das war's wohl“, war alles, was ihm einfiel.

Er packte eine dünne Metallstrebe, die grotesk verbogen aus der halb eingefallenen Wand ragte, die sie vor zehn Jahren repariert hatten. Reimann erinnerte sich, wie Kurt damals noch gescherzt hatte, dass sie „bald“ das 350-jährige Bestehen der Weinstube feiern könnten.

„Du und dein Bruder, ihr werdet das noch erleben, ich höchstens das 325-jährige Bestehen“, hatte er damals gelacht und sich vorzustellen versucht, wie das Leben in Mainz in diesen Jahren wohl aussehen mochte. Damals hatte er seinen beiden Söhnen auch das Versprechen abgenommen, bei späteren Umbauarbeiten den alten Holzbalken aus dem Jahr 1631 auf alle Fälle wieder einzufügen oder zumindest aufzuheben.

Jetzt hatten die Umstände dafür gesorgt, dass er froh sein konnte, wenn er mehr als nur den Balken retten konnte, der verloren vor ihm lag. Ein Stich ging durch sein Herz. Mehr als dreihundert Jahre hatte die Weinstube am Dom an diesem Ort gestanden. Sie hatte sämtliche Katastrophen der Geschichte überdauert, bis auf die schlimmste. Einer inneren Eingebung folgend, packte Reimann den Balken, lud ihn auf seine Schulter und trug ihn weg, in Sicherheit, wie er später erzählen sollte.

„Was meinst du damit, Toni?“, hörte er die leere Stimme Siebenhaars, der ihm kopfschüttelnd gefolgt war.

„Was meine ich wohl damit“, entfuhr es Reimann grob. „Das war's mit diesem verdammten Krieg, das war's mit diesem verdammten Hitler. Es hat sich ausgehitlert, Theo.“

„Toni!“, zischte der Angesprochene entsetzt. „Bist du wahnsinnig. Du versündigst dich. Willst du, dass sie dich abholen und ins KZ bringen oder dich gleich erschießen?“

Reimann stieß verächtlich die Luft aus. Hausdurchsuchungen, Verhöre und Verhaftungen waren in den vergangenen Jahren an der Tagesordnung gewesen. Wer abends noch über Hitler, Göring oder Goebbels einen Witz gemacht hatte, wurde am nächsten Morgen abgeholt und in die Kasierstraße gebracht. Es gab immer einen, der seinen Mitmenschen anschwärzte. Manche schreckten nicht einmal davor zurück, den Freund oder sogar den eigenen Bruder oder die eigene

Schwester anzuzeigen. In der Außenstelle der Darmstädter Gestapo wartete zumindest ein unangenehmes Verhör auf den vorlauten Sünder. Nicht selten tauchte die bedauernswerte Person auch gar nicht mehr wieder auf. Nach dem gescheiterten Attentat auf Hitler am 20. Juli 1944 sollen sogar dutzende Mainzer verhaftet worden sein, erzählte man sich. Dabei lag Berlin doch viele hundert Kilometer von Mainz entfernt.

Die Erinnerung an Denunziationen und Verleumdungen, die die Menschen wie ein schleichendes Gift kaputt gemacht hatten, ließ Reimann fuchsteufelswild werden. Wütend stieß er seinen Nachbarn von sich weg. Siebenhaar gehörte zu den Menschen, die alles schluckten und lieber schwiegen. Doch er konnte ihm keinen Vorwurf machen. Die meisten Gäste, die in den vergangenen Jahren bei ihm eingekehrt waren, hatten es nicht gewagt, sich gegen die Obrigkeit aufzulehnen. Manche hatten höchstens hinter vorgehaltener Hand etwas gegen Hitler und seine braunen Statthalter gesagt, die auch im Mainzer Rathaus und in den Ämtern und Vereinen das Sagen hatten, und gegen die Denunzianten, die überall waren.

Verbittert gestand sich Toni Reimann ein, dass auch er sich von der Propaganda der Nationalsozialisten hatte einwickeln lassen. Das hatte schon mit der Unschlüssigkeit angefangen, mit der er am 5. März 1933 zur Reichstagswahl gegangen war. Wen sollte er wählen, hatte er sich damals gefragt. Mit einem mulmigen Gefühl – er hatte an die Worte von Samuel Epstein denken müssen – hatte er sein Kreuz gemacht und damit zu den 33262 Mainzern gehört, die der NSDAP ihre Stimme gegeben hatten.

Und hatte nicht auch er neugierig zugeschaut, als zwei Tage später auf dem Stadthaus die Hakenkreuzfahne gehisst worden war? Die meisten waren Feuer und Flamme für die nationalsozialistische Bewegung gewesen. Jetzt kommen goldene Zeiten auf uns zu, hatten sie immer wieder gesagt, und irgendwann hatte auch er es geglaubt.

Am Morgen des 8. März hatte er den Kaufvertrag für die Weinstube unterzeichnet. Epstein hatte ihm das Dokument am Abend zuvor durch einen Burschen zukommen lassen. Die Abwicklung war kein Problem gewesen. Fast schien es Reimann, als würde die Bank jemanden, der jüdisches Eigentum erwerben wollte, besonders bereitwillig das notwendige Darlehen vergeben. Seit dem 8. März 1933 gehörte Toni Reimann die Weinstube am Dom ganz offiziell. Der Kaufpreis war, wie es Samuel Epstein am Rosenmontag versprochen hatte, sehr günstig gewesen. Jeder gute Kaufmann in der Stadt hätte darauf eingehen müssen. Und wie hatten ihn die Gäste beglückwünscht. Epstein sei eigentlich ja ein anständiger Kerl gewesen, aber ... In der heutigen Zeit sei es nun einmal besser, wenn ein Geschäft in ordentlichen, in deutschen Händen sei. Nur kurz hatte er daran gedacht, dass Epstein doch auch Deutscher war. Aber hatte er ihnen nicht zugestimmt und mit ihnen auf sein Wohl angestoßen? Von Epstein hatten sie danach nie wieder etwas gehört.

Viele Juden in Mainz hatten in diesen Monaten des Jahres 1933 ihre Namen und die ihrer Geschäfte geändert. Das blieb natürlich nicht verborgen und war zusätzliches Öl auf das nationalsozialistische Propagandafeuer. „Aber leider kann man seine Nase nicht grad biegen, das schwarzkrausgelockte Haar bleibt immer da und die Plattfüße lassen sich auch nicht beseitigen“, höhnten sie in ihren Schmähschriften, die auch in Tonis Weinstube kursierten. Warum hatte er bestimmten Kreisen seiner Gäste nicht untersagt, solch verleumderisches Zeug auszulegen und die übrigen Gäste damit zu belästigen?

Und dann der 10. Oktober 1933. Waren sie nicht alle zum Dom gelaufen, als sie hörten, dass Preußens Ministerpräsident Hermann Göring, einer der engsten Gefolgsleute Hitlers, sich in der Stadt aufhielt? Auch er, Toni Reimann, hatte sich damals ein Schmunzeln nicht verkneifen können, als einer der mächtigsten Männer des Reiches von einigen Marktweibern Blumen überreicht bekam. Und hatte nicht auch er in das begeisterte „Heil!“ eingestimmt? Jahre später, am 11. Oktober 1938, hatte er die Weinstube sogar für drei Stunden geschlossen und war mit der ganzen Familie zur Großen Bleiche gelaufen, um den Führer nicht zu verpassen, der im offenen Wagen durch Mainz fuhr.

Und so war es in den folgenden Jahren weitergegangen. Als die Wirtschaft wieder in Schwung kam, was sich auch auf die Weinstube am Dom auswirkte, waren viele bereit, über so manches hinweg zu sehen. Dass beispielsweise bei jeder offiziellen Gelegenheit der „Hitler-Gruß“ anzuwenden war. Einer der wenigen, die sich dem verweigerten, war Bischof Ludwig Maria Hugo, der daraufhin auf das Übelste beschimpft wurde. Wer hatte sich schützend vor ihn gestellt? Auch sein Nachfolger Albert Stohr musste schlimmste Demütigungen und Schikanen ertragen.

Die Verbesserung der wirtschaftlichen Lage blendete, und so mancher in Mainz träumte in jenen Jahren von herrlichen Bauten, Strandbädern und Uferpromenaden. Doch erst einmal kam das Militär. Wie hatten sie gejubelt, als am 9. März 1936 deutsche Soldaten durch Mainz marschierten. Jetzt sei endlich wieder die alte Ordnung hergestellt, hatte einer von Reimanns Gästen abends gejubelt. Und alle, ohne Ausnahme, waren in ein lautes „Heil Hitler!“ eingefallen.

Ein Blick in Siebenhaars Seele war ein Blick in seine eigene. Reimann winkte ab. „Das ist mir egal. Mein Haus und die Weinstube sind zerstört, meine Frau und meine Schwiegertochter vielleicht tot, von meinen Söhnen habe ich schon ewig kein Lebenszeichen mehr erhalten. Kannst du dir vorstellen, wie egal mir das alles ist?“

Siebenhaar machte ein betroffenes Gesicht, sagte aber nichts. Reimann ließ ihn einfach stehen und verschaffte sich über einen Schuttberg Einstieg in das, was einmal die Gaststube gewesen war. Die Gefahr, dass er bei einem weiteren Einsturz noch einmal begraben werden könnte, schob er achtlos beiseite. Vier Tische und die dazugehörigen Stühle waren verschüttet und teilweise unter der Last der Schuttmassen zusammengebrochen. Die Wand zum Hof war fast vollständig weggebrochen. Da das Obergeschoss mit der Wohnstube und der kleinen Küche nahezu zerstört war, musste er in der Weinstube eine provisorische Wohnung einrichten, wenn er die nächsten Tage und Wochen überleben wollte. Jetzt sofort musste er damit beginnen. Und doch sah er keinen Sinn darin.

Oder sollte er nach Helga und Ilse suchen? Einem inneren Drang folgend, wollte er alles stehen und liegen lassen und sich auf den Weg nach Weisenau machen. Doch die Vernunft sagte ihm, dass er bei seinem Haus bleiben musste. Wenn es stimmte, was er von den Sanitätern und den Feuerwehrleuten aufgeschnappt hatte, würde er den normalen Weg nach Weisenau, nämlich den über die Rheinstraße, überhaupt nicht mehr finden. Hatten die Angriffe der vergangenen Monate schon erheblichen Schaden angerichtet und Tote gekostet, so sei die Stadt jetzt ein einziges Trümmerfeld, berichteten sie. Überall würden Brände lodern, kein einziges Haus stehe mehr unversehrt. Teilweise sei die Hitze so schlimm, dass sich sogar Eisenträger verbogen hätten. Nur der Dom sei weitgehend verschont geblieben. Das mächtige Gotteshaus im Herzen der Stadt hatte nur beim ersten Luftangriff auf Mainz zwei seiner Dächer verloren.

In den nächsten zwei Stunden war Toni damit beschäftigt, kleinere Trümmerstücke aus der Weinstube zu entfernen. Die Küche der Weinstube und die Speisekammer waren wie durch ein Wunder fast unversehrt geblieben. Damit hatte er zumindest eine Möglichkeit, in einer gut geschützten Ecke zu schlafen. Auch zu essen hatte er für die nächsten Tage.

Bis zum Sonnenuntergang war er damit beschäftigt, den Schutt aus der Weinstube zu entfernen. Noch nie in seinem Leben hatte er so viele Stunden am Stück körperlich hart gearbeitet. Doch er spürte keine Erschöpfung, sondern nur diese nie zuvor erlebte Leere. Doch plötzlich bemerkte er, wie ihn seine Kräfte fast schlagartig verließen. Er setzte sich hin und lehnte sich mit geschlossenen Augen an die Wand. Warum konnte sein Herz nicht einfach aufhören zu schlagen? War es feige, so zu denken? Er fand keine Antwort. Da hörte er die vertraute Stimme.

Helga! Ja, es musste seine Frau Helga sein, ohne Zweifel. Er stürzte ins Freie. Es waren tatsächlich Helga und Ilse. Sie schienen unverletzt, lediglich seine Schwiegertochter humpelte ein wenig.

Reimann kletterte über den Schuttberg und rannte so schnell er mit seinem lahmen Bein konnte auf seine Frau und seine Schwiegertochter zu. Auch Helga stieß einen Schrei aus, als sie ihren Mann sah. Sie fielen sich in die Arme und umklammerten sich wie Ertrinkende.

Wie er, hatten auch die beiden Frauen den Angriff in einem Luftschutzkeller überlebt. Dort war nur der Eingang verschüttet gewesen, sodass sie schnell geborgen werden konnten. Die wenigen Kilometer von Weisenau nach Mainz waren dagegen einem Albtraum gleich gewesen. Wie Helga noch völlig außer Atem berichtete, hatten stellenweise starke Brände ein Weiterkommen verhindert. Das Feuer war teilweise so heftig, dass die beiden Frauen zu weiten Umwegen gezwungen waren. Wo vorgestern noch freie Straßen waren, türmten sich heute meterhohe Schuttberge. Totes Vieh lag auf der Straße, halb verkohlte Pferde, in Stücke gerissene Schweine, Katzen und Hunde. Menschen waren ihnen begegnet, denen Gliedmaße abgerissen worden waren. Menschen, die unverletzt waren, aber wirres Zeug redeten und durch das Grauen, das sie gesehen hatten, wohl den Verstand verloren hatten. Und dann die Kinder. Dutzende hatten sie unterwegs angetroffen, die weinend und schreiend nach ihren verloren gegangenen oder getöteten Eltern gesucht hatten.

Ilse hatte inzwischen Feuer gemacht und etwas Essbares aus der Speisekammer geholt. Wenn sie sparsam waren, würden die Vorräte eine gute Woche reichen. Danach musste man einfach weitersehen. Zum Glück funktionierte die Wasserpumpe im Hof noch. Trotz des hellen Feuers, das in dem kleinen Ofen brannte, war es in der Stube nicht merklich wärmer als draußen. Doch unter diesen Umständen musste man zufrieden sein. Ilse schwieg fast die ganze Zeit. Reimann wusste, was in ihr vorging. Sie hoffte noch immer auf das Wunder, dass Kurt eines Tages wohlbehalten die Gasse hinuntergelaufen kam.

Es war seltsam. Die Reimanns hatten jahrelang nichts von ihren beiden Söhnen gehört. Doch irgendwie hatten sie sich damit abgefunden. Für sie waren die beiden Söhne weder tot noch lebendig. Sie waren einfach nicht da. Wann immer es möglich war, studierten sie die Zeitungen und die darin veröffentlichten Todesanzeigen. Überwiegend waren es Soldaten, die beim Russlandfeldzug ihr Leben verloren hatten. Der Name Kurt Reimann war bislang nicht aufgetaucht, auch nicht der Name ihres Jüngsten. Aber was hatte das schon zu bedeuten? Inzwischen waren sie wohl abgestumpft, weil sie ständig mit dem Schlimmsten rechneten und nur noch auf die offizielle Bestätigung von der Wehrmacht warteten. Doch es war Ilse, die die schlimmsten Höllenqualen durchlitt. Wie konnte es auch anders sein? Am 24. August 1939 hatten sie geheiratet; bereits eine Woche später hatte sie sich von ihrem Mann bereits verabschieden müssen.

Am nächsten Tag erkundete Reimann die nähere Umgebung. Was er sah, bestätigte seine schlimmsten Befürchtungen. Fast überall stand kein Stein mehr auf dem anderen. Der früher so romantische und schönste Teil der Stadt, in dem auch die „Weinstube am Dom“ stand, hatte endgültig aufgehört zu existieren. Wie sehr hatte Toni Reimann die kleinen Gässchen, die winkligen und verschachtelten Häuser rund um das mittelalterliche Kaufhaus Brand geliebt. Zwischen dem ausgebrannten Theater und dem alten Hospital Heilig Geist, das ebenfalls in Trümmern lag, war praktisch alles vernichtet.

Der gotische Fischturm, der dem Fischtor seinen Namen gab, war völlig zerstört. Ebenso der Hof „König von England“. Mit seiner markanten Holzarchitektur eines der schönsten Anwesen in der Nähe des Doms. Die Gründerhäuser am Fischtorplatz waren schwer beschädigt, ebenso die Brauereien, Gasthäuser und Geschäfte der Fischtorstraße. Hier hatte vor dem Krieg das Mainzer Leben pulsiert. Hier hatten im

Sommer am Rhein die Schiffe angelegt und die Rheinreisenden ausgespuckt. Auf dem Fischmarkt hatten Frauen Rheinsalm verkauft, in den Gaststätten und Weinlokalen hatten die Mainzer und ihre Gäste die rheinhessische Lebensart genossen. Sollte das alles unwiederbringlich verloren sein? Selbst in normalen Zeiten würde es Monate dauern, die Weinstube wieder aufzubauen. Doch in diesen Zeiten war das Oberste zuunterst gekehrt. An ein normales Leben war auf absehbare Zeit nicht mehr zu denken.

Und doch waren die Menschen überall damit beschäftigt, ein klein wenig Ordnung in dieses unglaubliche Chaos zu bringen. Es waren überwiegend Frauen, aber auch viele Kinder und Alte, die zum Teil mit bloßen Händen Steine und Schutt wegtrugen und das noch halbwegs brauchbare Baumaterial aussortierten. Glücklich konnte sich der schätzen, der eine Schaufel, einen Hammer und einen Eimer hatte. Toni Reimann schaute in leere und abgestumpfte Gesichter. Selbst die kleinen Kinder, die nicht verstehen konnten, was um sie herum geschah, und die alles als ein Abenteuer ansehen mussten, schienen das Lachen und Lärmen verlernt zu haben. Die Menschen sprachen nur das Notwendigste miteinander. Außer einem gleichmäßigen Klopfen war fast nichts zu hören. Unterbrochen wurde die gespenstische Szenerie nur, wenn irgendwo ein Verletzter oder ein Toter geborgen wurde. Oder bei einem der zahlreichen Fliegeralarme. Doch es blieb jedes Mal beim Alarm. Die Alliierten hatten der Stadt das Genick gebrochen. Um den Leichnam kümmerten sie sich nicht mehr.

Reimann klaubte ein wenig Holz auf und klemmte es sich unter den Arm. Er nahm alles mit, was er für brauchbar hielt. Die verschrumpelte Kartoffel, die im Rinnstein lag, hätte er früher überhaupt nicht beachtet. Jetzt bückte er sich nach ihr und steckte sie in seine Hosentasche, ebenso die Apfelhälfte, die er wenig später fand.

An der Weinstube angekommen, berichtete Reimann den beiden Frauen sofort, was er erlebt hatte. Eine dumpfe Niedergeschlagenheit machte sich breit. Wortlos gingen Ilse und Helga ihrer Arbeit nach und sortierten die Vorräte. In den beiden folgenden Tagen gelang es ihnen, den Schutt und die Trümmer beiseite zu schaffen. Von der ehemals urgemütlichen Weinstube stand nur noch ein Gerippe, das entfernt an eine Bienenwabe erinnerte. Mit allem, was noch halbwegs brauchbar war, richteten die Reimanns ihre Notwohnung her. Mit Lappen und Laken verhängten sie die Löcher und Fenster. Mit Brettern und

Bettdecken dichteten sie einen Teil des Daches und das in der Wand klaffende Loch notdürftig ab. Dennoch mussten sie dick eingepackt schlafen, um sich in den kalten und zugigen Nächten nicht den Tod zu holen. Dicht am Ofen, den sie nur ab und zu befeuerten, lagen die Matratzen. Daneben stand der einzige heil gebliebene Tisch aus der Weinstube. In einem kleinen Schrank hatten die Frauen das aufbewahrt, was vom Geschirr heil geblieben war. Glücklicherweise hatte Helga schon vor Jahren damit begonnen, Kerzen einzulagern. In diesen Zeiten, in denen es weder Strom noch Gas gab, waren sie Gold wert. Aber auch dieser Vorrat würde irgendwann zur Neige gehen.

Der März kam und mit ihm weitere Fliegeralarme. Wenn die Reimanns irgendwo eine Zeitung zu Gesicht bekamen, konnten sie auch jetzt noch darin die Durchhalteparolen lesen. Dass es nur noch eine Frage der Zeit sei, bis der Feind aus dem Reich hinausgedrängt sei. Meist schauten sie sich nur bedeutungsvoll an. Auch jetzt noch war es lebensgefährlich, den Mund zu weit aufzumachen. Dabei hatte es einmal Zeiten gegeben, in denen sich fast jeder berufen fühlte, das Maul aufzureißen.

1933

Die sieben Braunhemden, die in der Ecke der Weinstube saßen, waren schon am frühen Nachmittag gekommen und hatten eifrig gebechert. Einer aus der Gruppe hatte an diesem trüben Dezembertag Geburtstag und hielt seine Kameraden frei.

Helga Reimann hatte schon die fünfte Flasche bringen müssen und noch immer hatten sie nicht genug. Und auch nicht davon, ihren Führer in den höchsten Tönen zu preisen. Helga Reimann schaute ihren Mann lächelnd an. Hitler schien tatsächlich das Unmögliche zu schaffen und das Volk aus der Not zu befreien. Doch mussten seine Getreuen gleich die ganze Weinstube niederbrüllen?

Einer aus der Gruppe winkte den beiden hinter der Theke stehenden Wirtsleuten zu. „War schon richtig, dass ihr den Juden aus der Weinstube rausgeworfen habt. In eine deutsche Weinstube gehört ein deutscher Wirt."

Reimann lächelte gequält. Obwohl er stets wahrheitsgetreu berichtet hatte, dass er Epstein die Weinstube abgekauft hatte, war damals schnell das Gerücht aufgekommen, er habe den früheren Besitzer aus Mainz vertrieben. Doch keiner hatte dies als Vorwurf gesagt. Nein, alle hatten ihm anerkennend auf die Schulter geklopft.

„Heil Hitler!", brüllten jetzt alle sieben Braunhemden im Chor.

„Heil Hitler!", stimmten die übrigen Gäste und mit ihnen die Reimanns ein.

Als eine halbe Stunde später ein älteres Ehepaar die Weinstube betrat, ging zunächst alles seinen normalen Gang. Helga Reimann nahm die Bestellung auf und gab sie an ihren Mann weiter. Der nahm nur aus den Augenwinkeln zur Kenntnis, dass die Frau wieder aufstehen wollte, aber von ihrem Mann zum Bleiben angehalten wurde.

Erst als einer der Braunhemden aufsprang, wusste Reimann, dass es Ärger geben würde. „Dich kenn ich doch!", brüllte der Hochgewachsene und schlug mit der flachen Hand auf den Tisch. „Ja, dich meine ich. Du hast ein Antiquitätengeschäft in der Seilergasse. Und dieses Geschäft, das weiß man in ganz Mainz, gehört einem Juden."

Reimanns Herz schlug bis zum Hals. Er sah, dass die Frau vor Todesangst zitterte. Ihr Mann – Reimann kannte ihn weder vom Sehen noch seinen Namen – war aschfahl geworden.

Auch die anderen Braunhemden waren inzwischen aufgesprungen. „Was hast du hier verloren, Jude?", rief einer und ging auf das Ehepaar zu. Drohend pflanzte er sich hinter den beiden auf, die Fäuste in die Seiten gestemmt. „Diese Weinstube ist judenfrei. Verschwindet von hier."

Um seinen Worten Nachdruck zu verleihen, schlug er dem Mann mit der flachen Hand gegen den Hinterkopf, dass ihm die Brille von der Nase flog. Unter dem johlenden Gelächter der übrigen Gäste in der Weinstube setzte der alte Mann mit zitternden Händen seine Brille wieder auf und verließ mit seiner Frau hastig die Weinstube.

„Hast du gesehen, Wirt? So geht es bald mit allen Juden in diesem Land. Wir werden sie nach und nach alle wegjagen." Er legte ein paar Geldscheine auf den Tisch. „Bis jetzt war es ein schöner Abend, Wirt. Sorgt dafür, dass solches Pack in Zukunft nicht mehr reinkommt!"

Als die sieben draußen waren, legte Helga ihrem Mann die Hand auf den Arm. „Die meisten haben es sich selbst zuzuschreiben, dass man mit jetzt so ihnen umspringt. Epstein kann von Glück reden, dass er mit uns befreundet war. Ich finde, wir sollten draußen ein Schild anbringen. Das erspart uns in Zukunft solchen Ärger."

1945–1949

Eines Morgens stand Toni Reimann beim Bäcker Jung in der Zanggasse an. Das Brot war streng rationiert. Jedem Mainzer standen im Monat nur fünf Kilo zu. Obwohl er bereits seit zwei Stunden wartete, war er noch keine drei Meter vorangekommen. Zu allem Überfluss konnte das alte Waschweib hinter ihm nicht den Mund halten. Toni hörte nur mit halben Ohr hin, zu sehr war er mit seinen eigenen Sorgen beschäftigt. Doch plötzlich wurde er hellhörig. Was hatte die Alte da zu berichten? In einem kleinen Dorf bei Alzey seien drei Deutsche standrechtlich erschossen worden, weil sie am Rathaus die weiße Fahne gehisst hatten, ereiferte sie sich. Damit hätten sie den anrückenden Amerikanern signalisieren wollen, dass sich das Dorf nicht verteidigen werde. Es hätte den Wagemutigen aber nichts genützt. Zwei Stunden, nachdem sie die weiße Fahne gehisst hätten, wären sie von SA-Leuten erschossen worden. Keine zwanzig Stunden später seien die Amerikaner in das Dorf eingerückt und hätten es kampflos eingenommen, berichtete die Alte weiter.

Woher sie das wohl so genau wissen mag, fragte sich Reimann.

Die Amerikaner! Es konnte nicht mehr lange dauern und sie würden sich auch Mainz nähern. Was würde dann geschehen? Oberbürgermeister Heinrich Ritter hatte laut verkünden lassen, dass sich die Stadt um jeden Preis verteidigen und keinen Zoll freiwillig aufgeben werde. Reimann bezweifelte, dass es so weit kommen würde. Er würde sich mit Sicherheit nicht den Amerikanern entgegenstellen. Und die übrigen Mainzer wohl ebenfalls nicht. Doch wie würden die Amerikaner mit den Deutschen, ihren Feinden, umgehen? In den Zeitungen und auf den Flugblättern, die die Nazis druckten, standen die schlimmsten Schauergeschichten über sie. Doch Toni Reimann konnte sich nicht vorstellen, dass die amerikanischen Soldaten tatsächlich so unzivilisiert und grausam waren. Insgeheim hoffte er, dass der Tag nicht mehr fern sei, an dem die Amerikaner auch Mainz befreien würden.

Befreien?

Er hatte tatsächlich befreien gedacht und es auch so empfunden. Erst wenn alle Nationalsozialisten und besonders Hitler und seine Schergen einmal dingfest gemacht waren, dann war Deutschland befreit.

Es war der 22. März 1945, als die Amerikaner in Mainz einzogen. Wie erwartet, stießen die Soldaten auf keine Gegenwehr. Ritter, der wenige Tage vorher die Verwaltung für aufgelöst erklärt hatte, war zusammen mit seinen Mitarbeitern geflohen. Es war früher Nachmittag, als die Reimanns zum ersten Mal in ihrem Leben amerikanische Soldaten sahen. Sie saßen in der Luke ihrer Panzer und schauten sich neugierig und doch wachsam um. So sollten menschgewordene Teufel aussehen, wie vor Tagen noch überall zu lesen und zu hören war? Die Reimanns sahen in normale Gesichter, die meisten lächelten sogar. Ein Gefühl der unsäglichen Erleichterung stieg in den Reimanns auf. Diese Menschen kamen tatsächlich als Befreier.

„Hey, du!"

Der Amerikaner in der Panzerluke hatte eine pechschwarze Hautfarbe und makellos weiße Zähne, die in der Frühlingssonne blitzten. Er hielt etwas hoch und schaute in Ilses Richtung. Die wusste nun überhaupt nicht, was sie tun sollte.

„Ja, du! Komm mal her!"

Ilse schaute ihren Schwiegervater ratlos an, doch der zuckte nur mit den Schultern. Dann nickte er mit dem Kopf. „Sie werden dir schon nichts tun."

Ilse machte ein paar Schritte vorwärts und schaute den Soldaten erwartungsvoll an. Der warf ihr zwei kleine Päckchen zu, die Ilse ungeschickt auffing. Jetzt kamen auch Toni und Helga näher. Der Soldat hatte Ilse tatsächlich Schokolade und Kaugummi geschenkt.

Helga lachte überrascht auf. „Das ist ja wie früher beim Rosenmontagszug."

Toni schaute seine Frau an. Das war der erste Scherz seit vielen Monaten, der ihr über die Lippen gekommen war. Das Leben hatte wieder an Freundlichkeit gewonnen.

Von einer Normalisierung freilich war das Leben in Mainz noch weit entfernt. Wie die allermeisten hausten auch die Reimanns in ihrer notdürftig hergerichteten Wohnung. Nachts froren sie, tagsüber plagte sie der Hunger. Ein- oder zweimal in der Woche zog Helga los und kam erst nach Stunden wieder. Reimann wusste, was seine Frau tat: organisieren. Um zu überleben, musste man organisieren. Neulich erst war sie mit zwei Taschen voller Briketts zurückgekommen. Woher sie die hatte? Ein Zug war in der Nähe des Hauptbahnhofs unverhofft stehen geblieben und war nicht mehr weiter gekommen. In Windeseile hatte sich herumgesprochen, was in den Waggons gelagert war.

Glücklicherweise war auch Helga in der Nähe und hatte einfach zugegriffen. Manche waren sogar mit Leiterwagen gekommen. Helga hatte nur die beiden leeren Taschen dabeigehabt. Ob das rechtens war oder nicht, danach fragte in diesen Tagen keiner.

Ein andermal kam sie zurück mit einem Dutzend Kartoffeln oder einem Pfund Äpfel oder einer Tüte Mehl. Reimann wusste, dass sie das nicht immer eintauschte. Das meiste davon war „organisiert". Etliches aus ihrem Haushalt war von dem Bombenangriff verschont geblieben, Teppiche, Bücher, sogar einige Vasen und alte Bilder. Doch wenn sie jedes Mal davon etwas eingetauscht hätte, wäre von ihren Habseligkeiten inzwischen nichts mehr übrig geblieben. Auch die Schokolade und den Kaugummi hatte Helga bei einer zwielichtigen Gestalt gegen Lebensmittel eingetauscht. Wieder einmal war ihr Überleben für einige Tage gesichert.

Es dauerte bis zum 25. März. An diesem Tag hatte Mainz wieder einen offiziell eingesetzten Oberbürgermeister. Der Name, Dr. Rudolph Walter, sagte den Reimanns überhaupt nichts. Aber vielleicht schaffte er es, die Stadt wieder funktionsfähig zu machen. In der Tat erließ der Oberbürgermeister drei Tage später eine Bekanntmachung, wonach jeder Bürger Waffen, sämtliches militärisches Gerät und Hakenkreuzfahnen bei der Bürgermeisterei am Pulverturm abzugeben hatten. Also musste sich Ilse auf den Weg machen. Als in der Weinstube am Dom noch kleine Fastnachtssitzungen abgehalten wurden, hatte neben der Bütt die Hakenkreuzfahne zu hängen. Und wenn auch fast alles im Haus zerstört wurde, ausgerechnet diese Fahne hatte den Krieg überlebt. Es war wohl besser, sie abzugeben statt sich irgendwann Ärger einzuhandeln. Keiner wusste, wer von den braunen Denunzianten sich jetzt bei den Amerikanern anbiedern würde. Schon jetzt sagten viele bei jeder Gelegenheit, dass sie das alles so nicht gewollt hätten, dass sie niemals geahnt hätten, dass es einmal so weit kommen würde.

Als Ilse auf dem Rückweg am Dom vorbeikam, hielt sie einen Moment inne. Aus einer kleinen Seitenkapelle drangen Musik und Gesang. Sie gab sich einen Ruck und betrat das Innere des mächtigen Gotteshauses. In der kleinen Gotthardkapelle wurde eine Messe gehalten. Als sie die Tür öffnete, blinzelte sie verwundert mit den Augen. Auf der einen Seite der Kapelle saßen einige Mainzer, meist ältere Frauen, und auf der anderen Seite mindestens zwölf amerikanische Soldaten. Ein grauhaariger Mann spielte auf einem Harmonium. Fasziniert beobachtete Ilse die Szene. Die ärgsten Feinde, wie sie die Propaganda immer wieder genannt hatte, saßen einträchtig mit den Mainzern bei Gebet und Liedern zusammen. Sie glaubten alle an denselben Gott.

Der Frühling kam und mit ihm die bedingungslose Kapitulation der deutschen Wehrmacht am 8. Mai. Wie wohl die meisten Mainzer hatten auch die Reimanns dies mit Achselzucken zur Kenntnis genommen. Das Hitler-Regime hatte aufgehört zu existieren. Die Menschen waren von einem Joch befreit, doch am Leben in den Trümmern änderte sich dadurch nichts. Viel wichtiger war es den Mainzern, dass an Fronleichnam erstmals seit vielen Jahren wieder eine Prozession durch die Straßen zog.

Dem Frühling folgte ein heißer Sommer. Am 9. Juli übergaben die Amerikaner die Stadt an die Franzosen. Ilse und Helga bedauerten das, denn sie hatten von den Amerikanern mehrmals Schokolade, Kaugummi, Zigaretten und sogar Kaffee geschenkt bekommen. Nicht, dass sie darum gebettelt hätten. Die Soldaten hatten es einfach von sich aus getan, ohne offen eine Gegenleistung zu fordern. Doch einige Male, so berichtete Ilse eines Abends, hätte ein Soldat ihr erst ein paar Zigaretten gegeben, sie dann um die Hüfte gefasst und etwas gesagt, was sie nicht verstanden hatte. Ihr Schwiegervater zog verärgert die Luft durch die Nase. Er konnte sich denken, um was es ging. Er hatte in der Stadt schon etliche Male beobachtet, wie amerikanische Soldaten Arm in Arm mit Mainzer Mädchen durch die Straßen gingen. Bei allem Ärger, den er bei diesem Anblick empfand, konnte er den Gedanken nicht abschütteln, dass es diesen Mädchen wahrscheinlich gar nicht so schlecht ging. Den Soldaten, das hatte Reimann schnell erkannt, mangelte es an nichts. Und was sie hatten, das teilten sie gern mit ihren „Frauleins".

Die meisten Mainzer beobachteten diese Liebschaften mit Argwohn. Lasst sie doch in Ruhe, forderten die anderen und erinnerten daran, dass Liebesbeziehungen schon einmal an der Pranger gestellt worden waren.

Die französischen Soldaten, das merkten die Mainzer schnell, gingen mit der Bevölkerung wesentlich strenger um als die Amerikaner. Geschenke konnte man von ihnen nicht erwarten. Den hier und da aufflackernden Wunsch der Mainzer, die vielen Vereine, die während der Nazizeit ihre Aktivitäten einstellen mussten, wieder neu zu gründen, unterbanden sie, ohne sich auf Diskussionen einzulassen. Immerhin erlaubten sie Fußballturniere. Erst vor wenigen Tagen, so hatte Reimann gehört, hatten Mainzer in Laubenheim (einem hinter Weisenau gelegenen Dorf) gegen die Franzosen Fußball gespielt und gewonnen. Für den Sieg hatte es immerhin ein kleines Fass Bier gegeben.

Ein Aufschrei der Empörung ging jedoch Ende Juli durch die Not leidende Bevölkerung. Wie ein Lauffeuer sprach es sich in der Stadt herum, dass die rechtsrheinischen Vororte, darunter Amöneburg, Kastel und Kostheim, dem Regierungsbezirk Wiesbaden angeschlossen werden sollten. Eine historische gewachsene Stadtstruktur sollte durch einen Federstrich einfach der Vergangenheit angehören. Einige Tage lang wogte der Streit zwischen den beiden Städten Mainz und Wiesbaden hin und her. Danach hatten sich die Wogen wieder geglättet. Man könne dieses Provisorium ja bald wieder aufheben, wurden sich die Stadtoberen einig.

Bald besannen sich die Mainzer auch erstmals wieder einer Tradition, die sie weit über die Grenzen der Stadt bekannt gemacht hatte: die Fastnacht. Freilich, nach Scherzen und ausgelassener Fröhlichkeit war keinem zumute. Doch es waren Kinder der Pfarrei von St. Ignaz, die an einem Spätwintertag des Jahres 1946 leidlich verkleidet durch die Straßen zogen. Während hier und da ein Hauch von Fröhlichkeit aufflackerte und manche schon darüber diskutierten, wann die erste Fastnachtssitzung abgehalten werden sollte, gab es andererseits auch viele, die diese Entwicklung mit Entrüstung beobachteten. „Und Du feierst Karneval?“, stand auf einem Plakat, das eine von Hunger abgezehrte Frau und einen Kriegsgefangenen hinter Stacheldraht zeigte. Und doch brauchte man solche Feste als Bestandteil des Überlebens. Trotzdem blieb oft ein schlechtes Gewissen.

Den 10. März 1947 würden Reimanns gewiss nicht so schnell vergessen. An diesem Tag kam Erwin nach Hause. Der jüngste Sohn stand an diesem Frühlingsvormittag plötzlich vor der Tür. Über der Schulter trug er so etwas wie einen Rucksack, in dem einige Lebensmittel, eine Hose und ein Pullover eingepackt waren.

Helga und Toni Reimann wussten später nicht mehr, wie lange sie ihren Sohn angestarrt hatten. Sechs Jahre hatten sie ihn nicht mehr gesehen und die Hoffnung, dass er noch lebte, schon aufgegeben.

Sicher, es waren in den knapp zwei Jahren, die seit der Kapitulation vergangen waren, ständig Soldaten heimgekehrt. Der Mann von Ilses Cousine war im Spätjahr 1945 nach Mainz zurück gekommen, der Bruder einer Wäscherin aus der Nachbarschaft einen Tag vor Heiligabend. Doch mit jedem Tag, an dem nicht wenigstens einer der beiden Reimann-Söhne nach Hause kam, sank die Hoffnung, die ohnehin nur noch schwach glimmte.

„Bub, mein Bub!", schluchzte Helga und schloss ihren Sohn in die Arme.

Er sieht so gesund aus, schoss es dagegen Toni durch den Kopf. Er hatte seinen Jüngsten als dürren Schlacks in Erinnerung. Doch vor ihm stand ein erwachsener und gesunder Mann mit kräftigen Oberarmen, der in den vergangenen Jahren mit Sicherheit keinen Hunger gelitten hatte.

Einem Impuls folgend streckte er Erwin die Hand hin. Erst als dieser nach einigen Sekunden des Zögerns einschlug, zog der Vater seinen Sohn an sich.

„Wir können dir leider keinen Wein anbieten, auch keinen Handkäs", versuchte Toni Reimann mit Tränen in der Stimme zu scherzen. „Und mehr als ein halbwegs intaktes Zimmer haben wir nicht zu bieten. Jetzt müssen wir noch mehr zusammenrücken. Hättest wenigstens telegrafieren können."

Jetzt brachen alle drei in Tränen aus. Die Mainzer, die in diesem Moment an den Trümmern der ehemaligen Weinstube am Dom vorbeikamen, wussten sofort: Wieder ist einer heimgekehrt.

Was sollte man sich erzählen, wenn man sich sechs Jahre nicht gesehen hatte? Wo sollte man anfangen, wo enden und was sollte man besser für sich behalten?

Erwin hatte ein paar Lebensmittel mitgebracht und mit einem Augenzwinkern sogar eine Flasche Rotwein aus seinem Rucksack gezaubert.

„Der kommt zwar nicht aus Mainz, schmeckt aber auch nicht schlecht."

Was hätte man dafür auf dem Schwarzmarkt alles bekommen! Doch diesen Einwand des Vaters wischte Helga mit einer energischen Handbewegung weg. Heute wurde gefeiert – mit französischem Rotwein. Toni Reimann schaute auf das bunte Etikett. Die Aufschrift konnte er nicht verstehen, nur den Jahrgang: 1942.

Das Jahr, in dem sogar Gott angefangen hatte, sich vom deutschen Volk abzuwenden, dachte der Vater und griff nach dem Glas, das ihm sein Sohn gefüllt hatte. In der Tat, wie Erwin gesagt hatte: Er schmeckte nicht schlecht.

Frankreich, England und dann wieder Frankreich. Erwin hatte die vergangenen drei Jahre in verschiedenen Gefangenenlagern verbracht, zuletzt hatte er in einem Bergwerk in Lothringen arbeiten müssen. Das erklärte auch seinen Zustand. Die Franzosen hatten ihre Arbeitskräfte, durchweg gefangen genommene deutsche Soldaten, nicht hungern lassen. Mindestens ein Dutzend Mal habe er seinen Eltern geschrieben, berichtete Erwin. Doch keiner der Briefe war angekommen.

„Es gab keine Stunde, in der ich nicht an diesen Moment gedacht habe", sagte Erwin mit ernster Stimme. „Jetzt bin ich wieder zu Hause."

„Es ist nicht das Zuhause, das du vielleicht noch in Erinnerung hast", entgegnete sein Vater. „Die Stadt ist fast völlig zerstört. Und wer geglaubt hat, dass mit der Kapitulation das Schlimmste vorbei sei, hat sich umgucken müssen. Wir haben kaum das Notwendigste zum Essen und nur einen Verschlag über dem Kopf. Und das knapp zwei Jahre nach dem Ende dieses verdammten Krieges. Es sollen sogar schon welche an Hunger gestorben sein, heißt es. Ilse hatte im letzten Winter einen Husten, den sie erst nach sechs Wochen wieder loswurde. Ärzte gibt es kaum, Medikamente schon gar nicht. Die Bombenangriffe haben wir überlebt, ob wir auch in einem Jahr noch leben, hängt vom Glück ab."

Auch Erwin gestand ein, dass er mit einer solchen Zerstörung nicht gerechnet hatte. Natürlich hatten sie in den Lagern die Nachrichten über Hitlers schleichenden Niedergang verbreiten lassen. Natürlich hatten sie die Gefangenen wissen lassen, dass die Städte bombardiert wurden. Doch einen solchen Anblick hatte Erwin nicht erwartet, obwohl er auf der Fahrt von dem lothringischen Bergwerk, wo er zuletzt geschuftet hatte, durch etliche zerstörte Städte gekommen war. Für die letzte Etappe seiner Rückkehr, von Alzey nach Mainz, hatte er mehr als sechs Stunden gebraucht. Vor dem Krieg wäre es noch nicht einmal eine Stunde gewesen.

In diesem Moment trat Ilse ein. Es war ihr anzusehen, dass sie die letzten Meter gerannt war. Der alte Beyer aus der ausgebombten Bäckerei am Fischtor hatte Ilse zugerufen, dass einer der beiden Reimann-Söhne nach Hause gekommen sei, dass er allerdings nicht wisse, welcher von beiden. Und so war ihr die Enttäuschung darüber anzusehen, dass es nicht ihr Mann Kurt war, der am Tisch seiner Eltern saß.

Schwager und Schwägerin grüßten sich gerührt, wenn auch ohne überschwängliche Freude. Ilse war gerade aus Hechtsheim gekommen, wo sie bei einem Bauern ein paar Eier, ein paar Äpfel und ein halbes Brot hatte ergattern können – gegen zwei alte Schallplatten, die ihr Schwiegervater unversehrt aus dem Trümmerberg gerettet hatte.

Was war mit Kurt? Plötzlich war sie wieder da, diese seit Monaten, wenn nicht gar Jahren unausgesprochene Vermutung. Dass Kurt längst gefallen sein könnte, dass er vielleicht in einem der sowjetischen Lager festsaß, von denen man sich die schlimmsten Dinge erzählte.

„Ich wünschte, die Tür ginge auf, und Kurt käme rein. Das kannst du mir glauben", sagte Erwin. „Dafür würde ich sogar noch einmal ins Bergwerk zurückgehen."

Seine Schwägerin schaute ihn an. „Schon gut, Erwin. Wir sind alle froh, dass du wieder zu Hause bist", sagte sie nur und machte sich am Herd zu schaffen.

Sie kamen drei Wochen später und wiesen sich als Mitglieder der französischen Militärregierung aus. Die beiden Männer mittleren Alters schauten sich nur kurz um und kamen sofort zur Sache. Sie wüssten, dass das Haus mit der Weinstube früher einmal einem Juden namens Samuel Epstein gehört habe. Ob er, Toni Reimann, das Haus rechtmäßig erworben habe und dies auch beweisen könne?

Reimann spürte den erstaunten Blick seines Sohnes Erwin auf sich ruhen. Vater und Sohn waren gerade dabei gewesen, eine Wand im ersten Stock wieder herzurichten. Toni Reimanns Herz schlug schneller. Hatte ihn jetzt die Vergangenheit eingeholt? Zweimal bereits hatte ihm Siebenhaar in den vergangenen Tagen gesteckt, dass sich einige das Maul über ihn zerrissen hätten. Dass Reimann damals, 1933, kalt berechnend die Gunst der Stunde genutzt habe. Wie sich die Zeiten doch so schnell geändert hatten. Eines hatte sich jedoch nicht geändert: Damals wie heute gab es einige, die sich nicht scheuten, andere zu denunzieren und in Misskredit zu bringen. Und jetzt standen zwei Franzosen vor ihm und wirbelten zusätzlich Staub auf. Mit Sicherheit hatte man in der Nachbarschaft das Aufkreuzen der beiden bemerkt.

Er straffte sich. Ja, er habe das Haus mit der Weinstube dem Vorbesitzer, einem jüdischen Kaufmann, abgekauft. Ja, es sei ein günstiges

Angebot gewesen. Nein, er habe Epstein nicht zum Verkauf gedrängt. Nein, der Kaufpreis sei von Epstein aus freien Stücken festgesetzt worden. Nein, die Verkaufsurkunde habe er nicht mehr finden können. Die sei mit Sicherheit bei dem Bombenangriff zerstört worden oder später verloren gegangen. Ob er die Weinstube irgendwann einmal wieder eröffnen wolle, wisse er heute noch nicht.

Nach dem kurzen Frage-und-Antwort-Spiel, das Reimann mehr an ein Verhör erinnerte, unterhielten sich die beiden Franzosen in ihrer Landessprache. Reimann schaute seinen Jüngsten fragend an, der ihm ein Zeichen gab. Die beiden Franzosen rechneten wohl gar nicht erst damit, dass sie verstanden wurden. Nach dem Hinweis, dass Reimann wieder von ihnen hören werde, zogen sie ab.

„Hast du sie verstanden? Du hast doch gesagt, du hättest ein wenig Französisch gelernt."

„Schon gut, Vater", beruhigte Erwin. „Ich habe das meiste verstehen können. Sie sagten, dass du nicht aussiehst wie einer, der sich an den Juden bereichert hat. Außerdem sei von dem Haus und der Weinstube eh kaum noch was übrig. Sollte der Vorbesitzer Ansprüche stellen, würden sie sich wieder damit befassen. Dann werde man weiter sehen."

Reimann atmete auf. Doch später begann der Zweifel an ihm zu nagen. Wären damals normale Zeiten gewesen, hätte er zwanzig, wenn nicht gar dreißig Prozent mehr für das Haus mit der Weinstube zahlen müssen. Was sollte er machen, wenn Epstein – falls er überhaupt noch lebte – zurückkehrte und einen Ausgleich forderte? Würde er sich noch an ihre alte Freundschaft erinnern? Sicher, Epstein hatte den Preis festgesetzt, aber würde er sich vielleicht auf die besondere Situation von damals berufen und ihn, Reimann, vor Gericht, wenn möglich vor einem Gericht der Besatzer, belangen? Andererseits gab es in Mainz viele, die den Juden ihr Hab und Gut zu einem Spottpreis abgekauft hatten, wenn die Übervorteilten überhaupt jemals das ihnen zustehende Geld sahen. Man munkelte, dass gerade bei Versteigerungen oft das Geld nicht den jüdischen Besitzern übergeben wurde, sondern in den Taschen von irgendwelchen braunen Bonzen landete. Also hatte er sich doch nichts vorzuwerfen! Oder doch?

Als sie abends beim Essen zusammensaßen – es gab eine dünne Suppe mit ebenfalls dünnen Brotscheiben –, bemerkte Reimann, dass sein Sohn trotz der anstrengenden Arbeit, die er tagsüber geleistet hatte, in seinem Essen nur rumstocherte.

Plötzlich platzte es aus ihm heraus. „Wie war das damals, Vater? Du hast nie erzählt, dass du die Weinstube einem Juden abgekauft hast."

An Tonis Stelle antwortete Helga. „Das verstehst du nicht, Bub. Du warst ja noch ein kleines Kind. Das waren die Zeiten damals. Alle waren gegen die Juden. Viele von ihnen verließen rechtzeitig die Stadt. So auch Epstein. Wir haben ihm sogar einen Gefallen getan. Mit dem Geld konnte er Mainz verlassen und anderswo, ich glaube in Frankreich, ein neues Leben beginnen. So war's doch, Toni?"

Erwin stieß ein verächtliches Lachen aus. „Seid ihr sicher, dass er ein neues Leben anfangen konnte?", fragte er mit einer seltsamen Betonung.

Helga und Toni sahen sich verständnislos an. „Natürlich, so weit wir wissen, wollte er nach Frankreich ..."

„Ich hab's euch noch nicht erzählt. Aber jetzt ist vielleicht der richtige Zeitpunkt", fiel Erwin seinen Eltern ins Wort. „Zwei Heiligabende habe ich in einem Lager in England erlebt. 1945 und 1946. Der Lagerkommandant hat uns beide Male statt einer Bescherung Filme vorgeführt. Filme über befreite Konzentrationslager. Die Amerikaner hatten sie gedreht. Darin war zu sehen, wie in Konzentrationslagern Juden und andere Menschen umgebracht wurden. Nicht zehn, hundert oder tausend Tote hat es in diesen Lagern gegeben, es müssen hunderttausende gewesen ein. Berge von Leichen waren in den Filmen zu sehen. Danach hat er uns immer ein schönes Weihnachtfest gewünscht. Wer sagt euch, dass dieser Epstein nicht auch in einem dieser Konzentrationslager ums Leben kam?"

Erwin verlor gegenüber seinen Eltern nie wieder ein Wort darüber. Zusammen mit seinem Vater baute er die Weinstube wieder auf. Siebenhaar half ihnen dabei. Der Augenblick, als sie den alten Holzbalken einsetzten, in dem die Jahreszahl „Anno 1631" eingeschlagen war, hatte etwas Symbolisches. Toni Reimann hatte darauf bestanden. Am 29. Juni 1949 kamen erstmals wieder Gäste in die „Weinstube am Dom". Die Einrichtung der Gaststube war zwar recht zusammengewürfelt. Doch Helga hatte allen beim Eintreten versprochen, dass dies erst der Anfang sei. Am 10. August 1949 gründete sich in der „Weinstube am Dom" der Mainzer Sportverein wieder. Die französische Besatzungsmacht hatte schon vor einiger Zeit zugelassen, dass sich die Vereine, die während der Hitlerzeit zwangsweise aufgelöst worden waren, erneut gründen konnten. Damit kam das Mainzer Vereinsleben endlich wieder auf die Beine.

In all den Jahren war in Ilse eine deutlich sichtbare Veränderung vorgegangen. Sie lachte wieder, wenn irgendwo ein Scherz gemacht wurde, und erwiderte das Lächeln, das so manch jüngerer Gast ihr zuwarf. Am Abend des 30. April war sie sogar zum Tanzen ausgegangen und erzählte jedem in der Familie, dass sie dies zuletzt am 30. April 1939 getan hatte. Von Kurt sprach sie immer weniger, und auch die Reimanns bewahrten ihm ein stilles Angedenken.

Doch dann kam am 2. Juli 1949 ein Schreiben. Absender war zwar die Mainzer Stadtverwaltung, doch es trug etliche Stempel und Unterschriften unterschiedlichster Behörden. Wichtig war jedoch nur ein Satz: Kurt Reimann wird am 5. Juli 1949 gegen 13 Uhr am Mainzer Hauptbahnhof ankommen. Der älteste Sohn der Reimanns kehrte nach fast genau zehn Jahren in das Zuhause zurück, das er als dreiundzwanzigjähriger Soldat verlassen hatte.

1949

„Der Vater und du, ihr redet nicht sehr viel miteinander."

Erwin schaute seinen Bruder an. Die beiden waren an diesem Spätherbsttag im Jahre 1949 zusammen zu einem Hechtsheimer Winzer gefahren, um Vorräte für die Weinstube abzuholen. Der Vater hatte zwar die Weinstube wieder eröffnet, die Weinhandlung allerdings aufgegeben. Kurt hatte seinen jüngeren Bruder unter einem Vorwand darum gebeten, ihn zu begleiten. Auf der Anhöhe bei Weisenau hatte er den kleinen Transporter, den sie aus französischen Militärbeständen bekommen hatten, angehalten und den Motor ausgeschaltet. Es war offensichtlich, dass er mit Erwin reden wollte.

Doch der ging zunächst nicht darauf ein. „Wie kommst du darauf?"

Kurt lächelte. „Ich war zwar zehn Jahre weg, aber ich erinnere mich noch gut an früher. Du warst immer Vaters Liebling."

Erwin verzog das Gesicht. Doch bevor er etwas sagen konnte, machte Kurt eine beschwichtigende Handbewegung. „Darum geht es jetzt nicht. Aber ich habe längst gemerkt, dass etwas nicht stimmt. Auch Mutter benimmt sich manchmal so komisch. Ich kann doch spüren, dass da was in der Luft liegt. Willst du es mir nicht sagen?"

Erwin schwieg und stieg aus dem Auto aus. Trotzig verschränkte er die Arme vor der Brust und schaute in die Ferne. „Wusstest du, dass unsere Weinstube früher einmal einem Juden gehörte?", fragte er nach einer Weile.

Kurt zuckte mit den Achseln. „Ja, ich hab's irgendwann einmal mitbekommen. Vater hat die Weinstube gekauft, irgendwann im Frühjahr 1933. Du warst damals fast noch ein Kind. Der Mann hieß Epstein, soweit ich mich erinnern kann. Stimmt etwas nicht?"

„Ob etwas nicht stimmt?" Erwin schaute seinen Bruder mit einer Mischung aus Ärger und Entsetzen an, der seinerseits ein verständnisloses Gesicht machte. „Unser Vater hat sich am Unglück anderer bereichert und du fragst, ob was nicht stimmt!"

„Ich verstehe, von daher weht der Wind."

Erwin verzog drohend sein Gesicht. „Du verstehst gar nichts. Siehst du denn nicht, dass unsere Existenz auf dem Unglück anderer aufgebaut ist?"

Es war Kurt anzusehen, dass er bei den letzten Worten seines Bruders wütend geworden war. Er ging einen Schritt auf Erwin zu und hob den Zeigefinger. „Oh ja, das Unglück anderer! Ich werde dir jetzt einmal etwas verraten. Im Gegensatz zu mir hast du es noch gut gehabt. Ich habe im Lager hunderte Menschen krepieren sehen. Manche wurden aufgehängt, weil sie schon morgens nicht mehr die Kraft hatten, aufzustehen. Manche wurden erschossen, weil sie zwei Scheiben halb verschimmeltes Brot gehamstert hatten. Manche warfen sich aus Verzweiflung in die Stacheldrähte, weil sie wussten, dass man sie erschießen würde. Sieben Jahre lang habe ich mir Tag für Tag eingeredet, dass ich nicht so enden durfte, wegen Ilse, wegen Vater und Mutter und auch deinetwegen. Und dann war es endlich soweit. Aber das Erste, was ich spürte, als ich am Hauptbahnhof aus dem Zug stieg, war, dass ich zu einem Fremden geworden war, dass mir die Stadt und ihre Menschen fremd geworden waren."

Er lachte verächtlich. „Dabei war alles so toll vorbereitet. Der Musikverein, die Stadtoberen, Ilse und Mutter mit Blumensträußen, du und Vater im Anzug. Als ob ein solches Empfangskomitee sieben Jahre Lager vergessen machen könnte. Und ich will dir noch etwas sagen. Diese Stadt ist nicht mehr die Stadt, in der ich aufgewachsen bin. Und Ilse ist nicht mehr die Frau, die ich vor zehn Jahren geheiratet habe. Oh ja, wir lieben uns noch immer, das ist sicher. Aber wir können es uns nicht zeigen. Es klappt einfach nicht. Noch nicht mal einen richtigen Kuss habe ich ihr geben können. Noch nicht einmal als Ehemann habe ich mich ihr nähern können. Manchmal kommt es mir vor, als würde ich neben meiner Schwester und nicht neben meiner Frau liegen."

Kurt hatte Mühe, seine Stimmung unter Kontrolle zu halten. „Und dann diese blödsinnige Idee, uns allein zu lassen, damit wir uns wieder neu kennen lernen. Als wäre ich nur ein paar Monate weggewesen. Kannst du dir vorstellen, was in diesen drei Stunden passiert ist? Angeschwiegen haben wir uns die meiste Zeit, weil ich nichts erzählen wollte und Ilse nichts zu erzählen hatte. Stocksteif saßen wir am Tisch und haben unseren Wein getrunken. In diesem Moment habe ich mich sogar wieder nach meinen Kameraden aus dem Lager gesehnt. Uns hat wenigstens etwas zusammengeschweißt."

Er machte eine Pause, um sich zu sammeln. „Vater und Mutter geben sich alle Mühe. In allem wollen sie es mir recht machen. Mir, der ich so Schlimmes durchgemacht habe, mir, dem russischen Kriegsgefangenen. Wenn ich nur huste, bekommt Mutter Angstzustände. Wenn ich nur zehn Minuten später als geplant nach Hause komme, ist sie dem Nervenzusammenbruch nahe."

Er packte seinen jüngeren Bruder bei den Schultern. „Verdammt, Erwin, ich spüre, dass ich die Kurve nicht kriege und sie hier auch nie kriegen werde. Und jetzt kommst du mir noch mit deinem schlechten Gewissen. Vater hat einen für jene Zeiten guten Preis für die Weinstube und das Haus gezahlt. Das weiß ich, denn er hat mir als dem Haupterben die Verträge gezeigt. Den Rest der Geschichte kennst du nur zu gut. Er und du, ihr beide habt die Weinstube wieder aufgebaut. Selbst wenn Epstein wieder zurückkommen sollte, welche Rechte, welche Ansprüche sollte er haben? Von seinem alten Haus existieren nur noch ein paar Steine und dieser idiotische Balken mit der Jahreszahl. Verdammt Erwin, du musst an die Zukunft denken. An deine und die von Vater und Mutter."

„Warum ich? Was ist mit dir? Du hast eben selbst gesagt, dass du einmal alles erben wirst. Ich habe mich immer damit abgefunden."

Kurt schüttelte den Kopf. „Ich werde auf mein Erbe verzichten. Später kannst du dich einmal dafür bedanken, doch jetzt will ich nichts dafür. Ich will nur weg. Ich gehe nach Frankfurt zu einer großen Baufirma. Ich hab schon alles klargemacht. Wenn ich eines im Lager gelernt habe, dann den Umgang mit Steinen und Mörtel. Ich bin ein guter Maurer. Auch das hat mich am Leben erhalten. Du brauchst dich ja nur in Mainz umzuschauen, was dort noch alles wieder aufgebaut werden muss. Und Frankfurt ist ein paar Nummern größer als Mainz. In einer Weinstube jedenfalls habe ich nichts verloren."

„Und was ist mit Ilse?"

Kurt atmete durch. „Sie kommt mit oder sie lässt es sein. Eines ist sicher: Hier kann ich nicht bleiben. Du hast die Weinstube wieder aufgebaut. Vater hat mir alles erzählt, von den unzähligen Stunden, in denen du geschuftet hast. Er ist so stolz auf dich, auch wenn er es nie sagen würde. Tu ihm den Gefallen und lass die Vergangenheit ruhen. Wir beide haben den Kopf für einen Wahnsinnigen hingehalten und dafür bezahlen müssen. Vater, Mutter und Ilse haben ebenfalls mit viel Glück überlebt. Mag der Rest der Welt auch das Gegenteil behaupten, aber in unserer Familie hat sich keiner etwas vorzuwerfen."

Chronik:

Kurt Reimann zieht nach den Weihnachtsfeiertagen 1949 nach Frankfurt, wo er am 2. Januar 1950 bei einer großen Baufirma eine Arbeit als Maurer beginnt und sich bis zum Polier hocharbeitet. Ilse geht mit ihm. 1953 bekommt sie einen Sohn, der 1995 kinderlos bei einem Verkehrsunfall ums Leben kommt. Kurt Reimann stirbt 1973 in Frankfurt, seine Frau Ilse acht Jahre nach ihm.

Erwin Reimann heiratet 1955 Irene Schultheis, die Tochter eines Buchhändlers. 1958 kommt ihr Sohn Achim, 1961 ihre Tochter Claudia zur Welt, die 1994 nach Berlin zieht. 1960 forscht Erwin Reimann ohne das Wissen seiner Eltern und seines Bruders nach dem Schicksal von Samuel Epstein. Zunächst hat er Erfolg. Doch in der Stadt Metz des Jahres 1941 verliert sich die Spur Epsteins. Keiner weiß, ob Samuel Epstein den Zweiten Weltkrieg überlebt hat und was aus ihm geworden ist.

Nach dem Tod seines Vaters, 1964, übernimmt Erwin Reimann die Weinstube am Dom, sein Bruder Kurt wird stiller Teilhaber. Ihre Mutter Helga stirbt 1968, Erwins Frau Irene 1997. Achim Reimanns Familie ist die neunundzwanzigste Generation, die seit dem Weinbauer Hannes die „Weinstube am Dom" bewirtschaftet.

Gegenwart

„Ist das alles wahr, was du mir erzählt hast?“ Philipp konnte die abenteuerlichen Geschichten, die ihm sein Großvater an den vergangenen Nachmittagen erzählt hatte, immer noch nicht glauben.

Erwin Reimann lächelte schwach. „Was unsere Familie angeht, mein Junge, bin ich mir hundertprozentig sicher. Ich bin zwar alt, aber ich habe noch immer ein gutes Gedächtnis. Was allerdings den alten Stauferkaiser Friedrich und den guten Hannes angeht ... Na ja, so könnte es gewesen sein. Und dazwischen ...“

Philipp schaute etwas bedrückt. „Opa“, fragte er nach einer Weile vorsichtig. „Warst du sehr böse auf Uropa Reimann? Er sieht auf den Fotos, die du mir gezeigt hast, gar nicht böse aus.“

„Dein Uropa war nicht böse, so etwas darfst du nie denken. Aber ein bisschen böse war ich schon auf ihn. So wie deine Mutter manchmal auf dich böse ist, obwohl sie dich über alles lieb hat.“

Er bemerkte, dass Philipp nachdachte. Mit Sicherheit würde er noch einmal nachhaken, aber der Zwölfjährige war mit seinen Gedanken schon wieder woanders. „Ich weiß, dass du mich angeflunkert hast, Opa“, sagte er plötzlich lachend.

Der alte Reimann zog seine Stirn in Falten und schaute seinen Enkel übertrieben streng an. „Wie kommst du darauf?“

Philipp grinste. „Du hast mir von diesem Buch erzählt, das irgendwann einmal ein Mann in unserem Keller gefunden hat.“

„Du meinst das Buch von ...“ Der alte Reimann schnippte mit den Fingern. „Wie hieß er doch gleich noch? Ja, das Buch von Bernhard Pfister, der erst in unserer Weinstube gelebt hat und dann bei Gutenberg in die Lehre ging.“

„Genau. Ein solches Buch kann es doch gar nicht geben, Opa. Und dazu noch in einer Wand versteckt.“

Der Großvater nickte ertappt. „Da hast du Recht, mein Junge. Aber ich habe nie behauptet, dass meine Geschichte von Anfang bis Ende wahr ist.“

Er richtete sich auf und ging mit kleinen Schritten an seinen Schrank. „Außer deiner Oma habe ich es keinem Menschen auf der Welt erzählt. Nicht einmal meinem Vater und auch nicht Kurt, meinem Bruder. Ich hab dir doch erzählt, dass wir die Weinstube fast ganz neu wieder aufbauen mussten. Eines Tages, es war ein warmer Sommertag im Jahr 1948, habe ich etwas gefunden. Das will ich dir heute schenken. Aber du musst mir versprechen, dass du es nie an einen Fremden hergeben wirst. Du darfst es nur an einen Menschen weitergeben, der dir sehr viel bedeutet."

Philipps Augen begannen zu leuchten. „Was willst du mir schenken, Opa? Zeig's mir doch!"

Endlich hatte Erwin Reimann gefunden, wonach er gesucht hatte. „Ich war selbst überrascht, als ich es das erste Mal in den Händen hielt. Ein solches Buch, so habe ich mir gedacht, kann es doch gar nicht geben, und dann versteckt in einer Mauer."

Er reichte Philipp eine unscheinbare Schachtel. Als der Junge sie öffnete, fiel sein Blick auf ein kleines, in Leder gebundenes Buch. „Der Edelstein" stand in goldenen Lettern auf dem schon abgegriffenen Einband. Vorsichtig blätterte Philipp in dem Büchlein, das Jahrhunderte alt sein musste. Er konnte die Schrift zwar nicht lesen, doch die Bilder gefielen ihm. Mit bunten Farben waren normale Menschen und seltsame Fabelwesen auf das Papier gemalt.

Ungläubig schaute er seinen Großvater an.

„So könnte es gewesen sein", sagte der Großvater und zwinkerte mit den Augen.

Weitere spannende Bücher beim GEV:

Günter Krieger
GERTRUDISNACHT
Historischer Kriminalroman

Am 16. März 1278 überfällt der Graf von Jülich mit 500 Gefolgsleuten in einer Nacht- und Nebelaktion die alte Kaiserstadt Aachen, um sie seinem Territorium einzuverleiben. Dank der Wachsamkeit der Aachener sowie dem heroischen Widerstand von Freiheitskämpfern – an ihrer Spitze der „Wehrhafte Schmied" – gelingt es, dieses Vorhaben zu vereiteln. Der Graf, seine Söhne sowie die meisten seiner Gefolgsleute finden in den schweren Straßenkämpfen den Tod.
So weit die Legende. Die Wirklichkeit hat indessen anderes ausgesehen. Das weiß auch der betagte Bernhard, Bruder vom Orden der Kreuzherren, denn er war damals dabei. Und mehr als 60 Jahre später, sieht er sich gezwungen die wahren Umstände jener unheilvollen Nacht ans Tageslicht zu bringen.

Pressespiegel:
„Günter Krieger hat mit Gertrudisnacht einen sehr guten historischen Kriminalroman geschrieben. Es ist ein interessanter historischer Krimi, der auf geschichtlichen Überlieferungen aufgebaut ist." *(Toms Krimitreff)*

304 Seiten, Paperback, 22 × 14 cm, 9,90 Euro. 2. Auflage. ISBN 90-5433-150-X

Günter Krieger
DRACHENSTURM
Historischer Roman

Am Ende des 9. Jahrhunderts fallen die Wikinger mordend und plündernd ins marode Karolingerreich ein. Vor allem das Rheinland und die Eifel werden aufs Fürchterlichste verwüstet. Der Adel, der sich oft mit Hilfe von Schutzgeldzahlungen schadlos hält, rührt kaum einen Finger, um dem blutigen Treiben der Männer aus dem Norden Einhalt zu gebieten. Leidtragende sind vor allem die Bauern. Vielerorts beginnen sie, sich zu bewaffnen, um sich dem Schicksal nicht kampflos ergeben zu müssen. Die bewaffneten Bauernscharen sind wiederum den Lehnsherren ein Dorn im Auge ...
Auch Uta, eine junge Frau mit seherischen Gaben, befindet sich auf der Flucht vor den Wikingern. Begleitet wird sie von ihrem kränkelnden Bruder Hugo und dem Knecht Arbo. Zuflucht suchen sie in der Bischofsstadt Mainz. Doch der Weg dorthin gerät zu einer Odyssee voller Gefahren und Leidenschaften. Der Gaugraf interessiert sich für Uta, aber auch einer der Wikinger. Der jungen Uta geht es allerdings nicht nur um den Schutz hinter den wehrhaften Stadtmauern. In Mainz, so erfährt sie, soll sich der Mörder ihres Vaters aufhalten, der seiner Strafe nicht entgehen darf.
Ein Roman über eine bemerkenswerte junge Frau, die den Stürmen ihrer Zeit mutig zu trotzen versucht; eine Geschichte um Not und Begierden, um Leidenschaft, Hass und Vergeltung.

Pressespiegel:
„Spannendes Mittelalter ... Einmal mehr ist es dem Autor gelungen, eine dramatische Geschichte zu erzählen und den Leser auf eine spannende Reise in die Lebenswelt des frühen Mittelalters mitzunehmen." *(Aachener Zeitung)*
„Kriegers Bücher sind lebendige, weil menschliche Schicksale zeichnende Darstellungen eines Mittelalters, das dem modernen Menschen der globalisierten Welt einen mythisch-romantischen Kontrast liefert." *(EM-Verlag)*

224 Seiten, Paperback, 22 × 14 cm, 11 Euro. ISBN 90-5433-158-5

Auf Anfrage senden wir Ihnen gerne unser aktuelles Verlagsprogramm zu.
Anruf oder Nachricht genügt.
Wir freuen uns über jede Anregung und Kritik.

GEV (Grenz-Echo Verlag)
Guido Bertemes
Marktplatz 8
B–4700 Eupen
Tel. 003287/59 13 03
Fax. 003287/74 38 20
www.gev.be
guido.bertemes@grenzecho.be